Salman Rushdie wurde 1947 in Bombay geboren und studierte in Cambridge Geschichte. 1983 erregte er mit dem Roman *Mitternachtskinder* weltweit Aufsehen. Nur wenige Monate nach der Veröffentlichung des Romans *Die Satanischen Verse* im Jahre 1988 sprach der iranische Revolutionsführer Khomeini wegen Blasphemie eine Fatwa über Rushdie aus. Seither lebt der Autor, dessen Bücher vielfach ausgezeichnet wurden und in über zwei Dutzend Sprachen übersetzt vorliegen, an einem unbekannten Ort in England.
Sein neuer Roman *Des Mauren letzter Seufzer* erscheint im Frühjahr 1996 im Kindler Verlag.

Von Salman Rushdie sind außerdem erschienen:

Harun und das Meer der Geschichten (Band 60092)
Mitternachtskinder (Band 60284)

Dieses Buch wurde auf chlor- und säurefreiem Papier gedruckt.

Vollständige Taschenbuchausgabe März 1996
Droemersche Verlagsanstalt Th. Knaur Nachf., München

Dieses Buch erschien bereits 1990 bei Serie Piper als Taschenbuch.
Titel der Originalausgabe »Shame«

Originalverlag Jonathan Cape Ltd., London
Umschlaggestaltung Andrea Schmidt, München
Satz Ventura Publisher im Verlag
Druck und Bindung Clausen & Bosse, Leck
Printed in Germany
ISBN 3-426-60285-7

2 4 5 3 1

Salman Rushdie

Scham und Schande

Roman

Aus dem Englischen
von Karin Graf

Knaur

Die Übersetzerin dankt
Tilak Chopra für seine Unterstützung

Für Sameen

Inhalt

I

Fluchten aus dem Mutterland

Erstes Kapitel

Der Stumme Diener

In der entlegenen Grenzstadt Q., die aus der Vogelperspektive am ehesten einer mißproportionierten Hantel gleicht, lebten einmal drei liebliche und liebende Schwestern. Ihre Namen … doch ihre richtigen Namen wurden nie benutzt, wie das beste Geschirr im Haus, das nach der Nacht ihrer gemeinsamen Tragödie in einen Schrank gesperrt wurde, dessen Standort allmählich in Vergessenheit geriet, so daß das prunkvolle tausendteilige Service aus den Gardner-Manufakturen im zaristischen Rußland zum Familienmythos wurde und sie nach einer Weile nicht mehr so recht wußten, ob es das Geschirr überhaupt je gegeben hatte … die drei Schwestern, sollte ich ohne weitere Verzögerung bemerken, trugen den Familiennamen Shakil und waren (in absteigender Reihenfolge des Alters) allgemein als Chhunni, Munnee und Bunny bekannt. Und eines Tages starb ihr Vater.

Der alte Mr. Shakil, zum Zeitpunkt seines Todes seit achtzehn Jahren verwitwet, hatte die Eigenart entwickelt, die Stadt, in der er lebte, als Höllenloch zu bezeichnen. In seinem letzten Delirium holte er zu einem ununterbrochenen und weitgehend unverständlichen Monolog aus, dessen wirren Abschweifungen die Hausangestellten lange obszöne Passagen, Flüche und Verwünschungen entnehmen konnten, deren Blutrünstigkeit die Luft um sein Bett in Wallung brachte. In dieser Abrechnung verbreitete der verbitterte alte Einsiedler noch einmal seinen lebenslänglichen Haß auf seine Vaterstadt; im einen Augenblick rief er Dämonen herbei, die den Wirrwarr der niedrigen graubraunen Gebäude, die wie Kraut und Rüben um den Basar verstreut waren, zerstören sollten; im nächsten verdammte er mit vom Tode verkrusteten Worten die kühle weißgekalkte Adrettheit des Kolonialviertels. Die zwei Kugeln der hantelförmigen Stadt: Altstadt und Kolonialviertel; erstere war von der einheimischen kolonisierten Bevölkerung bewohnt und letzteres von den ausländischen Kolonialisten, den Angrez, das heißt britischen Sahibs. Beide Welten waren dem alten Shakil verhaßt, und er hatte sich seit vielen Jahren hinter den hohen Mauern seiner gigantischen festungsähnlichen Residenz verschanzt, deren Fenster größtenteils auf einen schachtartigen, lichtlosen Innenhof blickten. Das Haus lag neben einem offenen Markt und war von Basar und Kolonialviertel gleich weit entfernt. Durch eines der wenigen zur Straße gehenden Fenster konnte Mr. Shakil von seinem Totenbett aus auf die Kuppel eines großen, im Stil Palladios gebauten Hotels starren, das wie eine Luftspiegelung aus den Straßen des unerträglichen Kolonialviertels ragte und in dem es goldene Spucknäpfe und zahme Klammeraffen in Uniformen mit Messingknöpfen und Pagenkäppis gab und ein volles Orchester, das jeden Abend in einem stuckverzierten Ballsaal zwischen unbeirrt üppig wuchernden phantastischen Gewächsen, gelben Rosen und weißen Magnolien und haushohen smaragdgrünen Palmen spielte – kurzum, das Hotel Flashman, dessen große goldene Kuppel schon damals einen Riß hatte, aber desungeachtet mit dem schwerfälligen Stolz ihres kurzen, dem Untergang geweihten Glanzes schimmerte; jene Kuppel, unter der sich allabendlich die uniformierten und gestiefelten Angrez-Offiziere und die Zivilisten mit weißen Krawatten und die beringten und gelockten Damen mit hungrigen Augen versammelten, die aus ihren Bungalows hierherkamen, um zu tanzen und sich gemeinsam der Illusion hinzugeben, sie seien farbenprächtig – während sie doch in Wirklichkeit bloß weiß oder vielmehr grau waren, infolge der schädlichen Wirkung der lähmenden Hitze auf ihre zarte, unter Wolken gewachsene Haut und dank ihrer Gewohnheit, unter nobler Mißachtung der Leber in der teuflischen mittäglichen Sonnenglut schwere Burgunder zu trinken. Aus dem goldenen Hotel hörte der alte Mann die Musik der Imperialisten schallen, aus der die Ausgelassenheit der Verzweiflung dröhnte, und er verwünschte das Hotel der Träume mit lauter, klarer Stimme.

»Macht das Fenster zu«, brüllte er, »soll ich mit diesem Radau in den Ohren sterben?« Und als die alte Dienerin Hashmat Bibi die Läden geschlossen hatte, entspannte er sich ein wenig und gab unter Aufbietung seiner letzten Energiereserven dem Kurs seines verhängnisvollen, delirierenden Redeflusses eine neue Wendung.

»Kommt schnell!« Hashmat Bibi lief aus dem Zimmer und schrie laut nach den Töchtern des alten Mannes. »Euer Vaterji schickt sich selbst zum Teufel.« Mr. Shakil hatte die Außenwelt als Thema erschöpft; jetzt wütete er in seinem Sterbemonolog gegen sich selbst und rief ewige Verdammnis auf seine Seele herab. »Weiß Gott, warum er so wütend ist«, rief Hashmat Bibi verzweifelt, »aber das ist keine Art zu sterben.«

Der Witwer hatte seine Kinder mit Hilfe parsischer Ammen, christlicher Ayahs und einer eisernen Moral großgezogen, die zum größten Teil moslemisch war, wenngleich Chhunni behauptete, die Sonne habe ihn noch mehr gehärtet. Bis zu seinem Todestag hatten die drei Mädchen das labyrinthische Herrenhaus nie verlassen dürfen; so gut wie ungebildet, waren sie im Frauenflügel eingesperrt, wo sie einander damit unterhielten, Privatsprachen zu erfinden und sich auszumalen, wie ein Mann wohl aussah, wenn er entkleidet war; in den Jahren vor ihrer Pubertät ersannen sie bizarre Geschlechtsorgane wie zum Beispiel Löcher im Brustkasten, in die ihre Brustwarzen sich genau einfügen würden, »denn damals wußten wir so wenig« – wie sie einander später voller Verwunderung in Erinnerung rufen sollten –, »daß uns eine Befruchtung durch die Brust nicht sonderlich unwahrscheinlich erschien«. Die ununterbrochene Gefangenschaft schmiedete zwischen den drei Schwestern ein Band der Vertrautheit, das nie ganz reißen sollte. Sie verbrachten ihre Abende an einem Fenster, abgeschirmt hinter Gitterwerk, sahen zur goldenen Kuppel des großen Hotels und wiegten sich zu den Klängen der geheimnisvollen Tanzmusik ... und es geht das Gerücht, daß sie in der schwülen Schläfrigkeit der Nachmittage träge gegenseitig ihre Körper erforschten und des Nachts geheime Zaubersprüche ersannen, die das Ableben ihres Vaters beschleunigen sollten. Doch was behaupten böse Zungen nicht alles, besonders von schönen Frauen, die fern von den entblößenden Augen der Männer leben. Nahezu gewiß hingegen ist, daß die drei, die sich mit der abstrakten Leidenschaft ihrer Jungfräulichkeit nach Kindern sehnten, in diesen Jahren, lange vor dem Skandal um das Baby, ihren geheimen Pakt schlossen, dreieinig zu bleiben, für immer durch die Vertraulichkeiten ihrer Jugend aneinander gebunden, auch wenn sie Kinder haben sollten; das heißt, sie beschlossen, sich in die Babys zu teilen. Das ekelhafte Gerücht, dieser Vertrag sei mit dem vermischten Menstruationsblut der isolierten Dreieinigkeit niedergeschrieben und unterzeichnet worden, um dann zu Asche verbrannt zu werden und nur in den Kreuzgängen ihrer Erinnerung weiterzubestehen, kann ich weder erhärten noch entkräften.

Doch zwanzig Jahre lang sollten sie nur ein einziges Kind haben. Sein Name sollte Omar Chajjam lauten.

All das trug sich im vierzehnten Jahrhundert zu. Ich beziehe mich natürlich auf den islamischen Kalender; glauben Sie nicht, Geschichten dieser Art spielten sich immer vor langer, langer Zeit ab. Zeit läßt sich nicht so leicht homogenisieren wie Milch, und in jenen Breiten waren bis vor kurzem die Dreizehnhundert noch am Zuge.

Als Hashmat Bibi den Schwestern mitteilte, daß es mit ihrem Vater zu Ende gehe, gingen sie in ihren buntesten Gewändern zu ihm. Sie trafen ihn an, gebeutelt von einem erstickenden Anfall von Scham, in dem er Gott mit Seufzern von überwältigender Schwermut aufforderte, er möge ihn für alle Ewigkeit an einen Wüstenvorposten von Jahannum, in irgendein Grenzland der Hölle versetzen. Dann verstummte er, und Chhunni, die älteste Tochter, fragte ihn schnell das einzige, was die drei jungen Frauen bewegte: »Vater, wir werden sehr reich sein, nicht wahr?«

»Huren«, verfluchte der Sterbende sie, »freut euch bloß nicht zu früh!«

Das unergründliche Meer des Reichtums, auf dem, wie jeder angenommen hatte, die Geschicke der Familie Shakil dahinsegelten, erwies sich am Morgen nach seinem anstößigen Tod als ausgetrockneter Krater. Die stechende Sonne seiner Inkompetenz in finanziellen Dingen (die er jahrzehntelang mit seinem imposanten patriarchalischen Gehabe, seinem unflätigen Naturell und der anmaßenden Arroganz, die sein verderblichstes Vermächtnis an seine Töchter war, erfolgreich getarnt hatte) hatte alle Ozeane von Bargeld trockengelegt, so daß Chhunni, Munnee und Bunny die ganze Trauerzeit damit zubrachten, die Schulden zu begleichen, die die Gläubiger des alten Mannes zu seinen Lebzeiten nie einzutreiben gewagt hatten und auf deren Bezahlung (plus Zinseszinsen) sie jetzt nicht einen Augenblick länger zu warten bereit waren. Die Mädchen tauchten aus ihrer lebenslangen Abgeschiedenheit auf und trugen einen Ausdruck vornehmer Abscheu vor diesen Geiern zur Schau, die herabstürzten, um sich am Kadaver der großen Unbedachtsamkeit ihres Vaters zu weiden. Und weil sie so erzogen worden waren, daß Geld eines der beiden Themen war, die man nicht mit Fremden erörterte, traten sie ihr Vermögen ab, ohne sich auch nur die Mühe zu machen, die Papiere zu lesen, die die Geldverleiher vorlegten. Zu guter Letzt waren all die ausgedehnten Ländereien um Q., die schätzungsweise fünfundachtzig Prozent der überhaupt ertragbringenden Obstgärten und fruchtbaren Ackerböden in diesem weitgehend unfruchtbaren Gebiet ausmachten, samt und sonders dahin. Den drei Schwestern blieb nichts als das unübersichtlich weitläufige Herrenhaus, das von unten bis oben mit Besitzgütern vollgestopft war und in dem die paar Dienstboten herumspukten, die weniger aus Loyalität als aus der Angst des lebenslänglich Gefangenen vor der Außenwelt nicht gehen wollten. Und sie reagierten – wie es vielleicht bei aristokratisch erzogenen Leuten weltweit üblich ist – auf die Nachricht von ihrem Bankrott mit dem Entschluß, ein Fest zu geben.

In späteren Jahren erzählten sie einander die Geschichte dieses berüchtigten Galaabends mit einer kindlichen Heiterkeit, die in ihnen die Illusion weckte, wieder jung zu sein. »Ich ließ im Kolonialviertel Einladungen drucken«, fing Chhunni Shakil zu erzählen an, neben ihren Schwestern auf einer alten Holzschaukel sitzend. Sie kicherte beglückt in Gedanken an längst vergangene Abenteuer und fuhr fort: »Und was für Einladungen! Mit Prägedruck und goldenen Buchstaben auf Karten so steif wie Holz. Es war, als würde man dem Schicksal ins Auge spucken.« »Und auch unserem toten Vater ins geschlossene Auge«, setzte Munnee hinzu. »Für ihn wäre es die verkörperte Schamlosigkeit gewesen, eine Abscheulichkeit, der Beweis, daß es ihm nicht gelungen war, uns seinen

Willen aufzuzwingen.« »Genauso«, fuhr Bunny fort, »wie unser Bankrott der Beweis war, daß er auch in einem anderen Bereich versagt hatte.«

Anfangs hatten sie gemeint, die Scham ihres sterbenden Vaters sei aus seinem Wissen um den bevorstehenden Bankrott erzeugt worden. Später begannen sie jedoch weniger prosaische Möglichkeiten in Betracht zu ziehen. »Vielleicht«, vermutete Chhunni, »hatte er auf dem Totenbett eine Zukunftsvision.«

»Gut«, sagten ihre Schwestern, »dann ist er so erbärmlich gestorben, wie er uns zu leben zwang.«

Die Nachricht, daß die Schwestern Shakil in das Gesellschaftsleben eintraten, verbreitete sich rasch in der Stadt. Und an dem lang erwarteten Abend stürmte eine Armee von musikalischen Genies das alte Haus, deren dreisaitige Dumbiras, siebensaitige Sarandas, Rohrflöten und Trommeln das puritanische Herrenhaus zum erstenmal seit zwei Jahrzehnten mit festlicher Musik erfüllten; Regimenter von Bäckern und Konditoren und Snack-Wallahs marschierten mit Arsenalen von Speisen herein, die auf und hinter den Ladentheken der Stadt Leere und Öde hinterließen und das Innere eines riesigen vielfarbigen Shamiana-Zeltes füllten, das im Herzen des Anwesens errichtet worden war und dessen spiegelverzierte Stoffwände die Pracht der festlichen Vorbereitungen widerspiegelten. Indes zeigte sich, daß der Snobismus, der den drei Schwestern vom Vater ins Knochenmark eingeimpft worden war, fatale Auswirkungen auf die Gästeliste gehabt hatte. Die meisten Bürger Q.s waren bereits tödlich beleidigt, als sie feststellten, daß sie der Gesellschaft der illustren Damen, deren goldumrandete Einladungen Stadtgespräch waren, nicht für würdig erachtet wurden. Nun kamen zu den Unterlassungssünden auch noch tatsächlich begangene hinzu, denn es stellte sich heraus, daß die Schwestern den unverzeihlichsten Fauxpas von allen begangen hatten: Einladungen, die die Türmatten der einheimischen Würdenträger verschmähten, hatten den Weg ins Kolonialviertel der Angrez und in den Ballsaal der tanzenden Sahibs gefunden. Der Haushalt, der so lange Zeit niemandem zugänglich gewesen war, blieb bis auf wenige Ausnahmen allen Ortsansässigen verschlossen, doch nach der Cocktailstunde im Flashman wurden die Schwestern von einer uniformierten und festlich gewandeten Schar von Ausländern aufgesucht. Die Imperialisten! Die grauhäutigen Sahibs und ihre behandschuhten Begums! Mit heiseren Stimmen und voll überströmender Leutseligkeit betraten sie das spiegelverzierte Vergnügungszelt.

»Und Alkohol gab es!« Die alte Mutter Chhunni schwelgte in Erinnerungen und klatschte ob deren Grausigkeit entzückt in die Hände. Doch an diesem Punkt ließ die Erinnerungsseligkeit immer nach, und alle drei Damen wurden merkwürdig vage, so daß ich die Unglaubwürdigkeiten, die um dieses Fest im dunklen Verlauf der Jahre wie die Pilze aus dem Boden schossen, nicht aufklären kann.

Kann es wirklich stimmen, daß die wenigen nichtweißen Gäste – örtliche Zamindars mit ihren Frauen, deren Reichtum einst neben den Milliarden der Shakils lächerlich erschienen war – in einem festgeklumpten wütenden Haufen beieinanderstanden und den umherstolzierenden Sahibs unheilverkündende Blicke zuwarfen? Daß sie alle nach sehr kurzer Zeit gleichzeitig gingen, ohne Brot gebrochen oder Salz gegessen zu haben, und die Schwestern den Kolonialbehörden überließen? Wie wahrscheinlich ist es, daß die drei Schwestern mit Augen, die von Kajal und Erregung glänzten, in würdevollem Schweigen von Offizier zu Offizier schritten, als gälte es, sie zu taxieren, gepflegte Schnurrbärte auf Glanz hin zu überprüfen und Kiefer nach der Schärfe ihrer Kontur zu beurteilen? Und daß dann die Shakil-Mädchen (wie die Legende berich-

tet) unisono in die Hände geklatscht und den Musikern befohlen hätten, westliche Tanzmusik zu spielen, Menuette, Walzer, Foxtrotts, Polkas, Gavotten – eine Musik, die auf einmal fatal dämonisch wirkte, als sie den mißhandelten Instrumenten der Virtuosen abgerungen wurde?
Die Tanzerei dauerte, so wird berichtet, die ganze Nacht. Das Skandalöse einer solchen Begebenheit hätte den Ruf der frisch verwaisten Mädchen ohnehin ruiniert, doch es sollte noch schlimmer kommen. Bald nach dem Fest, nachdem die erbosten Genies sich verabschiedet hatten und Berge unberührter Speisen den Straßenkötern vorgeworfen worden waren – denn so vornehm waren die Schwestern, daß sie nicht zulassen konnten, daß für ihresgleichen bestimmtes Essen an die Armen verteilt wurde –, kursierte in den Basaren von Q. das Gerücht, eines jener drei hochnäsigen Mädchen sei in besagter wilder Nacht geschwängert worden.
O Schande, Schande, klatschmohnrote Schande!
Doch falls die Schwestern Shakil von überwältigenden Gefühlen der Schmach geplagt wurden, dann zeigten sie es nicht. Statt dessen schickten sie Hashmat Bibi, eine der Bediensteten, die nicht hatten gehen wollen, nach Q., wo sie sich der Dienste eines gewissen Mistri Yakoob Balloch versicherte, des besten Faktotums der Stadt, und das größte in Übersee gefertigte Vorhängeschloß erwarb, das in der Eisenwarenhandlung »So Gott will« zu finden war. Das Vorhängeschloß war so groß und so schwer, daß Hashmat Bibi es auf dem Rücken eines gemieteten Maulesels nach Hause befördern mußte, dessen Besitzer die Dienerin fragte: »Was wollen deine Begums jetzt noch mit diesem Mordsschloß? Die Invasion ist doch schon vorbei.« Hashmat Bibi verdrehte die Augen, um ihren Worten Nachdruck zu verleihen, und sagte: »Mögen deine Enkelsöhne auf dein Armengrab pissen!«
Das Faktotum, Mistri Yakoob, war von der grimmigen Ruhe

der vorsintflutlichen Vettel so beeindruckt, daß er bereitwillig unter ihrer Aufsicht arbeitete, ohne eine Bemerkung zu wagen. Sie hieß ihn einen merkwürdigen Außenaufzug, eine Art Stummen Diener, bauen, der so groß war, daß er drei Erwachsene fassen konnte, und mit dem man mittels eines Elektroflaschenzugs Gegenstände von ebener Erde in die oberen Stockwerke befördern konnte und umgekehrt. Hashmat Bibi betonte, daß der ganze Mechanismus unbedingt so angelegt werden mußte, daß man ihn bedienen konnte, ohne daß die Bewohner des Herrenhauses sich an einem Fenster zeigen mußten – nicht einmal ein kleiner Finger durfte sichtbar werden. Dann zählte sie die ungewöhnlichen Sicherheitsmaßnahmen auf, die er in das wunderliche Gerät einbauen sollte. »Setz hier«, befahl sie ihm, »eine Sprungfeder ein, die vom Haus aus bedient werden kann. Wenn sie betätigt wird, soll der ganze Aufzugboden mir nichts, dir nichts herausfallen. Dort und dort und dort fügst du Geheimpaneele ein, aus denen siebenundzwanzig Zentimeter lange Stilettklingen hervorschießen können, scharf, scharf. Meine Herrinnen müssen sich vor Eindringlingen schützen können.«
Der Stumme Diener verbarg also viele schreckliche Geheimnisse. Der Mistri vollendete seine Arbeit, ohne daß er die drei Schwestern Shakil auch nur einmal zu Gesicht bekommen hätte, doch als er sich wenige Wochen später sterbend in der Gasse wälzte, sich den Bauch hielt und Blut in den Schmutz spuckte, ging das Gerücht um, die schamlosen Weiber hätten ihn vergiftet, um sich seines Schweigens über seinen letzten und geheimnisvollsten Auftrag zu versichern. Der Anstand gebietet jedoch, darauf hinzuweisen, daß in diesem Fall der Obduktionsbefund dem Gerücht widerspricht. Yakoob Balloch, der schon seit längerem ab und zu Schmerzen in der Blinddarmgegend verspürt hatte, starb höchstwahrscheinlich eines natürlichen Todes. Sein Todeskampf wurde nicht durch

die übernatürlichen Gifte der mutmaßlichen Mörderschwestern, sondern durch eine wahrhaft verhängnisvolle, banale Bauchfellentzündung verursacht. Oder etwas Derartiges.
Es kam der Tag, da man die letzten drei männlichen Dienstboten der Shakil-Schwestern das riesige Eingangstor aus massivem Teakholz und Messing zuschieben sah. Und bevor sich nun die Tore der Einsamkeit vor den Schwestern schlossen und länger als ein halbes Jahrhundert nicht mehr geöffnet wurden, erblickte die kleine Schar neugieriger Stadtbewohner, die sich draußen versammelt hatten, einen Schubkarren, auf dem das überdimensionale Schloß, das ihren Rückzug besiegelte, in mattem Glanz ruhte. Und als die Türen dann geschlossen waren, verkündeten die Geräusche, als das große Schloß angebracht und der Schlüssel umgedreht wurde, den Beginn der seltsamen anderen Umstände der drei skandalösen Damen und ihrer Diener.
Es stellte sich heraus, daß Hashmat Bibi auf ihrem letzten Ausflug in die Stadt in den Niederlassungen der führenden Warenlieferanten und Dienstleistungsbetriebe am Platze eine Reihe versiegelter Umschläge mit detaillierten Anweisungen hinterlassen hatte, so daß sich fortan an den vereinbarten Tagen und zu den festgesetzten Stunden die erwählte Wäscherin, der Schneider und der Schuster ebenso wie die auserwählten Verkäufer von Fleisch, Obst, Kurzwaren, Blumen, Schreibwaren, Gemüse, Hülsenfrüchten, Büchern, nicht kohlensäurehaltigen Getränken, kohlensäurehaltigen Getränken, ausländischen Zeitschriften, Zeitungen, Salben, Parfüms, Kajal, Streifen von Eukalyptusrinde zum Zähneputzen, Gewürzen, Stärke, Seifen, Küchenutensilien, Bilderrahmen, Spielkarten und Saiten für Musikinstrumente am Fuß von Mistri Yakoobs letztem Werk einfanden. Sie gaben verschlüsselte Pfeifsignale, und der Stumme Diener fuhr summend mit geschriebenen Anweisungen zu ihnen hinab. So gelang es den

Shakil-Damen, sich vollkommen und auf alle Zeiten von der Welt zurückzuziehen; freiwillig kehrten sie in das einsiedlerische Dasein zurück, dessen Ende sie nach dem Tod ihres Vaters so kurz hatten feiern können; und ihre Vorkehrungen zeugten von solchem Hochmut, daß ihre Isolation nicht von Reue, sondern von Stolz diktiert schien.

Dabei erhebt sich eine delikate Frage: Wie bezahlten sie das alles?

Etwas peinlich berührt um ihretwillen, und sei es nur, um zu zeigen, daß der Verfasser dieser Zeilen, der schon viele Fragen in einem Zustand ungeklärter Vieldeutigkeit belassen mußte, eindeutige Antworten geben kann, wenn es unbedingt erforderlich ist, verrate ich, daß Hashmat Bibi einen letzten versiegelten Umschlag an der Tür des am wenigsten appetitlichen Ladens der Stadt abgegeben hatte, in dem die Vorschriften des Korans, den Wucher betreffend, nicht zählten, dessen Regale und Vorratstruhen unter der Last der angehäuften Relikte unzähliger vermoderter Geschichten ächzten … ach, verdammt. Um die Wahrheit zu sagen – sie ging zum Pfandleiher. Und er, der Pfandleiher, der alterslose, bleistiftdünne Chalaak Sahib mit seinen unschuldig dreinblickenden großen Augen, fand sich hinfort ebenfalls am Stummen Diener ein (im Schutze der Nacht, wie angewiesen), um den Wert der Gegenstände, die er darin vorfand, zu veranschlagen und umgehend bares Geld in der Höhe von zirka achtzehn Komma fünf Prozent des Marktwertes der unwiderruflich versetzten Schätze ins Innere der stummen Gemächer zu schicken. Die drei Mütter des ins Haus stehenden Omar Chajjam Shakil benutzten die Vergangenheit, das einzige ihnen verbliebene Kapital, zum Erwerb der Zukunft.

Doch wer war schwanger?

Chhunni, die Älteste, oder Munnee-in-der-Mitte, oder die »kleine« Bunny, das Nesthäkchen unter den dreien? – Niemand kam je dahinter, nicht einmal das Kind, das geboren wurde. Sie hatten die Reihen dicht geschlossen, unter penibelster Beachtung jedes Details. Man stelle sich vor: sie ließen die Dienstboten Treueeide auf das heilige Buch schwören. Die Dienstboten teilten die selbstauferlegte Gefangenschaft der Schwestern und verließen das Haus nur mit den Füßen voran, in weiße Laken gehüllt und natürlich via der von Yakoob Balloch konstruierten Route. Während der ganzen Dauer jener Schwangerschaft wurde kein Arzt ins Haus geholt. Und während sie voranschritt, bewiesen die drei Schwestern, weil sie sich darüber im klaren waren, daß es nicht gewahrten Geheimnissen immer gelingt zu entweichen, unter einer Tür hervor, durch ein Schlüsselloch oder ein offenes Fenster, bis jeder alles weiß und niemand weiß wie … bewiesen die Schwestern, sage ich, die einzigartig leidenschaftliche Solidarität, die ihr bemerkenswertester Charakterzug war, indem sie – jedenfalls zwei von ihnen – die ganze Palette von Symptomen vortäuschten, die die dritte wohl oder übel aufwies.

Obwohl gut fünf Jahre Chhunni von Bunny trennten, begannen die Schwestern zu jener Zeit dank gleicher Kleidung und dank der unbegreiflichen Auswirkungen ihres ungewöhnlichen selbstgewählten Lebens einander so sehr zu ähneln, daß selbst die Dienstboten sie mitunter verwechselten. Ich habe sie als Schönheiten bezeichnet, doch waren sie nicht der mondgesichtige, mandeläugige Typ, den die Dichter in jenen Breiten so lieben, sondern kräftig gebaute, zielstrebig ausschreitende Frauen mit stark ausgeprägtem Kinn, von einem fast bedrückenden Charisma. Nun wurden alle drei gleichzeitig um Taille und Brust fülliger; wenn des Morgens einer übel war, begannen die beiden anderen in so perfekt abgestimmtem Mitempfinden zu würgen, daß man unmöglich sagen konnte, wessen Magen zuerst den Brechreiz verspürt hatte.

Übereinstimmend wölbten ihre Bäuche sich dem Ende der Schwangerschaft entgegen. Es ist natürlich möglich, daß all dies mit Hilfe äußerlicher Tricks, mit Kissen und Polstern und sogar ohnmachtsauslösenden Dämpfen, erreicht wurde, doch bin ich der unerschütterlichen Überzeugung, daß eine solche Erklärung die zwischen den Schwestern herrschende Liebe gemein herabwürdigt. Trotz der biologischen Unwahrscheinlichkeit bin ich bereit zu schwören, daß sie so innig wünschten, die Mutterschaft ihres Geschwisters zu teilen – die öffentliche Schande unehelicher Empfängnis in den privaten Triumph des langersehnten Gruppenbabys zu verwandeln –, daß, kurz gesagt, eine Zwillingsscheinschwangerschaft die echte begleitete; die Simultaneität ihres Verhaltens wiederum läßt auf das Wirken einer Art von Gemeinschaftsgeist schließen.

Sie schliefen im selben Zimmer. Sie empfanden die gleichen Gelüste – nach Marzipan, Jasminblüten, Pinienkernen, Schlamm – zur gleichen Zeit; ihr Stoffwechsel veränderte sich in gleichem Maß. Mit der Zeit wogen sie das gleiche, fühlten sich im selben Augenblick erschöpft und erwachten jeden Morgen gleichzeitig, als hätte jemand eine Glocke geläutet. Sie empfanden die gleichen Schmerzen; in drei Bäuchen trat und wand sich ein einziges Baby und seine beiden geisterhaften Spiegelbilder mit der Präzision einer hervorragend trainierten Tanztruppe ... Da sie in gleichem Maße litten, verdienten es die drei – wage ich zu sagen – voll und ganz, als gemeinsame Mütter des kommenden Kindes betrachtet zu werden. Und als eine von ihnen – ich will den Namen noch nicht einmal raten – niederkam, sah niemand sonst, wessen Fruchtwasser abging noch wessen Hand eine Schlafzimmertür von innen verschloß. Kein Außenstehender war Zeuge des Verlaufs der drei Wehen, zweier scheinbarer, einer echten, noch des Augenblicks, in dem leere Ballons in sich zusammenfielen, während zwischen einem dritten Schenkelpaar das illegitime Kind wie in einer Gasse auftauchte, noch des Augenblicks, da Hände Omar Chajjam Shakil bei den Fußknöcheln ergriffen, ihn mit dem Kopf nach unten hielten und ihm auf den Rücken klopften.

Unser Held, Omar Chajjam, tat seinen ersten Atemzug in jenem unglaublichen Herrenhaus, das zu groß war, als daß man seine Räume zählen konnte, schlug die Augen auf und sah durch ein offenes Fenster die makabren Gipfel der Unvorstellbaren Berge verkehrt herum am Horizont. Eine – aber welche? – seiner drei Mütter hatte ihn an den Knöcheln genommen, hatte den ersten Atem in seine Lungen geknufft … bis das Baby, das noch immer auf die umgedrehten Gipfel starrte, anfing zu schreien.

Als Hashmat Bibi hörte, wie sich ein Schlüssel in der Tür drehte, und zaghaft mit Speisen und Getränken und frischen Laken und Schwämmen und Seife und Handtüchern ins Zimmer kam, saßen die drei Schwestern zusammen in dem geräumigen Bett, in dem ihr Vater gestorben war, einem riesigen Mahagoni-Himmelbett, um dessen Pfosten sich geschnitzte Schlangen zum brokatenen Eden des Baldachins hochschlängelten. Alle zeigten den erhitzten Ausdruck seligster Freude, die das wahre Vorrecht der Mutter ist; und das Baby wurde von Brust zu Brust gereicht, und keine der sechs war ohne Milch.

Dem jungen Omar Chajjam wurde allmählich zu Bewußtsein gebracht, daß seiner Geburt gewisse Regelwidrigkeiten vorausgegangen und nachgefolgt waren. Mit dem Vor haben wir uns schon befaßt, und was das Nach betrifft:

»Ich habe mich schlicht geweigert«, sagte seine älteste Mutter Chhunni an seinem siebten Geburtstag zu ihm, »dir den Namen Gottes ins Ohr zu flüstern.«

An seinem achten Geburtstag gestand Munnee, die mittlere: »Es kam gar nicht in Frage, dir den Kopf scheren zu lassen. Du bist mit so schönem schwarzen Haar auf die Welt gekommen, das hätte dir niemand vor meinen Augen abschneiden dürfen, o nein, mein Herr!«

Genau ein Jahr später setzte seine jüngste Mutter eine ernste Miene auf. »Unter keinen Umständen«, verkündete Bunny, »hätte ich zugelassen, daß die Vorhaut entfernt wird. Was soll das? Sie ist doch keine Bananenschale!«

Omar Chajjam trat ins Leben, ohne der Wohltaten der Verstümmelung, des Friseurs und des Segens Gottes teilhaftig zu werden. Vielen sollte das als Handicap erscheinen.

Geboren in einem Totenbett, das (neben Vorhängen und Moskitonetzen) das Geisterbild eines Großvaters umwehte, der sich sterbend den Randbezirken der Hölle anheimgegeben hatte; eine Kette auf dem Kopf stehender Berge als erste Wahrnehmung ... Omar Chajjam war vom Tag seiner Geburt an mit dem undeutlichen Empfinden geschlagen, alles sei verkehrt, die Welt stehe auf dem Kopf. Und mit etwas Schlimmerem: der Angst, er lebe so nah am Rand der Welt, daß er jeden Augenblick hinunterfallen könne. Durch ein altes Teleskop betrachtete das Kind Omar Chajjam von den Fenstern im oberen Stock des Hauses die Leere der Landschaft um Q., die ihn davon überzeugte, daß er sich am äußersten Rand Aller Dinge befand und daß jenseits der Unvorstellbaren Berge am Horizont das große Nichts lag, in das er in seinen Alpträumen mit eintöniger Regelmäßigkeit zu fallen begonnen hatte. Der erschreckendste Aspekt dieser Träume war das im Schlaf empfundene Gefühl, seine Stürze ins Leere seien nicht unverdient, und es geschehe ihm ganz recht ... er erwachte inmitten von Moskitonetzen, in Schweiß gebadet und sogar schreiend bei der Erkenntnis, daß seine Träume ihn über die eigene

Nichtswürdigkeit informierten. Die Neuigkeit behagte ihm nicht.

In diesen Jahren also, da manches noch in der Schwebe war, faßte Omar Chajjam den nie widerrufenen Entschluß, seine Schlafenszeit zu verkürzen, ein lebenslanges Bestreben, das ihn am Ende, um die Zeit, als seine Frau in Rauch aufging – doch nein, das Ende darf dem Anfang und der Mitte nicht vorausgehen, auch wenn neuere wissenschaftliche Versuche uns gezeigt haben, daß in bestimmten Arten von geschlossenen Systemen und unter starkem Druck die Zeit dazu bewegt werden kann, rückwärts zu laufen, so daß Wirkungen ihren Ursachen vorangehen. Das ist genau jene Art von nutzlosem Fortschritt, von dem Geschichtenerzähler überhaupt keine Notiz nehmen dürfen; auf diesem Weg lauert der Wahnsinn! –, das ihn schließlich dahin brachte, daß bloße vierzig Minuten in der Nacht, das berühmte Nickerchen, genügten, ihn zu erfrischen. Wie jung war er, als er den überraschend erwachsenen Entschluß faßte, der ungenießbaren Realität der Träume in die etwas annehmbareren Illusionen seines alltäglichen, wachen Lebens zu entfliehen! »Kleine Fledermaus« nannten seine Mütter ihn nachsichtig, als sie von seinen nächtlichen Wanderungen durch die unerschöpflichen Kammern ihres Heims erfuhren; ein dunkelgrauer Tschador flatterte um seine Schultern und bot Schutz gegen die Kälte der Winternächte; aber ob er sich zu einem Kreuzritter im Umhang oder einem Blutsauger unter verhüllendem Mäntelchen, zu Batman oder Dracula entwickelte, das mag der Leser entscheiden.

Seine Frau, die ältere Tochter General Raza Hyders, litt ebenfalls unter Schlaflosigkeit, doch darf Omar Chajjams Schlaflosigkeit nicht mit ihrer verglichen werden, denn während seine beabsichtigt war, lag sie im Bett, die törichte Sufiya Zinobia, und quetschte ihre Augenlider mit Daumen und

Zeigefinger zu, als könne sie das Bewußtsein durch die Augenwimpern hinausdrücken wie Staubkörnchen oder Tränen. Und sie verbrannte, sie verschmorte in eben dem Zimmer, in dem ihr Mann geboren und sein Großvater gestorben war, neben dem Bett mit den Schlangen und dem Paradies ... zum Teufel mit dieser ungehorsamen Zeit! Auf der Stelle beordere ich diese Sterbeszene in die Kulissen zurück: Shazam!
Im Alter von zehn Jahren war der junge Omar bereits für die einhegende, schützende Gegenwart der Berge am westlichen und südlichen Horizont dankbar. Die Unvorstellbaren Berge: den Namen werden Sie in Ihren Atlanten nicht finden, einerlei, wie groß der Maßstab ist. Geographen haben freilich ihre Grenzen; der junge Omar Chajjam, der sich in ein wundersam glänzendes Messingteleskop verliebte, das er aus der überströmenden Fülle der Dinge, die sein Heim verstopften, ausgrub, war sich immer bewußt, daß jegliche Geschöpfe aus Silizium oder Ungeheuer aus Gasen, die die Sterne der allnächtlich über seinem Kopf dahinfließenden Milchstraße bewohnten, ihre Heimat an den Namen in seinen abgegriffenen Sternkarten nie erkannt hätten. »Wir hatten unsere Gründe«, sagte er sein Leben lang, »für den Namen, den wir unserer eigenen Bergkette gaben.«
Die schlitzäugigen, felsenharten Angehörigen der Stämme, die in jenen Bergen hausten und die gelegentlich in den Straßen von Q. gesehen wurden (dessen empfindsamere Einwohner auf die andere Straßenseite gingen, um dem gewaltigen Gestank und den schaukelnden, ungehobelten Schultern der Gebirgler auszuweichen), nannten die Bergkette auch »das Dach des Paradieses«. Das Gebirge, überhaupt die ganze Gegend, sogar Q. selbst wurden von periodisch auftretenden Erdbeben heimgesucht; es war eine instabile Zone, und die Leute aus den Bergen glaubten, die Beben würden durch Engel verursacht, die aus Felsspalten auftauchten. Lange ehe

sein eigener Bruder sah, wie ein geflügelter und goldglänzender Mann ihn von einem Dach aus beobachtete, hatte Omar Chajjam Shakil die Theorie eingeleuchtet, daß das Paradies nicht im Himmel, sondern direkt unter seinen Füßen lag und daß die Erdbewegungen das Interesse der Engel an der Erforschung weltlicher Angelegenheiten bewiesen. Die Form der Gebirgskette änderte sich ständig unter diesem engelhaften Druck. Aus den schrundigen, ockerfarbenen Abhängen erhob sich eine endlose Zahl pfeilerähnlicher Felsformationen aus Schichtgestein, deren geologische Schichten sich so deutlich voneinander absetzten, daß die titanischen Säulen von Kolossen errichtet schienen, die in der Steinmetzkunst bewandert waren ... und auch diese göttlichen Traumtempel stiegen und fielen mit dem Kommen und Gehen der Engel.

Oben die Hölle, unten das Paradies; ich habe mich bei dieser Darstellung der veränderungsanfälligen Wüstenei, aus der Omar Chajjam stammte, länger aufgehalten, um die These zu betonen, daß er zwischen Zwillingsewigkeiten aufwuchs, deren herkömmliche Ordnung seiner Erfahrung zufolge genau umgedreht war; daß solche Kopfstände Auswirkungen haben, die schwerer zu messen sind als Erdbeben – denn welcher Erfinder hätte je einen Seismographen der Seele patentieren lassen? – und daß ihre Gegenwart in Omar Chajjam, den man nicht beschnitt, dem man nichts zuflüsterte, den man nicht schor, das Gefühl verstärkte, anders als andere zu sein.

Aber ich habe mich jetzt lange genug draußen aufgehalten und muß meine Erzählung aus der Sonne holen, ehe ihr Luftspiegelungen und Hitzschlag zu schaffen machen. – Später, am anderen Ende seines Lebens (offenbar läßt sich die Zukunft nicht bändigen und ist nicht davon abzuhalten, immer wieder in die Vergangenheit einzudringen), als sein Name wegen des Skandals um die kopflosen Morde in allen Zeitungen stand, machte die Zollbeamtentochter Farah Rodrigues den Mund auf und entließ aus ihrem Gewahrsam die Geschichte jenes Tages, da der halbwüchsige Omar Chajjam, schon damals ein dicker Kerl, dem in Nabelhöhe ein Knopf fehlte, sie zum Posten ihres Vaters an der Landesgrenze vierzig Meilen westlich von Q. begleitet hatte. Sie saß in einer illegalen Schnapsbude und redete niemand Bestimmten an – ihr ehemals kristallenes Lachen war im Lauf der Zeit und infolge der Wüstenluft zu einem schrillen Gegacker geworden, das klang wie zersplitterndes Glas: »Unglaublich, ich schwör's«, hing sie ihren Erinnerungen nach, »wir waren gerade mit dem Jeep angekommen, und sofort kam eine Wolke runter und ließ sich auf dem Boden nieder, direkt an der Grenze, als käme sie ohne Visum nicht rüber, und dieser Shakil ist so erschrocken, daß ihm schwindlig geworden ist, er ist umgekippt und ohnmächtig geworden, obwohl er mit beiden Füßen fest auf dem Boden stand.«

Selbst zur Zeit seines größten Ruhms, selbst als er Hyders Tochter heiratete, selbst nachdem Raza Hyder Präsident geworden war, plagte Omar Chajjam manchmal dieser unwirkliche Schwindel, das Gefühl, ein Geschöpf am Rande zu sein: ein peripherer Mann. Einmal, zur Zeit seiner Sauf- und Zechfreundschaft mit Iskander Harappa, dem Millionär, Playboy, radikalen Denker, Ministerpräsidenten und schließlich wunderwirkenden Leichnam, sprach Omar Chajjam im Rausch zu Isky von sich. »Vor dir hast du«, vertraute er ihm an, »einen Kerl, der noch nicht einmal in seinem eigenen Leben die Hauptrolle spielt, einen Mann, der außerhalb-der-Dinge geboren und erzogen wurde. Die Vererbung, das ist es, meinst du nicht?«

»Das ist ein bedrückender Gedanke«, antwortete Iskander Harappa.

Omar Chajjam Shakil wurde, ohne einen einzigen Vater in Sicht, von nicht weniger als drei Müttern erzogen, ein Rätsel, das später, als Omar schon zwanzig Jahre alt war, noch rätselhafter wurde durch die Geburt eines jüngeren Bruders, der gleichfalls von allen drei weiblichen Elternteilen beansprucht wurde und dessen Empfängnis nicht weniger unbefleckt gewesen zu sein schien. Gleichermaßen beunruhigend für den heranwachsenden Jugendlichen war seine erste Liebeserfahrung, als er mit watschelnder und entflammter Entschlossenheit der wollüstig unerreichbaren Gestalt einer gewissen Farah der Parsin (geborene Zoroaster) nachsetzte, eine Beschäftigung, die, mit der einzigen Ausnahme seiner von Geburt an isolierten Person, bei allen Burschen am Ort als »das Desaster herausfordern« bekannt war.

Von Schwindel ergriffen, am Rande stehend, verdreht, verblendet, schlaflos, sterngucknend, dick: was für ein Held soll das sein?

Zweites Kapitel

Eine Halskette aus Schuhen

Einige Wochen nach dem Einmarsch russischer Truppen in Afghanistan kehrte ich nach Hause zurück, um meine Eltern und Schwestern zu besuchen und meinen erstgeborenen Sohn vorzuzeigen. Meine Familie wohnt in der »Defence«, der Pakistan Defence Service Officers' Cooperative Housing Society, obwohl sie nichts mit dem Militär zu tun hat. Die »Defence« ist eines der besseren Viertel in Karatschi; wenige der Soldaten, die dort zu Schleuderpreisen Grundstücke kaufen durften, konnten es sich leisten, darauf zu bauen.

Aber sie durften die unbebauten Grundstücke auch nicht weiterverkaufen. Um den Anteil eines Offiziers in der »Defence« zu erwerben, mußte man einen komplizierten Vertrag aufsetzen. Den Klauseln dieses Vertrags zufolge blieb das Land Eigentum des Verkäufers, obwohl man den vollen Marktwert bezahlt hatte und nun ein kleines Vermögen ausgab, um darauf ein eigenes Haus nach eigenen Angaben zu bauen. Theoretisch war man einfach ein netter Kerl, ein Wohltäter, dem es beliebte, aus seiner grenzenlosen Güte heraus dem armen Offizier ein Heim zu schenken. Doch der Vertrag verpflichtete auch den Verkäufer, einen Dritten zu benennen, der die unbeschränkte Verfügung über das Eigentum erhielt, sobald das Haus fertig war. Dieser Dritte wurde vom Käufer benannt, und wenn die Bauarbeiter den letzten Handgriff getan hatten, überschrieb er ihm einfach das Ganze. Zwei voneinander unabhängige Taten der Selbstlosigkeit waren also für diesen Vorgang vonnöten. Auf dieser Gefälligkeitsbasis war fast die ganze »Defence« entstanden. Dieser

Kameradschaftsgeist, dieses selbstlose Hinarbeiten auf ein gemeinsames Ziel ist es wert, festgehalten zu werden.

Es war ein elegantes Verfahren. Der Verkäufer wurde reich, der Mittelsmann bekam sein Entgelt, man bekam sein Haus, und niemand brach ein Gesetz. Deshalb fragte natürlich auch nie jemand danach, wie es kam, daß der begehrteste Baugrund der Stadt den Streitkräften zugeteilt worden war. Auch diese Haltung gehört zu den Fundamenten der »Defence«: die Luft dort ist voll von ungefragten Fragen. Doch ihr Geruch ist schwach, und die Blumen in den vielen üppig gedeihenden Gärten, die Bäume am Straßenrand, die Parfüms der gepflegten Damen des Viertels überdecken diesen anderen, zu körperlosen Geruch fast völlig. Diplomaten, internationale Geschäftsleute, die Söhne ehemaliger Diktatoren, Schlagerstars, Textilfabrikanten, Kricketspieler der Nationalmannschaft kommen und gehen. Es gibt viele neue Datsuns und Toyotas. Und der Name »Defence Society«, der in manchen Ohren wie ein Symbol klingen könnte (ein Symbol der für beide Seiten vorteilhaften Beziehung zwischen dem Establishment des Landes und seiner Armee), hat in der Stadt keinen derartigen Beigeschmack. Es ist nur ein Name, nichts weiter.

Kurz nach meiner Ankunft besuchte ich eines Abends einen alten Freund, einen Dichter. Ich hatte mich auf eine unserer langen Unterhaltungen gefreut, darauf, seine Ansichten über die jüngsten Ereignisse in Pakistan und natürlich über Afghanistan zu hören. Wie gewöhnlich war sein Haus voller Besucher; niemand schien Lust zu haben, über irgend etwas anderes als die Kricketländerspiele zwischen Indien und Pakistan zu reden. Ich ließ mich mit meinem Freund an einem Tisch nieder und begann ein müßiges Schachspiel. Doch eigentlich wollte ich über manche Dinge die ungeschminkte Wahrheit erfahren und brachte schließlich vor, was mir am Herzen lag. Ich begann mit einer Frage nach der Hinrichtung Zulfikar Ali

Bhuttos. Doch nur die halbe Frage kam über meine Lippen; ihre andere Hälfte gesellte sich zum Heer der vielen unausgesprochenen Fragen in diesem Land, denn ich spürte einen äußerst schmerzhaften Tritt gegen mein Schienbein und kam mitten im Satz, ohne aufzuschreien, wieder auf den Sport zu sprechen. Danach diskutierten wir den einsetzenden Videoboom.

Leute kamen, gingen, machten die Runde, lachten. Nach ungefähr vierzig Minuten sagte mein Freund: »Jetzt ist es O.K.« Ich fragte: »Wer war's?« Er nannte mir den Namen des Spitzels, der sich in diesen Kreis eingeschlichen hatte. Sie behandelten ihn höflich, ohne anzudeuten, daß sie wußten, warum er da war, denn sonst wäre er verschwunden, und den nächsten Spitzel hätten sie vielleicht nicht so leicht entdeckt. Später lernte ich den Spion kennen. Er war ein netter Kerl, ein angenehmer Gesprächspartner mit einem offenen Gesicht, der zweifelsohne froh war, daß er nichts hörte, was des Kolportierens wert war. Eine Art Gleichgewicht war erreicht worden. Wieder einmal staunte ich über die vielen netten Leute, die es in Pakistan gab, über die Artigkeit, die in den Gärten wuchs und die Luft parfümierte.

Seit meinem letzten Besuch in Karatschi hatte mein Freund, der Dichter, viele Monate im Gefängnis verbracht – aus gesellschaftlichen Gründen. Das heißt, er kannte jemanden, der jemanden kannte, und dieser Jemand war die Frau des angeheirateten Vetters zweiten Grades des Stiefonkels von jemandem, der mit jemandem, der Waffen an die Guerillas in Belutschistan lieferte, in derselben Wohnung gewohnt hatte oder auch nicht. Wenn man Beziehungen hat, kann man in Pakistan überall hinkommen, sogar ins Gefängnis. Mein Freund weigert sich nach wie vor, über das, was ihm während jener Monate widerfuhr, zu reden, aber andere haben mir erzählt, er sei nach seiner Entlassung lange Zeit in schlechter

Verfassung gewesen. Sie sagten, er sei mit dem Kopf nach unten an den Knöcheln aufgehängt und geschlagen worden, als wäre er ein Neugeborenes, dessen Lungen angekurbelt werden müssen, damit es schreien kann. Ich habe ihn nie gefragt, ob er damals schrie oder ob durch ein Fenster auf dem Kopf stehende Berggipfel zu sehen waren.

Wohin ich mich auch wende, immer gibt es etwas, für das man sich schämen muß. Doch Scham ist wie alles andere; leben Sie nur lange genug damit, und sie wird Teil des Mobiliars. In der »Defence« findet man Scham in jedem Haus; sie brennt im Aschenbecher, hängt gerahmt an der Wand, liegt als Decke auf dem Bett. Doch niemand nimmt sie mehr wahr. Und alle sind wohlerzogen.

Vielleicht sollte mein Freund diese Geschichte erzählen, oder eine andere, seine eigene, doch er schreibt nichts Poetisches mehr. Statt seiner bin nun ich hier und erfinde, was mir nie widerfuhr, und es wird Ihnen aufgefallen sein, daß mein Held schon an den Knöcheln aufgehängt wurde und sein Name der eines berühmten Dichters ist; doch keine Vierzeiler sind je seiner Feder entsprungen oder werden ihr je entspringen.

Außenseiter! Unbefugter! Du hast kein Recht auf dieses Thema! ... Ich weiß, niemand hat mich je verhaftet. Und wahrscheinlich werden sie es auch nie tun. *Freibeuter! Plagiator! Wir sprechen dir jede Glaubwürdigkeit ab. Wir kennen dich mit deiner fremden Sprache, die du wie eine Flagge um dich gehüllt hast: wenn du in deiner gespaltenen Zunge über uns sprichst, was kannst du schon erzählen als lauter Lügen?* Ich antworte mit neuen Fragen: Ist die Geschichte als Alleinbesitz der unmittelbar Betroffenen zu betrachten? Welche Gerichtshöfe befinden über solche Forderungen, welche Grenzkommissionen stecken das Terrain ab?

Können nur die Toten sprechen?

Ich sage mir, daß dies ein Roman des Abschiednehmens sein wird, meine letzten Worte über den Osten, von dem mich zu lösen ich vor vielen Jahren begonnen habe. Ich glaube mir manchmal selbst nicht, wenn ich das sage. Er ist ein Teil der Welt, dem ich, ob ich will oder nicht, noch immer verbunden bin, und sei es nur durch dehnbare Bande.

Was Afghanistan betrifft: Nach meiner Rückkehr nach London traf ich bei einem Essen einen ranghohen britischen Diplomaten, von Berufs wegen Spezialist für »meinen« Teil der Welt. Er sagte, »nach Afghanistan« gehöre es sich für den Westen, die Diktatur Präsident Zia ul-Haqs zu unterstützen. Ich hätte keinen Wutanfall bekommen sollen, aber ich bekam einen. Es hatte keinen Zweck. Dann, als wir uns vom Tisch erhoben, sagte seine Frau, eine ruhige, kultivierte Dame, die beschwichtigende Laute geäußert hatte, zu mir: »Sagen Sie, warum entledigen die Leute in Pakistan sich Zias nicht in der, Sie wissen schon, üblichen Weise?«

Scham und Schande, lieber Leser, sind kein ausschließliches Privileg des Ostens.

Das Land dieser Geschichte ist nicht Pakistan, oder nicht ganz. Es gibt zwei Länder, ein reales und ein fiktives, die beide denselben Raum einnehmen, oder beinahe denselben Raum. Meine Geschichte, mein fiktives Land befinden sich, genau wie ich, in einem etwas schiefen Winkel zur Realität. Dieses Abrücken von der Mitte schien mir unabdingbar; doch ob es vernünftig ist, steht natürlich dahin. Meiner Ansicht nach schreibe ich nicht nur über Pakistan.

Ich habe dem Land keinen Namen gegeben. Und Q. ist eigentlich überhaupt nicht Quetta. Aber ich will es nicht übertreiben: wenn ich von der großen Stadt spreche, werde ich sie Karatschi nennen. Und sie wird eine »Defence« haben.

Omar Chajjam nimmt als Dichter eine merkwürdige Stellung ein. In seinem Heimatland Persien war er nie sehr populär, und im Westen existiert er in einer Übersetzung, die in Wirklichkeit eine vollkommene Neubearbeitung seiner Verse ist und sich in vielen Fällen stark vom Geist (ganz zu schweigen vom Inhalt) des Originals unterscheidet. Auch ich bin ein übersetzter Mann. Ich bin *übertragen* worden. Im allgemeinen nimmt man an, bei der Übersetzung gehe etwas verloren; ich klammere mich an die Vorstellung – und nehme den Erfolg von Fitzgerald-Chajjam zum Beweis –, daß auch etwas gewonnen werden kann.

»Dein Anblick durch mein geliebtes Teleskop«, sagte Omar Chajjam Shakil am Tag, da er seine Liebe erklärte, zu Farah Zoroaster, »gab mir die Kraft, meiner Mütter Macht zu brechen.«
»Voyeur!« antwortete sie. »Ich scheiße auf dein Palaver. Deine Eier sind zu schnell rausgerutscht, und du bist scharf geworden. Das ist alles. Häng mir nicht deine Familienprobleme an den Hals.« Sie war zwei Jahre älter als er, aber dennoch mußte Omar Chajjam einräumen, daß sein Herzblatt ein außerordentlich ordinäres Mundwerk hatte …
… Außer dem Namen eines großen Dichters hatte das Kind den Familiennamen seiner Mütter bekommen. Und wie um zu unterstreichen, warum sie ihn nach dem unsterblichen Chajjam nannten, gaben die Schwestern auch dem lichtarmen, korridorreichen Gebäude, dem einzigen Land, das sie nunmehr besaßen, einen Namen: sie nannten es »Nishapur«. So wuchs ein zweiter Omar an einem zweiten Ort dieses Namens heran, und als er heranwuchs, sah er in den sechs Augen seiner drei Mütter immer wieder einen seltsamen Blick, einen Blick, der zu sagen schien: Beeil dich, wir warten auf deine Gedichte.

Doch (wiederhole ich) kein Rubaiyat entsprang je seiner Feder.

Seine Kindheit war in jeder Hinsicht außergewöhnlich gewesen, denn was auf Mütter und Dienstboten zutraf, verstand sich von selbst auch für unseren peripheren Helden. Omar Chajjam saß zwölf lange Jahre, die entscheidendsten seines Lebens, in diesem abgeschiedenen Herrenhaus in der Falle, in dieser dritten Welt, die weder eine materielle noch eine geistige war, sondern etwas wie eine geballte Hinfälligkeit, die aus den vermodernden Überresten der beiden vertrauteren Weltordnungen zusammengebastelt war; eine Welt, in der er nicht nur ständig in die mottenkugelgespickte, spinnwebverhangene, staubumhüllte Überfülle zerfallender Gegenstände geriet, sondern auch in die immer noch in der Luft hängenden verebbenden Ausdünstungen verworfener Ideen und vergessener Träume. Die wohlüberlegte Geste, mit der seine drei Mütter sich von der Außenwelt abgekapselt hatten, hatte eine schwüle entropische Zone geschaffen, in der trotz des ganzen Komposts von Vergangenheit nichts Neues wachsen zu können schien und der bald zu entkommen das innigste Bestreben des jugendlichen Omar wurde. Ohne in diesem unerträglich vagen Grenzuniversum etwas von der Krümmung von Raum und Zeit zu wissen, dank deren derjenige, der am längsten und schnellsten läuft, unweigerlich schnaubendschnaufend, mit verzerrten schmerzenden Sehnen an der Startlinie ankommt, träumte er von Auswegen; es kam ihm vor, als stünde in der beklemmenden Enge von »Nishapur« sein eigenes Leben auf dem Spiel. War er doch etwas Neues in diesem unfruchtbaren, vom Zahn der Zeit benagten Labyrinth.

Haben Sie von den Wolfskindern gehört, die – so muß man annehmen – an den wilden Zitzen eines behaarten, den Mond anheulenden Muttertiers gesäugt wurden? Aus dem Rudel gerettet, beißen sie ihre Erlöser niederträchtig in den Arm; in

Netzen und Käfigen, nach rohem Fleisch und Kot stinkend, werden sie ans befreiende Licht der Welt gebracht; ihre Hirne sind zu mangelhaft entwickelt, als daß sie mehr als die fundamentalsten Bruchstücke der Zivilisation erfassen könnten ...
Auch Omar Chajjam wurde von zu vielen Milchdrüsen genährt; und er wandelte wohl viertausend Tage in dem von Dingen überschwemmten Dschungel von »Nishapur«, seiner ummauerten Wildnis, seinem Mutterland; bis es ihm gelang, Neuland zu erschließen, indem er einen Geburtstagswunsch äußerte, der durch nichts erfüllt werden konnte, was sich in Mistri Ballochs Apparat heraufschaffen ließ.
»Laß diesen Dschungeljungenquatsch«, spottete Farah, als Omar es mit ihr probierte, »du bist kein Scheiß-Affenmensch, Sonny Jim.« Und pädagogisch gesehen hatte sie recht, doch gleichzeitig hatte sie das Wilde, das Böse an ihm verkannt; und er bewies ihr am eigenen Leibe, daß sie unrecht hatte.
Alles der Reihe nach: Zwölf Jahre lang durfte er im Haus machen, was er wollte. Wenig (außer der Freiheit) wurde ihm verweigert. Ein verzogener und verschlagener Fratz; wenn er heulte, liebkosten ihn seine Mütter ... und nachdem die Alpträume angefangen hatten und er langsam das Schlafen aufgab, tauchte er immer tiefer in die scheinbar bodenlosen Abgründe dieses verfallenden Reiches ein. Glauben Sie mir, wenn ich Ihnen sage, daß er durch Korridore stolperte, die so lange nicht mehr betreten worden waren, daß seine Füße in ihren Sandalen bis über die Knöchel in Staub einsanken; daß er zusammengefallene Treppen entdeckte, die Erdbeben vor langer, langer Zeit unpassierbar gemacht und zu gezackten Gebirgen aufgetürmt hatten, die steil abfielen und dunkle Abgründe der Angst offenbarten ... in der Stille der Nacht und bei den ersten Geräuschen des Morgengrauens erkundete er die unzweifelhaft archäologische Vorzeit »Nishapurs«, die jenseits aller Geschichtlichkeit lag, entdeckte in Schränken,

deren Holztüren unter seinen tastenden Fingern zerbröckelten, die unvorstellbaren Formen bemalten neolithischen Steinguts im Stil der Kot-Diji-Kultur; in Küchentrakten, deren Vorhandensein nicht einmal mehr vermutet wurde, starrte er verständnislos auf bronzenes Arbeitsgerät von wahrhaft sagenhaftem Alter; in Fluchten des gigantischen Palastes, die vor langer Zeit verlassen worden waren, weil ihre Installationen geborsten waren, betrachtete er andächtig das komplizierte Röhrenwerk der Kanalisation aus Ziegelstein, das seit Jahrhunderten nicht mehr gebräuchlich war und das die Erdbeben freigelegt hatten.
Einmal verirrte er sich völlig und lief verstört umher, wie ein Zeitreisender, der seine Zauberkapsel verloren hat und fürchtet, nie wieder aus der zerfallenden Geschichte seiner Rasse aufzutauchen – und plötzlich blieb er wie angewurzelt stehen und starrte entsetzt in einen Raum, dessen Außenwand zu Teilen von großen, dicken, wassersuchenden Baumwurzeln aufgebrochen war. Er war vielleicht zehn Jahre alt, als er diesen ersten flüchtigen Blick auf die freie Außenwelt erhaschte. Er brauchte nur durch die zertrümmerte Wand zu gehen – doch das Geschenk überfiel ihn ohne Vorwarnung, und überwältigt von der grellen Verheißung des Morgenlichts, das durch das Loch strömte, gab er Fersengeld und floh. Sein Schrecken führte ihn blindlings in das eigene tröstliche, traute Zimmer zurück. Später, als er Zeit zum Nachdenken gehabt hatte, versuchte er mit einem Garnknäuel bewaffnet den Weg zu rekonstruieren; aber es war vergebens; nie wieder fand er zurück an den Ort im Irrgarten seiner Kindheit, wo der Minotaurus verbotenen Sonnenlichts lebte.
»Manchmal habe ich Skelette gefunden«, schwor er der ungläubigen Farah, »von Menschen und von Tieren.« Und selbst wenn keine Knochen da waren, verfolgten die längst verstorbenen Bewohner des Hauses ihn auf Schritt und Tritt.

Nicht so, wie Sie denken! – Kein Heulen, kein Kettenklirren! – Sondern körperlose Gefühle, die erstickenden Dünste vergangener Hoffnungen, Ängste, Lieben; und Omar Chajjam, den das von Vorfahren erfüllte, geisterhaft Beklemmende dieser verborgenen Winkel des heruntergekommenen Gebäudes schließlich zur Raserei trieb, übte (nicht lange nach dem Erlebnis mit der geborstenen Mauer) Rache an seiner unnatürlichen Umgebung. Mich schaudert bei der Beschreibung seiner vandalischen Ausschreitungen: bewaffnet mit einem Besen und einem widerrechtlich angeeigneten Beil, tobte er durch staubige Flure und madenzerfressene Schlafräume, schlug Glasvitrinen ein, fällte vom Mehltau des Vergessens umhüllte Diwane, zermalmte wurmstichige Bibliotheken; Kristall, Gemälde, rostige Helme, die papierdünnen Reste unschätzbarer Seidenteppiche wurden unwiederbringlich zerstört. »Dir geb ich's!« schrie er gellend inmitten der Leichname seiner nutzlosen, massakrierten Geschichte, »dir geb ich's, altes Zeug!« – und brach dann (als er das schuldbeladene Beil und den reinfegenden Besen fallen ließ) in folgewidrige Tränen aus.
Es soll nicht verschwiegen werden, daß selbst in jenen Tagen niemand den Geschichten des Jungen über die sich ins Unendliche erstreckende Weitläufigkeit des Hauses Glauben schenkte. »Einzelkind«, krächzte Hashmat Bibi, »immer, immer spielt sich ihr Leben in ihrem armen Kopf ab.« Und auch die drei Diener lachten: »Wenn wir dich hören, Baba, denken wir, das Haus ist groß, so groß geworden, daß es auf der Welt für nichts anderes mehr Platz gibt!« Und drei Mütter, die verständnisvoll auf ihrer Lieblingsschaukel saßen, streckten tätschelnde Hände aus und zogen den Schlußstrich unter die Sache. »Zumindest hat er eine lebhafte Phantasie«, sagte Munnee-in-der-Mitte, und Mutter Bunny fiel ein: »Kommt von seinem poetischen Namen.« Besorgt, er könne schlafwan-

deln, kommandierte Chhunni-ma einen Diener ab, der seine Schlafmatte vor Omar Chajjams Zimmer legen mußte; doch da hatte er die phantastischeren Zonen von »Nishapur« bereits für alle Zeiten zum Tabu erklärt. Nachdem er über die Kohorten der Geschichte hergefallen war wie ein Wolf (oder Wolfskind) über eine Schafherde, beschränkte sich Omar Chajjam Shakil auf die ausgetretenen, gefegten und geputzten bewohnten Regionen des Hauses.

Etwas – möglicherweise Reue – führte ihn in das dunkel getäfelte Arbeitszimmer seines Großvaters, dessen Wände mit Büchern bedeckt waren und das die Schwestern seit dem Tod des alten Mannes nie mehr betreten hatten. Hier entdeckte er, daß Mr. Shakils gelehrtes Gehabe Schwindel gewesen war, genau wie sein angeblicher Geschäftssinn, denn die Bücher waren alle mit dem Exlibris eines gewissen Colonel Arthur Greenfield versehen, und viele Seiten waren noch nicht aufgeschnitten. Es war die Bibliothek eines Gentlemans, die in toto von dem unbekannten Colonel gekauft und während ihres gesamten Verbleibs im Shakil-Haushalt nie benutzt worden war. Nun machte Omar Chajjam sich eifrig darüber her.

Hier muß ich seine autodidaktischen Fähigkeiten loben. Denn als er »Nishapur« verließ, hatte er klassisches Arabisch und Persisch gelernt, ebenso Latein, Französisch und Deutsch, und alles mit Hilfe ledergebundener Wörterbücher und der unbenutzten Texte der betrügerischen Eitelkeit seines Großvaters. In was für Bücher der junge Bursche sich versenkte! Illuminierte Handschriften mit den Versdichtungen Gãlibs; Bände mit Briefen von Mogulkaisern an ihre Söhne; Burtons Übersetzung des *Alf lai la wa-lai la*, und die *Reisebeschreibung* Ibn Battutas und die *Qisas*, das sind die Erzählungen des legendären Abenteurers Hatim Tai ... ja, ja, ich sehe, ich muß das irreführende Bild von Mowgli, dem Dschungeljun-

gen, zurückziehen (so wie Farah Omar befahl, sich zurückzuziehen).
Der ständige Transit von Gegenständen (Wohngemächer – Stummer Diener – Pfandleihe) brachte in regelmäßigen Abständen Verborgenes ans Licht. Die riesigen Räume, bis zum Rand vollgestopft mit dem materiellen Vermächtnis von Generationen raffgierig-habsüchtiger Vorfahren wurden langsam geleert, und als Omar Chajjam zehneinhalb war, war genügend Platz, daß man sich bewegen konnte, ohne sich bei jedem Schritt an den Möbeln zu stoßen. Und eines Tages schickten die drei Mütter einen Diener ins Arbeitszimmer, damit er einen meisterhaft geschnitzten Wandschirm aus Walnußholz aus ihrem Leben entfernte, auf dem der kreisrunde mythische Berg Qaf dargestellt war, mitsamt den dreißig Vögeln, die darauf Gott spielten. Der Abflug des Vogelparlaments enthüllte Omar Chajjam einen kleinen Bücherschrank, vollgestopft mit Bänden über Theorie und Praxis der Hypnose: Mantras in Sanskrit, Handbücher über die Lehre der persischen Weisen, eine Lederausgabe des finnischen *Kalevala*, ein Bericht über die Teufelsaustreibungen des Bruders Gassner aus Klosters mittels Hypnose und eine Schrift zur Theorie des animalischen Magnetismus von Franz Anton Mesmer selbst; daneben (und am nutzbringendsten) eine Reihe billig gedruckter Do-it-yourself-Lehrbücher. Gierig begann Omar Chajjam diese Bücher zu verschlingen, die als einzige nicht den Namen des literaturbeflissenen Colonels trugen; sie waren das wahre Vermächtnis seines Großvaters, und sie führten ihn zu seiner lebenslangen Beschäftigung mit jener Geheimwissenschaft, deren furchtbare Macht sich zum Guten wie zum Bösen wenden läßt.
Die Hausangestellten waren genauso unterbeschäftigt wie er; seine Mütter waren in Angelegenheiten wie Sauberkeit und Küche allmählich sehr lasch geworden. So wurde das Diener-

trio zu Omar Chajjams erstem willfährigen Versuchsobjekt. Mit Hilfe einer glänzenden Vier-Anna-Münze »versenkte« er sie und entdeckte nicht ohne Stolz seine Befähigung zu dieser Kunst: mühelos hielt er seine Stimme in einer ausdruckslosen, monotonen Höhe und lullte die drei in Trance; unter anderem erfuhr er auf diesem Weg, daß der Sexualtrieb, den seine Mütter seit seiner Geburt vollkommen verloren zu haben schienen, in diesen Männern nicht gleichermaßen zum Erliegen gekommen war. Entrückt gestanden sie beglückt die Geheimnisse ihrer gegenseitigem Liebkosungen und priesen die mütterliche Dreieinigkeit, weil sie ihre Lebensumstände so geändert hatte, daß ihnen ihre wahren Begierden offenbar werden konnten. Die befriedigte dreigestalte Liebe der Diener bildete ein merkwürdiges Gegengewicht zur gleich starken, doch vollkommen platonischen Liebe der drei Schwestern zueinander. (Omar Chajjam jedoch wurde immer verdrießlicher, obwohl er von so viel Vertraulichkeit und Zuneigung umgeben war.)

Hashmat Bibi willigte ebenfalls ein, sich »versenken« zu lassen. Omar redete ihr ein, sie schwebe auf einer weichen, rosigen Wolke. »Du sinkst immer tiefer«, skandierte er, während sie auf ihrer Matte lag, »und tiefer in die Wolke. Es ist schön, in der Wolke zu sein; du willst immer tiefer sinken.« Diese Experimente hatten eine tragische Nebenwirkung. Kurz nach seinem zwölften Geburtstag erfuhren seine Mütter von den drei liebenden Dienern, die dabei vorwurfsvoll auf den jungen Herrn blickten, daß Hashmat sich offenbar willentlich in den Tod versetzt hatte; gegen Ende hatte man sie murmeln hören: »... tiefer und tiefer in die rosige Wolke hinein.« Die alte Dame, die durch die Mittelsmacht der Stimme des jungen Hypnotiseurs Einblicke in das Nichtsein erhascht hatte, hatte zu guter Letzt den eisernen Willen gelockert, mit dem sie ihrer Behauptung nach über hundertzwanzig Jahre lang das Leben festgehalten hatte. Die drei Mütter hörten auf zu schaukeln und befahlen Omar Chajjam, den Mesmerismus aufzugeben. Doch da hatte die Welt sich schon verändert. Um diese Veränderung zu beschreiben, muß ich ein wenig zurückgreifen.

Was in den langsam leer werdenden Räumen noch gefunden wurde: das schon erwähnte Teleskop. Mit welchem Omar Chajjam aus den Fenstern des oberen Stockwerks spähte (die im Erdgeschoß waren ständig verriegelt und verrammelt): die Welt als glänzende Scheibe, ein Mond zu seinem Entzücken. Er beobachtete Drachenwettkämpfe zwischen farbenprächtigen, langschwänzigen *patangs*, deren Schnüre schwarz und in Glas getaucht waren, um sie rasiermesserscharf zu machen; er hörte die Schreie der Sieger – »Boi-oi-oi! Boi-oi!« –, die der sandige Wind zu ihm trug; einmal fiel ein grün-weißer Drachen, dessen Schnur abgerissen war, durch sein offenes Fenster hinein. Und als kurz vor seinem zwölften Geburtstag die unfaßbar anziehende Gestalt Farah Zoroasters, zu jener Zeit nicht älter als vierzehn, aber bereits mit einem Körper ausgestattet, der sich mit dem physischen Wissen einer Frau bewegte, auf diesen okularen Mond zuspazierte, da spürte er in eben jenem Augenblick, wie seine Stimme in der Kehle brach, während unterhalb seines Gürtels andere Dinge ebenfalls nach unten rutschten, um etwas früher als planmäßig den für sie vorgesehenen Platz in bis dahin leeren Säcken einzunehmen. Seine Sehnsucht nach der Außenwelt verwandelte sich auf der Stelle in einen dumpfen Schmerz in der Leistengegend, ein Reißen in den Lenden; was folgte, war vielleicht unvermeidbar.

Er war nicht frei. Seine ausschweifende Freiheit innerhalb des Hauses war nur die Pseudofreiheit eines Zootiers, und seine Mütter waren seine liebenden, sorgenden Wärter. Seine drei

Mütter: wer sonst pflanzte seinem Herzen die Überzeugung ein, eine Nebenrolle zu spielen, das eigene Leben aus den Kulissen zu beobachten? Er beobachtete sie zwölf Jahre lang, und, ja, es muß gesagt werden, er haßte sie für ihre Innigkeit, dafür, wie sie Arm in Arm auf ihrer quietschenden Schaukel saßen, für ihre Neigung, kichernd in die Privatsprache ihrer Mädchenzeit zu verfallen, für die Art, wie sie einander umarmten, ihre drei Köpfe zusammensteckten und über Gottweißwas flüsterten und gegenseitig ihre Sätze zu Ende führten. Omar Chajjam, eingemauert in »Nishapur«, war durch den merkwürdigen Entschluß seiner Mütter von der Gesellschaft der Menschen ausgeschlossen worden; und die Dreieinigkeit seiner Mütter verdoppelte das Gefühl der Ausgeschlossenheit, das Gefühl, inmitten von Gegenständen den Dingen entfremdet zu sein.

Zwölf Jahre fordern ihren Zoll. Anfangs hatte der anmaßende Stolz, der Chhunni, Munnee und Bunny dazu getrieben hatte, sich von Gott, dem Andenken an ihren Vater und ihrem Platz in der Gesellschaft loszusagen, sie befähigt, ihr gutes Benehmen, so ungefähr das einzige, was ihr Vater ihnen vermacht hatte, zu wahren. Jeden Morgen standen sie fast gleichzeitig auf, schrubbten sich mit Eukalyptusrinde fünfzigmal die Zähne horizontal und vertikal und ölten und kämmten sich dann, identisch gekleidet, gegenseitig das Haar und flochten weiße Blumen in die schwarzen Knoten, zu denen sie ihre Locken drehten. Sie verkehrten mit den Dienern und auch untereinander in der Höflichkeitsform des »Sie«. Ihr steifes Betragen und die Präzision, mit der sie das Hauswesen führten, verliehen all ihren Handlungen einen Schein von Legitimität, einschließlich (und das war zweifellos der Grund) der Hervorbringung eines illegitimen Sohnes und Erben. Doch ganz allmählich wurden sie nachlässig.

An dem Tag, als Omar Chajjam in die große Stadt fortzog,

teilte ihm seine älteste Mutter ein Geheimnis mit, das den Beginn ihres Niedergangs zeitlich markierte. »Wir wollten nie aufhören, dich zu stillen«, gestand sie. »Mittlerweile weißt du, daß es nicht üblich ist, wenn ein sechsjähriger Junge noch die Brust bekommt; aber du hast von einem halben Dutzend getrunken, eine für jedes Jahr. An deinem sechsten Geburtstag haben wir auf diese größte aller Wonnen verzichtet, und danach war nichts mehr wie vorher. Wir vergaßen allmählich, worin der Sinn der Dinge lag.«

In den nächsten sechs Jahren, während die Brüste eintrockneten und schrumpften, verloren die Schwestern die Elastizität und aufrechte Haltung ihres Körpers, die so viel von ihrer Schönheit ausgemacht hatte. Sie wurden schlaff, ihr Haar verfilzte sich, sie verloren das Interesse an der Küche, die Dienstboten machten, was sie wollten. Und doch verfielen sie im selben Maße und auf die gleiche Weise; das Band ihrer Identität riß nicht.

Vergessen Sie nicht: die Shakil-Schwestern hatten außer in Benimmfragen nie eine richtige Erziehung erhalten; ihr Sohn hingegen war, als er in den Stimmbruch kam, schon eine Art autodidaktisches Wunderkind. Er versuchte, seine Mütter für seine Studien zu interessieren; aber wenn er die elegantesten Beweise euklidischer Lehrsätze vortrug oder sich redegewandt über Platons Höhlengleichnis verbreitete, wiesen sie die unvertrauten Vorstellungen sofort von der Hand. »Angrez-Kauderwelsch«, sagte Chhunni-ma, und alle drei Mütter zuckten synchron mit den Achseln. »Wie soll man schon verstehen, was in den Köpfen dieser Verrückten vor sich geht?« fragte Munnee-in-der-Mitte in einem Ton, der die Sache endgültig erledigte. »Die lesen Bücher von links nach rechts.«

Das Philistertum seiner Mütter verstärkte in Omar Chajjam das herankeimende und halb artikulierte Gefühl, nicht dazuzugehören, zum einen, weil er ein begabtes Kind war, dessen Begabung von den Eltern Zurück-an-den-Absender gegeben wurde, zum andern, weil er trotz all seiner Gelehrsamkeit ahnte, daß die Einstellung seiner Mütter ihm den Weg verbaute. Er litt unter der Empfindung, in einer Wolke verirrt zu sein, deren Schleier sich gelegentlich hoben, um verlockende und quälende Ausblicke auf den Himmel freizugeben ... trotz allem, was der Junge Hashmat Bibi einflüsterte, zog ihn Umwölktheit nicht an.

Nun denn. Omar Chajjam ist beinahe zwölf. Er ist übergewichtig, und sein Zeugungsorgan, gerade potent geworden, besitzt eine Hautfalte, die hätte entfernt werden sollen. Seine Mütter verlieren allmählich die Gründe für ihr Leben aus den Augen; er hingegen ist unversehens eines Grades an Aggression fähig geworden, der seiner zuvorkommenden Dickejungennatur bis dahin fremd war. Drei Ursachen (die ich bereits erwähnte) lassen sich angeben: erstens der Anblick der vierzehnjährigen Farah auf dem Mond seiner teleskopischen Linse; zweitens die Verlegenheit über seine veränderte Sprechweise, die zwischen Krächzen und Kreischen außer Kontrolle gerät, während ein scheußlicher Klumpen in seiner Kehle wie ein Korken auf und ab hüpft; und drittens, nicht zu vergessen, die altehrwürdigen (oder nichtswürdigen) Veränderungen, die die Biochemie des Pubertierens in der Persönlichkeit des männlichen Heranwachsenden bewirkt ... in Unkenntnis dieses Zusammenwirkens diabolischer Kräfte in ihrem Sohn begehen die drei Mütter den Fehler, Omar Chajjam zu fragen, was er sich zum Geburtstag wünscht.
Er überrascht sie durch Schmollen: »Ihr gebt es mir ja doch nie. Was soll's?« Entsetztes mütterliches Nach-Luft-Schnappen. Sechs Hände fassen an drei Köpfe und nehmen Nichts-Böses-sehen-hören-sprechen-Stellung ein. Mutter Chhunni

(mit den Händen auf den Ohren): »Wie kann er so etwas sagen? Was redet der Junge da?« Und Munnee-in-der-Mitte späht theatralisch durch die Finger: »Jemand hat unser Herzchen durcheinandergebracht, das sieht man doch.« Und das Nesthäkchen Bunny nimmt die Hände von Lippen, die nichts Böses sprechen wollen: »Frag! Frag nur! Was sollten wir dir abschlagen? Was soll das sein, was wir dir nicht geben könnten?«

Da bricht es heulend aus ihm heraus: »Ihr sollt mich aus diesem gräßlichen Haus herauslassen«, und dann, viel ruhiger, in die schmerzliche Stille hinein, die seine Worte hervorgerufen haben, »und mir den Namen meines Vaters nennen.«

»Frechheit! Unverschämter Kerl!« – so Munnee, seine mittlere Mutter; dann ziehen ihre Schwestern sie in einen nach innen zentrierten Kreis und halten einander umarmt in jener Pose obszöner Einheit, die dem zusehenden Jungen so unerträglich ist.

»Hab' ich's nicht gesagt?« – im Grunzen und Falsett der Qual – »Warum quetscht ihr's dann überhaupt aus mir raus?«

Doch nun kann man eine Veränderung beobachten. Zänkische Silben fallen im mütterlichen Kreis, denn die Forderungen des Jungen haben die Schwestern zum erstenmal seit über einem Jahrzehnt entzweit. Sie streiten, und der Streit ist ein verfahrenes, schwieriges Unterfangen, ein Disput zwischen Frauen, die versuchen, sich zu erinnern, was für Menschen sie einst waren.

Als sie aus den Trümmern ihrer zerbrochenen Identität hervorkommen, unternehmen sie heldenhafte Versuche, Omar und sich selbst vorzumachen, daß nichts weiter geschehen sei; doch obwohl alle drei der einmal getroffenen gemeinsamen Entscheidung treu bleiben, sieht der Sohn, daß die Einmütigkeit eine mühsam aufrechterhaltene Maske ist.

»Deine Forderungen sind plausibel.« Baby Bunny spricht als erste. »Und zumindest eine soll dir gewährt werden.«

Sein Triumph erschreckt ihn; der Korken in seiner Kehle hüpft fast bis an die Zunge. »Welchewelchewelche?« fragt er furchtsam.

Munnee übernimmt. »Ein neuer Schulranzen wird bestellt werden und in der Maschine des Mistri kommen«, erklärt sie feierlich, »und du wirst zur Schule gehen. Freu dich nicht zu sehr«, setzt sie hinzu, »denn wenn du das Haus verläßt, wird man dich mit vielen spitzen Bemerkungen verletzen, die die Leute auf der Straße wie Messer nach dir werfen.« Munnee war die entschiedenste Gegnerin seiner Freiheit, und ihre Zunge hat der Wetzstahl ihrer Niederlage geschliffen.

Und zuletzt sagt seine älteste Mutter das Ihre dazu: »Komm zurück, ohne jemanden geschlagen zu haben«, gebietet sie ihm, »denn sonst werden wir wissen, daß sie dich gedemütigt und dir das verbotene Gefühl der Scham eingeflößt haben.«

»Das wäre ein ganz übles Ergebnis«, sagt Munnee, die Mittlere.

Dieses Wort: Scham. Nein, ich muß es in seiner ursprünglichen Form schreiben, nicht in dieser eigenartigen Sprache, die durch falsche Begriffe und den angehäuften Schutt der ungesühnten Vergangenheit ihrer Eigentümer vergiftet ist, diesem Angrezi, in dem ich schreiben muß, so daß ich ewig verändere, was geschrieben ist …

Sharam, das ist das Wort. Für das das schäbige »Scham« oder »Schande« eine völlig unzulängliche Übersetzung ist. Drei Buchstaben, *shìn rè mìm* (natürlich von rechts nach links geschrieben), sowie *Zabar*-Akzente, die die betonten kurzen Vokale anzeigen. Ein kurzes Wort, aber eines, das Enzyklopädien an Bedeutungsreichtum umfaßt. Nicht nur Scham zu

empfinden verbaten seine Mütter Omar Chajjam, auch Verlegenheit, Unbehagen, Anstand, Sittsamkeit, Zurückhaltung, das Gefühl, einen festen Platz in der Welt zu haben, und noch andere Dialekte des Gefühls, für die das Englische keine Entsprechung kennt. Ganz gleich, wie entschlossen man ein Land flieht, etwas Handgepäck muß man mitnehmen; und kann in Zweifel gezogen werden, daß Omar Chajjam (wenn wir uns auf ihn konzentrieren wollen), nachdem ihm in frühem Alter verwehrt worden war, Scham zu fühlen (v. i.: *sharmàna)*, in späteren Jahren, ja, lange nach seiner Flucht aus dem Einflußbereich seiner Mütter, noch immer unter diesem außergewöhnlichen Bann stand?
Leser: es kann nicht.
Was ist das Gegenteil von Scham? Was bleibt, wenn man *sharam* abzieht? Es liegt auf der Hand: Schamlosigkeit.

Dank dem Stolz seiner Eltern und der Bescheidenheit seiner Lebensumstände war Omar Chajjam Shakil im Alter von zwölf Jahren das Gefühl, dem zu frönen ihm nun verboten wurde, gänzlich unvertraut.
»Was fühlt man da?« fragte er – und als seine Mütter seine Ratlosigkeit sahen, versuchten sie sich in Erklärungen. »Dein Gesicht wird heiß«, sagte Bunny-die-Jüngste, »doch dein Herz erschaudert.«
»Frauen fühlen sich, als wollten sie weinen und sterben«, sagte Chhunni-ma, »aber Männer, die macht es rasend.«
»Nur manchmal«, murmelte seine mittlere Mutter mit prophetischer Gehässigkeit, »da ist es umgekehrt.«
Die Spaltung der drei Mütter in Einzelwesen wurde in den folgenden Jahren immer offenkundiger. Sie zankten sich um die beängstigendsten Kleinigkeiten – darüber, wer die Zettel schreiben sollte, die in den Stummen Diener gelegt wurden, oder ob sie ihren vormittäglichen Pfefferminztee mit Keksen

im Wohnzimmer oder auf der Galerie nehmen sollten. Es war, als hätten sie sich durch die Aussendung ihres Sohnes auf die sonnenbeschienenen Kampfplätze der Stadt eben dem Gefühl ausgesetzt, das zu erleben sie ihm vorenthielten. Als wären die Schwestern an dem Tag, da die Welt zum erstenmal ihren Omar Chajjam zu Gesicht bekam, zu guter Letzt von den verbotenen Pfeilen der *sharam* durchbohrt worden. Ihre Zankereien hörten auf, als er sich zum zweitenmal davonmachte, doch waren sie nie richtig wiedervereinigt, bis sie beschlossen, die Mutterschaft ein zweitesmal zu erleben …

Und etwas noch Merkwürdigeres gibt es zu berichten, nämlich Folgendes: Als Omar Chajjams Geburtstagswünsche sie entzweiten, waren sie schon zu lange ununterscheidbar gewesen, als daß sie noch genaue Vorstellungen von ihrem früheren Ich gehabt hätten – nun ja, um es kurz zu machen: was passierte, war, daß sie sich in falscher Reihenfolge aufteilten – sie gerieten völlig durcheinander, und Bunny, dieJüngste, bekam die vorzeitig ergrauten Haare und das majestätische Gehabe, welche das Vorrecht der ältesten Schwester hätten sein sollen, während die große Chhunni zu einem zerrissenen, unsteten Geist zu werden schien, zu einer Schwester der Kompromisse und der Schwankungen; und Munnee entwickelte die theatralische, lästige Launenhaftigkeit, die in jeder Generation traditionsgemäß der Wesenszug des Nesthäkchens ist und das Recht des Nesthäkchens bleibt, gleichgültig wie alt es wird. Im Chaos ihrer Regeneration waren die falschen Köpfe auf den falschen Körpern gelandet; sie wurden seelische Kentauren, Seejungfrauen, Zwitterwesen; und diese verworrene Aufteilung ihrer Persönlichkeiten bedeutete natürlich, daß sie nach wie vor nicht wirklich getrennt waren und man sie nur dann verstehen konnte, wenn man sie als Gesamtheit betrachtete.

Wer hätte solchen Müttern nicht entkommen wollen? – In

späteren Jahren erinnerte Omar Chajjam sich seiner Kindheit, wie ein verlassener Liebhaber sich seiner Geliebten erinnert: unveränderlich, unfähig zu altern, eine Erinnerung, gefangen in einem Reif aus Herzensglut. Nur daß er sich mit Haß und nicht mit Liebe erinnerte; nicht mit lodernden, sondern mit eisigen, eisigen Gefühlen. Der andere Omar schrieb Großes aus Liebe; die Geschichte unseres Helden ist dürftiger, fraglos, weil sie von Galle getränkt war.

– Und es wäre ein leichtes, zu beweisen, daß er schon in jungen Jahren ausgesprochen frauenfeindliche Züge an den Tag legte. – Daß sein ganzer späterer Umgang mit Frauen ein einziger Racheakt gegen das Andenken seiner Mütter war. – Doch zu Omar Chajjams Verteidigung sage ich: sein Leben lang, gleichgültig, was er tat oder was er war, erfüllte er seine Sohnespflicht und bezahlte ihre Rechnungen. Der Pfandleiher Chalaak Sahib stellte seine Besuche am Stummen Diener ein; was bezeugt, daß er sie liebte, auf irgendeine Art ... doch noch ist er nicht erwachsen. Gerade erst ist der Ranzen im Apparat des Mistris eingetroffen. Jetzt hängt er auf dem Rücken des zwölfjährigen Entkommenskünstlers, jetzt betritt dieser den Stummen Diener, und der Ranzen fährt wieder zur Erde hinunter. Omar Chajjams zwölfter Geburtstag brachte ihm Freiheit anstelle von Kuchen und außerdem blaulinierte Schreibhefte im Ranzen, eine Schiefertafel, eine abwaschbare Holztafel und ein paar Federkiele, mit denen er die Schlängelschrift seiner Muttersprache üben sollte; Kreide, Bleistifte, ein Holzlineal und einen Kasten mit geometrischen Instrumenten – Winkelmaß, Zirkel, Kompaß. Sowie eine kleine Narkotisiertrommel aus Aluminium, in der er Frösche umbringen sollte. Mit den Waffen der Gelehrsamkeit über der Schulter verließ Omar Chajjam seine Mütter, die wortlos (und noch im Gleichtakt) zum Abschied winkten.

Nie vergaß Omar Chajjam den Augenblick, als er aus dem Stummen Diener in den Staub des Niemandslandes um das hohe Herrenhaus seiner Kindheit trat, das wie ein Paria zwischen dem Kolonialviertel und der Stadt stand; auch nicht den Anblick des Empfangskomitees, denn eines seiner Mitglieder war mit einer höchst sonderbaren Girlande umkränzt. Als die Frau des besten Lederwarenhändlers von Q. durch den Boten, den sie gemäß dem Dauerauftrag der Shakils alle vierzehn Tage zu dem Stummen Diener schickte, erfuhr, daß die Schwestern einen Schulranzen bestellten, lief sie, Zeenat Kabuli, sofort zu ihrer besten Freundin, der Witwe Farida Balloch, die bei ihrem Bruder Bilal wohnte. Die drei, die nie den Glauben aufgegeben hatten, daß Yakoob Ballochs Tod in der Gosse unmittelbar davon herrührte, daß er sich mit den einsiedlerischen Frauen eingelassen hatte, kamen zu dem Schluß, daß die leibhaftige Frucht des einstigen Skandals in Kürze ans helle Tageslicht treten würde. Sie bezogen Posten vor dem Haus der Shakils, um dieses Ereignis mitzuerleben; doch vorher förderte Zeenat Kabuli aus der hintersten Ecke ihres Ladens einen Jutesack mit alten verschimmelten Schuhen und Sandalen und Pantoffeln zutage, die zu nichts mehr gut waren, verschlissene Fußbekleidung, die für eine solche Gelegenheit aufgehoben worden war und jetzt zur schlimmsten aller Beleidigungen, einer Halskette aus Schuhen, aufgereiht wurde. »Diese Schuhgirlande«, beteuerte die Witwe Balloch ihrer Freundin Zeenat Kabuli, »paß nur auf, die werde ich höchstpersönlich dem Kind um den Hals hängen.«

Die Wache, die Farida, Zeenat und Bilal Wochen hindurch hielten, zog unweigerlich die Aufmerksamkeit auf sich, und als Omar Chajjam aus dem Stummen Diener sprang, hatten sich längst andere Gaffer und Spötter, zerlumpte Gassenjungen und arbeitslose Angestellte und Wäscherinnen auf dem Weg zu den Ghats zu ihnen gesellt. Ebenfalls anwesend war der Postbote der Stadt, Muhammad Ibadalla, der auf der Stirn die *gatta*, den bleibenden blauen Fleck, trug, welcher ihn als religiösen Fanatiker auswies, der mindestens fünfmal am Tag die Stirn auf den Gebetsteppich preßte und das sechste, freiwillige Mal wahrscheinlich auch. Dieser Ibadalla hatte seine Stelle dank dem unheilvollen Einfluß der bärtigen Schlange bekommen, die neben ihm in der Hitze stand, des Ortsgeistlichen, des berüchtigten Maulana Dawood, der auf einem von den Angrez-Sahibs gestifteten Motorroller durch die Stadt kurvte und den Bürgern Verdammnis androhte. Es zeigte sich, daß besagter Ibadalla über den Entschluß der Damen Shakil erbost war, ihren Brief an den Direktor der Kolonialschule nicht auf dem Postweg zu schicken. Er war statt dessen zusammen mit einer kleinen Sondervergütung in dem Umschlag gewesen, den sie im Stummen Diener dem Blumenmädchen Azra hinuntergeschickt hatten. Ibadalla hatte sich eine Zeitlang um diese Azra bemüht, aber sie hatte ihn ausgelacht: »Ich mache mir nichts aus einem Typen, der die meiste Zeit den Hintern höher trägt als den Kopf.« Deshalb empfand der Postbote den Entschluß der Schwestern, ihren Brief in Azras Obhut zu geben, als persönliche Beleidigung, als Versuch, sein Ansehen zu untergraben, und darüber hinaus als weiteren Beweis ihrer Gottlosigkeit – hatten sie sich durch diese niederträchtige Art des Verkehrs nicht mit einer Schlampe verbündet, die Witze über das Beten riß? »Habt acht!« brüllte Ibadalla emphatisch, als Omar Chajjam unten ankam. »Da ist die Teufelsbrut!«

Und nun ereignete sich ein unglücklicher Zwischenfall. Ibadalla, durch die Geschichte mit Azra erzürnt, hatte als erster das Wort ergriffen und sich dadurch das Mißfallen seines Gönners Dawood zugezogen – ein Verlust an geistlicher Unterstützung, der jegliche Aussicht des Postboten auf zukünftige Beförderung zunichte machte und seinen Haß auf alle

Shakils verstärkte; denn natürlich betrachtete der Maulana es als sein Vorrecht, den Angriff auf das arme, fette, vorzeitig pubertierende Symbol fleischgewordener Sünde zu eröffnen. In dem Versuch, die Initiative wieder an sich zu reißen, warf Dawood sich im Staub zu Omars Füßen auf die Knie; ekstatisch bohrte er seine Stirn in den Dreck vor Omars Zehen und rief aus: »O Gott! O Herr, der du uns geißelst! Ergieße deinen glühenden Feuerstrahl über diesen Abschaum der Menschheit!« Und so weiter. Dieses groteske Schauspiel erregte in den dreien, die von Anfang an Wache gehalten hatten, höchsten Ärger. »Wem sein Ehemann ist für einen Stummen Diener gestorben?« zischte Farida Balloch ihrer Freundin zu. »Der von dem plärrenden Tattergreis vielleicht? *Wer* hat das Recht zu sprechen?« Ihr Bruder Bilal hielt sich nicht mit Reden auf; das Seil mit den Schuhen in der Hand, marschierte er los und donnerte mit der Stentorstimme, die der legendären Stimme seines Namensvetters, jenes ersten, schwarzen Bilal, des Muezzins des Propheten, kaum nachstand: »Knabe! Fleisch der Schande! Preise dich glücklich, daß ich dir nichts Ärgeres antue! Wie eine Mücke könnte ich dich zerquetschen, wenn ich es wollte!« – Und im Hintergrund intonierten Gassenjungen Wäscherinnen Angestellte wie heisere Echos: »Teufelsbrut! – Feuerstrahl! – Wem sein Ehemann ist gestorben? – Wie eine Mücke!« – Sie rückten näher, Ibadalla und der Maulana und drei rachsüchtige Wachen, und Omar stand da wie ein von der Kobra hypnotisierter Mungo, während gleichzeitig um ihn herum alles aus seiner Erstarrung erwachte und die zwölf Jahre alten, scheintoten Vorurteile der Stadt wieder lebendig wurden … und jetzt konnte Bilal nicht länger warten, er stürzte auf den Jungen zu, als Dawood sich gerade zum siebtenmal in den Staub warf; die Schuhgirlande wurde in Omars Richtung geworfen; in diesem Augenblick richtete sich der Maulana auf, um Gott anzuheulen, und hielt eine magere Kehle zwischen die beleidigende Fußbekleidung und ihre Zielscheibe, und das nächste, was wahrgenommen wurde, war, daß die unheilvolle Kette um den zufällig vorhandenen Hals des Geistlichen hing.

Omar Chajjam begann zu kichern: solche Reaktionen kann Angst zeitigen. Die Gassenjungen kicherten mit ihm; selbst die Witwe Balloch mußte das Lachen unterdrücken, bis es ihr als Wasser aus den Augen schoß. In jenen Tagen waren die Leute nicht so erpicht auf die Diener Gottes, wie sie es inzwischen geworden sein sollen ... Maulana Dawood erhob sich, Mordlust im Gesicht. Da er jedoch kein Narr war, wandte er dieses sein Gesicht schnell von dem Hünen Bilal ab und streckte seine Klauen nach Omar Chajjam aus – der von der gebenedeiten, durch den Mob drängenden Gestalt Mr. Eduardo Rodrigues', des Schulmeisters, gerettet wurde. Wie verabredet war dieser gekommen, um seinen neuen Schüler zum Unterricht abzuholen. Und Rodrigues begleitete eine so herzerfreuende Erscheinung, daß der mondsüchtige Chajjam auf der Stelle die Gefahr vergaß, in der er geschwebt hatte.

»Das ist Farah«, sagte Rodrigues zu ihm, »sie ist zwei Klassen über dir.« Die Erscheinung sah Omar an, dann den schuhumkränzten Maulana, der in seiner Wut versäumt hatte, die Girlande abzunehmen; dann warf sie den Kopf zurück und brach in dröhnendes Gelächter aus.

»Gott, Yaar«, sagte sie zu Omar – schon ihr erstes Wort eine beiläufige Gotteslästerung –, »warum bist du nicht zu Hause hocken geblieben? Hier gibt es schon genug Idioten.«

Drittes Kapitel
Schmelzendes Eis

Kühl und weiß wie ein Eisschrank stand sie mitten auf anstößig grünen Rasenflächen: die Kolonialschule. In ihren Gärten gediehen außerdem Bäume, denn die Angrez-Sahibs hatten große Mengen der knappen Wasservorräte der Gegend in die Schläuche geleitet, mit denen die Gärtner des Kolonialviertels den ganzen Tag herumspazierten. Es stand außer Frage, daß diese merkwürdigen grauen Wesen aus einer nassen nördlichen Welt nur überleben konnten, wenn auch Gras und Bougainvilleas und Tamarinden und Brotfruchtbäume gediehen. Und was die in der Schule aufgezogenen menschlichen Sprößlinge betraf – weiße (graue) und braune –, so reichte ihr Alter von drei bis neunzehn Jahren. Doch bei den Achtjährigen verringerte sich die Anzahl der Angrez-Kinder auffällig, und die Kinder in den oberen Klassen waren beinahe durchgehend braunhäutig. Was geschah mit den hellhäutigen Kindern nach ihrem achten Geburtstag? Starben sie, verschwanden sie, veränderte sich plötzlich der Melaninanteil in ihrem Pigment? – Nichts dergleichen. Um dieses Problem zu lösen, müßte man umfassende Recherchen in den Hauptbüchern der Dampfschiffahrtsgesellschaften vornehmen und in den Tagebüchern längst verstorbener Damen in jenem Land, das die Angrez-Kolonialisten immer als Mutterland bezeichneten, während es in Wirklichkeit ein Land der altjüngferlichen Tanten war sowie weiterer, entfernterer weiblicher Verwandter, bei denen man Kinder einquartieren konnte, um sie vor den Gefahren einer orientalischen Erziehung zu retten … aber diese Forschungen übersteigen bei weitem die Möglichkeiten des Autors, der solche Randthemen nunmehr unverzüglich aus seinen Gedanken verbannen muß.

Schule ist Schule; jeder weiß, was dort vor sich geht. Omar Chajjam war ein dicker Junge, also wurde ihm zuteil, was dicken Jungen zuteil zu werden pflegt: Sticheleien, tintengetränkte Löschpapierkügelchen in den Nacken, Spitznamen, ein paarmal eine Tracht Prügel, nichts Besonderes. Als seine Schulkameraden feststellten, daß er auf keinerlei Spötteleien über seine ungewöhnliche Herkunft reagierte, ließen sie ihn einfach in Ruhe und begnügten sich damit, ihm ab und zu die üblichen Spottverse nachzurufen. Das paßte ihm ausgezeichnet. Ohne Scham, an Einsamkeit gewöhnt, begann er seine Beinahe-Unsichtbarkeit zu genießen. Von seinem Platz aus am Rande des Schulgeschehens lebte er die Aktivitäten der anderen stellvertretend mit, feierte still den Aufstieg oder Fall dieses oder jenes Spielplatztyrannen oder das Versagen besonders unappetitlicher Klassenkameraden bei Prüfungen: die Freuden des Zuschauers.

Einmal stand er zufällig in einer schattigen Ecke des baumreichen Geländes und beobachtete zwei größere Schüler, die hinter einem Flammenbaum eifrig knutschten. Als er ihrer Fummelei zusah, fühlte er eine merkwürdig warme Befriedigung und beschloß, nach weiteren Gelegenheiten Ausschau zu halten, bei denen er seinem neuen Zeitvertreib nachgehen konnte. Als er älter wurde und länger draußen bleiben durfte, ging er seiner bevorzugten Beschäftigung immer gewandter nach; die Stadt offenbarte seinen allgegenwärtigen Augen ihre Geheimnisse. Durch unzulängliche Bambusjalousien belauerte er den Postboten Ibadalla, der sich mit der Witwe Balloch paarte und, an einem anderen Ort, auch mit ihrer besten Freundin Zeenat Kabuli, so daß der stadtbekannte Vorfall, bei dem der Postbote, der Lederwarenhändler und der großmäulige Bilal in einer Gasse mit Messern aufeinander losgingen und zum Schluß mausetot dalagen, für ihn nichts Unbegreifliches barg; doch er war zu jung, um verstehen zu können, weshalb Zeenat und Farida, die einander von Rechts wegen wie die Pest hätten hassen müssen, als alles herauskam, stattdessen zusammenzogen und nach diesem dreifachen Totschlag den Rest ihrer Tage in unzertrennlicher Freundschaft und Ehelosigkeit verbrachten.

Um offen zu sein: was mit dem Teleskop in der Totale begann, setzte Omar Chajjam in Großaufnahmen fort. Scheuen wir uns nicht, das Wort »Voyeur« auszusprechen, denn wir erinnern uns, daß es bereits (in teleskopischem Zusammenhang) von Farah Zoroaster benutzt wurde. Aber wenn wir ihn schon Peeping Tom nennen, müssen wir auch darauf hinweisen, daß er nie erwischt wurde, im Gegensatz zu jenem kühnen Burschen in Agra, der über eine hohe Mauer geschaut haben soll, um einen Blick auf das Tadsch Mahal zu erhaschen. Ihm sollen die Augen ausgestochen worden sein, heißt es, während Omar Chajjams Voyeurismus ihm die Gucker weit öffnete, indem sie ihm sowohl die unendlich reichhaltige und kryptische Beschaffenheit des menschlichen Lebens offenbarte als auch die bittersüßen Freuden eines Lebens aus zweiter Hand.

Ein einziger uneingeschränkter Mißerfolg war ihm beschieden. Es erübrigt sich zu sagen, daß er durch Schuljungen in zwölf Minuten erfuhr, was seine Mütter zwölf Jahre lang vor ihm geheimgehalten hatten: die Geschichte des legendären Festes, auf dem schnauzbärtige Offiziere beäugt worden waren, taxiert, und danach ... Omar Chajjam Shakil ließ sich, der mütterlichen Anweisungen eingedenk, auf keine Faustkämpfe ein, wenn man ihn mit dieser Saga aufzog. Er lebte in moralischer Hinsicht in einem Garten Eden und tat die Beleidigungen mit einem Achselzucken ab; doch nach dieser Enthüllung beobachtete er die Angrez-Gentlemen; er suchte nach einem Indiz, nach Gesichtszügen, die den seinen ähnelten; gierig lauerte er darauf, einer beiläufigen oder unachtsamen Äußerung oder Geste habhaft zu werden, die die Identität seines unbekannten Erzeugers enthüllen könnte. Es gelang ihm nicht. Vielleicht war der Vater längst fortgezogen und lebte – wenn er noch lebte – in irgendeinem Strandbungalow, umplätschert von den Wellen der Sehnsucht nach den Horizonten seines vergangenen Ruhms, und betastete die spärlichen, jämmerlichen Nippes – Jagdhörner aus Elfenbein, Gurkhadolche, ein Foto, das ihn selbst auf der Tigerjagd eines Maharadschas zeigte –, die auf den Kaminsimsen seines Lebensabends die ersterbenden Echos der Vergangenheit bewahrten, so wie Muschelschalen von fernen Meeren singen ... aber das sind müßige Spekulationen. Außerstande, einen Vater ausfindig zu machen, wählte der Junge sich aus dem verfügbaren Personenkreis selbst einen aus und gab vorbehaltlos Mr. Eduardo Rodrigues den Zuschlag, dem Schulmeister, der ebenfalls ein Neuankömmling in Q. war. Wenige Jahre zuvor war er eines Tages munter aus dem Bus gesprungen, ganz in Weiß gekleidet, mit einem weichen weißen Schlapphut auf dem Kopf und einem leeren Vogelbauer in der Hand.

Und noch ein letztes Wort über Omar Chajjams Schaulust: weil seine drei Mütter natürlich auch begonnen hatten, passiv am Leben anderer zu partizipieren, konnten sie ihre Neugier nicht länger zügeln und befragten ihn in jenen Tagen, da ihre Entschlußkraft nachließ, wenn er von der Außenwelt kam, begierig zum Stand der Mode und zu allen Einzelheiten des Stadtlebens, und hatte man vielleicht über *sie* geredet?; ab und zu hielten sie ihre Schals vor das Gesicht, und es war offenbar, daß sie sich den Gefühlen, die sie verbannt hatten, nicht länger verschließen konnten ... Da sie durch die unzuverlässigen Augen ihres Sohnes auf die Welt spähten (und natürlich erzählte er ihnen nicht alles), hatte ihr Voyeurismus aus zweiter Hand die Wirkung, die solchem Tun üblicherweise zugeschrieben wird: er schwächte ihr moralisches Rückgrat. Und vielleicht ist das der Grund, daß sie eine Wiederholung ihres Verbrechens überhaupt in Erwägung ziehen konnten.

Mr. Eduardo Rodrigues war genauso dünn und spitz wie die Bleistifte in seiner gewaltigen Bleistiftsammlung, und niemand wußte, wie alt er war. Je nachdem, in welchem Einfallswinkel das Licht sein Gesicht traf, konnte er das blankäugige, kecke Aussehen eines Teenagers annehmen oder das verdrossene Aussehen eines Mannes, den das halbgelebte Gestern erstickt. Er war ein Südländer von ungeklärter Herkunft, der in der Stadt eine mysteriöse Rolle spielte, da er am Tag seiner Ankunft vom Busbahnhof geradewegs zur Kolonialschule gegangen war, wo er sich, ehe der Abend hereinbrach, durch seine Eloquenz einen Posten als Lehrer verschafft hatte. »Man muß ungewöhnlich sein«, lautete die einzige Erklärung, die er gab, »wenn man das Wort verbreiten will.«
Er wohnte als zahlender Gast bei einem der weniger begüterten Angrez-Sahibs in einem karg eingerichteten Zimmer. An den Wänden hängte er ein Kruzifix auf, er beklebte sie mit ein paar billigen Bildern, die aus Kalendern ausgeschnitten waren und eine berückende Küstengegend zeigten, wo Palmen vor unnatürlich orangeroten Sonnenuntergängen wogten und eine von Schlinggewächsen überwucherte Barockkathedrale sich an einer Meeresbucht erhob, in der es von Dhaus mit flammenfarbenen Segeln wimmelte.
Omar Chajjam Shakil und Farah Zoroaster, die einzigen Schüler, die dieses Heiligtum je betraten, sahen keinerlei persönlichere Besitztümer – als würde Eduardo seine Vergangenheit vor den durchdringenden Strahlen der Wüstensonne verstecken, um sie vor dem Verblassen zu bewahren. Die Leere der Lehrerunterkunft blendete die Augen so sehr, daß

Omar Chajjam erst bei seinem dritten Besuch das billige Vogelbauer bemerkte, das auf dem einzigen Schrank des Zimmers thronte, ein Vogelbauer, dessen Vergoldung schon seit langem abblätterte und das genauso leer war wie am Tag der Ankunft des Lehrers auf dem Busbahnhof. »Als wäre er«, flüsterte Farah verächtlich, »hergekommen, um einen Vogel zu fangen, und nun schafft er es nicht, der dumme Kerl.« Eduardo und Omar, jeder auf seine Weise ein Außenseiter in Q., können sich durchaus aufgrund einer undeutlichen Empfindung ihrer Ähnlichkeit angezogen haben, doch auch andere Kräfte waren am Werk. Diese Kräfte wollen wir der Bequemlichkeit halber unter einer einzigen Überschrift zusammenfassen, und auch dieser Begriff wurde bereits erwähnt: er lautet »das Desaster herausfordern«.

Den Klatschtanten der Stadt war nicht entgangen, daß Eduardo, mit dem Vogelbauer in der Hand und dem Schlapphut auf dem Kopf, in Q. eingetroffen war, bloße zwei Monate, nachdem der Zollbeamte Zoroaster, abzüglich Ehefrau, zuzüglich achtjähriger Tochter, in diese Gegend versetzt worden war. So dauerte es nicht lange, bis Mauleselwallahs und Eisenwarenhändler und motorrollerfahrende Geistliche herausbekommen hatten, daß dieser Zoroaster zuvor in eben jener Gegend mit den schlingpflanzengezierten Kathedralen und den Kokospalmenstränden amtiert hatte, die man aus Rodrigues' weißem Anzug und portugiesischem Namen herausriechen konnte. Gerüchte begannen zu kursieren: »Was ist denn mit der Frau von diesem Zollwallah? Geschieden, zu ihrer Mutter zurückgeschickt, in einem Tobsuchtsanfall ermordet? Schaut euch diese Farah an, sie sieht nicht aus wie ihr Papa, kein bißchen!« Doch mußten die Klatschmäuler zugeben, daß Farah Zoroaster auch kein bißchen aussah wie der Lehrer, also wurde diese Theorie widerstrebend aufgegeben, insbesondere als sich herausstellte, daß Rodrigues und Zoroaster ein geradezu freundschaftliches Verhältnis zueinander hatten. »Wie kommt es dann, daß ein Zollbeamter auf diesen Posten am Arsch der Welt abgeschoben wird?« Farah hatte eine simple Antwort darauf. »Mein blöder Vater ist ein Typ, der nach dem Aufwachen weiterträumt. Er denkt, wir kehren eines Tages dahin zurück, wo wir nie gewesen sind, in dieses verdammte Land Ahuramasda, und näher als bis zu dieser elenden iranischen Grenze können wir ihm nicht kommen. Kann man sich das vorstellen?« heulte sie. »Er hat sich *freiwillig* gemeldet!« Klatsch ist wie Wasser. Er sondiert Oberflächen auf ihre schwachen Stellen hin, bis er den Durchbruch findet; so war es nur eine Frage der Zeit, bis die guten Leute von Q. auf die schändlichste, skandalöseste Erklärung kamen. »O Gott, ein erwachsener Mann, verliebt in ein kleines Kind. Eduardo und Farah – was heißt, das kann nicht sein, so was passiert alle Tage, erst vor ein paar Jahren war da dieser andere – ja, das ist es, diese Christen sind ganz schön pervers, Gott steh' uns bei, folgt er seinem Flittchen doch wahrhaftig bis hierher in den Hinterhof der Welt, und wer weiß, wie sie ihn animiert, denn eine Frau weiß, wie sie einem Mann zeigt, ob er erwünscht ist oder nicht, aber ja, selbst im Alter von acht Jahren, so was liegt im Blut.«

Weder Eduardo noch Farah ließen in ihrem Verhalten den leisesten Hinweis darauf erkennen, daß die Gerüchte eine Grundlage besaßen. Es stimmt, daß Eduardo in den Jahren, in denen Farah zur Frau heranwuchs, nicht heiratete, aber es stimmt ebenso, daß Farah, bekannt als »Desaster«, aufgrund ihrer unter dem Gefrierpunkt liegenden Kälte ihren vielen Verehrern gegenüber auch als »der Eisblock« bezeichnet wurde und daß diese Kühle sich auch auf ihre Beziehungen zu Eduardo Rodrigues erstreckte. »Aber natürlich tarnen sie sich, was denn sonst?« – Die Klatschtanten konnten triumphierend darauf hinweisen, daß die Ereignisse ihnen letzten Endes recht gegeben hatten.

So sehr er das Beobachten und Belauschen liebte, gab Omar Chajjam Shakil doch vor, für diese ganzen Geschichten ein taubes Ohr zu haben; solche Reaktionen kann Liebe zeitigen. Aber sie fanden doch ihren Weg in sein Inneres, sie gelangten unter die Haut und ins Blut und arbeiteten sich wie kleine Splitter bis zum Herzen vor, bis auch er sich der angeblich christlichen Perversionen des Schullehrers Rodrigues als schuldig erwies. Wenn man sich einen Vater wählt, wählt man sich auch sein Erbe. (Sufiya Zinobia muß jedoch noch ein paar Seiten warten.)

Ich habe bereits zu viele Absätze in der Gesellschaft von Klatschtanten vertrödelt; kommen wir also wieder auf festen Boden zurück: Eduardo Rodrigues, in der klatscherzeugenden Begleitung Farahs, holte Omar Chajjam an seinem ersten Schultag ab, ein Vorgang, der bezeugte, daß der Name Shakil noch einen Rest von Einfluß in der Stadt besaß. In den folgenden Monaten entdeckte Eduardo die außergewöhnliche Lernfähigkeit des Kindes und bot den Müttern brieflich seine Dienste als Privatlehrer an, um die Anlagen ihres Kindes zu fördern. Verbürgt ist, daß Omars Mütter dem Vorschlag Eduardos zustimmten; und auch, daß Eduardos einziger anderer Privatschüler Farah Zoroaster war, deren Vater nichts dafür bezahlen mußte, weil Eduardo ein Lehrer aus Berufung war; und drittens, daß das Dreiblatt Omar, Eduardo und Farah im Verlauf der Jahre in der Stadt ein gewohnter Anblick wurde.

Rodrigues, der die Fähigkeit besaß, in Großbuchstaben zu sprechen, lenkte Omar auf die medizinische Laufbahn hin. »Um im LEBEN ERFOLG zu haben«, erklärte er dem Jungen zwischen Strandpostkarten und Vogelbauer, »muß man UNENTBEHRLICH sein. Ja, mach dich UNENTBEHRLICH, das ist die

Losung … und wer ist am unentbehrlichsten? Natürlich der, der verteilt! Ich meine Ratschläge, Diagnosen, verschreibungspflichtige Medikamente. Werde Arzt; das habe ich in dir gesehen.«

Was Eduardo (meiner Meinung nach) in Omar sah: die Fähigkeiten seiner wahren, peripheren Natur. Was ist ein Arzt letzten Endes? Ein legitimierter Voyeur, ein Fremder, dem wir gestatten, Finger oder ganze Hände in Stellen zu stecken, in die auch nur eine Fingerspitze einzuführen wir den meisten Leuten nicht erlauben würden; der betrachtet, was zu verbergen wir uns die größte Mühe geben; einer, der am Bettrand sitzt, ein Außenseiter, den wir an unseren intimsten Augenblicken (Geburttodusw.) teilnehmen lassen, anonym, eine Nebenfigur, doch paradoxerweise auch der Mittelpunkt, vor allem in den entscheidenden Momenten … o ja. Eduardo war ein weitsichtiger Lehrer, ganz ohne Frage. Und Omar Chajjam, der sich Rodrigues zum Vater auserkoren hatte, dachte keinen Augenblick lang daran, sich den Wünschen seines Lehrers zu widersetzen. So werden Leben bestimmt.

Aber nicht nur so; auch von eselsohrigen Büchern, die man zufällig zu Hause entdeckt, und von lang unterdrückten ersten Lieben … als Omar Chajjam Shakil sechzehn Jahre alt war, wurde er in einen Wirbel furchtsamer Freude gestürzt, denn Farah die Parsin, Desaster Zoroaster, lud ihn eines Tages ein, die Zollstation ihres Vaters zu besuchen.

»… und wurde ohnmächtig, obwohl er mit beiden Beinen fest auf dem Boden stand.« Von dem, was sich an der Grenze abspielte, haben wir schon etwas erfahren: wie eine Wolke herabstieg und Omar Chajjam, der sie für seinen Kindheitsalptraum von der Leere am Ende der Welt hielt, die Besinnung verlor. Möglicherweise inspirierte dieser Ohnmachtsanfall ihn zu dem, was er später am selben Tag tun sollte.

Einzelheiten zuerst: Wie war Farahs Einladung formuliert? – Ungnädig, kurz angebunden, wenn-nicht-macht's-auch-nichts. Und warum erfolgte sie überhaupt? – Weil Eduardo sie insgeheim dazu gedrängt hatte: »Das ist ein einsamer Junge, sei nett zu ihm. Ihr Gescheiten solltet zusammenhalten.« (Omar Chajjam war der Gescheitere von beiden; obwohl noch immer zwei Jahre zwischen ihnen lagen, hatte er Farah in anderer Hinsicht eingeholt und war nun in derselben Klasse.) Wie schnell sagte Omar Chajjam ja? – Ek-dum. Fut-a-fut: Sofort, wenn möglich noch früher.

Während des Schuljahres wohnte Farah wochentags im Haus eines parsischen Mechanikers und seiner Frau, mit denen ihr Vater sich zu diesem Behufe angefreundet hatte. Der Mechaniker, ein unbedeutender Jamshad, der nicht einmal einer Beschreibung wert ist, fuhr sie an dem auserwählten Feiertag mit einem Jeep, den er gerade reparierte, zur Grenze hinaus. Und als sie sich der Grenze näherten, war Farah zusehends gehobener Stimmung, während die von Omar sank …

… Wider alle Vernunft wuchs seine Angst vor dem Rand, während sie dahinfuhren und er hinter ihr in dem offenen Fahrzeug saß und ihr gelöstes, windgepeitschtes Haar wie schwarzes Feuer vor ihm flackerte. Ihre Laune hingegen verbesserte sich durch die Fahrt, jetzt um einen Gebirgsvorsprung, jetzt durch einen Paß, wo sie von den unsichtbaren Augen argwöhnischer Gebirgsbewohner beobachtet wurden. Die Leere an der Grenze gefiel Farah, ganz gleich, wie offen sie ihren Vater verspottete, weil er diese Sackgassenstellung angenommen hatte. Sie begann sogar zu singen, und es zeigte sich, daß sie eine melodische Stimme hatte.

An der Grenze: Wolken, Ohnmachtsanfall, aufs Gesicht gesprengtes Wasser, Wiedererwachen, wobinich. Omar Chajjam kommt zu sich, und die Wolke hat sich gehoben, so daß man sehen kann, die Grenze ist kein besonders beeindruckender Ort: keine Mauer, keine Polizei, kein Stacheldraht oder Flutlicht, keine rot-weiß gestreiften Schlagbäume, nichts als eine Reihe Betonpfähle im Abstand von je dreißig Metern, Pfähle, die in den harten und unfruchtbaren Boden getrieben sind. Es gibt ein kleines Zollhaus und einen Prellbock, der vom Rost braun geworden ist; auf den Schienen steht ein einsamer vergessener Güterwaggon, ebenfalls vom Vergessen braungefärbt. »Es kommen keine Züge mehr«, sagt Farah. »Die internationale Situation gestattet es nicht.«

Ein Zollbeamter ist für ein anständiges Einkommen auf den Grenzverkehr angewiesen. Waren passieren, nicht ohne Grund beschlagnahmt er sie, ihr Eigentümer sieht den Grund ein, ein Einverständnis wird erzielt, die Familie des Zollbeamten bekommt neue Kleider. Niemand nimmt Anstoß an diesem Abkommen; jeder weiß, wie wenig Beamte verdienen. Von beiden Seiten aus werden die Verhandlungen redlich geführt.

Aber durch das kleine Gebäude aus Ziegelstein, das Mr. Zoroasters Machtzentrale ist, gelangen sehr wenige zollpflichtige Gegenstände. Im Schutze der Nacht spazieren Angehörige der Bergstämme durch Pfähle und Felsen zwischen den Ländern hin und her. Wer weiß, was sie her und hin tragen? Das ist Zoroasters Tragödie; und obwohl seine Tochter ein Stipendium hat, fällt es ihm schwer, ihre gute Erziehung zu finanzieren. Wie er sich tröstet: »Bald, bald wird die Eisenbahnstrecke wieder eröffnet ...« Aber auch auf diesem Glauben sammelt sich der Rost; über die Pfähle hinweg starrt er in das Herkunftsland Zarathustras und versucht aus seiner Nähe Trost zu empfangen, doch in diesen Tagen ist sein Gesichtsausdruck von Anspannung gezeichnet ... Farah Zoroaster klatscht in die Hände und läuft zwischen den unzähligen Pfählen hin und her. »Macht Spaß, nicht?« kreischt sie. »Tiptap!« Um ihre leutselige Stimmung aufrechtzuerhalten, pflichtet Omar Chajjam bei, daß die Gegend absolut tipptopp sei. Zoroaster zuckt ohne Bitterkeit die Achseln und zieht sich mit dem Jeepfahrer in sein Büro zurück, nicht ohne die jungen Leute zu ermahnen, daß sie nicht zu lange in der Sonne bleiben sollten.

Vielleicht sind sie zu lange draußen geblieben, und das verlieh Omar Chajjam den Mut, seine Liebe zu erklären: »Dein Anblick durch mein Teleskop« usw., aber es ist nicht nötig, seine Ansprache oder Farahs grobe Erwiderung zu wiederholen. Abgewiesen, stellt Omar Chajjam eine mitleiderregende Frage nach der anderen: »Warum? Warum nicht? Weil ich dick bin?« Und Farah erwidert: »Dick wäre schon in Ordnung; aber du hast was Häßliches an dir, weißt du das?« – »Häßlich?« – »Frag mich nicht, was, weiß ich auch nicht. Muß mit deinem Charakter zu tun haben oder so.«

Schweigen zwischen ihnen bis zum Spätnachmittag. Omar wandert ziellos auf Farahs Spuren zwischen den Pfählen. Er bemerkt, daß an viele der Pfähle Spiegelscherben gebunden sind; bei jedem Bruchstück, dem Farah sich nähert, sieht sie Fragmente ihrer selbst im Glas gespiegelt und lächelt ihr heimliches Lächeln. Omar Chajjam Shakil begreift, daß seine Geliebte ein zu sehr in sich befangenes Wesen ist, um einem konventionellen Angriff zu erliegen; sie und ihre Spiegel sind Zwillinge und brauchen keine Außenstehenden, um sich als Ganzheit zu fühlen ... und dann, am Spätnachmittag, inspiriert von Zuvielsonne oder Ohnmachtsanfall, hat er seine Eingebung. »Bist du schon mal«, fragt er Farah Zoroaster, »hypnotisiert worden?« – Und zum allerersten Mal in der Geschichte sieht sie ihn mit Interesse an.

Später, als ihr Leib zu schwellen begann; als ein empörter Direktor sie in sein Büro rief und aus der Schule warf, weil sie Schande über die Schule gebracht hatte; als ihr Vater sie vor die Tür setzte, weil er plötzlich festgestellt hatte, daß in seinem leeren Zollhaus kein Platz für eine Tochter war, deren Bauch offenbarte, daß sie unannehmbaren Bräuchen Tribut zollte; als Eduardo Rodrigues sie trotz ihres Sträubens und Wehrens mit unerbittlicher, eiserner Hand zum Pater des Kolonialviertels geschleppt und zur Heirat gezwungen hatte; als er, der sich damit in aller Augen zum Schuldigen erklärt hatte, wegen ungebührlichen Benehmens seinen Arbeitsplatz verlor; als Farah und Eduardo in einer Tonga, die durch das beinahe völlige Fehlen von Gepäck auffiel (obwohl ein immer noch leeres Vogelbauer dabei war und böse Zungen sagten, Eduardo Rodrigues habe schließlich zwei Vögel gefangen und nicht einen), zum Bahnhof gefahren waren; als sie fort waren und die Stadt nach dem kurzen Auflodern des sündhaften Dramas, das sich in ihren Straßen abgespielt hatte, wieder in aschene Nichtigkeit versunken war ... da versuchte Omar Chajjam vergeblich, Trost darin zu finden, daß, wie jeder Hypnotiseur weiß, eine der ersten Beteuerungen im Verlauf einer Hypnose – eine immer wieder wiederholte Formel – folgendermaßen lautet:
»Du wirst alles tun, was ich von dir verlange, aber ich werde nichts von dir verlangen, was du nicht tun willst.«
»Sie hat gewollt«, sagte er sich. »Worin besteht dann das Vergehen? Sie muß gewollt haben, und das Risiko kennt jeder.«
Doch trotz des Nichts-was-du-nicht-tun-willst und trotz Eduardo Rodrigues' Handeln, das so resolut und gleichzeitig resigniert war, daß Omar Chajjam fast glaubte, der Lehrer sei wirklich der Vater – warum eigentlich nicht? Eine Frau, die mit einem will, wird auch mit zweien wollen! – trotz alledem,

sage ich, war Omar Chajjam von einem Dämon besessen, der ihn mitten unter dem Frühstück erzittern ließ und ihn nachts schwitzen und tags frieren machte und ihn bisweilen auf der Straße oder beim Hinauffahren im Stummen Diener grundlos aufschreien ließ. Die Finger des Dämons streckten sich vom Magen aus, um ohne Vorwarnung verschiedene seiner Innereien zu packen, vom Adamsapfel bis zum Dick(und auch Dünn-)darm, so daß er die Qualen von Darmverschlingungen durchmachte und lange unproduktive Stunden auf dem Topf verbrachte. Des Morgens verlieh der Dämon seinen Gliedern eine unerklärliche Schwere, so daß er manchmal nicht aus dem Bett hochkam. Er dörrte seine Zunge aus und ließ seine Knie klappern. Er führte seine jungen Füße in billige Schnapsläden. Wenn er zur Empörung seiner drei Mütter betrunken nach Hause torkelte, hörte man ihn zu einer schwankenden Gruppe von Leidensgenossen sagen: »Das einzig Gute daran ist, daß ich dadurch endlich meine Mütter verstanden habe. Um dem zu entgehen, haben sie sich eingeschlossen, und, Baba, wer würde das nicht tun?« Die dünne gelbliche Flüssigkeit seiner Schande erbrechend, während der Stumme Diener herabfuhr, versicherte er seinen Begleitern, die im Straßendreck einschliefen: »Ich auch, Mann. Ich muß dem auch entkommen.«

An dem Abend, an dem Omar Chajjam, achtzehn Jahre alt und schon fetter als fünfzig Melonen, nach Hause kam, um Chhunni, Munnee und Bunny mitzuteilen, daß er ein Stipendium am besten medizinischen College in Karatschi gewonnen hatte, konnten die drei Schwestern ihren Kummer über seine bevorstehende Abreise nur verbergen, indem sie darum herum einen großen Wall aus Gegenständen errichteten, aus den wertvollsten Juwelen und Gemälden im Haus, die zu sammeln sie von Zimmer zu Zimmer eilten, bis ein Berg alter schöner Dinge vor ihrer alten Lieblingsschaukel stand. »Stipendium, gut und schön«, sagte seine jüngste Mutter zu ihm, »aber auch wir können unserem Jungen Geld mitgeben, wenn er in die Welt hinausgeht.« »Was denken diese Doktoren sich?« wollte Chhunni erbost wissen. »Wir sind zu arm, um deine Ausbildung zu bezahlen? Sollen sie mit ihrer Mildtätigkeit zum Teufel gehen, deine Familie hat Geld im Überfluß.« »Altes Geld«, stimmte Munnee ein. Da er sie nicht davon überzeugen konnte, daß die Auszeichnung eine Ehre war, die er nicht zurückweisen wollte, mußte Omar Chajjam mit Taschen, die sich vor Banknoten vom Pfandleiher beulten, zum Bahnhof fahren. Um seinen Hals hing eine Girlande, deren einhundertundeins frische Blüten einen Duft ausströmten, der den Erinnerungsgestank an die Halskette aus Schuhen, die einst so knapp seinen Hals verfehlt hatte, völlig auslöschte. Das Parfüm dieser Girlande war so stark, daß er vergaß, seinen Müttern ein letztes bißchen Klatsch zu erzählen: nämlich daß Zoroaster der Zollbeamte unter dem Einfluß der unbestechlichen Wüste krank geworden war und sich angewöhnt hatte, splitternackt auf Betonpfählen zu stehen, während ihm Spiegelscherben die Füße zerschnitten. Mit ausgestreckten Armen und ohne Tochter sprach Zoroaster die Sonne an, bat sie, zur Erde herniederzukommen und den Planeten mit ihrem strahlenden, reinigenden Feuer zu verschlingen. Die Bergbewohner, die diese Geschichte in den Basar von Q. trugen, waren der Meinung, die heilige Inbrunst des Zollwallahs sei so groß, daß er zweifellos Erfolg haben werde und es der Mühe wert sei, Vorbereitungen für das Ende der Welt zu treffen.

Der letzte Mensch, mit dem Omar Chajjam sprach, bevor er der Stadt der Scham und Schande entkam, war ein gewisser Chand Mohammad, der später sagte: »Der dicke Kerl sah nicht gerade blendend aus, als ich anfing mit ihm zu reden, und als ich fertig war, sah er zweimal so krank aus.« Dieser

Chand Mohammad war ein Eisverkäufer. Als Omar Chajjam, noch immer unfähig, die schreckliche Hinfälligkeit abzuschütteln, die seit dem Vorfall an der Grenze Besitz von ihm ergriffen hatte, seine Fettleibigkeit in ein Abteil erster Klasse hievte, lief Chand herbei und sagte: »Heißer Tag, Sahib; Eis vonnöten.« Zuerst sagte Shakil außer Atem und trübsinnig zu ihm: »Hau ab und verkauf dein gefrorenes Wasser anderen Idioten.« Doch Chand ließ nicht locker: »Sahib, am Nachmittag bläst der Loo, und wenn Sie nicht mein Eis zu Füßen haben, wird die Hitze Ihnen das Mark aus den Knochen schmelzen.«

Von diesem überzeugenden Argument überredet, erwarb Omar Chajjam eine lange Blechwanne von einem Meter Länge, vierzig Zentimetern Breite und dreißig Zentimetern Tiefe, in der ein massiver Eisblock lag, mit Sägemehl und Sand bestreut, um sein Leben zu verlängern. Der Eisverkäufer schnaufte, als er ihn ins Abteil wuchtete, und machte einen Witz. »So ist das Leben«, sagte er. »Ein Eisblock kommt in die Stadt zurück, und ein anderer fährt in entgegengesetzte Richtung ab.«

Omar Chajjam zog die Sandalen aus, stellte seine nackten Füße auf das Eis und spürte die heilende Erquickung seiner Kühle. Während er heiterer wurde und Chand Mohammad zu viele Rupien hinblätterte, fragte er träge: »Was redest du da für einen Unsinn? Wie kann ein Eisblock nach der Reise ungeschmolzen zurückkommen? Die Blechwanne, mit oder ohne Schmelzwasser, das meinst du wohl.«

»O nein, Sahib, großer Herr«, der Eisverkäufer grinste, als er das Geld einsackte, »dieser Eisblock geht überall hin, ohne zu schmelzen.«

Farbe wich aus fetten Wangen. Plumpe Füße zuckten vom Eis zurück. Omar Chajjam sah sich ängstlich um, als dächte er, sie könne jeden Augenblick leibhaftig vor ihm stehen, und sprach dann in einem so ingrimmigen Ton, daß der Eisverkäufer erschrocken zurückwich: »Sie? Wann? Wen willst du beleidigen ...?« Er packte den Eismann an seinem zerlumpten Hemd, und dem armen Kerl blieb nichts anderes übrig, als alles zu erzählen, zu verraten, daß in genau diesem Zug vor wenigen Stunden Mrs. Farah Rodrigues (geborene Zoroaster) schamlos an den Schauplatz ihrer Schande zurückgekehrt war und sich geradewegs zum Grenzposten ihres Vaters aufgemacht hatte, »obwohl der sie auf die Straße geworfen hat wie einen Eimer schmutziges Wasser, Sahib, denken Sie bloß«.

Als Farah zurückkam, brachte sie weder Mann noch Kind mit. Niemand fand je heraus, was aus Eduardo und dem Baby geworden war, für das er alles geopfert hatte, und so konnten allerlei Gerüchte ohne die Gefahr einer Widerlegung zirkulieren: eine Fehlgeburt, eine Abtreibung trotz Rodrigues' katholischem Glauben, das Baby nach der Geburt auf einem Felsen ausgesetzt, das Baby in der Wiege erstickt, das Baby ins Waisenhaus gegeben oder auf der Straße ausgesetzt, während Farah und Eduardo wie ungestüme Liebende an den Postkartenstränden oder im Schiff des pflanzenbedeckten Hauses des christlichen Gottes kopulierten, bis sie einander überdrüssig wurden und sie ihm den Laufpaß gab, er (ihrer lasziven Flirts müde) ihr den Laufpaß gab, beide einander gleichzeitig den Laufpaß gaben, wen kümmert es, wer es tat, sie ist wieder da, also schließt eure Söhne ein.
Farah Rodrigues in ihrem Stolz sprach mit niemandem in Q., außer um in den Geschäften Lebensmittel und Vorräte zu bestellen, bis sie im Alter begann, regelmäßig die illegalen Schnapsbuden zu besuchen, wo sie sich Jahre, nachdem sein Name in die Zeitungen gekommen war, in Erinnerungen an Omar Chajjam erging. Bei ihren seltenen Besuchen im Basar tätigte sie ihre Einkäufe, ohne jemandem ins Gesicht zu sehen,

und blieb nur stehen, um sich mit einer freimütigen Zuneigung, die der Stadt bewies, daß sie nichts bedauerte, in jedem verfügbaren Spiegel zu betrachten. Selbst als sich herumsprach, daß sie zurückgekommen war, um nach ihrem verrückten Vater zu sehen und die Zollstation zu übernehmen, damit er nicht von seinen Angrez-Bossen entlassen würde, selbst da wurde die Haltung der Stadt nicht milder. Wer weiß, was die da draußen anstellen, sagten die Leute, der nackte Vater und das Hurenkind, da draußen in der Wüste sind sie noch am besten aufgehoben, wo niemand zusehen muß außer Gott und der Teufel, und die haben schon alles gesehen.

Und Omar Chajjam Shakil, dessen Füße wieder auf einem Block schmelzenden Eises ruhten, wurde in seinem Zug in die Zukunft davongetragen, überzeugt, daß es ihm endlich gelungen sei zu entkommen, und das kühle Vergnügen sowohl dieses Gedankens als auch des Eises zauberte ein Lächeln auf seine Lippen, mochte der heiße Wind auch blasen.

Zwei Jahre später teilten ihm seine Mütter schriftlich mit, daß er einen Bruder habe, den sie Babar genannt hatten, nach dem ersten Mogulkaiser, der über die Unvorstellbaren Berge gezogen war und alles erobert hatte, was ihm vor die Füße kam. Danach waren die drei Schwestern, die die Mutterschaft erneut geeint hatte, innerhalb der Mauern von »Nishapur« auf viele Jahre glücklich und ununterscheidbar.

Als Omar Chajjam den Brief las, war seine erste Reaktion ein leises Pfeifen, das nicht frei von Bewunderung war.

»Die alten Hexen«, sagte er laut. »Sie haben es noch einmal geschafft.«

II

Die Duellanten

Viertes Kapitel

Hinter der Leinwand

Dieser Roman handelt von Sufiya Zinobia, der älteren Tochter General Raza Hyders und seiner Gattin Bilquìs, von dem, was sich zwischen ihrem Vater und dem Vorsitzenden Iskander Harappa, vormals Ministerpräsident, inzwischen verstorben, abspielte, und von ihrer überraschenden Heirat mit einem gewissen Omar Chajjam Shakil, Arzt, dickleibig und eine Zeitlang Busenfreund des erwähnten Isky Harappa, dessen Hals die übernatürliche Eigenschaft hatte, selbst von einem Henkerstrang keine Druckstellen zu bekommen. Oder vielleicht wäre es genauer, wenn auch undurchsichtiger, zu sagen, daß Sufiya Zinobia von diesem Roman handelt.

Auf jeden Fall kann man eine Person noch nicht einmal ansatzweise kennenlernen, wenn man sich nicht zuerst einige Kenntnis über ihren familiären Hintergrund verschafft; also muß ich dementsprechend verfahren und erklären, wie es kam, daß Bilquìs Angst vor dem heißen Nachmittagswind namens Loo bekam:

Am letzten Morgen seines Lebens betrachtete sich ihr Vater Mahmoud Kemal, bekannt als Mahmoud das Weib, wie gewöhnlich in einen glänzenden blauen, mit leuchtendroten Streifen durchschossenen zweiteiligen Anzug gekleidet, anerkennend in dem reichverzierten Spiegel, den er wegen seines unwiderstehlichen Rahmens aus nackten Cherubim, die Pfeile versandten und goldene Hörner bliesen, aus dem Foyer seines Theaters entfernt hatte, umarmte seine achtzehnjährige Tochter und verkündete: »Siehst du, Mädchen, dein Vater zieht sich gut an, wie es sich für den Hauptverwaltungsbeamten eines ruhmreichen Imperiums gehört.« Und beim Frühstück, als sie pflichtschuldig Khichri auf seinen Teller schöpfte, polterte er in gutmütigem Zorn: »Warum rührst du einen Finger, Tochter? Eine Prinzessin serviert nicht.« Bilquìs neigte den Kopf und blickte aus den unteren linken Augenwinkeln, worauf ihr Vater lauten Beifall äußerte: »Oh, hervorragend, Billoo! Welch erlesene Schauspielkunst, meiner Treu!«

Es ist wahr, sonderbar-aber-wahr, daß die Stadt der Götzenanbeter, in der diese Szene sich abspielte – nennen Sie sie Indraprastha, Puranaqila, meinetwegen auch Delhi –, oft von Männern regiert worden war, die (wie Mahmoud) an Al-Lah, Den Einen Gott, glaubten. Ihre Kunsterzeugnisse sind bis auf den heutigen Tag in der Stadt verstreut, alte Observatorien und Siegestürme und natürlich das große Rote Fort, Al-Hambra, die Rote, die in unserer Geschichte eine wichtige Rolle spielen wird. Und, was noch wichtiger ist, viele dieser gottesfürchtigen Herrscher entstammten kleinsten Verhältnissen; jedes Schulkind kennt die Sklavenkönige ... doch egal, worauf ich hinauswill: dieses ganze Gerede über das Beherrschen eines Imperiums war nur ein Familienscherz, denn natürlich waren Mahmouds Domäne nur die Imperium-Lichtspiele, eine Flohkiste von einem Kino in der Altstadt.

»Die wahre Größe eines Lichtspieltheaters«, sagte Mahmoud gerne, »kann man aus dem Lärmpegel seiner Kunden erschließen. Geh doch in diese Luxuspaläste in der Neustadt, schau dir ihre samtenen Prunksessel an und die Spiegelverkleidung überall in den Vorräumen, laß die Klimaanlage auf dich wirken, und dann verstehst du, warum die Zuschauer so stumm wie die Fische dasitzen. Die Pracht der Umgebung und natürlich auch die Eintrittspreise haben ihnen die Sprache verschlagen. Aber im »Imperiums« von Mahmoud machen die zahlenden Kunden einen Höllenlärm, außer bei den Schlagern. Wir sind keine absoluten Herrscher, Kind, vergiß das nicht; besonders heutzutage, wo die Polizei uns im Stich läßt und sich weigert zu kommen, um wenigstens die schlimmsten Bösewichte zu verhaften, die so laut pfeifen, daß einem die Ohren platzen. Mach dir nichts draus. Schließlich ist es eine Frage der Freiheit des Individuums.«

Ja: es war ein fünftrangiges Imperium. Für Mahmoud stellte es trotzdem etwas dar, für ihn war es das Reich eines Sklavenkönigs. Schließlich hatte er seine Laufbahn draußen auf den Eiterbeulen treibenden Straßen als irgend so ein Niemand begonnen, der die Kinoreklamen auf Schubkarren durch die Stadt schiebt und ruft: »Gerade angelaufen!« und »Massenhafte Vorbestellungen!« – und saß er jetzt etwa nicht in einem Geschäftsführerbüro, mit Registrierkasse und Schlüsseln und allem Drum und Dran? Sie sehen: sogar Familienscherze laufen Gefahr, ernst genommen zu werden, und sowohl den Charakter des Vaters als auch den der Tochter kennzeichnete eine Buchstabentreue, eine Humorlosigkeit, aufgrund deren Bilquìs im unausgesprochenen Glauben an ihre Herrschaftlichkeit aufwuchs, der in den Winkeln ihrer niedergeschlagenen Augen schwelte. »Ich sage dir«, wandte sie sich an den mit Engeln verzierten Spiegel, wenn ihr Vater zur Arbeit gegangen war, »bei mir hieße es absolute Kontrolle oder gar nichts! Diese Bösewichte hätten nichts zu lachen mit ihrem Pfeifen und Keifen, wenn sie es mit mir zu tun hätten!« So erfand Bilquìs sich ein geheimes Ich, das weitaus gebieterischer war als ihr Vater, der Gebieter. Und in der Dunkelheit seines »Imperiums« studierte sie Abend um Abend die riesigen, schimmernden Illusionen von Prinzessinnen, die vor dem lärmenden Publikum tanzten, unter der goldfarbenen Reiterfigur eines gepanzerten mittelalterlichen Ritters, der einen Wimpel hielt, auf dem das sinnlose Wort *Excelsior* stand. Illusionen nährten Illusionen, und Bilquìs legte sich allmählich die vornehme Haltung zu, die einer Traumherrscherin gemäß war, und nahm die Sticheleien der Straßenjungen aus den Gassen um ihr Zuhause als Komplimente. »Tantara!« grüßten sie sie, wenn sie vorbeischwebte. »Habt Erbarmen, o gnädige Dame, o Rani von Khansi!« *Khansi-ki-Rani* nannten sie sie: Königin des Hustens, das heißt der ausgestoßenen Luft, der Übelkeit und des heißen Windes.

»Paß auf«, warnte sie ihr Vater, »in dieser Stadt gehen Veränderungen vor. Selbst die liebevollsten Spitznamen bekommen neue und gar nicht schöne Bedeutungen.«

Dies spielte sich ab zu jener Zeit unmittelbar vor der berühmten mottenzerfressenen Teilung, die das alte Land zerhackte und Al-Lah ein paar von Insekten zerknabberte Scheiben davon abgab, einige staubige Morgen im Westen und Dschungelsümpfe im Osten, die die Gottlosen liebend gern los wurden. (Al-Lahs neuer Staat: zwei Landblöcke, tausend Meilen voneinander entfernt. Ein so unmögliches Land, daß es beinahe existenzfähig war.) Aber bleiben wir sachlich und beschränken wir uns darauf, festzustellen, daß die Wogen der Gefühle damals so hoch schlugen, daß selbst ein Kinobesuch einen politischen Akt darstellte. Die Verehrer des Einen Gottes gingen in die einen Kinos und die Götzendiener in die anderen; die Kinofans waren schon gespalten, bevor dies dem müden alten Land widerfuhr. Das Kinogeschäft betrieben, das versteht sich von selbst, die Götzenanbeter, und da sie Vegetarier waren, machten sie einen sehr berühmten Film: *Gai-Wallah*. Vielleicht haben Sie davon gehört? Ein außergewöhnlicher Film über einen einsamen, maskierten Helden, der die indische Gangesebene durchreitet, Rinderherden von ihren Hirten befreit und die heiligen, gehörnten, euterbehängten Tiere vor dem Schlachthaus bewahrt. Die Götzenbande drängte sich in den Kinos, in denen dieser Film gezeigt wurde; die Diener Eines Herrn parierten, indem sie in ausländische, nichtvegetarische Western rannten, in denen Kühe massakriert wurden und die Helden sich an Steaks labten. Und Pöbelhaufen erzürnter Film- und Rindviehfans attackierten die Kinos ihrer Feinde ... nun, es war eine Zeit für alle nur denkbaren Verrücktheiten, mehr nicht.

Mahmoud das Weib verlor sein »Imperium« wegen eines einzigen Irrtums, dem sein verhängnisvoller Charakterfehler zugrunde lag, die Toleranz. »Zeit, über diesen ganzen Teilungsquatsch erhaben zu sein«, informierte er eines Morgens seinen Spiegel, und am selben Tag setzte er in seinem Kino ein Doppelprogramm an: Randolph Scott und Gai-Wallah sollten auf seiner Leinwand nacheinander auftreten.

Am Tag, da das Doppelprogramm eröffnet wurde, das ihm zum Verhängnis werden sollte, änderte sich die Bedeutung seines Spitznamens für immer. Er war von den Gassenjungen »das Weib« genannt worden, weil er als Witwer seit dem Tod seiner Frau – Bilquìs war damals gerade zwei Jahre alt gewesen – dem Mädchen die Mutter hatte ersetzen müssen. Doch nun erhielt diese liebevolle Bezeichnung eine gefährliche Bedeutung, und wenn Kinder von Mahmoud dem Weib sprachen, meinten sie Mahmoud den Schwächling, den Schmachbeladenen, den Narren. »Weib«, seufzte er resigniert vor seiner Tochter, »was für ein Ausdruck! Mit wie vielen Bedeutungen kann man denn dieses Wort *noch* belasten? Hat es je ein so geduldiges und gleichzeitig so schmutziges Wort gegeben wie dieses?«

Und wie ging die doppelte Rechnung auf? Beide Seiten, Vegetarier und Nichtvegetarier, boykottierten das »Imperium«. Fünf, sechs, sieben Tage lang spielten Filme vor einem leeren Haus, in dem der abblätternde Putz und die gemächlich rotierenden Deckenventilatoren und, in den Pausen, die Kichererbsenverkäufer auf Reihen zweifellos wackliger und ebenso zweifellos leerer Sitze starrten; die Vorstellungen um halb vier, halb sieben und halb zehn zeigten das gleiche Bild, und nicht einmal die Sonntagsmatinee konnte einen Besucher durch die Schwingtüren locken. »Gib's auf«, drängte Bilquìs ihren Vater. »Was bezweckst du damit? Fehlt dir etwa dein Schubkarren?«

Doch nun wurde Mahmoud das Weib von einem ungewohnten Starrsinn ergriffen, und er verkündete, daß das Doppelprogramm eine zweite sensationelle Woche lang laufen würde. Selbst seine Schubkarrenfahrer machten sich aus dem Staub; niemand war bereit, diese doppeldeutigen Angebote in den Gassen anzupreisen, wo die Unruhe gärte; keine Stimme wagte zu verkünden: »Vorverkauf hat begonnen!« oder »Besser gleich als nie!«

Mahmoud und Bilquìs lebten in einem hohen, schmalen Haus hinter dem »Imperium« – »geradeaus durch die Leinwand«, wie er sagte; und an dem Nachmittag, an dem die Welt endete und neu begann, empfand die Herrschertochter, die mit der Dienerin allein zu Hause war, plötzlich die lähmende Gewißheit, daß ihr Vater in der wahnwitzigen Logik seiner romantischen Haltung an seinem verrückten Plan festhalten würde, bis dieser ihn das Leben kostete. Ein Geräusch wie das Flügelschlagen eines Engels erschreckte sie, ein Geräusch, das sie sich später nicht erklären konnte, das jedoch in ihren Ohren pochte, bis ihr der Kopf schmerzte, und sie rannte aus dem Haus und hielt nur inne, um die grüne Dupatta der Sittsamkeit um ihre Schultern zu schlingen; und so gelangte sie, nach Atem ringend, vor die massiven Türen des Kinos, hinter denen ihr Vater finster inmitten leerer Sitze saß und das Programm anschaute, als der heiße Feuerwind der Apokalypse zu wehen begann.

Die Mauern des »Imperiums« ihres Vaters blähten sich auf wie heißes Puri, und ein Wind wie der Husten eines kranken Riesen versengte ihre Augenbrauen (die nie nachwuchsen) und riß ihr die Kleider vom Leib, bis sie nackt wie ein Neugeborenes auf der Straße stand; doch ihre Nacktheit kam ihr nicht zu Bewußtsein, weil das Ende der Welt gekommen war; und im widerhallenden unfaßbaren Getöse des todbringenden Windes sahen ihre brennenden Augen, wie alles herausflog – Sitze, Eintrittskarten, Ventilatoren, und dann Stücke des zerfetzten Leichnams ihres Vaters und die verkohlten Scherben der Zukunft. »Selbstmörder!« verfluchte sie Mahmoud das Weib mit kreischender Stimme, die die Bombe schrill gemacht hatte. »Du hast es so gewollt!« – Und als sie sich umwandte und zurücklief, sah sie, daß die Rückwand des Kinos verschwunden war, und im obersten Stockwerk ihres hohen, schmalen Hauses klebte die Gestalt eines goldenen Ritters, auf dessen Wimpel sie das Heiterkeit erregend unverständliche Wort *Excelsior* nicht zu lesen brauchte.

Wer weiß, wer die Bombe gelegt hatte; in jenen Tagen gab es viele, die Gewalt säten. Vielleicht war es sogar eine monotheistische Bombe, die ein besonders fanatischer Glaubensbruder Mahmouds im »Imperium« gelegt hatte, denn offenbar explodierte der Zeitzünder während einer besonders schlüpfrigen Liebesszene, und wir wissen, was die Gottesfürchtigen von der Liebe halten – oder von ihrem Abbild –, vor allem, wenn man Eintrittsgeld zahlen muß, um sie zu sehen ... sie sind dagegen. Sie zensieren sie. Liebe verdirbt die Sitten.

O Bilquìs! Nackt und ohne Augenbrauen unter dem goldenen Ritter, ins Toben des Feuerwindes eingehüllt, sah sie ihre Jugend vorbeifliegen, fortgetragen auf den Flügeln der Explosion, die noch in ihren Ohren pochte. Alle Emigranten lassen ihre Vergangenheit zurück, obgleich einige versuchen, sie in Kisten und Kästen zu packen – doch unterwegs sickert etwas aus den gehüteten Erinnerungsstücken und alten Fotografien heraus, bis selbst ihre Besitzer sie nicht mehr wiedererkennen, denn es ist das Schicksal des Emigranten, seiner Geschichte entblößt zu werden und nackt der Verachtung Fremder ausgesetzt zu sein, deren reicher Kleidung, deren Brokat der Beständigkeit und deren Augenbrauen der Zugehörigkeit er gewahr ist – was ich damit sagen will, ist, daß Bilquìs' Vergangenheit sie verließ, noch bevor sie selbst die Stadt verließ. Sie stand am Straßenrand, arm und bloß durch den Selbstmord ihres Vaters, und sah, wie sie verschwand. In späteren Jahren besuchte ihre Vergangenheit sie zuweilen, so wie ein vergessener Verwandter zu Besuch kommt, aber lange Zeit hindurch mißtraute sie der Geschichte. Sie war die Gattin eines Helden mit großer Zukunft, also schob sie begreiflicherweise die Vergangenheit beiseite, so wie man arme Verwandte abweist, wenn sie Geld borgen wollen.

Sie mußte gegangen oder gelaufen sein, sofern nicht ein Wunder geschehen war und eine göttliche Macht sie aus dem Wind ihrer Verzweiflung herausgehoben hatte. Als sie wieder zu sich kam, fühlte sie roten Stein an ihrer Haut; es war Nacht, und in der dunklen, trockenen Hitze fühlte der Stein sich kühl auf ihrer Haut an. Ganze Heerscharen wogten an ihr vorbei, eine so gewaltige, drängende Menge, daß sie zuerst dachte, eine unvorstellbare Explosion treibe sie vor sich her: »Noch eine Bombe, mein Gott, sie hat diese ganzen Leute weggeblasen!« Aber es war keine Bombe. Sie begriff, daß sie an der endlosen Mauer des Roten Forts lehnte, das die Altstadt überragte, und daß die Menge von Soldaten durch seine weit geöffneten Tore getrieben wurde; ihre Füße setzten sich in Bewegung, schneller als ihr Hirn, und führten sie in die Menschenschar. Im nächsten Augenblick kam ihr ihre Nacktheit niederschmetternd wieder zu Bewußtsein, und sie begann zu rufen: »Gebt mir ein Tuch!«, bis sie sah, daß niemand zuhörte, niemand auch nur einen Blick auf den versengten, aber noch immer schönen nackten Körper des Mädchens warf.

Doch vor Scham umklammerte sie sich selbst, hielt sich in dieser stürmischen See an sich selbst fest, als sei sie ein Strohhalm, und spürte um ihren Hals die Reste eines Stücks Musselin. Die Dupatta der Sittsamkeit war an ihrem Körper hängengeblieben, mit ihm verklebt vom Blut der vielen Schnitte und Kratzer, deren sie bis jetzt nicht gewahr gewesen war. Sie hielt die geschwärzten Überbleibsel des Gewandes weiblicher Ehrsamkeit vor ihre intimen Stellen, betrat die düstere Röte des Forts und hörte seine Tore dumpf zufallen.

In den Tagen vor der Teilung trieben die Behörden in Delhi alle Moslems zusammen, zu ihrer eigenen Sicherheit, wie es hieß, und schlossen sie im Roten Fort ein, weit weg vom Zorn der Götzenanbeter. Ganze Familien waren dort eingesperrt, Großmütter, kleine Kinder, böse Onkel ... einschließlich Mitglieder meiner eigenen Familie. Man kann sich leicht vorstellen, daß meine Verwandten, als sie im parallel verlaufenden Universum der Geschichte durch das Rote Fort zogen, eine Andeutung der fiktiven Anwesenheit von Bilquìs Kemal spürten, die verletzt und nackt wie ein Gespenst an ihnen vorbeilief ... oder umgekehrt. Ja, oder umgekehrt.

Die Woge der Menschen trug Bilquìs bis in den großen, niedrigen, reich verzierten rechteckigen Pavillon, der einst die Audienzhalle eines Kaisers gewesen war, und in diesem hallenden *Diwan* fiel sie in Ohnmacht. So sehr fühlte sie sich in ihrer Nacktheit gedemütigt. Viele Frauen jener Generation, gewöhnliche anständige respektierliche Damen der Sorte, der nie etwas zustößt, der angeblich nie etwas zustößt außer Ehe Kinder Tod, konnten ähnlich merkwürdige Geschichten erzählen. Es war eine gute Zeit für Geschichten, falls man am Leben blieb und seine Geschichte noch erzählen konnte.

Kurz vor der skandalösen Hochzeit ihrer jüngeren Tochter, Good News Hyder, erzählte Bilquìs dem Mädchen, wie sie ihren Mann kennengelernt hatte. »Als ich aufwachte«, erzählte sie, »war es Tag, und ich war in einen Offiziersrock gehüllt. Und was meinst du, wessen Mantel es war, dummes Ding, seiner natürlich, der deines leiblichen Vaters Raza; wie soll ich sagen, er sah mich da liegen in all meiner Pracht und Herrlichkeit, wie im Schaufenster ausgestellt, und ich denke, dem frechen Kerl gefiel ganz einfach, was es da zu sehen gab.« Good News machte Ha! und Ts, ts! und tat so, als sei sie von der Keckheit ihrer Mutter schockiert, und Bilquìs sagte verschämt: »Solche Begegnungen waren damals nichts Ungewöhnliches.« Good News erwiderte pflichtschuldig: »Weißt du, Amma, daß er beeindruckt war, überrascht mich kein bißchen.«

Als Raza in der Audienzhalle eintraf, nahm er vor der sittsam in den Mantel gehüllten Bilquìs Habachtstellung ein; er schlug die Hacken zusammen, grüßte, grinste. »Normalerweise«, sagte er zu seiner zukünftigen Frau, »pflegt man einer bekleideten Frau den Hof zu machen, und es ist das Vorrecht des Ehemanns, sie schließlich zu entkleiden ... doch in unserem Fall wird es umgekehrt sein. Ich muß Sie einkleiden, von Kopf bis Fuß, wie es einer errötenden Braut ansteht.« (Good News, voller Hochzeitsgefühle, seufzte, als sie das hörte. »Seine ersten Worte! Mein Gott, wie romantisch!«)

Wie er der uniformberockten Bilquìs erschienen war: »So groß! So hellhäutig! So stolz wie ein König!« Von ihrem ersten Treffen wurden keine Fotos gemacht, doch muß Bilquìs' damalige geistige Verfassung berücksichtigt werden. Raza Hyder war einen Meter achtundsechzig groß: nicht gerade ein Riese, wie Sie zugeben müssen. Und was seine Haut betrifft – sie war sicherlich dunkler, als Bilquìs' anbetende Augen eingestehen wollten. Doch stolz wie ein König? Das ist wahrscheinlich. Er war damals nur Hauptmann; demnach ist es eine einleuchtende Beschreibung.

Und was man Raza Hyder außerdem zubilligen kann: er besaß genug Energie, um eine Straße zu beleuchten; seine Manieren waren immer untadelig – selbst als er Präsident wurde, trat er anderen mit solcher Demut gegenüber (die mit Stolz nicht unvereinbar ist), daß im nachhinein nur wenige schlecht von ihm sprechen wollten, und die, die es taten, fühlten sich dabei, als verrieten sie einen Freund; und auf seiner Stirn trug er den schwachen, aber bleibenden blauen Fleck, der uns bereits auf der ergebenen Stirn Ibadallas, des Postboten von Q., aufgefallen ist: die *gatta* kennzeichnete Raza als religiösen Menschen.

Ein letztes Detail. Es heißt, Hauptmann Hyder habe, nachdem die Moslems im Roten Fort zusammengetrieben worden waren, vierhundertzwanzig Stunden lang nicht geschlafen, was die schwarzen Säcke unter seinen Augen erklären würde. Diese Säcke wurden in dem Maße, in dem seine Macht zunahm, immer schwärzer und hingen immer tiefer, bis er keine Sonnenbrille mehr tragen mußte wie die anderen hohen Tiere der Armee, weil er aussah, als trüge er sowieso die ganze Zeit eine, sogar im Bett. Der zukünftige General Hyder: Rasiermesser, Mackie Messer, Eisenfresser höchstpersönlich! Wie konnte Bilquìs so jemandem widerstehen? Sie war in nullkommanichts erobert.

Während ihrer Tage im Fort besuchte der Hauptmann mit den Augensäcken Bilquìs regelmäßig und brachte immer etwas zum Anziehen oder Verschönern mit: sie wurde mit Blusen, Saris, Sandalen, Augenbrauenstiften, die verlorenes Haar ersetzen sollten, Büstenhaltern und Lippenstiften überschüttet. Die Technik des Bombenteppichlegens dient dazu, eine frühe Kapitulation zu erzwingen ... als ihre Garderobe umfangreich genug war, um die Entfernung des militärischen Überziehers zu gestatten, stolzierte sie in der Halle vor ihm auf und ab. »Wenn ich mir's recht überlege«, erzählte Bilquìs

Good News, »dann hat er vielleicht doch erst bei dieser Gelegenheit die Bemerkung übers An- und Ausziehen gemacht.« Denn sie erinnerte sich, wie sie darauf reagiert hatte: sie hatte ihre Augen in der erlesenen Schauspielerinnenmanier niedergeschlagen, die ihr Vater einst so gepriesen hatte, und traurig gesagt: »Aber was für einen Ehemann könnte ich, ohne Aussicht auf eine Mitgift, je finden? Bestimmt nicht so einen großzügigen Hauptmann, der fremde Damen wie Königinnen ausstattet.«

Raza und Bilquìs verlobten sich unter den verbitterten Blicken der enteigneten Massen; und danach kamen weitere Geschenke, Süßigkeiten ebenso wie Armreifen, alkoholfreie Getränke und nahrhafte Speisen ebenso wie Henna und Ringe. Raza brachte seine Verlobte hinter einer Schutzwand aus steinernem Gitterwerk unter und kommandierte einen jungen Infanteristen als Wache ab, der ihr Territorium verteidigen sollte. Hinter dieser Wand, die den dumpfen, kraftlosen Zorn des Pöbels von ihr fernhielt, träumte Bilquìs von ihrer Hochzeit, gegen Schuldgefühle gefeit durch den alten Traum von ihrer Königlichkeit, den sie sich vor langer Zeit erfunden hatte. »Ts, ts«, tadelte sie die grollenden Flüchtlinge, »dieser Neid ist doch etwas zu Schreckliches.«

Spitze Bemerkungen wurden durch das steinerne Gitterwerk geschleudert: »Ohé, Madam! Was meinen Sie, wo er Ihre groß-großartigen Kleider her hat? Aus den Läden für Kunsthandwerk? Schauen Sie sich die Schlammbänke im Fluß unten vor dem Fort an, zählen Sie die geplünderten nackten Leichen, die jede Nacht dort landen!« Bedrohliche Worte drangen durch das Gitterwerk: Aasgeier, Dirne, Hure. Doch Bilquìs biß die Zähne vor diesen Grobheiten zusammen und sagte sich: »Wie unfein wäre es, einen Mann zu fragen, woher er seine Geschenke hat! Wie billig! Das würde ich nie tun, nie.« Diese Regung, ihre Erwiderung auf die Sticheleien ihrer

Mitflüchtlinge, kam ihr nie wirklich über die Lippen, aber sie füllte ihren Mund und ließ ihn zu einem Schmollmund anschwellen.

Ich richte sie nicht. In jenen Tagen überlebten die Leute, so gut sie konnten.

Die Armee wurde geteilt wie alles andere, und Hauptmann Hyder zog nach Westen in das neue, mottenzerfressene Land Gottes. Es gab eine Trauungszeremonie, und dann saß Bilquìs Hyder neben ihrem neuen Ehemann in einem Truppentransporter, eine neue Frau, frisch verheiratet, die einer schönen neuen Welt entgegenflog.

»Was du dort nicht alles machen wirst, Raz!« rief sie aus.

»Welche Größe; nicht? Welcher Ruhm!« Razas Ohren wurden rot unter den Augen seiner Kameraden (die vor Vergnügen blitzten) in der holpernden, wackligen Dakota; aber trotzdem sah er erfreut aus. Und Bilquìs' Prophezeiung erfüllte sich schließlich. Sie, deren Leben in die Luft gegangen war und ihr ihre Geschichte genommen hatte, an deren Stelle nichts als der dunkle Traum von Königlichkeit getreten war, eine Illusion von solcher Macht, daß sie verlangte, in die Sphäre dessen-was-wirklich-war zu treten – sie, die wurzellose Bilquìs, die sich nach Beständigkeit sehnte, nach Nie-wieder-Explosionen, hatte in Raza etwas von einem Felsblock erkannt, auf den sie ihr Leben gründen konnte. Er war ein Mann, der fest in einer unerschütterlichen Selbstgewißheit verwurzelt war, und das ließ ihn unbesiegbar erscheinen. »Absolut ein Riese«, flüsterte sie ihm schmeichelnd ins Ohr, damit die anderen Offiziere in der Kabine nicht wieder kicherten, »strahlend wie die Schauspieler auf der Leinwand.«

Ich überlege, wie ich Bilquìs am besten beschreiben kann. Als eine Frau, die durch eine abrupte Veränderung entkleidet wurde und die sich dafür in Überzeugungen hüllte; oder als ein Mädchen, das Königin wurde, dafür aber eine Fähigkeit einbüßte, die jede Bettlerin besitzt, nämlich das Vermögen, Söhne zu gebären; oder als die Dame, deren Vater ein Weib war und deren Sohn sich gleichfalls als Mädchen herausstellen sollte und deren Mann der Männer, ihr Eisenfresser, ihr Rasiermesser, am Ende selbst gezwungen war, das demütigende schwarze Leichentuch der Weiblichkeit anzulegen; oder vielleicht als Wesen in der verborgnen Hand des Schicksals – denn fand nicht die Nabelschlinge, die ihren Sohn erdrosselte, ihren Widerhall oder Zwilling in einem anderen, schrecklicheren Strang? ... Doch ich merke, daß ich letzten Endes an meinen Ausgangspunkt zurückkehren muß, denn für mich ist sie, und wird sie immer sein, die Bilquìs, die sich vor dem Wind fürchtete.

Um gerecht zu sein: niemand mag den Loo, den heißen Nachmittagsatem-der-erstickt. Wir ziehen die Jalousien herunter, hängen feuchte Tücher über die Fenster, versuchen zu schlafen. Doch als Bilquìs älter wurde, löste der Wind seltsame Ängste in ihr aus. Ihrem Mann und ihren Kindern fiel auf, wie nervös und unwirsch sie an den Nachmittagen wurde; wie sie sich angewöhnte, herumzulaufen, Türen zuzuschlagen und zu verschließen, bis Raza Hyder sich dagegen verwahrte, in einem Haus zu leben, in dem man seine Frau um einen Schlüssel bitten mußte, ehe man auf den Topf gehen konnte. An ihrem schmalen Handgelenk hing klirrend der Zehn-Tonnen-Schlüsselring ihrer Neurose. Sie entwickelte einen Abscheu vor Bewegungen und untersagte das Umstellen der harmlosesten Haushaltsgegenstände. Stühle, Aschenbecher, Blumentöpfe schlugen Wurzeln, die Macht ihres furchtbaren Willens bannte sie fest an ihren Ort. »Mein Hyder hat gern alles an seinem Platz«, sagte sie oft, aber die fixe Idee der Unverrückbarkeit war ihre. Und es gab Tage, an denen sie mehr oder weniger im Haus gefangengehalten werden mußte,

denn es wäre eine Schmach und eine Schande gewesen, hätte ein Fremder sie in ihrem Zustand gesehen; wenn der Loo blies, kreischte sie wie ein Hoosh oder Afrit oder sonst ein Dämon, sie schrie den Hausdienern zu, sie sollten die Möbel festhalten, damit der Wind sie nicht wegblasen konnte wie die Einrichtung eines vor langer Zeit verlorenen Imperiums, und brüllte ihre Töchter (wenn diese zugegen waren) an, sie sollten sich an etwas Schwerem, etwas Festem anklammern, damit der Feuerwind sie nicht in den Himmel forttrüge.
Der Loo ist ein böser Wind.

Wäre dies ein realistischer Roman über Pakistan, ich schriebe nicht über Bilquìs und den Wind; ich spräche von meiner jüngsten Schwester. Die zweiundzwanzig ist und in Karatschi Maschinenbau studiert; die nicht mehr auf ihrem Haar sitzen kann und die (im Gegensatz zu mir) die pakistanische Staatsbürgerschaft hat. An meinen guten Tagen denke ich sie mir als Pakistan, und dann mag ich das Land sehr gern, und es fällt mir leicht, ihm (ihr) die Liebe zu Coca-Cola und importierten Autos zu verzeihen.
Obwohl ich Pakistan schon lange kenne, habe ich dort nie länger als sechs Monate an einem Stück gelebt. Einmal bin ich für nur zwei Wochen hingefahren. Zwischen diesen halben Jahren und vierzehn Tagen hat es Intervalle von unterschiedlicher Dauer gegeben. Ich habe Pakistan scheibchenweise kennengelernt, genauso wie ich meine heranwachsende Schwester kennengelernt habe. Ich sah sie erstmals im Alter von Null (ich beugte mich als Vierzehnjähriger über ihre Wiege, und sie brüllte mir ins Gesicht); dann mit drei, vier, sechs, sieben, zehn, vierzehn, achtzehn und einundzwanzig Jahren. So gab es neun jüngste Schwestern, die ich kennenlernen mußte. Jeder nachfolgenden Inkarnation fühlte ich mich näher als der vorherigen. (Das gilt auch für das Land.)

Was ich damit, glaube ich, gestehen will: wie auch immer ich über dort drüben schreiben will, ich muß diese Welt in Bruchstücken zerbrochener Spiegel reflektieren, so wie Farah Zoroaster ihr Gesicht an der Grenze aus Pfählen sah. Ich muß mich damit abfinden, daß zwangsläufig manche Stücke fehlen.

Aber angenommen, dies wäre ein realistischer Roman! Stellen Sie sich bloß vor, was ich dann noch alles berücksichtigen müßte. Beispielsweise die Sache mit der illegalen Installation von verborgenen unterirdischen Wasserpumpen, mit denen die reichsten Bewohner der »Defence« Wasser aus den Leitungen ihrer Nachbarn stehlen – so daß man die Leute mit dem größten Einfluß immer am Grün ihres Rasens erkennen kann (solche Indizien finden sich nicht nur im Kolonialviertel von Q.). – Müßte ich dann auch den Sind Club in Karatschi beschreiben, in dem es immer noch ein Schild gibt: »Für Frauen und Hunde verboten«? Oder die spitzfindige Logik einer Industrie analysieren, die Kernreaktoren baut, aber keinen Kühlschrank herstellen kann? Ach du meine Güte – und die Schulbücher, in denen steht: »England ist kein Agrarland«, und der Lehrer, der einmal meiner jüngsten Schwester im Geographieaufsatz zwei Punkte abzog, weil er sich an zwei Stellen vom genauen Wortlaut des eben zitierten Schulbuches unterschied ... als wie peinlich, lieber Leser, könnte sich all das herausstellen.
Wie viele wahre Begebenheiten würden sich mir aufdrängen! – Beispielsweise die mit dem längst verflossenen Parlamentspräsidenten, der in der Nationalversammlung den Tod fand, als gewählte Volksvertreter mit dem Mobiliar auf ihn eindroschen; oder die, als ein Filmzensor bei der *Nacht der Generäle* mit dem Rotstift jedes Einzelbild der Szene bearbeitete, in der General Peter O'Toole eine Kunstgalerie besucht,

und alle Gemälde nackter Damen an den Wänden wegkratzte, so daß die Zuschauer voller Verblüffung den surrealen Anblick General Peters zur Kenntnis nahmen, der durch eine Galerie tanzender roter Kleckse spazierte; oder die mit dem Fernsehgewaltigen, der mir einmal allen Ernstes erklärte, Schweinefleisch sei ein unanständiges Wort; oder die mit der Ausgabe der *Times* (oder war es *Newsweek*?), die nicht ins Land kam, weil sie einen Artikel über Präsident Ayub Khans angebliches Schweizer Bankkonto enthielt; oder die Geschichte von den Banditen auf den Fernstraßen, die dafür verurteilt werden, daß sie das als Privatunternehmer tun, was die Regierung als öffentliche Politik betreibt; oder die vom Völkermord in Belutschistan; oder die, daß seit kurzem Mitglieder der fanatischen Jamaat-Partei bevorzugt staatliche Promotionsstipendien im Ausland erhalten; oder die, daß versucht wurde, den Sari zu einem obszönen Kleidungsstück zu erklären; oder die Begebenheit mit den zusätzlichen Hinrichtungen – den ersten seit zwanzig Jahren –, die nur deshalb angeordnet wurden, um die Hinrichtung Zulfikar Ali Bhuttos zu rechtfertigen; oder die, wie es kam, daß Bhuttos Henker sich in Luft auflöste, so wie die vielen Gassenjungen, die täglich bei hellichtem Tag gestohlen werden; oder die Sache mit dem Antisemitismus, einem interessanten Phänomen, unter dessen Einfluß Leute, die nie einem Juden begegnet sind, alle Juden schlecht machen, um die Solidarität mit den arabischen Staaten zu wahren, die zur Zeit pakistanischen Arbeitern Beschäftigung und dringend benötigte Devisen gewähren; oder die mit dem Schmuggel, dem Boom im Heroinexport, den Militärdiktatoren, käuflichen Bürgern, korrupten Beamten, gekauften Richtern, den Zeitungen, von deren Geschichten man mit Gewißheit nur sagen kann, daß sie erlogen sind; oder die Sache mit der Verteilung des Staatshaushaltes in Hinsicht auf die Anteile, die für Verteidigung (riesig) und Bildung (nicht

riesig) bereitgestellt wurden. Stellen Sie sich vor, mit welchen Schwierigkeiten ich zu kämpfen hätte!
Wenn ich ein derartiges Buch schreiben würde, wäre es müßig, wenn ich beteuern wollte, daß ich nicht nur über Pakistan schreibe, sondern über die Welt im allgemeinen. Das Buch wäre verboten, in den Mülleimer geworfen, verbrannt worden. Alle Mühe wäre umsonst gewesen! Realismus kann einem Dichter das Herz brechen.
Glücklicherweise erzähle ich jedoch nur eine Art modernes Märchen, und deshalb gibt es keine Probleme; niemand muß sich aufregen oder das, was ich sage, zu ernst nehmen. Es müssen auch keine drastischen Schritte unternommen werden.
Was für eine Erleichterung!
Und nun muß ich aufhören zu erzählen, worüber ich nicht schreibe, denn daran ist nichts besonders Außergewöhnliches; jede Geschichte, für die man sich entscheidet, bedeutet eine Art Zensur, sie verhindert das Erzählen anderer Geschichten ... Ich muß zu meinem Märchen zurückkehren, denn während ich zuviel geredet habe, ist einiges geschehen.
Auf meinem Rückweg zur Geschichte komme ich an Omar Chajjam Shakil vorbei, meinem Helden am Rande, der geduldig darauf wartet, daß ich an die Stelle komme, an der seine zukünftige Braut, die arme Sufiya Zinobia, in die Erzählung eintreten kann, kopfüber durch den Geburtskanal. Er braucht nicht mehr lange zu warten; sie ist so gut wie unterwegs.
Ich halte nur inne, um festzuhalten (denn es ist nicht unpassend, es an dieser Stelle zu erwähnen), daß Omar Chajjam während seines Ehelebens gezwungen war, Sufiya Zinobias kindliche Freude am Möbelverrücken ohne Widerrede hinzunehmen. Zutiefst erregt durch dieses verbotene Tun stellte

sie Tische, Stühle, Lampen um, wenn niemand zusah – als sei es ein geheimes Lieblingsspiel, das sie mit erschreckend verbissenem Ernst spielte. Widerspruch stieg in Omar Chajjam empor, doch er schluckte ihn herunter, weil er wußte, daß es sinnlos war, etwas zu sagen. »Ehrlich, Frau«, lag es ihm auf der Zunge, »wer weiß, was du noch ändern wirst mit diesem Verrücken Verschieben.«

Fünftes Kapitel

Das falsche Wunder

Bilquìs liegt hellwach im Dunkel eines höhlenartigen Schlafsaals, die Hände auf der Brust gefaltet. Wenn sie allein schläft, finden ihre Hände gewohnheitsmäßig in diese Haltung, obwohl ihre angeheirateten Verwandten es mißbilligen. Sie kann nicht anders, sie muß sich in der Umarmung festhalten – als fürchte sie, etwas zu verlieren.

Im Dunkel um sie herum die schwachen Umrisse anderer Betten, alte Flechtbetten mit dünnen Matratzen, auf denen andere Frauen unter schmalen weißen Laken liegen; nicht mehr und nicht weniger als vierzig Frauenzimmer sind um die majestätisch winzige Gestalt der Matriarchin Bariamma versammelt, die aus voller Kehle schnarcht. Bilquìs weiß schon genug über dieses Gemach, um sicher zu sein, daß die meisten der Schemen, die sich undeutlich im Dunkeln bewegen, genausowenig schlafen wie sie. Selbst Bariammas Schnarchen könnte eine Täuschung sein. Die Frauen warten darauf, daß die Männer kommen.

Der Türknauf wird gedreht, rattert wie eine Trommel. Die Nacht hat sich plötzlich verändert. Eine köstliche Verruchtheit liegt in der Luft. Eine kühle Brise erhebt sich, als hätte das Eintreten des ersten Mannes der Hitze der heißen Jahreszeit etwas von ihrer Schwere und Klebrigkeit genommen, so daß die Deckenventilatoren sich nun ein wenig wirkungsvoller in der zähflüssigen Atmosphäre bewegen können. Vierzig Frauen, eine davon Bilquìs, regen sich unter feuchten Laken ... weitere Männer treten ein. Auf Zehenspitzen gehen sie über die mitternächtlichen Korridore des Schlafsaals, und die

Frauen sind sehr still geworden, bis auf Bariamma. Die Matriarchin schnarcht lauter denn je. Ihre Schnarchtöne sind Sirenen, die das Entwarnungssignal geben und den Männern den nötigen Mut machen.
Das Mädchen im Bett neben Bilquìs, Rani Humayun, die unverheiratet ist und deshalb keinen Besuch erwartet, flüstert durch die Schwärze: »Hier kommen die vierzig Räuber.«
Und jetzt leise Geräusche im Dunkel: Seile von Flechtbetten geben unter dem zusätzlichen Gewicht eines zweiten Körpers einen Bruchteil nach, Kleider rascheln, die eindringenden Ehemänner atmen schwerer. Allmählich erlangt die Dunkelheit eine Art Rhythmus, der sich beschleunigt, seinen Höhepunkt erreicht, abklingt. Dann folgt ein vielfüßiges Trappeln zur Tür, der wiederholte Trommelwirbel des sich drehenden Türknaufs, und schließlich Stille, denn nun, da es der Anstand nicht länger gebietet, hat Bariamma aufgehört zu schnarchen.
Rani Humayun, die sich eine der besten Partien der Saison gesichert hat und binnen kurzem diesen Schlafsaal verlassen wird, um den hellhäutigen, im Ausland erzogenen, sinnlich vollippigen jungen Millionär Iskander Harappa zu heiraten, und die, wie Bilquìs, achtzehn Jahre alt ist, hat sich mit der Braut ihres Vetters Raza angefreundet. Bilquìs genießt (wenngleich sie so tut, als sei sie schockiert) Ranis boshafte Betrachtungen zum Thema der Schlafarrangements im Hause. »Stell dir vor, in dieser Dunkelheit«, sagt Rani kichernd, während die beiden die für den Tag benötigten Gewürze mahlen. »Wer weiß denn schon, ob der richtige Mann zu einem gekommen ist? Und wer könnte sich hinterher beschweren? Du kannst mir glauben, Billoo, die verheirateten Männer und Damen haben ihren Spaß in dieser Familien-Wohngemeinschaft. Ich sage dir – vielleicht Onkel mit Nichten, Brüder mit den Frauen ihrer Brüder, wir werden nie erfahren, wer die Kinder wirklich gezeugt hat!« Bilquìs errötet artig und hält

Rani mit einer korianderparfümierten Hand den Mund zu. »Hör auf, Liebste, was für schmutzig-dreckige Gedanken!« Doch Rani ist unerbittlich. »Nein, Bilquìs, ich sage dir, du bist neu hier, aber ich bin in dem Haus aufgewachsen, und ich schwöre dir beim Haar auf dem Kopf unserer Bariamma, daß dieses Abkommen, das angeblich der Schicklichkeit halber und so weiter getroffen wurde, bloß als Ausrede für die größte Orgie auf Erden dient.«
Bilquìs weist nicht darauf hin (das wäre auch taktlos), daß die winzige, beinahe zwergenhafte Bariamma nicht nur zahnlos und blind ist, sondern auch kein einziges Haar mehr auf ihrem uralten Kopf hat. Die Matriarchin trägt eine Perücke.

Wo und wann befinden wir uns? – In einem großen Familiensitz im alten Viertel der Küstenstadt, die ich, da ich keine andere Wahl habe, Karatschi nennen muß. Raza Hyder, verwaist wie seine Frau, hat sie (sofort nachdem sie die Dakota in den Westen gebracht hatte) im Schoß seiner Verwandtschaft mütterlicherseits abgeladen; Bariamma ist die Mutter seiner verstorbenen Mutter. »Du bleibst hier«, sagte er zu Bilquìs, »bis wieder klare Verhältnisse herrschen und wir sehen, was Sache ist.« So befindet Hyder sich dieser Tage in einer provisorischen Unterkunft auf dem Armeestützpunkt, während seine Braut inmitten schlafvortäuschender angeheirateter Verwandter liegt und weiß, daß kein Mann sie in der Nacht besuchen wird.
– Und ja, ich sehe, ich habe meine Geschichte in ein zweites endlos großes Herrenhaus gebracht, das der Leser vielleicht bereits mit einem weit entfernten Haus in der Grenzstadt Q. vergleicht; doch welch absoluten Gegensatz bietet es! Denn dies ist keine hermetisch verrammelte Festung; es birst, birst wortwörtlich vor Familienmitgliedern samt Anhang.
»Sie leben immer noch wie auf dem Dorf«, warnte Raza

Bilquìs, bevor er sie in dem Haus absetzte, wo der Umstand, daß eine Frau verheiratet war, sie in den Augen der anderen keineswegs von der Schmach und Schande freisprach, die es bedeutet, regelmäßig mit einem Mann zu schlafen; aus welchem Grund Bariamma, ohne ein Wort darüber zu verlieren, auf die Idee mit den vierzig Räubern verfallen war. Und natürlich leugneten alle Frauen, daß etwas »Derartiges« jemals stattfand, und bei einer Schwangerschaft taten sie so, als sei es Zauberei, als seien alle Empfängnisse unbefleckt und alle Geburten jungfräulich. Die Idee der Parthenogenese hatte man sich in diesem Hause zu eigen gemacht, um gewisse andere, unangenehm fleischliche Vorstellungen auszuschalten.

Bilquìs, das Mädchen, das davon geträumt hatte, Königin zu werden, dachte – was sie jedoch nicht aussprach: »O Gott! Ignoranten von Gottweißwoher. Hinterwäldler, Dorfidioten, total beschränkt, und bei denen sitze ich fest.« Laut sagte sie sanftmütig zu Raza: »Vieles spricht für die alten Traditionen.« In arglosem Einvernehmen nickte Raza ernsthaft; danach sank ihr das Herz noch tiefer.

Im Imperium Bariammas wurde Bilquìs als Neuankömmling, als jüngstes Mitglied natürlich nicht wie eine Königin behandelt.

»Und ob wir Söhne bekommen werden«, sagte Raza zu Bilquìs. »In der Familie meiner Mutter wachsen die Jungs auf den Bäumen.«

Im Wald neuer Verwandter verloren und durch den Blutdschungel des matriarchalischen Heims irrend, konsultierte Bilquìs auf der Suche nach diesen Stammbäumen den Koran, und dort fand sie sie an ihrem herkömmlichen Platz, lichte Wälder der Genealogie, die hinten ins heilige Buch eingetragen waren. Sie entdeckte, daß seit der Generation

Bariammas – zwei Schwestern, Razas Großtanten mütterlicherseits, beide verwitwet, und drei Brüder, ein Grundbesitzer, ein Nichtsnutz und ein geisteskranker Idiot –, daß also nach dieser Generation, in der die Geschlechter gleichmäßig verteilt gewesen waren, in der gesamten Familie nur zwei Mädchen geboren worden waren. Eines der beiden war Razas verstorbene Mutter; das andere Rani Humayun, die es kaum erwarten konnte, diesem Haus zu entkommen, das von seinen Söhnen nie verlassen wurde. Sie brachten ihre Frauen dorthin, damit sie unter Legebatteriebedingungen lebten und Nachkommen hervorbrachten. Mütterlicherseits hatte Raza insgesamt elf legitime Onkel und, wie man annahm, mindestens neun illegitime, die Brut des nichtsnutzigen Großonkels, der ein großer Schürzenjäger gewesen war. Abgesehen von Rani konnte er auf eine Gesamtsumme von zweiunddreißig ehelich geborenen Vettern verweisen. (Die mutmaßlichen Sprößlinge der Bastardonkel wurden einer Erwähnung im Koran nicht für wert gehalten.) Ein beträchtlicher Teil dieses gewaltigen Bestands an Verwandten weilte unter Bariammas kurzem, aber allmächtigem Schatten; Nichtsnutz und Idiot waren unverheiratet, doch wenn der Grundbesitzer zu Besuch kam, belegte seine Frau eins der Betten in Bariammas Frauenflügel. Zu der Zeit, von der ich spreche, waren Grundbesitzer und Frau anwesend, ebenso acht der elf legitimen Onkel mitsamt Frauen und (Bilquìs war keine gute Rechnerin) ungefähr neunundzwanzig Vettern und Rani Humayun. Sechsundzwanzig vetterliche Ehefrauen überfüllten das verruchte Schlafzimmer, mit Bilquìs ergab das vierzig, wenn man die drei Schwestern der ältesten Generation mitrechnete.

Bilquìs Hyder schwirrte der Kopf. Gefangen in einer Sprache, die für jeden nur vorstellbaren Verwandten einen ganz spezifischen Namen hatte, so daß der verwirrte Neuankömmling sich nicht hinter so allgemeinen Gattungsbezeichnungen wie

»Onkel«, »Vetter« oder »Tante« verstecken konnte, sondern in all seiner beleidigenden Unwissenheit ständig ertappt wurde, verstummte Bilquìs' Zunge vor der angeheirateten Sippschaft. Sie sprach fast nie, nur wenn sie mit Rani oder Raza allein war, und erwarb sich so den dreifachen Ruf des Süßen-unschuldigen-Kindes, des Fußabstreifers und der Närrin. Da Raza oft tagelang nacheinander weg war und sie somit des Schutzes und der Komplimente beraubte, die den anderen Frauen von ihren Männern täglich gewährt wurden, erlangte sie auch den Status des armen Dings, einen Status, dem das Fehlen der Augenbrauen (das keine noch so fein gestrichelte Kunst verbergen konnte) nicht unbedingt Abbruch tat. Dank alledem wurde ihr etwas mehr als ihr gerechter Anteil an Haushaltspflichten und auch etwas mehr als ihr gerechter Anteil an Bariammas Schimpfkanonaden zuteil. Aber sie wurde auch bewundert, widerwillig, denn die Familie hielt viel von Raza, die Frauen räumten ein, daß er ein guter Mann war, der seine Frau nicht schlug. Diese Definition von Güte beunruhigte Bilquìs, die sich nie hatte träumen lassen, daß man sie schlagen könnte, und sie erörterte das Thema mit Rani. »Aber ja«, erwiderte ihre angeheiratete Kusine, »und wie sie alle schlagen! Tharaap! Tharaap! Manchmal tut es einem in der Seele gut zuzusehen. Aber man muß sich auch vorsehen. Ein guter Mann kann verderben wie Fleisch, wenn man ihn nicht kühl hält.«

Als allgemein anerkanntes armes Ding mußte Bilquìs außerdem jeden Abend zu Bariammas Füßen sitzen, während die blinde alte Dame die überlieferten Familiengeschichten erzählte, finstere Begebenheiten, in denen es um Scheidungen ging, um Konkurse, Dürrezeiten, Freundestäuschungen, Kindersterblichkeit, Brustkrankheiten, in der Blüte ihres Lebens dahingeraffte Männer, fehlgeschlagene Hoffnungen, verlorene Schönheit, unanständig dick gewordene Frauen, Schmuggelgeschäfte, opiumrauchende Dichter, schmachtende Jungfrauen, Verfluchungen, Typhus, Banditen, Homosexualität, Sterilität, Frigidität, Vergewaltigung, die hohen Lebensmittelpreise, Glücksspieler, Trunkenbolde, um Mörder, um Selbstmorde und um Gott. Bariammas monotone Aufzählung der Liste von Familienscheußlichkeiten hatte den Effekt, daß diese entschärft wurden, ungefährlich, da sie in der mumifizierenden Flüssigkeit ihrer eigenen unbestreitbaren Achtbarkeit einbalsamiert waren. Das Erzählen der Geschichten bewies, daß die Familie fähig war, sie zu überleben und ihre Ehre und ihren unerschütterlichen Moralkodex trotz allem im Griff zu halten. »Um zur Familie zu gehören«, sagte Bariamma zu Bilquìs, »mußt du unsere Geschichten kennen und uns deine erzählen.« So wurde Bilquìs eines Abends (Raza war da, machte aber keinen Versuch, sie zu beschützen) gezwungen, das Ende von Mahmoud dem Weib und ihre Nacktheit in den Straßen Delhis zu schildern. »Mach dir nichts draus«, erklärte Bariamma anerkennend, als Bilquìs vor Scham über ihre Enthüllungen zitterte, »wenigstens ist es dir gelungen, deine Dupatta anzubehalten.«

Danach hörte Bilquìs oft, wie ihre Geschichte weitererzählt wurde, wo immer zwei oder drei Familienmitglieder versammelt waren – in den heißen Eidechsenecken des Hofes oder an Sommerabenden auf den sternerleuchteten Dächern, in den Kinderstuben, um die Kinder zu erschrecken, und selbst im Boudoir der schmuckbehangenen, hennagefärbten Rani an ihrem Hochzeitsmorgen; denn Geschichten, solche Geschichten, waren der Klebstoff, der die Sippe zusammenhielt und die Generationen in Netze geraunter Geheimnisse band. Anfangs veränderte ihre Geschichte sich beim Weitererzählen, doch schließlich nahm sie eine feste Form an, und danach duldete niemand, weder Erzähler noch Zuhörer, die geringste Abweichung von dem geheiligten, geweihten Wortlaut. Da wußte Bilquìs, daß sie ein Mitglied der Familie geworden war; die Absegnung ihrer Erzählung bedeutete Initiation, Verwandtschaft, Blut. »Das Erzählen von Geschichten«, sagte Raza zu seiner Frau, »ist ein Ritual, das uns im Blut liegt.« Doch weder Raza noch Bilquìs konnten wissen, daß ihre Geschichte gerade erst angefangen hatte, daß sie die spannendste und blutigste aller spannend-blutigen Sagas abgeben und in Zukunft stets mit folgendem Satz begonnen werden sollte (in dem nach Meinung der Familie alle richtigen Töne für die Eröffnung einer solchen Erzählung mitschwangen): »Es war der Tag, an dem der einzige Sohn des zukünftigen Präsidenten Raza Hyder wiedergeboren werden sollte.« »Ja, ja«, jubelten dann die Zuhörer, »erzähl uns die, das ist die beste.«

In jener heißen Jahreszeit kündigten die beiden geteilten Nationen den Ausbruch von Feindseligkeiten an der kaschmirischen Grenze an. In der heißen Jahreszeit geht nichts über einen Krieg im Norden; Offiziere, Infanteristen, Köche, alle freuten sich, in die Kühle der Berge aufbrechen zu können. »Yara, das ist Glück, was?« »Verdammt, altes Arschloch, wenigstens komme ich dieses Jahr nicht in der verdammten Hitze um.« O rückenklopfende Kameraderie der meteorologisch vom Glück Begünstigten! Jawans zogen mit der verwegenen Unbekümmertheit von Ferienreisenden in den Krieg. Es gab – unvermeidlich – Tote, aber auch für die hatten die Organisatoren des Krieges Vorsorge getroffen. Die Gefallenen wurden auf schnellstem Weg und Erster Klasse in die wohlriechenden Gärten des Paradieses geflogen, wo ihnen auf alle Ewigkeit vier prachtvolle Huris, unberührt von Mensch und Dschinn, zu Diensten standen. »Welchen der Segnungen deines Herrn«, fragt der Koran, »würdest du dich versagen?« Die Moral in der Armee war gut, aber Rani Humayun war

außer sich, denn es wäre unpatriotisch gewesen, in Kriegszeiten einen Hochzeitsempfang zu geben. Die Festlichkeit war verschoben worden, und sie tobte vor Wut. Raza Hyder jedoch stieg zufrieden in den getarnten Jeep, der ihn aus dem brodelnden Wahnsinn der Stadt entführte, und genau da flüsterte seine Frau ihm ins Ohr, daß sie ein anders geartetes frohes Ereignis erwarte. (Ich habe es Bariamma nachgetan, mich blind gestellt und laut geschnarcht, während Raza Hyder den Schlafsaal der vierzig Frauen besuchte und dieses Wunder ermöglichte.)
Raza stieß einen so triumpherfüllten Schrei aus, daß Bariamma, die drinnen schwitzend auf ihrem Takht saß, in der Verwirrung ihrer Blindheit zu der Überzeugung gelangte, ihrem Enkelsohn sei bereits ein ruhmreicher Sieg gemeldet worden, und als Wochen später tatsächlich eine solche Meldung eintraf, sagte sie nur: »Das habt ihr gerade erfahren? Ich wußte es schon vor einem Monat.« (Das war in jener Zeit, bevor die Leute begriffen, daß ihre Seite fast immer verlor, worauf die Führer der Nation, die sich als dieser Herausforderung bewundernswert gewachsen erwiesen, nicht weniger als tausendundeine Art vervollkommneten, aus Niederlagen Ehre herauszuschlagen.)
»Er kommt!« schrie Raza seiner Frau ins Ohr, so laut, daß irdene Krüge von Dienerinnenköpfen purzelten und die Gänse aufschreckten. »Was hab' ich dir gesagt, Missis?« Er setzte sein Käppi flotter auf den Kopf, schlug seiner Frau zu fest auf den Bauch, legte die Handflächen aneinander und deutete Tauchbewegungen an. »Wuupps!« rief er. »Wumm, Frau! Hier kommt er!« Und mit dem Versprechen, einen großen Sieg zu Ehren seines kommenden Sohnes zu erringen, röhrte er davon in den Norden und ließ eine Bilquìs zurück, die, zum erstenmal von den solipsistischen Wassern der Mutterschaft umspült, die Tränen in den Augen ihres Mannes übersehen

hatte, die Tränen, die seine schwarzen Augensäcke in Samtbeutel verwandelten, die Tränen, die zu den ersten Anzeichen zählten, daß der zukünftige starke Mann der Nation zu denen gehörte, die zu nah am Wasser gebaut haben ... unter vier Augen mit der frustrierten Rani Humayun frohlockte Bilquìs stolz: »Denk nicht an dieses Kriegsgetue; die wichtige Nachricht ist, daß ich einen Jungen produziere, der deine ungeborene Tochter heiraten wird.«

Ein Auszug aus der Familiensaga von Raza und Bilquìs, in den formelhaften Worten, die abzuändern ein ungeheuerliches Sakrileg wäre:
»Als wir hörten, daß unser Raza einen so wagemutigen Angriffsschlag zuwege gebracht hatte, daß man ihn nicht anders denn als einen Triumph bezeichnen konnte, wollten wir anfangs unseren Ohren nicht trauen – denn schon damals wiesen selbst die schärfsten Ohren einen merkwürdigen Defekt auf: Man konnte sich kein bißchen mehr auf sie verlassen, sobald sie auf die Radionachrichten eingestellt waren; bei solchen Gelegenheiten hörte jeder Dinge, die unmöglich der Wahrheit entsprechen konnten. Doch dann nickten wir mit dem Kopf, weil wir einsahen, daß ein Mann, dessen Frau bald einen Sohn zur Welt bringen wird, zu allem fähig ist. Ja, der ungeborene Sohn war für den einzigen Sieg in der Geschichte unserer Streitkräfte verantwortlich – ein Sieg, der Razas Ruf der Unbesiegbarkeit begründete, welcher Ruf alsbald selbst unbesiegbar wurde und den nicht einmal die langen demütigenden Jahre seines Abstiegs zerstören konnten. – Er kehrte als Held zurück, der für unser heiliges neues Land ein Bergtal erobert hatte, so hoch und unzugänglich, daß es sogar den Ziegen schwerfiel, dort oben zu atmen. So unerschrocken war er, so herausragend, daß allen wahren Patrioten die Luft wegblieb – und glauben Sie nur nicht der Propaganda, die

behauptet, es sei dem Feind nicht der Mühe wert gewesen, den Ort zu verteidigen. Der Kampf war so grimmig wie die Kälte des Eises – und er nahm das Tal mit nur zwanzig Mann! Dieser kleine Trupp von Riesen, diese wagemutige Mannschaft, und Eisenfresser an ihrer Spitze – wer hätte ihnen widerstehen können? Wer hätte ihnen den Weg verstellen wollen?

Alle Völker kennen Orte, die zuviel bedeuten. ›Aansu!‹ weinten wir voller Stolz; wir schluchzten voll aufrichtigen Patriotismus: ›Denkt nur – er hat das Aansu-ki-Wadi eingenommen!‹ Es stimmt zweifellos: die Einnahme dieses sagenumwobenen ›Tals der Tränen‹ ließ uns alle in solche ununterdrückbaren Tränen ausbrechen wie jene, für die sein Eroberer in späteren Jahren berühmt werden sollte. – Nach einiger Zeit jedoch wurde offensichtlich, daß niemand wußte, was man mit einer Gegend anfangen sollte, wo einem die Spucke gefror, ehe sie den Boden traf; außer Iskander Harappa natürlich, der, trockenen Auges wie immer, zum Tribal Agencies Department marschierte und praktisch den ganzen Plunder erwarb, spottbillig, halb geschenkt, für Bargeld auf die Hand – und wenige Jahre später gab es dort oben Skihütten und fahrplanmäßige Flüge und nächtens ein europäisches Treiben, das die ortsansässigen Gebirgsbewohner vor Scham vergehen ließ. – Doch bekam der Eisenfresser, unser großer Held, etwas von diesen Devisen zu sehen?« (An dieser Stelle schlägt sich die Erzählerin unweigerlich mit der Hand vor die Stirn.) »Nein, wie sollte er, dieser große Armee-Holzkopf? Isky war immer zuerst da. Aber« (und hier schlägt die Erzählerin den geheimnisvollsten, bedrohlichsten Ton an, dessen sie fähig ist), »was zählt, ist, wer zuletzt da ist.«

An dieser Stelle muß ich die Legende unterbrechen. Das Duell zwischen Raza Hyder (der für seine Heldentat von Aansu zum Major befördert wurde) und Iskander Harappa, das in Aansu begann, dort aber keineswegs endete, muß noch eine Weile warten; denn nun, da der Eisenfresser wieder in der Stadt weilt und wieder Frieden ist, wird gleich die Hochzeit gefeiert werden, die die tödlich verfeindeten Widersacher zu angeheirateten Vettern machen wird: zu *Verwandten.*

Rani Humayun beobachtet mit niedergeschlagenen Augen in einem Spiegelring, wie ihr Bräutigam sich ihr nähert; er sitzt auf einer goldenen Platte, und ein Gefolge von Freunden mit Turbanen trägt ihn. Später, nachdem sie unter dem Gewicht ihres Schmucks in Ohnmacht gefallen und von der schwangeren Bilquìs wieder zu sich gebracht worden war, die dann selbst ohnmächtig wurde; nachdem ihr von jedem Mitglied der Familie der Reihe nach Geld in den Schoß geworfen worden war; nachdem sie durch ihren Schleier beobachtet hatte, wie ihr uralter geiler Großonkel die weiblichen Verwandten ihres neuen Ehemannes in den Hintern kniff, weil er wußte, daß seine grauen Haare sie davon abhalten würden, sich zu beschweren; und nachdem sie schließlich den Schleier neben sich hochgehoben hatte, während eine Hand den ihren hob, und lang und gründlich ins Gesicht Iskander Harappas geblickt hatte, der viel von seinem überwältigenden Sex-Appeal der faltenlosen Weichheit seiner fünfundzwanzigjährigen Wangen verdankte – um die sich langes Haar kräuselte, das groteskerweise schon die Farbe reinen Silbers hatte und oben dünner wurde, so daß es die goldene Schädelkuppel enthüllte – und zwischen denen sie gleichfalls gekräuselte Lippen entdeckte, deren patrizische Grausamkeit durch ihre sinnliche Fülle gemildert war, die Lippen, so dachte sie, einer schwarzen *hubshee*, eine Vorstellung, die ihr einen eigenartig sündigen Schauer des Entzückens verursachte … später, nachdem sie mit ihm zu einem Schlafgemach geritten war, das mit alten Schwertern und importierten französischen Wandteppichen und russischen Romanen üppig geschmückt war, nachdem sie voller Schrecken von einem weißen Zuchthengst abgestiegen war, dessen Geschlecht ganz offenkundig strammstand, nachdem sie gehört hatte, wie die Türen der Ehe sich hinter ihr in diesem neuen Heim schlossen, dessen Pracht Bariammas Haus wie eine Dorfhütte erscheinen ließ – und dann, als sie gesalbt und nackt auf einem Bett lag, vor sich den Mann, der sie gerade zu einer erwachsenen Frau gemacht hatte und der nun lässig auf ihre Schönheit blickte, machte sie, Rani Harappa, ihre erste wahrhaft ehefrauliche Bemerkung.

»Wer war der Kerl«, fragte sie, »der dicke, unter dem das Pferd zusammengebrochen ist, als deine Prozession ankam? Ist das nicht dieser üble Kumpan, dieser Doktor oder was auch immer, von dem alle sagen, daß er so einen schlechten Einfluß auf dich hat?«

Iskander Harappa wendete ihr den Rücken zu und zündete sich eine Zigarre an. »Über eins sei dir im klaren«, hörte sie ihn sagen, »du suchst meine Freunde nicht aus.«

Doch Rani, die bei der Erinnerung an das Bild des stolzen Pferdes, das unter dem kolossalen Gewicht Omar Chajjam Shakils aufgab und nachgab und die Beine in alle vier Richtungen des Kompasses streckte, von hilflosem Lachen geschüttelt wurde – und sich noch in der süßen Hitze ihres kürzlichen Liebesspiels sonnte –, machte beschwichtigende Laute: »Ich meinte bloß, Isky, was für ein schamloser Typ muß er sein, wie er diesen Bauch und so mit sich herumträgt.«

Omar Chajjam mit dreißig: fünf Jahre älter als Iskander Harappa und über ein Jahrzehnt älter als Iskys Braut, tritt er in unserer kleinen Geschichte wieder auf als Figur, die einen guten Ruf als Arzt und einen schlechten Ruf als Mensch hat, ein verdorbener Charakter, von dem es oft heißt, daß er keine Scham zu kennen scheint, »der Kerl weiß nicht, was das Wort bedeutet«, als habe man bei seiner Erziehung etwas Wesentliches vergessen; oder vielleicht hat er bewußt und willentlich den Begriff aus seinem Wortschatz gestrichen, damit seine explosive Gegenwart inmitten der Erinnerungen an seine vergangenen und gegenwärtigen Taten ihn nicht zerschlage wie einen alten Topf. Rani Harappa hat ihren Feind richtig identifiziert und erinnert sich nun zum hundertunderstenmal seit dem Ereignis mit Schaudern an den Augenblick, in dem ein Bote während der Hochzeitsfeier Iskander Harappa die telefonische Nachricht überbrachte, die ihn über die Ermordung des Ministerpräsidenten informierte. Als Iskander Harappa aufstand, um Schweigen bat und die Botschaft an die entsetzten Gäste weitergab, herrschte volle dreißig Sekunden lang verlegenes Schweigen, und dann rief die Stimme Omar Chajjam Shakils, der jeder den Alkohol anhören konnte: »Der Schweinehund! Wenn er tot ist, ist er tot! Warum will er dann herkommen und uns das Fest verderben?«

Damals war alles kleiner als heute; sogar Raza Hyder war nur Major. Aber er war wie die Stadt selbst, er brachte es weit, er wuchs schnell, aber auf eine dumme Weise, so daß sie beide immer häßlicher wurden, je größer sie wurden. Ich muß Ihnen erzählen, wie die Dinge in jenen frühen Tagen nach der Teilung lagen: Den alten Einwohnern der Stadt, die sich daran gewöhnt hatten, in einem Land zu leben, das älter als die Zeit war, und die daher von den unerbittlich wiederkehrenden Gezeiten der Vergangenheit langsam weggespült wurden, hatte die Unabhängigkeit, die Aufforderung, sowohl sich selbst als auch das Land als etwas Neues zu betrachten, einen argen Schock versetzt.

Ihre Vorstellungskraft war dem einfach nicht gewachsen, das können Sie sich denken; deshalb waren es die wirklich Neuen, die entfernten Vettern und halben Bekannten und vollkommen Fremden, die sich aus dem Osten ins Land Gottes ergos-

sen und sich dort niederließen, die alles in die Hand nahmen und in Gang brachten. Die Neuheit jener Tage vermittelte ein ganz schön unsicheres Gefühl; sie war etwas Erschüttertes, Wurzelloses. Überall in der Stadt (die damals natürlich die Hauptstadt war) panschten Bauunternehmer den Zement für die Fundamente neuer Häuser, Leute – nicht nur Ministerpräsidenten – wurden von Zeit zu Zeit erschossen, es konnte vorkommen, daß Kehlen in Gossen aufgeschlitzt wurden, Banditen wurden Milliardäre, doch mit alldem hatte man gerechnet. Die Geschichte war alt und rostig, eine Maschine, die seit Tausenden von Jahren niemand mehr in Betrieb gesetzt hatte, und jetzt wurde mit einemmal ein Maximum an Arbeitsleistung von ihr verlangt. Daß es dabei zu Unfällen kam, konnte niemanden überraschen … nun ja, es gab Stimmen, die sagten, wenn dies das Land ist, das wir unserem Gott geweiht haben, was ist das dann für ein Gott, der zuläßt – aber diese Stimmen wurden zum Schweigen gebracht, bevor sie ihre Fragen zu Ende gesprochen hatten, man trat ihnen unter dem Tisch gegen das Schienbein, in ihrem eigenen Interesse, denn es gibt Dinge, die man nicht sagen darf. Nein, mehr noch: es gibt Dinge, die dürfen einfach nicht wahr sein.
Auf jeden Fall: mit der Einnahme von Aansu hatte Raza Hyder schon die Vorteile des energiespendenden Zuflusses von Immigranten, von neuartigen Wesen unter Beweis gestellt; doch Energie hin, Energie her, er konnte nicht verhindern, daß sein erstgeborener Sohn im Mutterleib erdrosselt wurde.

Wieder einmal weinte er (nach Meinung seiner Großmutter mütterlicherseits) zu leicht. Gerade als er hätte zeigen sollen, daß er die Zähne zusammenbeißen konnte, heulte er sich die Augen aus, sogar in der Öffentlichkeit. Man sah Tränen über das Wachs auf seinem wulstigen Schnauzbart gleiten, und seine schwarzen Augensäcke glitzerten wieder wie kleine Öl-

pfützen. Seine Frau Bilquìs jedoch vergoß keine einzige Träne.
»He, Raz«, tröstete sie ihren Gatten mit Worten, auf denen die spröde Gewißheit ihrer Verzweiflung glitzerte, »Razoo, Kopf hoch. Nächstes Mal kriegen wir ihn zurück.«
»Eisenfresser, von wegen«, höhnte Bariamma vor versammelter Mannschaft. »Wißt ihr, daß er diesen Namen selbst erfunden hat und seine Soldaten per Order gezwungen hat, ihn so zu nennen? Undichter Stausee wäre passender.«
Eine Nabelschnur schlang sich um den Hals eines Babys und verwandelte sich in einen Henkersstrang (in dem andere Schlingen vorgezeichnet sind), in den atemberaubenden seidenen Rumal eines Thugs; und ein Kind kam auf die Welt, dem das unwiderrufliche Mißgeschick zuteil ward, tot zu sein, ehe es geboren war. »Wer kann wissen, warum Gott so etwas tut?« sagte Bariamma unbarmherzig zu ihrem Enkel. »Aber wir fügen uns, müssen uns fügen. Und dürfen nicht vor Frauen Kindertränen vergießen.«
Gleichwohl: das Mißgeschick, mausetot zu sein, vermochte der Junge mit löblichem Heldenmut zu überwinden. Es war nur eine Sache von Monaten, oder vielleicht gar Wochen, bis das unglücklicherweise verblichene Kind in Schule und College als erster abgeschnitten hatte, tapfer im Krieg gekämpft hatte, die reichste Schönheit der Stadt geheiratet und es zu einem hohen Posten in der Regierung gebracht hatte. Er war kühn, beliebt, gutaussehend, und der Umstand, daß er ein Leichnam war, schien nun nicht mehr von Bedeutung als ein leichtes Hinken oder eine geringfügige Sprachstörung.
Natürlich weiß ich ganz genau, daß der Junge in Wirklichkeit umgekommen war, bevor ihm überhaupt ein Name gegeben werden konnte. Seine nachfolgenden Glanzleistungen wurden ausschließlich in der verstörten Vorstellung von Raza und Bilquìs vollbracht, wo sie sich eine so solide Realität aneigne-

ten, daß sie alsbald danach verlangten, mit einem lebenden menschlichen Wesen versehen zu werden, das sie ausführen und wahr machen sollte. Besessen von den fiktiven Triumphen ihres totgeborenen Sohnes, machten Raza und Bilquìs sich entschlossen übereinander her und hoben und senkten sich schweigend im blindäugigen Schlafsaal der Frauen, nachdem sie einander davon überzeugt hatten, daß eine zweite Schwangerschaft einen Ersatz schaffen würde, daß Gott (denn Raza war, wie wir wissen, gläubig) eingewilligt hatte, ihnen kostenlosen Ersatz für die beschädigte Ware zu schicken, die sie bei der ersten Lieferung erhalten hatten, als wäre Er der Geschäftsführer einer angesehenen Versandfirma. Bariamma, die alles herausfand, schnalzte geräuschvoll mit der Zunge über diesen Unsinn mit der Reinkarnation, denn ihr war klar, daß das etwas war, was die beiden wie einen Bazillus aus dem Land der Götzenanbeter eingeschleppt hatten, aus dem sie kamen; doch erstaunlicherweise war sie nie unwirsch zu ihnen, denn sie wußte, daß die Seele sonderbare Wege findet, um ihren Kummer zu bewältigen. So muß sie ihren Teil der Verantwortung für das, was folgte, tragen. Sie hätte nicht ihre Pflichten vernachlässigen dürfen, nur weil sie Pein bedeuteten, sie hätte diesen Einfall mit der Wiedergeburt abwürgen sollen, solange sie es noch konnte, doch er nistete sich so schnell ein, und danach war es zu spät, zwecklos, noch darüber zu reden.

Viele Jahre später, als Iskander Harappa auf der Anklagebank des Gerichtssaals saß, in dem ihm der Prozeß auf Leben und Tod gemacht wurde, und sein Gesicht so grau war wie der importierte Anzug, der für ihn geschneidert worden war, als er doppelt soviel wog, da verhöhnte er Raza mit der Erinnerung an diese Reinkarnationsbesessenheit. »Dieser Führer der Nation, der sechsmal am Tag betet, und das auch noch im staatlichen Fernsehen!« sagte Isky mit einer Stimme, deren

Sirenenklänge verstimmt waren, seit er im Gefängnis gesessen hatte. »Ich denke an die Zeit, als ich ihn daran erinnern mußte, daß der Glaube an Avataras eine Häresie ist. Natürlich hat er nicht darauf gehört, aber schließlich hat Raza Hyder es sich zur Gewohnheit gemacht, nicht auf freundschaftlichen Rat zu hören.« Und außerhalb des Gerichtssaals hörte man die kühneren Mitglieder von Harappas auseinanderfallender Gefolgschaft murmeln, daß General Hyder ja auch in dem feindlichen Staat jenseits der Grenze aufgezogen worden sei und daß es Beweise für eine hinduistische Urgroßmutter väterlicherseits gebe, so daß diese gottlosen Gedanken sein Blut schon vor langer Zeit verseucht hätten.

Und es stimmt, daß sowohl Iskander als auch Rani versuchten, die Hyders zu überzeugen, doch Bilquìs' Lippen spannten sich vor lauter Starrsinn bloß straff wie eine Trommel. Zu jener Zeit war Rani Harappa guter Hoffnung, sie hatte es im Handumdrehen geschafft, und Bilquìs machte es sich bereits zum Prinzip, nie das zu tun, wozu ihre alte Schlafsaalgenossin riet. Ein Grund dafür mag gewesen sein, daß es ihr, Bilquìs, trotz des ganzen nächtlichen Treibens sehr schwerfiel, zu empfangen.

Als Rani einer Tochter das Leben schenkte, tröstete ihr Versagen, ein männliches Kind hervorzubringen, Bilquìs ein wenig; es war freilich nur ein kleiner Trost, denn ein weiterer Traum hatte sich zerschlagen, die Vorstellung einer Ehe zwischen ihren erstgeborenen Kindern. Nun war die neugeborene Miss Arjumand Harappa natürlich älter, als jeder zukünftige männliche Hyder je sein konnte, so daß eine solche Partie nicht mehr in Frage kam. Rani hatte ihre Seite der Abmachung eingelöst; ihre Tüchtigkeit verstärkte Bilquìs' abgrundtiefe Schwermut.

Und unter Bariammas Dach richteten sich kleine Bosheiten und Sticheleien gegen diese unnatürliche Frau, die nichts als

tote Babys hervorbringen konnte; die Familie war stolz auf ihre Fruchtbarkeit. Eines Abends, als Bilquìs zu Bett gegangen war, nachdem sie sich die Augenbrauen vom Gesicht gewaschen und wieder das Aussehen eines aufgeschreckten Kaninchens angenommen hatte, starrte sie eifersüchtig auf das leere Bett, das einst von Rani Harappa belegt gewesen war, als von der anderen Seite her eine besonders boshafte Kusine namens Duniyazad Begum rabenschwarze Beleidigungen zischte: »Die Schande Ihrer Unfruchtbarkeit, Madam, ist nicht allein die Ihre. Wissen Sie etwa nicht, daß die Schande alle trifft? Die Schande einer jeden von uns sitzt auf uns allen und beugt uns den Rücken. Sehen Sie nicht, was Sie den Angehörigen Ihres Mannes antun, wie Sie es denen entgelten, die Sie aufnahmen, als Sie, ein Flüchtling ohne einen Pfennig, aus dem gottverlassenen Land dort drüben kamen!«
Bariamma hatte das Licht ausgemacht – der Hauptschalter hing an einer Kordel über ihrem Bett –, und ihr Schnarchen beherrschte die Dunkelheit des Frauengemachs. Doch Bilquìs blieb nicht still in ihrem Bett liegen; sie stand auf und fiel über Duniyazad Begum her, die sie ungeduldig erwartet hatte, und beide – Hände verfingen sich in Haaren, Knie bohrten sich in weiches Fleisch – rollten geschmeidig zu Boden. Der Kampf wurde geräuschlos geführt: so groß war die Macht der Matriarchin über die Nacht; doch die Neuigkeit drang in kleinen Wellen der Dunkelheit durch den Raum, und die Frauen setzten sich in ihren Betten auf und sahen zu. Als die Männer kamen, wurden auch sie stumme Zuschauer dieses erbitterten Zweikampfes, bei dem Duniyazad mehrere Handvoll Haare aus ihren üppig behaarten Armhöhlen verlor und Bilquìs sich einen Zahn an den krallenden Fingern ihrer Widersacherin brach; bis Raza Hyder den Schlafsaal betrat und sie trennte. In diesem Augenblick hörte Bariamma auf zu schnarchen und schaltete das Licht ein und setzte in der Helligkeit allen Lärm,

alles Geschrei und Geheul frei, das die Dunkelheit zurückgehalten hatte. Während Frauen herbeieilten, um die kahle, blinde Matriarchin mit Polstern zu stützen, erklärte Bilquìs, die sich zitternd in die Arme ihres Mannes schmiegte, sie weigere sich entschieden, weiter in einem Haus zu wohnen, in dem ihr solcher Schimpf widerfahren war. »Mann, du weißt es«, sie hüllte sich in die zerlumpten Fetzen ihrer königlichen Kindheit, »ich habe eine andere Erziehung gehabt als die hier; und wenn ich keine Kinder kriege, dann deshalb, weil ich sie hier nicht kriegen kann, in diesem Zoo, wo sie es alle treiben wie die Tiere oder was auch immer.«

»Ja, ja, wir wissen, daß du dich für etwas Besseres hältst.« Bariamma, die sich mit dem Zischen eines zusammenfallenden Ballons in die Polster sinken ließ, behielt das letzte Wort. »Bring sie nur fort, Raza, mein Junge«, sagte sie mit ihrem Hornissensummen. »Du, Billoo Begum, scher dich fort. Wenn du dieses Haus verläßt, geht deine Schande mit dir, und unsere liebe Duniya, über die du hergefallen bist, weil sie die Wahrheit gesagt hat, kann wieder ruhig schlafen. Na los, *mohajir*! Immigrantin! Pack deine Sachen, aber schnell, verschwinde und geh zurück in die Gosse, aus der du kamst.«

Auch ich bin mit dieser Immigrantenproblematik ein wenig vertraut. Ich bin Emigrant aus einem Land (Indien) und Neuankömmling in zweien (England, wo ich lebe, und Pakistan, wohin meine Familie gegen meinen Willen gezogen ist). Und ich neige zu der Theorie, daß die Ressentiments, die wir *mohajirs* hervorrufen, mit unserer Bezwingung der Schwerkraft in Zusammenhang stehen. Wir haben das vollbracht, wovon seit alters alle Menschen träumen, das, worum sie die Vögel beneiden; das heißt: wir sind geflogen.

Ich setze Schwerkraft mit Zugehörigkeit gleich. Beide Phänomene existieren nachweislich: Meine Füße haften am Boden,

und nie war ich wütender als an dem Tag, an dem mein Vater mir sagte, daß er das Heim meiner Kindheit in Bombay verkauft hatte. Doch beide sind unerklärt. Wir kennen die Wirkung der Schwerkraft, aber nicht ihren Ursprung; und um zu erklären, warum wir an unserem Geburtsort hängen, geben wir uns als Bäume aus und sprechen von Wurzeln. Schauen Sie unter Ihren Füßen nach. Sie werden keine knorrigen Wurzeln sehen, die aus den Sohlen sprießen. Wurzeln, so denke ich manchmal, sind ein Mythos des Bewahrens, der uns an unserem Platz festhalten soll.
Die der Schwerkraft und der Zugehörigkeit komplementär entgegengesetzten Mythen haben denselben Wortstamm: Flug, Flucht. *Migration [lat.], die: Wanderung von Individuen od. Gruppen im geographischen od. sozialen Raum (z. B. der Zugvögel)*. Fliegen und fliehen: zwei Möglichkeiten, die Freiheit zu suchen ... etwas Merkwürdiges an der Schwerkraft ist, nebenbei, daß man sie sich zwar nicht erklären kann, aber gleichzeitig niemand Schwierigkeiten zu haben scheint, sich ihren theoretischen Gegensatz zu vergegenwärtigen: die Schwerelosigkeit. Doch Zugehörigkeitslosigkeit erkennt die moderne Wissenschaft nicht an ... angenommen, ICI oder Ciba-Geigy oder Pfizer oder La Roche oder von mir aus die NASA käme mit einer Schwerelosigkeitspille daher. Alle Fluggesellschaften der Welt würden natürlich von heute auf morgen pleite gehen. Pillenschlucker würden sich vom Boden lösen und nach oben schweben, bis sie in den Wolken versänken. Wasserdichte Flugkleidung müßte entwickelt werden. Und wenn die Wirkung der Pille nachließ, würde man einfach wieder sanft zur Erde sinken, aber an einem anderen Ort, infolge der jeweiligen Windgeschwindigkeit und der Erdumdrehung. Die Fabrikation von Pillen unterschiedlicher Stärke für verschieden lange Reisewege würde individuelle internationale Reisen ermöglichen. Eine Art Zusatzdynamo zum

Lenken müßte konstruiert werden, vielleicht als Rucksack. Serienmäßige Produktion könnte das für jeden erschwinglich machen. Sie sehen den Zusammenhang zwischen Schwerkraft und »Wurzeln«: die Pille würde aus uns allen Migranten machen. Wir würden nach oben schweben, uns mit unserem Hilfsmotor auf den richtigen Breitengrad bringen und den Rest der Erdumdrehung des Planeten überlassen.

Wenn Individuen sich von ihrem Heimatland lösen, werden sie Migranten genannt. Wenn Nationen das gleiche tun (Bangladesch), nennt man das Sezession. Was ist das Beste an Migranten und abgespaltenen Nationen? Ich glaube, daß sie so voller Hoffnung sind. Sehen Sie in die Augen solcher Leute auf alten Fotos. Ungeschwächte Hoffnung flackert aus den verblassenden Sepiadrucken. Und was ist das Schlimmste? Daß das Reisegepäck so leer ist. Ich spreche von unsichtbaren Koffern, nicht von den realen, die, seien sie aus Pappe oder was auch immer, nur ein paar sinnentleerte Erinnerungsstücke enthalten: wir haben uns von mehr als vom Boden gelöst. Wir sind der Geschichte, der Erinnerung, der Zeit entschwebt.

Vielleicht bin ich solch eine Person. Vielleicht ist Pakistan solch ein Land.

Es ist bekannt, daß sich eine Gruppe moslemischer Intellektueller in England das Wort »Pakistan«, ein Akronym, ausgedacht hat. P für die Pundschabis, A für die Afghanen, K für die Kaschmiris, S für Sind und das »tan«, heißt es, für Belutschistan. (Keine Erwähnung des Ostflügels, wie Sie sehen; Bangladeschs Name wurde nie in den Titel aufgenommen, und schließlich begriff es den zarten Hinweis und spaltete sich von den Sezessionisten ab. Bedenken Sie nur, was solch eine Doppelsezession den Menschen antut!) – Ein Wort also, das im Exil entstanden war und dann in den Osten gelangte, das über-tragen oder über-setzt wurde und sich der Geschichte aufdrängte; ein zurückkehrender Migrant, der sich in einem geteilten Land niederließ und ein Palimpsest auf der Vergangenheit darstellte. Ein Palimpsest verdeckt das Darunterliegende. Um Pakistan zu errichten, mußte indische Geschichte vertuscht werden, mußte geleugnet werden, daß gleich unter der pakistanischen Standardzeit indische Jahrhunderte lagen. Die Vergangenheit wurde neu geschrieben; es blieb nichts anderes übrig.

Wer betrieb die Neuschreibung der Geschichte? – Die Immigranten, die *mohajirs*. In welchen Sprachen? – Urdu und Englisch, beides importierte Sprachen, wenn auch die eine weniger weit gereist war als die andere. Die spätere Geschichte Pakistans kann man als ein Duell zwischen zwei Zeitschichten begreifen; die verdeckte Welt trat durch das, was sich ihr aufgedrängt hatte, wieder hervor. Das wahre Verlangen eines jeden Künstlers ist es, seine oder ihre Vision der Welt aufzudrängen; und Pakistan, das abblätternde, zerbrechende Palimpsest, das immer mehr mit sich selbst auf Kriegsfuß stand, kann man als ein Scheitern dieses Geistestraums bezeichnen. Vielleicht waren die falschen Pigmente benutzt worden, vergängliche wie die Leonardos; oder vielleicht war das Ganze lediglich *ungenügend durchdacht*, ein Bild voll unvereinbarer Elemente, bauchentblößende Immigrantensaris gegen züchtige einheimische Shalwar-kurtas der Sindhi, Urdu versus Pundschabi, das Jetzt gegen das Damals: ein Wunder, das nicht zustande kam.

Was mich betrifft: auch ich bin, wie alle Migranten, ein Träumer. Ich erschaffe imaginäre Länder und versuche sie den vorhandenen aufzudrängen. Auch ich stehe vor dem Problem der Geschichte: was soll ich behalten, was wegwerfen, wie an dem festhalten, dessen das Gedächtnis sich entledigen will, wie mit Veränderung fertig werden. Und um auf die Vorstellung von den »Wurzeln« zurückzukommen, muß ich sagen, daß es mir nicht gelungen ist, sie vollständig hinter mir zu lassen. Manchmal betrachte ich mich als einen Baum – sogar, unbescheiden genug, als die Esche Yggdrasil, den mythischen Weltbaum der nordischen Überlieferung. Die Esche Yggdrasil hat drei Wurzeln. Eine fällt in der Nähe von Walhalla in den Teich des Wissens, aus dem Odin trinkt. Die zweite wird langsam vom ewigen Feuer von Muspelheim verzehrt, dem Reich des Flammengottes Surtr. Die dritte wird allmählich von einem furchterregenden Ungeheuer namens Nidhögg durchgenagt. Und wenn Feuer und Ungeheuer zwei der drei Wurzeln zerstört haben, wird die Esche fallen und Dunkelheit sich herabsenken. Die Götterdämmerung: der Todestraum eines Baumes.

Das Palimpsestland meiner Geschichte hat, wiederhole ich, keinen eigenen Namen. Der exilierte tschechische Schriftsteller Milan Kundera schrieb einmal: »Ein Name bedeutet Kontinuität mit der Vergangenheit, und Menschen ohne Vergangenheit sind Menschen ohne Namen.« Doch ich habe mit einer Vergangenheit zu tun, die sich nicht unterdrücken läßt, die täglich einen Kampf mit der Gegenwart ausficht; deshalb ist es vielleicht übertriebene Strenge, wenn ich meinem Märchenland eine Bezeichnung verweigere.

Es gibt die nicht beglaubigte Geschichte, daß Napier nach einem erfolgreichen Feldzug im heutigen Südpakistan eine schuldbewußte Einwort-Botschaft nach England geschickt haben soll: »Peccavi.« *Ich habe Sind.* Ich bin versucht, mein Spiegelbild von Pakistan zu Ehren dieses bilingualen (und fiktionalen, weil nie wirklich geäußerten) Wortspiels zu benennen. *Peccavistan* soll es heißen.

Es war der Tag, an dem der einzige Sohn des zukünftigen Generals Raza Hyder wiedergeboren werden sollte.

Bilquìs war aus Bariammas empfängnisverhütender Gesellschaft in eine bescheidene Wohnung für verheiratete Offiziere und ihre Frauen auf dem Gelände des Armeestützpunktes gezogen, und schon bald nach ihrer Flucht hatte sie empfangen, wie vorausgesehen. »Was habe ich gesagt?« triumphierte sie. »Raz, du wirst sehen, er kommt zurück, der kleine Engel.« Bilquìs schrieb ihre wiedergefundene Fruchtbarkeit dem Umstand zu, daß sie endlich während des Liebesakts stöhnen durfte, »damit der kleine Engel, der darauf wartet, geboren zu werden, hören kann, was vorgeht, und entsprechend reagieren kann«, wie sie liebevoll zu ihrem Mann sagte, und das in ihren Worten mitschwingende Glück hielt ihn davon ab, zu erwidern, daß sich nicht nur Engel in Hörweite ihres leidenschaftlichen Liebesgestöhns und -geheuls befanden, sondern auch alle verheirateten Offiziere des Stützpunkts einschließlich seines unmittelbaren Vorgesetzten und einiger jüngerer Kameraden, so daß er in der Messe einiges an Anzüglichkeiten zu hören bekommen hatte.

Bilquìs kam in die Wehen – die Wiedergeburt stand unmittelbar bevor –, Raza Hyder wartete darauf; steif saß er in einem Vorraum der Entbindungsstation des Militärhospitals. Und nach acht Stunden des Heulens und Sichaufbäumens und platzender Äderchen in den Wangen und der unflätigen Worte, die Damen nur bei der Niederkunft gestattet sind, da endlich, plop!, vollbrachte sie es, das Wunder des Lebens. Raza Hyders Tochter wurde um zwei Uhr fünfzehn nachmittags geboren und, was wichtiger ist, wurde so lebendig und strampelnd geboren, wie ihr großer Bruder tot gewesen war. Als das in Windeln gewickelte Kind Bilquìs gereicht wurde, konnte die Dame nicht umhin, kraftlos auszurufen: »Ist das alles, mein Gott? So viel Schnauben und Schnaufen, um diese kleine Maus herauszupressen?«

Die Heldin unserer Geschichte, das falsche Wunder, Sufiya Zinobia, war das kleinste Baby, das man je gesehen hatte. (Sie

blieb klein, als sie heranwuchs; sie schlug nach ihrer zwergenhaften Urgroßmutter, deren Name, Bariamma, Große Mutter, immer eine Art Familienscherz gewesen war.)
Ein überraschend kleines Bündel wurde von Bilquìs der Hebamme zurückgegeben, die es zu dem aufgeregten Vater hinaustrug. »Eine Tochter, Major Sahib, und so schön wie der Tag, meinen Sie nicht?« Im Kreißsaal strömte Schweigen aus den Poren der erschöpften Mutter; im Vorraum schwieg auch Raza. Schweigen: die uralte Sprache der Niederlage.
Niederlage? Hier war Eisenfresser persönlich, Eroberer von Gletschern, Bezwinger frostiger Wiesen und von Bergschafen im Eispelz! War der zukünftige starke Mann der Nation so leicht zu vernichten? Keineswegs. Führte die Bombe der Hebamme zu bedingungsloser Kapitulation? Ganz gewiß nicht. Raza begann zu widersprechen; und die Worte kamen im Sturmangriff, unerbittlich wie Panzer. Die Wände des Hospitals wackelten und wichen zurück; Pferde scheuten und warfen ihre Reiter auf den nahe gelegenen Polofeldern ab.
»Oft passieren Fehler!« brüllte Raza. »Schreckliche Versehen sind nichts Ungewöhnliches! Schließlich ist mein eigener angeheirateter Vetter fünften Grades, als er auf die Welt kam ...! Kommen Sie mir nicht mit Aber, Frau, ich verlange, den Leiter des Hospitals zu sprechen!«
Und noch lauter: »Babys kommen nicht sauber auf die Welt!« Und von seinen Lippen schoß es wie Kanonenkugeln: »Genitalien! Können! Verdeckt! Werden!«
Raza Hyder brüllte, tobte. Die Hebamme erstarrte, salutierte; dies war ein Militärhospital, vergessen wir es nicht, und Raza war höher im Rang als sie, also lenkte sie ein, daß ja, was der Major da sagte, gewiß möglich sei. Und floh. Hoffnung trat in die feuchten Augen des Vaters und auch in die erweiterten Pupillen von Bilquìs, die den Lärm natürlich gehört hatte. Und jetzt war es das Baby, dessen ureigene Beschaffenheit in

Zweifel gezogen war, das in Schweigen verfiel und nachdenklich wurde.
Der Leiter (ein Brigadegeneral) betrat den bebenden Raum, in dem der zukünftige Präsident versuchte, die Biologie durch einen übermenschlichen Willensakt zu beeinflussen. Seine Worte, gewichtig, endgültig, ranghöher als die Razas, erstickten die Hoffnung. Der totgeborene Sohn starb noch einmal, sogar sein Geist wurde von den schicksalhaften Worten des Arztes ausgelöscht: »Irrtum ausgeschlossen. Bitte zu beachten, daß das Kind gewaschen wurde. Vor dem Wickeln. Geschlecht steht außer Frage. Gestatten Sie mir, meinen Glückwunsch auszusprechen.« Doch welcher Vater ließe seinen zweimal empfangenen Sohn so kampflos hinrichten? Raza riß die Windel ab; als er zu dem Baby darin vorgedrungen war, stupste er auf seine unteren Körperteile: »Da! Ich frage Sie, Sir, was ist das?« – »Hier sehen wir die erwartungsgemäße Bildung und auch die nicht ungewöhnliche postnatale Schwellung des weiblichen ...« – »Ein Höcker!« kreischte Raza hoffnungslos. »Doktor, ist das nicht absolut und unstreitig ein *Höcker*?«
Doch der Brigadegeneral hatte das Zimmer verlassen.
»Und da« – ich zitiere wieder aus der Familienlegende –, »als die Eltern einsehen mußten, daß das Geschlecht nicht umzuwandeln war und sie sich, wie es der Glaube verlangt, Gott fügen mußten; in diesem Augenblick wurde das ganz neue und schläfrige Wesen in Razas Armen – es ist wahr! – rot.«
O errötende Sufiya Zinobia!
Es mag sein, daß obiger Vorfall im Verlauf des Erzählt- und Wiedererzähltwerdens ein wenig ausgeschmückt wurde; aber es ist nicht an mir, den Wahrheitsgehalt mündlicher Überlieferung in Frage zu stellen. Es wird berichtet, daß das Baby bei seiner Geburt errötete.
Damals, selbst damals schon, schämte sie sich zu leicht.

Sechstes Kapitel

Ehrenhändel

Ein Sprichwort besagt, daß der Frosch, der im Brunnenschacht quakt, von der dröhnenden Stimme des Riesenfrosches erschreckt werden wird, der ihm antwortet.

Als die großen Erdgasfelder im Nadeltal im Bezirk Q. entdeckt wurden, erregte das unpatriotische Verhalten der zügellosen örtlichen Stämme landesweit Besorgnis. Das Team der Bohringenieure, Landvermesser und Chemiker, das ins Nadeltal entsandt worden war, um den Bau der Butangewinnungsanlagen zu planen, wurde von den Bergbewohnern überfallen, und jedes Mitglied des Teams wurde durchschnittlich achtzehnkommasechssechsmal vergewaltigt (dreizehnkommaneunsieben der Überfälle geschahen von hinten und nur vierkommasechsneun oral), und danach wurden hundert Prozent der Expertenkehlen aufgeschlitzt, worauf der Chefminister des Staates, Aladdin Gichki, militärische Unterstützung anforderte. Der Kommandeur der zum Schutz der unschätzbaren Gasquellen bestimmten Truppen war niemand anders als Raza Hyder, der Held der Aansu-ki-Wadi-Expedition, inzwischen bereits Oberst. Seine Ernennung fand allgemein Anklang. »Wer könnte besser geeignet sein, ein wichtiges Bergtal zu verteidigen«, fragte die größte Tageszeitung der Nation, *Krieg*, rhetorisch, »als der Eroberer eines vergleichbaren Juwels?« Eisenfresser selbst gab vor einem Reporter dieser Zeitung auf dem Trittbrett des seit neuestem klimatisierten Postzugs in den Westen folgende Erklärung ab: »Guter Mann, diese Banditen sind die Frösche im Brunnen,

und so Gott will, werde ich der Riese sein, der sie Mores lehren wird.«
Damals war seine Tochter Sufiya Zinobia fünfzehn Monate alt. Sie und seine Frau Bilquìs begleiteten Oberst Hyder auf seiner Reise zu den Unvorstellbaren Bergen. Und kaum hatte der Zug den Bahnhof verlassen, als Klänge von »gottlosen Zechliedern« (so Raza) in ihr Abteil drangen. Raza befragte den Schaffner zur Identität seiner Abteilnachbarn. »Ganz hohe Tiere, Sir«, war die Antwort. »Geschäftsleute und auch Filmstars von einer berühmten Filmgesellschaft.« Raza Hyder zuckte die Achseln. »Dann müssen wir uns mit dem Radau abfinden, denn ich lasse mich nicht dazu herab, mit Filmfritzen zu streiten.« Als Bilquìs das hörte, preßte sie ihre Lippen zu einem verkniffenen und blutleeren Lächeln zusammen, und ihre Augen starrten grimmig durch den Spiegel an der Wand, der sie von den Imperien ihrer Kindheit trennte.
Der Wagen war ein neues Modell, mit einem Gang entlang den Abteiltüren, und ein paar Stunden später, als Bilquìs vom Damenklo zurückkehrte, lehnte ein junger Mann mit Lippen, so füllig wie die Iskander Harappas, aus dem verderbten Abteil der Kinoleute, mimte Küsse und wisperte whiskygetränkte Koseworte: »Zum Teufel auch, Yaar, ihr könnt eure ausländischen Waren für euch behalten, die einheimischen Produkte sind immer noch die besten, keine Frage.« Bilquìs spürte, wie seine Augen ihre Brüste streichelten, doch aus einem unerklärlichen Grunde erwähnte sie diese Ehrverletzung nicht, als sie an die Seite ihres Mannes zurückkehrte.
Auch Raza Hyders Ehre wurde empfindlich getroffen auf dieser Reise, oder, genauer, an ihrem Ende, denn als sie auf dem Bahnhof des Kolonialviertels von Q. eintrafen, erwartete sie auf dem Bahnsteig eine Menschenmenge, so groß wie ein

Heuschreckenschwarm, die Schlager sang und Blumen warf und Spruchbänder und Fahnen zur Begrüßung schwenkte, und obwohl Bilquìs sah, wie Raza seinen Schnurrbart zwirbelte, öffnete sie ihren lächelnden Mund nicht, um ihn auf die offensichtliche Wahrheit hinzuweisen, darauf, daß die Begrüßung nicht dem Oberst galt, sondern dem billigen Pack von nebenan. Hyder stieg mit weit ausgebreiteten Armen aus dem Zug, und auf seinen Lippen schwebte eine Ansprache, in der er sich für die Sicherheit der lebenswichtigen Erdgasfelder verbürgen wollte, und er wurde vom Ansturm der Autogrammjäger und Anbeter auf die zurückhaltenden Schauspielerinnen überrannt. (Im Kampf um sein Gleichgewicht bemerkte er nicht den vollippigen jungen Mann, der Bilquìs zum Abschied mit den Fingern zuschnipste.) Die Schmach, die seinem Stolz hier angetan wurde, erklärt einen Großteil des Folgenden: mit der Unlogik des Gedemütigten begann Raza, es seiner Frau heimzuzahlen, die mit seinen Widersachern den bioskopischen Hintergrund teilte – worauf sein Zorn über die verpfuschte Wiedergeburt seines einzigen Sohnes von neuem erwachte und die neu errichtete Brücke zwischen seiner Frau und den Kinofans überquerte, bis Raza allmählich, ohne sich dessen gewahr sein, seine Zeugungsschwierigkeiten den oberflächlichen Kinogängern von Q. zur Last legte.

Ärger in der Ehe ist wie Monsunwasser, das sich auf einem Flachdach ansammelt. Man denkt nicht daran, daß es da ist, doch es wird schwerer und schwerer, bis einem eines Tages mit großem Krach das ganze Dach auf den Kopf fällt ... Ohne sich nach Sindbad Mengal umzuschauen, dem kußmäuligen jungen Mann, der der jüngste Sohn des Direktors der Filmgesellschaft war und hergekommen war, um das kinematographische Geschäft hier draußen anzukurbeln, indem er wöchentliche Programmwechsel ankündigte, neue Kinopaläste

und regelmäßige Auftritte von Topstars und Playbacksängern, schluckten die Hyders ihre eigene Triumphgewißheit hinunter und bahnten sich ihren Weg aus dem Bahnhof durch die jubelnde Menge.
Im Hotel Flashman wurden sie von einem entkräfteten Hausdiener, den der letzte dressierte Affe in Pagenuniform begleitete, in eine Flitterwochensuite geführt, die bedrückend nach Mottenkugeln roch, und der Hausdiener konnte sich in seiner tiefen Verzweiflung nicht versagen, Raza Hyder am Ärmel zu zupfen und zu fragen: »Bitte, hoher Herr, wissen Sie, wann die Angrez-Sahibs zurückkommen?«

Und Rani Harappa?

Wohin sie blickt, sind spähende Gesichter; wo sie lauscht, Stimmen, die ein Vokabular von so vielfältiger Obszönität benutzen, daß ihre lauschenden Ohren in Regenbogenfarben schillern. Eines Morgens, kurz nach ihrer Ankunft in ihrem neuen Heim, wacht sie auf und sieht, daß Bauernmädchen in ihren Schubladen mit Kleidern wühlen, die ausländische Spitzenunterwäsche herausnehmen und hochhalten und rubinrote Lippenstifte untersuchen. »Was fällt euch ein?« – Die beiden Mädchen drehen sich unbeeindruckt um und starren sie an, noch immer Kleidungsstücke, Kosmetika, Kämme in den Händen. »Oh, Iskys Frau, kein Grund zur Sorge. Iskys Ayah hat gesagt, wir können gucken.« »Wir haben Böden gebohnert, und da hat sie's uns erlaubt.« »Ohé, Iskys Frau, geben Sie acht auf die Böden, die wir gebohnert haben. Glatter als ein Affenarsch, ich schwör's.« – Rani richtet sich auf, stützt sich auf die Ellbogen; ihre Stimme kämpft gegen den Schlaf an. »Raus mit euch! Schämt ihr euch nicht? Raus, haut ab oder ich –« Die Mädchen fächeln sich Luft zu, als loderte ein Feuer im Zimmer. »O Gott, zu heiß!« »He, Iskys Frau, tauchen Sie

Ihre Zunge ins Wasser!« Sie schreit: »Seid nicht unver–«, aber wird unterbrochen. »Machen Sie sich nichts draus, Lady, in diesem Haus gilt immer noch, was Iskys Ayah sagt.« Die Mädchen gehen mit herausfordernd wackelnden Hüften zur Tür. Und bleiben in der Tür stehen, um einen letzten Hieb auszuteilen: »Scheiße, Isky gibt seiner Frau wirklich gute Klamotten, das Beste vom Besten, das steht fest.« »Stimmt. Aber wenn ein Pfau im Dschungel tanzt, sieht keiner seinen Schwanz.«

»Und sagt Iskys – sagt der Ayah, ich will meine Tochter sehen«, schreit sie, doch die Mädchen haben die Tür geschlossen, und eine von ihnen ruft durch die Tür: »Warum so von oben herab? Das Kind kommt, wenn es fertig ist.«

Rani Harappa weint nicht mehr, sagt nicht mehr zu ihrem Spiegel *Das kann nicht wahr sein*, seufzt auch nicht mehr, erfüllt von idealisierendem Heimweh, nach dem Schlafsaal der vierzig Räuber. Plus Tochter, minus Ehemann hat es sie in diesen Hinterhof des Universums verschlagen: Mohendscho, das Landgut der Harappas in Sind, das sich von Horizont zu Horizont erstreckt, das von chronischer Wasserknappheit heimgesucht und mit lachenden, spöttischen Monstern bevölkert ist, »Frankensteins, wirklich«. Sie glaubt nicht länger, Iskander wüßte nicht, wie sie hier behandelt wird. »Er weiß es«, sagt sie zu ihrem Spiegel. Ihr geliebter Ehemann, ihr Bräutigam auf der goldenen Platte. »Eine Frau wird schlaffer, wenn sie ein Kind geboren hat«, vertraut sie dem Spiegel an, »und mein Isky, er hat's gern stramm.« Dann schlägt sie die Hand auf den Mund und läuft zu Tür und Fenster, um sich zu vergewissern, daß niemand zugehört hat.

Später sitzt sie in Shalwar und Kurta aus italienischem Crêpe de Chine auf der kühlsten Veranda, bestickt ein Umschlagtuch, beobachtet eine kleine Staubwolke am Horizont. Nein, wie könnte das Isky sein, er ist in der Stadt mit seinem Busenfreund Shakil; ich wußte, daß das Ärger gibt, wußte es in dem Augenblick, in dem ich ihn sah, den fetten Schweinebalg. Wahrscheinlich nur einer der kleinen Wirbelwinde, die übers Gestrüpp hüpfen.

Die Erde von Mohendscho ist eigensinnig. Sie backt ihre Bewohner in der Hitze hart wie Felsen. Die Pferde in den Ställen sind aus Eisen, das Vieh hat diamantene Knochen. Die Vögel hacken mit dem Schnabel Erdklumpen los, speicheln, bauen Nester aus Schlamm; es gibt wenige Bäume, außer in dem kleinen verwunschenen Wald, in dem selbst die eisernen Pferde durchgehen ... während Rani stickt, schläft eine Eule in einem Erdloch. Nur eine Flügelspitze ist zu sehen.

»Wenn ich hier ermordet würde, käme die Nachricht nie über das Gut hinaus.« Rani ist sich nicht sicher, ob sie laut gesprochen hat oder nicht. Ihre Gedanken, die die Einsamkeit gelöst hat, kommen ihr dieser Tage oft über die ahnungslosen Lippen und widersprechen einander oft, denn der nächste Gedanke, der ihr durch den Kopf geht, als sie auf der Veranda mit dem weit überhängenden Dach sitzt, ist: »Ich liebe das Haus.«

Veranden laufen um alle vier Wände; ein langer überdachter, mit Moskitonetzen verhüllter Gang verbindet das Haus mit dem Küchenbungalow. Es gehört zu den Wundern des Ortes, daß Chapatis auf ihrem Weg über diese hölzerne Straße zum Eßzimmer nie abkühlen, und auch Soufflés fallen nie zusammen. Und Ölgemälde und Kronleuchter und hohe Decken und ein mit Teerpappe gedecktes Flachdach, auf dem sie einmal kniete, bevor er sie verließ, und durch ein morgendliches Oberlicht über ihren Mann im Bett kicherte. Iskander Harappas Familiensitz. »Wenigstens das habe ich von ihm, diesen Boden, sein erstes Haus. Bilquìs, was für eine schamlose Person muß ich sein, daß ich mich mit einem so kleinen Teil meines Mannes zufriedengebe.« Und Bilquìs, am Telefon in Q.: »Vielleicht ist das für dich o.k., Liebes, aber ich könnte mich damit nicht abfinden, vielen Dank, wie dem auch sei, Raza ist beim Gas, aber erspare mir dein Mitleid, Liebes, wenn er nach Hause kommt, kann er so müde sein, wie er will, aber dafür ist er nie zu müde, du weißt, was ich meine.«

Die Staubwolke hat nun das Dorf Mir erreicht, es ist also ein Besucher und kein Wirbelwind. Sie versucht ihre Erregung zu unterdrücken. Das Dorf trägt den Namen von Iskanders Vater, Sir Mir Harappa, mittlerweile verstorben, einst von den Angrez-Behörden für erwiesene Dienste zum stolzen Ritter geschlagen. Von seiner Reiterstatue wird jeden Tag die Vogelscheiße abgewaschen. Der steinerne Sir Mir starrt mit gleicher Hochmut auf Dorfkrankenhaus und Bordell, die Verkörperung eines aufgeklärten Zamindar ... »Ein Besucher.« Sie klatscht in die Hände, läutet eine Glocke. Nichts. Dann endlich bringt Iskys Ayah, eine starkknochige Frau mit weichen Händen ohne Schwielen, einen Krug Granatapfelwasser. »Kein Grund, so einen Lärm zu machen, Iskys Frau, im Haushalt Ihres Mannes weiß man zu bewirten.« Hinter der Ayah ist der alte Gulbaba, taub, halb blind, und hinter ihm eine Spur verschütteter Pistazien aus dem halbleeren Gefäß in seiner Hand. »O Gott, deine Dienstboten, Liebes«, hat Bilquìs fernmündlich geäußert, »diese ganzen kauzigen Typen von vor fünfhundert Jahren. Du solltest sie weiß Gott zum Arzt bringen und einschläfern lassen. Was du dir bieten läßt! Herrscherin dem Namen nach, mußt du es auch vom Ansehen her sein.«

Sie schaukelt in ihrem Verandastuhl, die Nadel bewegt sich ohne Hast, und sie spürt, wie der Druck der verstreichenden Augenblicke Tropfen um Tropfen die Jugend und Fröhlichkeit aus ihr herauspreßt, und dann kommen die Reiter in den

Hof, und sie erkennt Iskanders Vetter, den Kleinen Mir Harappa vom Gut Daro, das gleich hinter dem nördlichen Horizont beginnt. In diesen Landstrichen dienen Horizonte als Grenzzäune.

»Rani Begum«, brüllt der Kleine Mir vom Pferderücken, »sinnlos, mir die Schuld dafür zu geben. Geben Sie Ihrem Mann die Schuld, Sie sollten ihn straffer am Zügel halten. Entschuldigen Sie, aber der Kerl ist ein richtiger Mutterschänder, er hat mich zur Weißglut gebracht.«

Ein Dutzend bewaffneter Reiter steigt ab und beginnt das Haus zu plündern, während Mir sein Reittier tänzeln und sich aufbäumen läßt und der Frau seines Vetters Rechtfertigungen entgegenschleudert, besessen von einer trunkenen, wiehernden Raserei, die seine Zunge entfesselt. »Was wissen Sie denn schon von diesem Bullenarschloch, Madam? Sie können mich am Arsch lecken, aber ich weiß Bescheid. Dieser homosexuelle Schweineschwanz. Fragen Sie die Dorfbewohner, wie sein großartiger Vater seine Frau einsperrte und jede Nacht im Bordell verbrachte, wie eine Hure verschwand, als ihr dicker Bauch nicht mehr durchs viele Essen erklärt werden konnte, und als nächstes hielt Lady Harappa das Baby in den Armen, obwohl jeder wußte, daß sie seit einem Jahrzehnt nicht mehr gebumst worden war. Der Apfel fällt nicht weit vom Stamm, das meine ich ehrlich, tut mir leid, wenn Ihnen das nicht paßt. Schwesternfickende hündische Ausgeburt leichenfressender Geier. Meint er, er kann mich ungestraft in der Öffentlichkeit beleidigen? Wer ist der Ältere, ich oder dieser Fresser von Scheiße aus dem Arsch krepierter Esel? Wer ist der größere Landbesitzer, ich oder er mit seinen zehn Quadratzentimetern Land, auf denen nicht einmal die Läuse fett werden können? Erzählen Sie ihm, wer in dieser Gegend das Sagen hat. Erzählen Sie ihm, wer hier tun kann, was er will, und daß er gekrochen kommen kann, um mir die Füße zu küssen und mich um Verzeihung zu bitten, wie einer, der seine eigene Großmutter vergewaltigt und umgebracht hat. Dieser Vogelvögler. Dieser Tag heute wird ihn lehren, wer hier der Boß ist.«

Plünderer schneiden Gemälde der Rubens-Schule aus vergoldeten Rahmen; Sheraton-Stühlen werden die Beine amputiert. Altes Silber wird in zerschlissene alte Satteltaschen geworfen. Kristallkaraffen zersplittern auf tausendknotigen Teppichen. Sie, Rani, stickt inmitten dieser Straforgie weiter. Die alten Diener, die Ayah, Gulbaba, die Mädchen mit den Bohnerlappen, Stallknechte, Dorfbewohner aus Mir stehen da und sehen zu, hocken da und hören zu. Der Kleine Mir, eine stolze Reiterfigur, der große habichtähnliche Avatara der Statue im Dorf, verstummt nicht, bis seine Männer wieder auf ihren Pferden sitzen. »Die Ehre eines Mannes liegt bei seinen Frauen«, brüllt er. »Also hat er mir meine Ehre genommen, als er mir diese Hure genommen hat, sagen Sie ihm das, dem kleinen Emporkömmling von einem Pissesäufer. Erzählen Sie ihm die Geschichte von dem Frosch im Brunnen, und was der Riesenfrosch geantwortet hat. Sagen Sie ihm, er soll sich fürchten und sich glücklich schätzen, daß ich ein sanftmütiger Mensch bin. Ich hätte meine Ehre wiederherstellen können, indem ich ihm die seine geraubt hätte. Meine Dame, ich könnte alles mit Ihnen machen, alles, und wer wagte, es mir zu verwehren? Hier herrscht mein Gesetz, Mirs Gesetz. Salaam alaikum.« Der Staub der davongaloppierenden Reiter legt sich auf das nicht angerührte Granatapfelwasser, sinkt dann und bildet eine dicke Schicht am Boden des Kruges. »Ich kann es ihm einfach noch nicht sagen«, erklärt Rani Bilquìs am Telefon. »Ich schäme mich zu sehr.«

»O Rani, du hast es wirklich nicht leicht, Liebes«, sagt Bilquìs mitfühlend durch die Telefonleitung der Armee. »Was sagst du? Du weißt von nichts? Hier bin ich genauso aus der Welt wie du, und selbst in dieser Null von einer Stadt weiß ich, was in ganz Karatschi geredet wird. Liebes, wer hat denn nicht gesehen, wie dein Isky und der fette Doktor rumlaufen, Bauchtanzshows, Swimmingpools in internationalen Hotels, wo die nackten weißen Frauen hingehen, was denkst du denn, weshalb er dich dahin verfrachtet hat, wo du jetzt bist? Alkohol, Glücksspiel, Opium und was nicht alles. Diese Frauen in ihren wasserdichten Feigenblättern. Entschuldige, Liebes, aber einer muß es dir ja sagen. Hahnenkämpfe, Bärenkämpfe, Schlangen gegen Mungos, dieser Shakil besorgt alles, wie eine Art Zuhälter. Und wie viele Frauen? O Baba. Unter Banket-tafeln grabscht er nach ihren Schenkeln. Die Leute sagen, die beiden gehen mit Filmkameras ins Nuttenviertel. Was dieser Shakil will, ist natürlich klar, dieser Niemand von Nirgendwo kriegt das süße Leben auf dem Tablett serviert, vielleicht lassen ein paar der Frauen sich weiterreichen, Krumen vom Tisch des reichen Mannes, du verstehst, was ich meine. Auf jeden Fall war es so, Liebes, daß Isky seinem Vetter das süßeste kleine französische Hürchen direkt unter der Nase weggeschnappt hat, bei irgendeinem großen Kulturereignis; tut mir leid, es zu sagen, aber es ging durch die ganze Stadt, es war so komisch, wie Mir dastand, als Isky mit dem Flittchen davonspazierte, o Gott, an seiner Stelle würde ich mir die Augen ausweinen. Aber worüber regst du dich auf, wirklich, du müßtest wissen, wer dein Freund ist und wer hinter deinem Rücken deinen Namen in den Dreck zieht. Du solltest mich am Telefon hören, Liebes, wie ich dich verteidige, wie ein Tiger, du hast keine Ahnung, Schatz, da oben, wo du dich zur Herrin über deine antiken Gulbabas und alles aufspielst.«

Sie findet die Ayah, die kläglich gluckend im Trümmerhaufen des Eßzimmers steht. »Zu weit gegangen«, sagt die Ayah.

»Mein Isky, so ein unartiger Junge. Immer, immer hat er seinen Vetter geärgert. Zu weit gegangen. Der kleine Lümmel.«
Wohin sie blickt, sind spähende Gesichter; wo sie lauscht, Stimmen. Sie wird beobachtet, als sie, vor Demütigung errötend, Iskander anruft, um ihm das Geschehene mitzuteilen. (Es hat sie fünf Tage gekostet, den Mut dafür zu finden.) Iskander Harappa sagt bloß vier Worte.
»Das Leben ist lang.«

Raza Hyder führte seine Gassoldaten ins Nadeltal, nach einer Woche, in der ihr Treiben einen solchen Aufruhr in der Stadt verursacht hatte, daß der Chefminister des Staates, Gichki, Raza befohlen hatte, sich im Handumdrehen in Marsch zu setzen, bevor der den Junggesellen von Q. zur Verfügung stehende Bestand an Jungfrauen so zusammenschrumpfte, daß die moralische Stabilität der Gegend gefährdet würde. Die Soldaten begleiteten zahlreiche Architekten, Ingenieure und Bauarbeiter, die sämtlich vor Panik nasse Hosen hatten, denn aus Sicherheitsgründen war keiner von ihnen über das Schicksal des Vortrupps informiert worden, bis sie in Q. eintrafen, wo ihnen sofort an jeder Straßenecke Paan-Wallahs großartig ausgeschmückte Versionen der Ereignisse boten. Das Baupersonal schluchzte in verschlossenen Lastwagen; Wachsoldaten höhnten: »Feiglinge! Babys! Weiber!« Raza in seinem Standartenjeep hörte nichts von all dem. Er konnte seine Gedanken nicht von den Ereignissen des vorhergehenden Tages lösen, als er im Hotel von einem unterwürfigen Gnom besucht worden war, dessen weite Gewänder überwältigend nach Motorrollerabgasen stanken: Maulana Dawood, der uralte Geistliche, um dessen Hühnerhals einst eine Halskette aus Schuhen gehangen hatte.
»Sir, hoher Herr, ich sehe Ihre Heldenstirn und bin voller

Freude.« Die *gatta*, der blaue Fleck der Frömmigkeit auf Razas Stirn, blieb nicht unkommentiert.
»Nein, o Weiser, ich bin es, der durch Ihren Besuch gleichermaßen beschämt und erhöht wird.« Raza Hyder hätte in diesem Stil noch mindestens elf Minuten weiterreden können und war ein wenig enttäuscht, als der heilige Mann nickte und sagte: »Also dann zum Geschäftlichen. Sie wissen natürlich über diesen Gichki Bescheid. Nicht vertrauenswürdig.«
»Nein?«
»Ganz und gar nicht. Äußerst korruptes Individuum. Doch das werden Ihnen Ihre Unterlagen zeigen.«
»Erlauben Sie mir, vom Wissen des Mannes vor Ort zu profitieren ...«
»Wie alle unsere Politiker heute. Keine Gottesfurcht und verbrecherische Schmuggelgeschäfte. Das muß Sie langweilen; die Armee ist über solche Dinge gut informiert.«
»Bitte fahren Sie fort.«
»Ausländische Teufeleien, Sir. Nichts anderes. Teufelszeug aus dem Ausland.«
Was gesetzeswidrig in Gottes reines Land zu bringen Gichki vorgeworfen wurde: Kühlschränke, fußbetriebene Nähmaschinen, amerikanische Schlager, die mit 78 Umdrehungen in der Minute abgespielt wurden, bebilderte Liebesromane, an denen sich die Leidenschaften der einheimischen Jungfrauen entzündeten, Klimaanlagen für den Hausgebrauch, Kaffeemaschinen, Porzellan, Röcke, deutsche Sonnenbrillen, Colakonzentrat, Plastikspielzeug, französische Zigaretten, Verhütungsmittel, unverzollte Autos, Kurbelwellenenden, Axminsterteppiche, Repetiergewehre, sündige Düfte, Büstenhalter, kunstseidene Unterwäsche, Landwirtschaftsmaschinen, Bücher, Bleistifte mit Radiergummis und schlauchlose Fahrradreifen. Der Zollbeamte an der Grenzstation war verrückt,

und seine schamlose Tochter war bereit, für regelmäßige Zuwendungen beide Augen zuzudrücken. Infolgedessen konnten all diese Gegenstände aus der Hölle bei hellichtem Tag über die öffentliche Schnellstraße eintreffen und auf die Zigeunermärkte gelangen, sogar in der Hauptstadt selbst. »Die Armee«, sagte Dawood mit einer Stimme, die zu einem Flüstern herabgesunken war, »darf sich nicht damit begnügen, wilde Stämme auszurotten. In Gottes Namen, Sir.«

»Sir, zur Sache.«

»Sir, es geht darum. Das Gebet ist das Schwert des Glaubens. Ist aus dem gleichen Grunde nicht das gläubige Schwert, für Gott geschmiedet, eine Art heiliges Gebet?«

Oberst Hyders Augen wurden trübe. Er drehte sich um und sah aus dem Fenster zu einem gewaltigen stummen Haus hinüber. Aus einem der oberen Fenster des Hauses richtete ein Junge einen Feldstecher auf das Hotel. Raza drehte sich wieder zu dem Maulana um. »Gichki, sagen Sie.«

»Hier ist es Gichki. Aber anderswo ist es das gleiche. Minister!«

»Ja«, sagte Hyder geistesabwesend, »es sind Minister. Das stimmt.«

»Damit habe ich mein Herz ausgeschüttet und verabschiede mich, werfe mich nieder vor Ihnen für das Privileg dieses Gesprächs. Gott ist groß.«

»Gott mit Ihnen.«

Raza brach mit der obigen Unterhaltung in seinem geistigen Ohr zu den bedrohten Gasfeldern auf; und vor seinem geistigen Auge stand das Bild eines kleinen Jungen mit einem Fernglas, der oben in einem Haus allein an einem Fenster stand. Ein Junge, der jemandes Sohn war: Ein Tropfen erschien auf Eisenfressers Wange und wurde vom Wind weggeweht.

»Für mindestens drei Monate weg«, seufzte Bilquìs ins Telefon. »Was soll ich tun? Ich bin noch jung, ich kann nicht den ganzen Tag dasitzen wie ein Wasserbüffel im Schlamm. Gott sei Dank kann ich ins Kino gehen.« Jeden Abend ließ Bilquìs ihr Kind in der Obhut einer neu eingestellten Ayah zurück und begab sich in das brandneue Kino namens Mengal-Mahal. Aber Q. war eine kleine Stadt; Augen sahen alles, sogar im Dunkeln ... doch darauf komme ich zu einem späteren Zeitpunkt zurück, denn ich kann mich nicht länger um die Geschichte meiner armen Heldin herumdrücken:

Zwei Monate, nachdem Raza Hyder in die Wildnis aufgebrochen war, um sich mit den Gasfeldräubern zu schlagen, zog sich sein einziges Kind Sufiya Zinobia ein Gehirnfieber zu, das sie schwachsinnig machte. Bilquìs, die mit gleicher Leidenschaft an Haar und Sari zerrte, hörte man einen mysteriösen Satz äußern: »Es ist eine Strafe Gottes«, schrie sie am Bett ihrer Tochter. Da sie kein Vertrauen mehr in die Militär- und Zivilärzte setzte, wandte sie sich an einen einheimischen Hakim, der aus Kaktuswurzeln, Elfenbeinstaub und Papageienfedern eine teure Flüssigkeit zusammenbraute, die dem Mädchen das Leben rettete, aber (wie der Medizinmann warnend vorausgesagt hatte) zur Folge hatte, daß es für den Rest seiner Tage verlangsamt wurde, denn die unglückselige Nebenwirkung eines so mit Elementen der Langlebigkeit angereicherten Tranks bestand in der Verlangsamung des Zeitablaufs im Körper eines jeden, dem er gegeben wurde. Am Tag, als Raza auf Urlaub zurückkehrte, hatte Sufiya Zinobia das Fieber überwunden, doch Bilquìs war überzeugt, daß sie in ihrem noch nicht zwei Jahre alten Kind bereits die Folgen jener inneren Geschwindigkeitsdrosselung feststellen konnte, die sich nie mehr rückgängig machen ließ. »Und wenn diese Nebenwirkung eingetreten ist«, fürchtete sie, »wer weiß, was noch kommt? Wer kann es sagen?«

Zerfressen von einem so extremen Schuldgefühl, daß selbst das Leiden ihres einzigen Kindes nicht ausreichte, es zu erklären, einem Schuldgefühl, in dem – so würde ich jedenfalls behaupten, wenn ich ein verleumderisches Klatschmaul wäre – auch etwas Mengalisches mitschwang, etwas, das mit Kinobesuchen und vollippigen jungen Männern zu tun hatte, verbrachte Bilquìs Hyder die Nacht vor Razas Rückkehr, indem sie schlaflos in der Flitterwochensuite des Hotels Flashman auf und ab ging. Und vielleicht sollte festgehalten werden, daß eine ihrer Hände, anscheinend wie von selbst, beharrlich die Stelle um den Nabel herum liebkoste. Um vier Uhr morgens bekam sie eine Fernsprechverbindung zu Rani Harappa in Mohendscho und machte folgende unbesonnene Bemerkungen:

»Rani, eine Strafe Gottes, was sonst? Er wollte einen Heldensohn; ich schenkte ihm statt dessen ein schwachsinniges Weibchen. Das ist die Wahrheit, tut mir leid, ich kann es nicht ändern. Rani, ein Simpel, ein Einfaltspinsel! Nichts im Oberstübchen. Stroh anstatt Grips zwischen den Ohren. Nicht alle Tassen im Schrank. Was zu tun ist? Aber Liebes, nichts. Dieses Spatzenhirn, diese Maus! Ich muß mich damit abfinden: sie ist meine Schande.«

Als Raza Hyder nach Q. zurückkehrte, stand der Junge wieder am Fenster des großen einsamen Hauses. Einer der einheimischen Führer antwortete auf die Frage des Obersts, daß das Anwesen drei verrückten sündigen Hexen gehörte, die nie aus dem Haus kamen, aber dennoch Kinder hervorzubringen vermochten. Der Junge am Fenster war ihr zweiter Sohn: nach Hexenart bestanden sie darauf, ihre Sprößlinge gemeinsam zu besitzen. »Aber es heißt, Sir, daß in diesem Haus mehr Reichtum ist als in der Schatzkammer Alexanders des Großen.« In Hyders Antwort schien Verachtung mitzuklingen: »So. Aber wenn ein Pfau im Dschungel tanzt, wer sieht dann seinen Schwanz?« Doch er wandte seinen Blick nicht von dem Jungen am Fenster ab, bis der Jeep das Hotel erreichte, wo seine Frau ihn mit offenem Haar und abgewaschenen Augenbrauen erwartete, so daß sie die leibhaftige Verkörperung der Tragödie war, und er erfuhr das, wovon sie ihn nicht benachrichtigt hatte: Zu sehr hatte sie sich geschämt. Die Krankheit seiner Tochter und der Anblick des Jungen mit dem Feldstecher verbanden sich in Hyders Gemüt mit der Bitternis seiner neunzig Tage in der Wüste und ließen ihn aus der Flitterwochensuite stürmen. Er barst vor einem so schrecklichen Zorn, daß er um seiner eigenen Gesundheit willen so schnell wie möglich ein Ventil dafür finden mußte. Er bestellte einen Dienstwagen und ließ sich zur Bezirksresidenz von Chefminister Gichki fahren, und ohne sich mit Förmlichkeiten aufzuhalten, informierte er den Minister, daß die Bauarbeiten im Nadeltal zwar gut vonstatten gingen, die Bedrohung durch die Bergstämme jedoch so lange bestehen bliebe, bis er, Hyder, die Vollmacht bekäme, drakonische Strafmaßnahmen zu ergreifen. »Mit Gottes Hilfe verteidigen wir das Gelände, aber jetzt muß Schluß sein mit diesem Leisetreten. Sir, Sie müssen das Gesetz in meine Hände legen. Carte blanche. Es gibt Augenblicke, da muß das Zivilgesetz sich militärischen Notwendigkeiten beugen. Die Sprache dieser Wilden ist die Gewalt; doch das Gesetz zwingt uns, in der unwürdigen weibischen Sprache der geringstmöglichen Gewaltanwendung zu sprechen. Nützt nichts, Sir. Ich kann mich für keine positiven Resultate verbürgen.« Und als Gichki erwiderte, daß die Streitkräfte auf keinen Fall die Gesetze des Staates mißachten dürften – »Wir dulden keine Barbareien in den Bergen, Sir! Keine Folterungen, kein Aufhängen an den Zehen, nicht solange ich Chefminister bin!« –, da warnte Raza den Chefminister in unhöflich lauten Tönen, die durch die Türen und

Fenster von Gichkis Büro entwichen und die Infanteristen draußen erschreckten, weil sie von den Lippen eines so gewohnheitsmäßig höflichen Menschen kamen. »Die Armee ist wachsam dieser Tage, Gichki Sahib. Überall im Land sehen die Augen anständiger Soldaten, was sie sehen, und das gefällt uns gar nicht, nein, Sir. Das Volk wird unruhig, Sir. Und wenn es sich von den Politikern abwendet, wohin wendet es sich dann, um Reinheit zu finden?«
Raza Hyder in seinem Zorn ließ Gichki stehen, der – klein, mit rundem, kahlgeschorenem Kopf und flachem chinesischen Gesicht – noch immer eine Antwort formulierte, die er nie vorbringen würde, und traf unten Maulana Dawood an, der am Dienstwagen auf ihn wartete. Soldat und Geistlicher fuhren im Fond; ihre Worte waren durch eine Glasscheibe vor dem Fahrer geschützt. Doch es ist wahrscheinlich, daß hinter dieser Scheibe ein Name von geistlicher Zunge in kriegerisches Ohr geflüstert wurde: ein Name, der Skandalöses andeutete. Erzählte Maulana Dawood Hyder von den Treffen zwischen Bilquìs und ihrem Sindbad? Ich sage nur, es ist wahrscheinlich. Unschuldig so lange, bis die Schuld erwiesen ist, ist eine ausgezeichnete Regel.
An jenem Abend verließ der Kinogeschäftsführer Sindbad Mengal wie gewöhnlich sein Büro im Mengal-Mahal durch die Hintertür und trat in eine dunkle Gasse hinter der Kinoleinwand. Er pfiff eine traurige Melodie, die Melodie eines Mannes, der seine Geliebte nicht treffen kann, obwohl der Vollmond scheint. Trotz der Einsamkeit der Melodie war er piekfein gekleidet, wie es seiner Gewohnheit entsprach: Seine helle europäische Gewandung, Buschhemd und Segeltuchhose, leuchtete in der Gasse, und das melancholische Mondlicht wurde vom Öl in seinem Haar reflektiert. Wahrscheinlich bemerkte er nicht einmal, wie die Schatten in der Gasse ihm langsam auf den Leib rückten; das Messer, das

der Mond beleuchtet hätte, blieb zweifellos bis zum letzten Augenblick in der Scheide. Wir wissen das, weil Sindbad Mengal nicht aufhörte zu pfeifen, bis das Messer in seine Eingeweide drang, worauf jemand anders dieselbe Melodie zu pfeifen begann, für den Fall, daß jemand vorbeikäme und neugierig würde. Eine Hand bedeckte Sindbads Mund, während das Messer seine Arbeit verrichtete. In den nächsten Tagen fiel Mengals Abwesenheit in seinem Büro zwangsläufig auf, doch erst als mehrere Kinobesucher sich über die nachlassende Qualität des Stereotons im Kino beschwert hatten, inspizierte ein Techniker die Lautsprecher und fand darin verborgen Teile von Sindbad Mengals weißem Hemd und Segeltuchhosen und ein Paar schwarze Halbschuhe. Die vom Messer zerfetzten Kleidungsstücke enthielten noch immer die entsprechenden Körperteile des Kinomanagers. Die Genitalien waren abgetrennt und in den After gesteckt worden. Der Kopf wurde nie gefunden und der Mörder nie vor Gericht gebracht.

Das Leben ist nicht immer lang.

In jener Nacht liebte Raza Bilquìs mit einer Grobheit, die sie den Monaten in der Wildnis zuschrieb. Der Name Mengal wurde zwischen ihnen nie erwähnt, noch nicht einmal, als die Mordgeschichte die ganze Stadt beschäftigte, und bald darauf kehrte Raza ins Nadeltal zurück. Bilquìs ging nicht mehr ins Kino, und obwohl sie in dieser Zeit ihre königliche Haltung aufrechterhielt, schien es, als stünde sie auf einem abbröckelnden Vorsprung über einem Abgrund, denn sie wurde nun häufig von Schwindelanfällen heimgesucht. Einmal, als sie ihre gestörte Tochter hochhob, um das althergebrachte Wasserträger-Spiel zu spielen, Sufiya Zinobia auf den Rücken nahm und so tat, als sei das Mädchen ein Wasserschlauch, brach sie unter dem entzückten Kind auf dem Boden zusammen, ehe sie damit fertig war, es auszugießen. Kurze Zeit später rief sie Rani Harappa an, um ihr mitzuteilen, daß sie schwanger sei. Während sie das kundtat, begann ihr linkes Augenlid unerklärlich zu zucken.

Eine juckende Handfläche bedeutet Geld in Aussicht. Schuhe über Kreuz auf dem Boden bedeuten eine Reise; Schuhe, die mit den Sohlen nach oben liegen, kündigen eine Tragödie an. Scheren, die in die Luft schneiden, bedeuten Streit in der Familie. Und ein zwinkerndes linkes Auge bedeutet, daß es bald schlechte Nachrichten geben wird.

»In meinem nächsten Urlaub«, schrieb Raza an Bilquìs, »fahre ich nach Karatschi. Ich habe dort Familienverpflichtungen, und außerdem gibt Marschall Aurangzeb einen Empfang. Die Einladung eines Oberbefehlshabers kann man nicht ausschlagen. In deinem Zustand jedoch tust du besser daran, dich auszuruhen. Es wäre rücksichtslos von mir, dich zu bitten, mich auf dieser nicht obligatorischen und mühseligen Reise zu begleiten.«

Höflichkeit kann eine Falle sein, und Bilquìs war im Netz der Artigkeit ihres Mannes gefangen. »Wie du wünschst«, schrieb sie zurück, und nicht nur Schuld ließ sie dies schreiben, sondern auch etwas Unübersetzbares, ein Gesetz, das sie verpflichtete, so zu tun, als bedeuteten Razas Worte nicht mehr, als sie besagten. Das Gesetz heißt *takallouf*. Will man hinter das Geheimnis einer bestimmten Gesellschaft kommen, so muß man sich ihre unübersetzbaren Wörter ansehen. *Takallouf* ist ein Mitglied der undurchsichtigen weltweiten Sekte von Begriffen, die sich weigern, Sprachgrenzen zu überqueren: er bezieht sich auf eine Form von zungenlähmender Förmlichkeit, einen so extremen gesellschaftlichen Zwang, daß er es dem Opfer unmöglich macht, auszudrücken, was er oder sie wirklich meint, eine Art zwanghafter Ironie, die um der Form willen darauf besteht, wörtlich genommen zu werden. Wenn *takallouf* zwischen Mann und Frau tritt, seien Sie auf der Hut.

Raza reiste allein in die Hauptstadt … und nun, da ein unübersetzbares Wort Hyder und Harappa, unbehindert von Ehefrauen, einem weiteren Treffen nahe gebracht hat, ist es an der Zeit, die Situation ins Auge zu fassen, denn unsere beiden Duellanten werden sich binnen kurzem im Gefecht befinden. Schon jetzt läßt die Ursache ihres ersten Streits sich von einem Dienstmädchen das Haar ölen und flechten. Sie, Atiyah Aurangzeb, ihren engen Freunden als »Pinkie« bekannt, sinnt gelassen über die Soirée nach, die sie im Namen ihres fast senilen Ehemannes, des verfallenden Marschalls Aurangzeb, des Generalstabchefs, zu geben beschlossen hat. Pinkie Aurangzeb ist Mitte Dreißig, einige Jahre älter als Raza und Iskander, doch das mindert ihre Anziehungskraft nicht; reife Frauen haben ihren eigenen Reiz, wie man wohl weiß. Gefangen in der Ehe mit einem Tattergreis, holt Pinkie sich ihr Vergnügen, wo sie kann.

In der Zwischenzeit sind zwei Ehefrauen in ihren jeweiligen Exilen sich selbst überlassen, jede mit einer Tochter, die ein Sohn hätte sein sollen (mehr muß über die junge Arjumand Harappa gesagt werden, mehr wird mit Sicherheit über die arme, schwachsinnige Sufiya Zinobia geschrieben werden). Zwei verschiedene Möglichkeiten der Rache sind angedeutet worden. Und während Iskander Harappa zu Zwekken der Ausschweifung und ähnlichem mit einem fetten Schweinebalg namens Omar Chajjam Shakil verkehrt, scheint Raza Hyder dem Einfluß einer Grauen Eminenz erlegen zu sein, die im Fond von Armeelimousinen moralinsaure Geheimnisse flüstert. Kinos, Söhne von Hexen, blaue Stirnflecken, Frösche, Pfauen, alle haben dazu beigetragen, eine

Atmosphäre zu schaffen, in der der Gestank der Ehre alles durchdringt

Ja, es ist höchste Zeit, daß die Kombattanten in die Arena treten.

Es verhielt sich nämlich so, daß Raza Hyder von Pinkie Aurangzeb auf der Stelle hingerissen war. Er begehrte sie so heftig, daß der blaue Fleck auf seiner Stirn schmerzte, doch er verlor sie an Iskander Harappa, auf eben jenem Empfang des Marschalls, während der alte Soldat in einem Sessel schlief, in eine Ecke des glitzernden Gewimmels verbannt, und selbst im Zustand schläfrigen, gehörnten Greisenalters keinen einzigen Tropfen aus dem randvollen Glas Whisky-Soda verschüttete, das seine schlafende Hand umklammert hielt.

Bei jener schicksalhaften Gelegenheit begann ein Duell, das mindestens bis zum Tod der beiden Protagonisten dauern sollte, wenn nicht länger. Ursprünglich war die Trophäe der Körper der Frau des Marschalls, doch danach ging man zu höheren Dingen über. Aber alles der Reihe nach: und Pinkies Körper, der in einem grünen Sari, den sie nach Art der Frauen aus dem Ostflügel gefährlich tief auf den Hüften trug, aufregend zur Schau gestellt war; Silber- und Diamantohrringe in Form von Halbmond und Stern, die glitzernd von durchbohrten Ohrläppchen hingen; und unwiderstehlich verletzliche Schultern, um die sie ein leichtes Tuch trug, dessen wundersame Verarbeitung nur das Werk der legendären Stickerinnen von Aansu gewesen sein konnte, denn zwischen den spinnwebfeinen Ornamenten war mit Goldfäden tausendundeine Geschichte so lebendig dargestellt, daß es schien, als galoppierten die zierlichen Reiter tatsächlich über ihr Schlüsselbein, während winzige Vögel zu fliegen, ja, in der Tat den anmutigen Meridian ihres Rückgrats entlangzufliegen schienen ... dieser Körper lohnt es, daß man bei ihm verweilt.

Und bei ihm verweilte, als Raza sich endlich durch die Wirbel und Strudel junger Stutzer und eifersüchtiger Frauen um Pinkie Aurangzeb gekämpft hatte, der halb betrunkene Iskander Harappa, der berüchtigtste Playboy am Ort, den diese liebliche Erscheinung mit einer Wärme anlächelte, die auf Razas gewachstem Schnurrbart den dicken Schweiß seiner Erregung gefrieren ließ, während der stadtbekannte Wüstling mit seiner unflätigen Zunge, die sogar seinen Vetter Mir in den Schatten stellte, der Göttin dreckige Witze erzählte. Raza Hyder stand steif da, in verlegener Habachtstellung, die Hülle seiner Lust war starr von der Stärke des *takallouf* ... doch Isky hickste: »Schaut mal, wen wir da haben! Unseren gottverdammten Helden, den Tilyar!« Pinkie kicherte, als Iskander eine professorale Haltung einnahm und einen unsichtbaren Kneifer zurechtrückte: »Der Tilyar, Madam, ist, wie Sie möglicherweise wissen, ein magerer kleiner Wandervogel, zu nichts gut außer, um aus dem Himmel zu schießen.« Wellen von Gelächter breiteten sich aus, drangen durch die Reihen der versammelten Stutzer. Pinkie warf Raza einen Blick zu, der ihn in den Boden versinken ließ, und murmelte: »Sehr erfreut«, und Raza hörte sich mit einer fatal linkischen und bombastischen Förmlichkeit antworten: »Die Ehre ist ganz die meine, meine Dame, und darf ich sagen, daß meiner Meinung nach und mit der Güte Gottes das neue Blut das Glück unserer großen neuen Nation sein wird«, aber Pinkie tat so, als unterdrücke sie ein Lachen. »Jetzt leck mich doch am Arsch, Tilyar«, schrie Iskander Harappa fröhlich, »das ist eine Party, Yaar, keine unanständigen Reden, um Gottes willen.« Die Wut, die unter Hyders gutem Benehmen begraben lag, wallte auf, aber sie war ohnmächtig vor dieser Weltgewandtheit, die Obszönitäten und Blasphemien tolerierte und den Stolz und das Verlangen eines Mannes mit gewitztem Lachen zunichte machen konnte. »Vetter«, startete er einen katastrophalen Versuch, »ich bin nur ein einfacher Soldat.«

Doch nun tat seine Gastgeberin nicht länger so, als lachte sie ihn nicht aus, hüllte ihr Tuch enger um die Schultern, legte Iskander Harappa eine Hand auf den Arm und sagte: »Bring mich in den Garten, Isky. Die Klimaanlage hier drinnen ist zu kalt, und draußen ist es schön warm.«

»Auf ins Warme also, pronto!« rief Harappa galant und drückte Raza sein Glas in die Hand. »Für dich, Pinkie, würde ich in die heißeste Hölle gehen, falls du Schutz brauchst, wenn du dorthin kommst. Mein enthaltsamer Verwandter Raza ist nicht weniger tapfer«, fügte er über seine scheidende Schulter hinzu, »nur daß er nicht für Damen, sondern für Gas in die Hölle geht.«

Als Iskander Harappa seine Trophäe in das schwüle, nach Moschus duftende Dämmerlicht des Gartens entführte, beobachtete ihn die schlaffe Himalajafigur unseres peripheren Helden, des Arztes Omar Chajjam Shakil, vom Rande aus.

Denken Sie nicht zu schlecht von Atiyah Aurangzeb. Sie blieb Iskander Harappa sogar dann noch treu, nachdem er seriös geworden war und auf ihre Dienste verzichtete, und zog sich ohne ein Wort der Klage in die stoische Tragödie ihres Privatlebens zurück, bis sie sich am Tag seines Todes mit einem zwanzig Zentimeter langen Küchenmesser das Herz heraushackte, nachdem sie ein altes besticktes Tuch angezündet hatte. Und auch Isky war ihr auf seine Weise treu. Von der Zeit an, da sie seine Geliebte wurde, hörte er ganz auf, mit seiner Frau Rani zu schlafen, und stellte auf diese Weise sicher, daß sie keine Kinder mehr bekam und er der letzte seiner Familie blieb, ein Gedanke, der, so vertraute er Omar Chajjam Shakil an, eines gewissen Reizes nicht entbehrte.

(An dieser Stelle sollte ich vielleicht erklären, was es mit den Töchtern-die-Söhne-hätten-sein-sollen auf sich hat. Sufiya Zinobia war das »falsche Wunder«, weil ihr Vater sich einen

Jungen gewünscht hatte, doch bei Arjumand Harappa lagen die Dinge anders. Arjumand, die berühmte »Jungfrau mit den Eisenhosen«, bedauerte aus Gründen, die nichts mit den Eltern zu tun hatten, daß sie weiblichen Geschlechts war. »Dieser Frauenkörper«, erklärte sie ihrem Vater an dem Tag, an dem sie zur Frau wurde, »beschert einem nichts als Babys, Unflätigkeiten und Schande.«)

Iskander kam aus dem Garten zurück, als Raza gerade gehen wollte, und versuchte Frieden zu schließen. Mit einer Förmlichkeit, die der Razas gleichkam, sagte er: »Mein lieber Freund, ehe Sie ins Nadeltal zurückkehren, müssen Sie einmal nach Mohendscho kommen; Rani würde sich sehr freuen. Die Arme, ich wünschte, sie könnte das Stadtleben genießen ... und Sie müssen unbedingt Ihre Billoo mitbringen. Sollen die Damen schwatzen können, und wir schießen den lieben langen Tag Tilyars. Einverstanden?«

Und *takallouf* zwang Raza Hyder zu antworten: »Danke, gern.«

Am Tag, bevor das Todesurteil gefällt wurde, sollte es Iskander Harappa gestattet werden, genau eine Minute lang mit seiner Tochter zu telefonieren. Die letzten Worte, die er persönlich mit ihr wechselte, waren ätzend vor hoffnungsloser Sehnsucht nach jener geschrumpften Zeit gekennzeichnet: »Arjumand, mein Liebes, ich hätte diesen Büffelficker Hyder bezwingen müssen, als er sich selbst an den Pfahl band. Ich habe nur halbe Arbeit geleistet; das war mein größter Fehler.«

Selbst in seinen Playboytagen plagten Iskander manchmal Gewissensbisse wegen seiner Frau, die wie in der Verbannung lebte. Bei solchen Gelegenheiten trieb er ein paar Kumpel zusammen, packte sie in Kombiwagen und geleitete eine Kolonne städtischer Lustbarkeiten zu seinem Landsitz. Pinkie

Aurangzeb glänzte durch Abwesenheit, und Rani war einen Tag lang Königin.
Als Raza Hyder Iskys Einladung nach Mohendscho annahm, fuhren die beiden zusammen hin, und ihnen folgten fünf weitere Fahrzeuge mit einem reichlichen Vorrat an Whisky, Filmsternchen, Söhnen von Textilmagnaten, europäischen Diplomaten, Sodasiphons und Ehefrauen. Bilquìs, Sufiya Zinobia und die Ayah wurden an dem Privatbahnhof abgeholt, den Sir Mir Harappa an der Hauptstrecke von der Hauptstadt nach Q. erbaut hatte. Und einen Tag lang geschah überhaupt nichts Schlimmes.

Nach dem Tod von Isky Harappa durften Rani und Arjumand Harappa mehrere Jahre lang Mohendscho nicht verlassen, und um die Stille zu übertönen, erzählte die Mutter der Tochter die Geschichte des Umschlagtuchs. »Ich hatte es zu besticken begonnen, bevor ich erfuhr, daß ich meinen Mann mit der Geliebten des Kleinen Mir teilte, aber dann erwies es sich als Vorahnung einer ganz anderen Geliebten.« Zu jener Zeit weigerte Arjumand Harappa sich bereits, Schlechtes über ihren Vater zur Kenntnis zu nehmen. Sie fauchte zurück: »Allah, Mutter, das einzige, was du kannst, ist über den Vorsitzenden keifen. Wenn er dich nicht geliebt hat, dann muß es auch an dir gelegen haben.« Rani Harappa zuckte die Achseln. »Vorsitzender Iskander Harappa, dein Vater, den ich immer geliebt habe«, erwiderte sie, »war der Weltmeister der Schamlosigkeit; er war der internationale Spitzbube und Schweinehund Nummer eins. Weißt du, liebe Tochter, ich kann mich an jene Tage erinnern; ich kannte Raza Hyder, als er noch kein Teufel mit Hörnern und Schwanz war, und auch Isky, ehe er zum Heiligen wurde.«
Die böse Geschichte, die sich auf Mohendscho zutrug, als die Hyders dort waren, wurde von einem dicken Mann in die

Wege geleitet, der zuviel getrunken hatte. Sie trug sich am zweiten Abend des Besuches zu, auf derselben Veranda, auf der Rani Harappa ihr Sticken nicht unterbrochen hatte, als die Männer des Kleinen Mir ihr Heim plünderten – ein Überfall, dessen Auswirkungen noch immer zu sehen waren: an den leeren Bilderrahmen, in deren Ecken Fetzen von Leinwand steckten, an den Sofas, deren Füllung durch das aufgeschlitzte Leder quoll, an dem kuriosen Sammelsurium von Besteck auf dem Eßtisch und an den obszönen Parolen in der Halle, die durch die Tüncheschichten noch immer hindurchschimmerten. Diese partielle Zerstörung des Hauses vermittelte den Gästen das Gefühl, mitten in einer Katastrophe ein Fest zu feiern, und sie waren unwillkürlich auf ein weiteres Debakel gefaßt, so daß das fröhliche Lachen des Filmsternchens Zehra nicht frei von Hysterie war und die Männer ausnahmslos zuviel tranken. Und Rani Harappa saß währenddessen die ganze Zeit in ihrem Schaukelstuhl, arbeitete an ihrem Tuch und überließ die Betreuung von Mohendscho der Ayah, die um Iskander herumscharwenzelte, als wäre er drei Jahre alt oder eine Gottheit oder beides. Und schließlich kam es zum Debakel, und weil es Omar Chajjams Schicksal war, von seiner Randposition aus die großen Ereignisse zu beeinflussen, deren Hauptdarsteller andere Leute waren, die aber zusammengenommen sein Leben ausmachten, sagte er mit einer Zunge, die das neurotische Trinken den Abend über gefährlich gelockert hatte, Mrs. Bilquìs Hyder könne sich glücklich schätzen, denn Iskander habe ihr einen Gefallen getan, als er Pinkie Aurangzeb Raza vor der Nase weggeschnappt hatte. »Wenn Isky nicht gewesen wäre, müßte die Begum unseres Helden sich mit ihren Kindern trösten, weil dann kein Mann in ihrem Bett wäre.« Shakil hatte zu laut gesprochen, weil er die Aufmerksamkeit des Sternchens Zehra erregen wollte, das sich mehr für die auffällig glänzenden Blicke interessierte, die ihm ein gewisser Akbar Junejo, ein bekannter Glücksspieler und Filmproduzent, zuwarf. Als Zehra sich abwandte, ohne sich damit aufzuhalten, eine Entschuldigung zu erfinden, sah sich Shakil mit dem Anblick einer Bilquìs mit weit aufgerissenen Augen konfrontiert, die gerade auf die Veranda getreten war, nachdem sie ihre Tochter zu Bett gebracht hatte, und der man die Schwangerschaft viel zu früh ansah ... wer kann also wissen, ob nicht das der Grund für Bilquìs' Auftritt war, ob sie nicht einfach versuchte, ihre Schuld auf die Schultern eines Ehemannes zu laden, dessen Anstand nun ebenfalls ein Klatschthema abgab? – Auf jeden Fall ereignete sich das Folgende: Als die Gäste begriffen, daß Omar Chajjams Worte von der Frau, die wutentbrannt auf der abendlichen Veranda stand, gehört und verstanden worden waren, senkten sich ein Schweigen und eine Stille herab, die die versammelte Gesellschaft zu einem Tableau der Furcht erstarren ließen, und in diese Stille kreischte Bilquìs Hyder den Namen ihres Mannes.

Wir dürfen nicht vergessen, daß sie eine Frau war, an der die Dupatta weiblicher Sittsamkeit selbst da noch haften blieb, als ihr die übrige Kleidung vom Leib gerissen worden war; keine Frau, die gegen öffentliche Verleumdungen unempfindlich wäre. Raza Hyder und Iskander Harappa starrten einander wortlos an, während Bilquìs den langen Nagel eines Zeigefingers auf Omar Chajjam Shakils Herz richtete.

»Hast du gehört, was er gesagt hat, Mann? Hast du gehört, welche Schande er auf mein Haupt häuft?«

Oh, das Schweigen, die Lautlosigkeit – wie eine Wolke, die den Horizont verdunkelte! Selbst die Eulen wagten nicht zu krächzen.

Raza Hyder ging in Habachtstellung, denn wenn der böse Geist der Ehre einmal geweckt worden ist, geht er nicht, bevor ihm Genüge getan wurde. »Iskander«, sagte Raza Hyder, »in

Ihrem Haus schlage ich mich nicht.« Und dann tat er etwas Befremdliches und Verrücktes. Er verließ im Marschschritt die Veranda, ging in die Stallungen und kehrte mit einem Holzpfahl, einem hölzernen Hammer und einem Stück soliden dicken Seils zurück. Der Pfahl wurde in die steinharte Erde getrieben; und dann band Oberst Hyder, der zukünftige Präsident, sich am Knöchel daran fest und schleuderte den Holzhammer fort.

»Hier stehe ich«, schrie er, »soll der, der meine Ehre verleumdet, mich hier finden.« Und dort blieb er die ganze Nacht, denn Omar Chajjam eilte ins Haus, wo er vor Alkohol und Angst in Ohnmacht fiel.

Hyder lief wie ein Stier im Kreis, im Radius des Seils, das sich straff zwischen Knöchel und Pfahl spannte. Die Nacht verdichtete sich; die Gäste verzogen sich peinlich berührt, ins Bett. Doch Isky Harappa, wohl wissend, daß die Dummheit zwar der dicke Mann begangen hatte, der wahre Streit aber zwischen ihm und dem Oberst bestand, harrte auf der Veranda aus. Das Sternchen Zehra, auf dem Weg in ein Bett, welches als bereits belegt zu bezeichnen eine unverzeihliche Indiskretion meinerseits wäre – so daß ich mich diesbezüglich in Schweigen hüllen werde –, warnte seinen Gastgeber. »Komm bloß nicht auf dumme Ideen, Iskyschatz, hörst du? Geh ja nicht da raus. Er ist Soldat, schau ihn an, der reine Panzer, der bringt dich bestimmt um. Laß ihn sich beruhigen, o.k.?« Doch Rani Harappa gab ihrem Mann keinen Rat. (»Weißt du, Arjumand«, erklärte sie Jahre später ihrer Tochter, »ich erinnere mich daran, wie dein Papa zu hasenherzig war, um seine Medizin zu nehmen wie ein Mann.«)

Wie es endete: böse, wie es hatte kommen müssen. Kurz vor Morgengrauen. Sie verstehen: Raza hatte die ganze Nacht gewacht und im Kreis seines Stolzes aufgestampft, mit vor Wut und Müdigkeit geröteten Augen. Gerötete Augen sehen nicht gut – und das Licht war schwach – und wer nimmt schon Dienstboten wahr? – worauf ich hinauswill, ist, daß der alte Gulbaba früh erwacht war und mit einem Lotahgefäß aus Messing über den Hof ging, um seine rituellen Waschungen vorzunehmen, bevor er betete; und als er Oberst Hyder an einen Pfahl gebunden sah, schlurfte er unbemerkt von hinten auf ihn zu, um zu sagen, Sir, was machen Sie denn, kommen Sie doch ... Alte Diener nehmen sich Freiheiten heraus. Es ist das Vorrecht ihrer Jahre. Doch Raza, benommen vor Müdigkeit, hörte nur Schritte, eine Stimme; spürte, wie ihm jemand auf die Schulter klopfte; drehte sich abrupt um und fällte mit einem schrecklichen Schlag den armen Gulbaba wie einen Zweig. Der heftige Schlag lockerte etwas in dem alten Mann; nennen wir es Leben, denn innerhalb eines Monats war der alte Gul gestorben, mit einem verwirrten Ausdruck auf dem Gesicht, wie jemand, der weiß, daß er einen wichtigen Gegenstand verlegt hat, sich aber nicht mehr erinnern kann, was es war.

Nach diesem mörderischen Schlag lenkte Bilquìs ein und trat aus dem Schatten des Hauses hervor, um Raza zu bewegen, daß er sich von seinem Pfahl losband. »Das arme Mädchen, Raza, laß sie das nicht sehen.« Und als Raza die Veranda betrat, streckte Iskander Harappa, der ebenfalls übernächtigt und unrasiert war, seine geöffneten Arme aus, und Raza umarmte Isky formvollendet – Wange an Wange, zum »Bruderkuß«, wie man so schön sagt.

Als Rani Harappa am nächsten Tag ihr Boudoir verließ, um sich von ihrem Mann zu verabschieden, erbleichte Isky, als er das Tuch sah, das sie um ihre Schultern geschlungen hatte, das vollendete Tuch, das so fein gearbeitet war wie von der Hand der Stickerinnen von Aansu, ein Meisterwerk, zwischen dessen spinnwebfeinen Ornamenten tausendundeine Geschichte dargestellt war, so kunstvoll, daß es schien, als galoppierten Reiter über ihr Schlüsselbein, während winzige Vögel den geschmeidigen Meridian ihres Rückgrats entlangflogen. »Auf Wiedersehen, Iskander«, sagte sie zu ihm, »und vergiß nicht – die Liebe macht nicht alle Frauen blind.«

Nun ja, Freundschaft ist das falsche Wort für das, was zwischen Raza und Iskander bestand, aber nach der Geschichte mit dem Pfahl bezeichneten es beide für lange Zeit mit diesem Wort. Manchmal findet man das richtige Wort nicht.

Sie wollte immer eine Königin sein, doch nun, da Raza endlich eine Art Prinz ist, ist ihr der Gegenstand ihres Ehrgeizes vergällt. Ein zweites Baby ist geboren worden, sechs Wochen zu früh, aber Raza hat kein Wort des Verdachts geäußert. Wieder eine Tochter, aber auch darüber hat er sich nicht beschwert, nur gesagt, daß es sich eigentlich gehöre, daß das erste Kind ein Junge und das zweite ein Mädchen sei und man deshalb dem Neuankömmling nicht den Fehler seiner älteren Schwester zur Last legen könne. Das Mädchen ist Naveed genannt worden, Gute Nachrichten, und es ist ein vorbildliches Baby. Aber die Mutter ist bei der Geburt verletzt worden. Etwas in ihr ist zerrissen, und nach Meinung der Ärzte darf sie keine Kinder mehr bekommen. Raza Hyder wird nie einen Sohn haben. Er hat nur ein einziges Mal von dem Jungen mit dem Feldstecher am Fenster des Hexenhauses gesprochen, aber auch dieses Thema ist erledigt. Er zieht sich vor ihr in die Gänge seiner Seele zurück und versperrt alle Türen hinter sich. Sindbad Mengal, Mohendscho, die Liebe: all diese Türen sind verschlossen. Sie schläft allein und ist daher ihren alten Ängsten ausgeliefert, und von da an beginnt sie sich vor dem heißen Nachmittagswind zu fürchten, der so stürmisch aus ihrer Vergangenheit weht.

Das Kriegsrecht ist verhängt worden. Raza hat Chefminister Gichki verhaftet und ist zum Administrator des Bezirks ernannt worden. Er ist mit seiner Frau und den Kindern in die Ministerresidenz gezogen und hat das zerfallende Hotel dessen eigenen Erinnerungen überlassen; der letzte der dressierten Affen hat sich angewöhnt, teilnahmslos zwischen den sterbenden Palmen des Speisesaals umherzuwandern, während alternde Musiker vor einem Publikum von leeren Tischen auf ihren morschen Fiedeln kratzen. Sie sieht Raza selten in diesen Tagen. Er hat zu tun. Die Gaspipeline macht gute Fortschritte, und nun, da Gichki aus dem Weg ist, sind Maßnahmen ergriffen worden, die es ermöglichen, an verhafteten Bergbewohnern ein Exempel zu statuieren. Sie fürchtet, daß die Leichname erhängter Männer die Bürger von Q. gegen ihren Mann aufbringen, doch das sagt sie ihm nicht. Er führt ein strenges Regiment, und Maulana Dawood gibt ihm all den Rat, den er braucht.

Als ich das letztemal Pakistan besuchte, wurde mir folgender Witz erzählt. Gott stieg nach Pakistan herab, um zu sehen, wie die Dinge liefen. Er fragte General Ayub Khan, warum das Land in einem so desolaten Zustand sei. Ayub erwiderte: »Das liegt an diesen nichtsnutzigen Zivilisten, Sir. Schafft die ab und überlaßt mir den Rest.« Also eliminierte Gott die Politiker. Nach einer Weile kam Er wieder; jetzt war es schlimmer als vorher. Diesmal verlangte er von Yahya Khan eine Erklärung. Yahya gab Ayub, seinen Söhnen und ihren Protégés die Schuld. »Tut, was getan werden muß«, bat Yahya, »und ich sorge für Ordnung.« Also löschten Gottes Donnerkeile Ayub aus. Bei Seinem dritten Besuch fand Er katastrophale Zustände vor, und er war mit Zulfikar Ali Bhutto der Meinung, daß die Demokratie wiederkehren müsse. Er verwandelte Yahya in eine Küchenschabe und fegte ihn unter einen Teppich; aber ein paar Jahre später fiel ihm auf, daß sich nicht besonders viel geändert hatte. Er ging zu General Zia und bot ihm die Regierungsgewalt an, unter einer Bedingung. »Was Ihr wollt, Gott«, erwiderte der General, »nur heraus damit.« Und Gott sagte: »Beantworte mir eine Frage, und ich walze Bhutto für dich so platt wie ein Chapati.« Zia sagte: »Schießt los!« Und Gott flüsterte ihm ins Ohr: »Du siehst, was ich alles für dieses Land tue; aber was, ich nicht verstehe: Wie kommt es, daß die Leute mich offenbar nicht mehr lieben?«

Es scheint außer Zweifel zu stehen, daß es dem Präsidenten Pakistans gelang, Gott eine befriedigende Antwort zu geben. Ich frage mich, wie sie gelautet haben mag.

III

Scham, Gute Nachrichten und die Jungfrau

Siebtes Kapitel

Erröten

Vor nicht allzu langer Zeit ermordete im Londoner East End ein pakistanischer Vater sein einziges Kind, eine Tochter, weil sie durch ihre Liebe zu einem weißen Jungen solche Schande über die Familie gebracht hatte, daß nur Blut den Makel tilgen konnte. Die Geschichte war noch tragischer wegen der tiefen und unbestreitbaren Liebe des Vaters zu seinem hingemetzelten Kind und des viel kritisierten Widerstrebens seiner Freunde und Verwandten (alles »Asiaten«, um den verwirrenden Terminus aus jener schweren Zeit zu benutzen), sein Tun zu verurteilen. Trauervoll erklärten sie vor Radiomikrofonen und Fernsehkameras, daß sie die Haltung des Mannes verstünden, und sie traten auch dann noch für ihn ein, als sich herausstellte, daß das Mädchen in Wirklichkeit nie mit seinem Freund »aufs Ganze gegangen« war. Die Geschichte entsetzte mich, als ich sie hörte, entsetzte mich auf nur zu verständliche Weise. Ich war kurz zuvor selbst Vater geworden und konnte so zum erstenmal ahnen, welche übermenschliche Kraft es braucht, damit ein Mann das Messer gegen sein eigenes Fleisch und Blut erheben kann. Aber noch mehr entsetzte mich die Erkenntnis, daß auch ich, wie die interviewten Freunde und so weiter, Verständnis für den Mörder hatte. Die Geschichte kam mir nicht unverständlich vor. Wir, für die von Kind an Ehre und Schande zum täglichen Brot gehörten, können noch erfassen, was Völkern, die im Zeitalter nach dem Tode Gottes und der Tragödie leben, unvorstellbar erscheinen muß: daß Männer das, was ihnen am teuersten ist, auf dem unerbittlichen Altar ihres Stolzes opfern. (Und nicht nur

Männer. Ich habe inzwischen von einem Fall gehört, in dem eine Frau das gleiche Verbrechen aus den gleichen Gründen beging.) Zwischen Scham und Schamlosigkeit liegt die Achse, um die wir uns drehen; die meteorologischen Gegebenheiten sind an beiden Polen von extremer Grausamkeit. Schamlosigkeit, Schmach: die Wurzeln der Gewalt.

Meine Sufiya Zinobia erwuchs aus dem Leichnam des ermordeten Mädchens, auch wenn sie nicht (nur keine Angst) von Raza Hyder abgeschlachtet werden wird. Ich wollte über Schmach schreiben, und zu Anfang suchte mich der Geist dieses toten Körpers heim, den ich mir vorstellte, wie er mit aufgeschlitzter Kehle wie ein Halal-Hühnchen in einer Londoner Nacht auf einem Zebrastreifen lag, hingeworfen auf Schwarz und Weiß, Schwarz und Weiß, und darüber das Blinken einer Fußgängerampel, orange, nichtorange, orange. Ich stellte mir vor, das Verbrechen wäre dort verübt worden, öffentlich, rituell, und hinter den Fenstern Augen. Und kein Mund, der sich öffnet, um zu protestieren. Und als die Polizei an Türen klopfte, wie konnte sie sich Beistand erhoffen? Die Unergründlichkeit des Gesichts des »Asiaten« im Angesicht seines Feindes. Selbst die Opfer der Schlaflosigkeit, die an ihren Fenstern standen, scheinen die Augen geschlossen und nichts gesehen zu haben. Und der Vater ging fort, hatte seinen Namen mit Blut reingewaschen und sich mit Schmerz beladen.

Ich habe dem toten Mädchen sogar einen Namen gegeben: Anahita Muhammad, genannt Anna. In meiner Vorstellung hatte sie einen East-End-Akzent, trug jedoch aus einer atavistischen Scheu, ihre Beine zu zeigen, blaue, braune, pinkfarbene Jeans. Gewiß verstand sie die Sprache, die ihre Eltern zu Hause benutzten, weigerte sich aber ebenso gewiß entschieden, auch nur ein Wort in dieser Sprache zu sagen. Anna Muhammad: lebhaft, zweifellos attraktiv, etwas zu lebhaft und zu hübsch – nicht ganz ungefährlich bei einer Sechzehnjährigen. Mekka: für sie waren das Diskotheken, rotierende Silberkugeln, stroboskopisches Licht, Jugend. Sie tanzte hinter meinen Augen, ihr Wesen veränderte sich jedesmal, wenn ich sie erspähte: jetzt unschuldig, jetzt hurenhaft, dann etwas Drittes und Viertes. Doch zuletzt entwischte sie mir, wurde zu einem Geist, und ich wußte, daß ich, wollte ich über sie, über Schmach schreiben, in den Osten zurückgehen mußte, dorthin, wo meine Idee sich in gewohnter Atmosphäre befand. Anna – deportiert, repatriiert in ein Land, das sie nie gesehen hatte – zog sich ein Gehirnfieber zu und wurde zu einer geistig minderbemittelten Person.

Warum habe ich ihr das angetan? – Aber vielleicht war das Fieber eine Erfindung, eine Ausgeburt der Phantasie Bilquìs Hyders, ersonnen, um zu vertuschen, was wiederholte Schläge auf den Kopf verursacht hatten: Haß kann ein danebengegangenes Wunder in einen Pflegefall verwandeln. Und das Gebräu des Hakim klingt nicht sonderlich vertrauenerweckend. Wie schwer es ist, die Wahrheit festzuhalten, vor allem, wenn man gezwungen ist, die Welt in Scheibchen zu sehen; Schnappschüsse verbergen genausoviel, wie sie offenlegen.

Alle Geschichten werden heimgesucht von den Gespenstern der Geschichten, die sie hätten sein können. Anna Muhammad sucht dieses Buch heim; jetzt werde ich nie über sie schreiben. Und auch andere Geister sind gegenwärtig, frühere, nur noch ektoplasmische Eindrücke, die Schmach und Gewalt miteinander verbinden. Diese Gespenster bewohnen wie Anna ein völlig ungespenstisches Land: kein geisterhaftes »Peccavistan«, sondern das wirkliche London. Zwei davon will ich erwähnen: zuerst ein Mädchen, das spät abends in einer U-Bahn von einer Gruppe Jungen im Teenageralter überfallen wurde. Das Mädchen wieder eine »Asiatin«, die Jungen, wie sich versteht, Weiße. Wenn sie später an den

Überfall zurückdenkt, empfindet sie nicht Wut, sondern Scham. Sie will über das Geschehene nicht reden, sie erstattet keine Anzeige, sie hofft, daß niemand davon erfährt: eine typische Reaktion, und das Mädchen ist kein Einzelfall. Ich sehe brennende Städte auf meinem Fernsehschirm und Gruppen von jungen Menschen, die durch die Straßen laufen, die Schmach brennt auf ihrer Stirn, und sie zünden Geschäfte an, Polizeischilde, Autos. Sie erinnern mich an mein anonymes Mädchen. Wenn Menschen lange genug gedemütigt werden, wird etwas Wildes aus ihnen herausbrechen. Wenn sie später die Trümmer ihres Tobens erblicken, sind sie verwirrt, verständnislos, jung. Haben wir so etwas getan? Wir? Aber wir sind doch ganz normale Jungs, nette Typen, wie konnten wir so etwas ... und dann wächst langsam Stolz in ihnen, Stolz auf ihre Macht, Stolz darauf, daß sie gelernt haben, zurückzuschlagen. Und ich stelle mir vor, was geschehen wäre, wenn eine solche Wut in dem Mädchen in der U-Bahn entfesselt worden wäre – wie sie die weißen Jungen halb tot geprügelt hätte, Arme, Beine, Nasen, Eier kaputtgeschlagen hätte, ohne zu wissen, woher die Gewalt kam, ohne zu begreifen, wie sie, ein schmächtiges Wesen, über so furchterregende Kraft verfügen konnte. Und die anderen, was hätten sie getan? Wie hätten sie der Polizei erklären können, daß sie von einem Mädchen zusammengeschlagen worden waren, ein einziges schwaches Weib gegen ihre ganze Meute? Wie konnten sie ihren Kameraden ins Gesicht sehen? Dieser Gedanke gefällt mir: sie hat etwas Verführerisches, Liebliches, diese Gewalt, ja, das hat sie.

Diesem zweiten Mädchen habe ich nie einen Namen gegeben. Aber auch sie ist nun in meiner Sufiya Zinobia, und Sie werden sie erkennen, wenn sie zum Vorschein kommt.

Das letzte Gespenst, das in meine Heldin Eingang findet, ist männlich, ein Junge aus einer Zeitungsnachricht. Sie haben vielleicht über ihn gelesen, oder zumindest über seinen Prototyp: man fand ihn auf einem Parkplatz, brennend, seine Haut stand in Flammen. Er verbrannte, und die Experten, die seinen Körper und den Ort des Geschehens untersuchten, mußten das anscheinend Unmögliche hinnehmen: daß nämlich der Junge sich einfach von selbst entzündet hatte, ohne sich mit Benzin zu übergießen oder sich sonstwie äußerlich anzuzünden. Wir sind Energie; wir sind Feuer; wir sind Licht. Als er den Schlüssel fand, in dieses Wissen eindrang, begann ein Junge zu brennen.

Genug. In meiner Geschichte sind zehn Jahre vergangen, während ich Gespenster gesehen habe. – Doch ein letztes Wort zu diesem Thema: Als ich mich das erstemal mit Anahita Muhammad beschäftigte, fiel mir der letzte Satz aus Franz Kafkas *Prozeß* ein, der Satz, in dem Josef K. erstochen wird. Wie Kafkas Josef starb meine Anna durch ein Messer. Um Sufiya Zinobia Hyder ist es anders bestellt; aber dieser Satz, das Gespenst einer Inschrift, überschattet dennoch ihre Geschichte:

»›Wie ein Hund!‹ sagte er: es war, als sollte die Scham ihn überleben.«

Bis zum Jahr, als die Hyders aus Q. zurückkehrten, war die Hauptstadt gewachsen; Karatschi war beleibt geworden, so daß die Leute, die von Anfang an dagewesen waren, in der fettleibigen alten Vettel von Metropole die schlanke, mädchenhafte Stadt ihrer Jugend nicht mehr erkennen konnten. Die breiten fleischigen Falten ihrer endlosen Expansion hatten die vorzeitlichen salzigen Marschen verschluckt, und die sandige Landzunge war von den knallig angestrichenen Strandhäusern der Reichen wie von Geschwüren übersät. Die Straßen waren voll von den finsteren Gesichtern junger Männer, die von den verblühten Reizen der angemalten Dame angezogen worden waren, um dann festzustellen, daß ihr Preis zu hoch für sie war; etwas Puritanisches und Gewalttätiges stand ihnen auf der Stirn, und es war zum Fürchten, sich in der Hitze zwischen ihren Enttäuschungen zu bewegen. Die Nacht barg Schmuggler, die mit Motorrikschas zur Küste fuhren; und die Macht hatte, natürlich, die Armee.

Raza Hyder stieg von Gerüchten umrankt aus dem Zug von Westen. Das war kurz nach dem Verschwinden des früheren Chefministers Aladdin Gichki, der schließlich mangels stichhaltiger Beweise aus der Haft entlassen worden war; mit seiner Frau und seinem Hund lebte er einige Wochen lang zurückgezogen, bis er eines Tages den Schäferhund ausführte und nie zurückkehrte, obwohl seine letzten Worte zu Begum Gichki gelautet hatten: »Sag der Köchin, sie soll ein Dutzend Fleischbällchen mehr für heute abend machen. Ich sterbe jetzt schon vor Hunger.« Die Fleischbällchen eins bis zwölf dampften erwartungsvoll in einer Schüssel, doch irgend etwas muß Gichki den Appetit verdorben haben, denn er aß sie nie. Möglicherweise konnte er den nagenden Hunger nicht unterdrücken und aß statt dessen den Schäferhund, denn auch von dem Hund fand man keine Spur, nicht einmal ein Schwanzhaar. Der mysteriöse Fall Gichki kam immer wieder zur Sprache, und oft tauchte Hyders Name in diesen Unterhaltungen auf – vielleicht deshalb, weil man von dem auf Gegenseitigkeit beruhenden Haß zwischen Gichki und dem Gottesmann Maulana Dawood wußte und Dawoods Nähe zu Hyder ebenfalls kein Geheimnis war. Merkwürdige Geschichten sickerten von Q. nach Karatschi durch und schwebten in der klimatisierten städtischen Luft.

Die offizielle Lesart der Amtszeit Hyders im Westen lautete, daß sie auf der ganzen Linie ein Erfolg gewesen sei und daß seine Karriere weiterhin steil nach oben führe. Das Räuberunwesen war ausgerottet worden, die Moscheen waren voll, die

Staatsorgane waren vom Gichkismus, dem Übel der Korruption, gereinigt worden, und Separatismus war ein alter Hut. Eisenfresser war nun Brigadegeneral ... aber wie Iskander Harappa gern Omar Chajjam Shakil erzählte, wenn beide zu tief ins Glas geschaut hatten: »Jetzt leck mich doch am Arsch, Yaar, jeder weiß doch, daß es bei den Stämmen da draußen drunter und drüber geht, weil Hyder die ganze Zeit unschuldige Leute an den Eiern aufgehängt hat.« Es wurde auch über Eheprobleme im Haushalt der Hyders getuschelt. Sogar Rani Harappa in ihrem Exil hörte Gerüchte von Zwietracht, von dem schwachsinnigen Kind, das von seiner Mutter »Schande« genannt und wie Dreck behandelt wurde, von der inneren Verletzung, die die Geburt von Söhnen unmöglich machte und Bilquìs durch dunkle Gänge auf einen Zusammenbruch zuführte; aber Rani wußte nicht, wie sie mit Bilquìs über diese Dinge sprechen konnte, und der Telefonhörer blieb auf seiner Gabel liegen.

Über manches wurde nicht gesprochen. Niemand erwähnte einen vollippigen Jungen namens Sindbad Mengal oder spekulierte darüber, wer der Vater der jüngeren Hyder-Tochter war ... Brigadegeneral Hyder wurde vom Bahnhof sofort ins innerste Heiligtum des Präsidenten, Feldmarschalls Muhammad A., gefahren, wo er einigen Berichten zufolge herzlich umarmt und freundschaftlich in die Wangen gekniffen wurde, während andere andeuteten, daß der Strom wuterfüllter Luft, der aus den Schlüssellöchern des Raumes drang, so glühend heiß gewesen war, daß Raza Hyder, der in Habachtstellung vor seinem empörten Präsidenten stand, übel versengt worden sein mußte. Gewiß ist jedenfalls, daß er das Präsidium als Minister für Erziehung, Information und Tourismus verließ, während jemand anders einen Zug nach Westen bestieg, um das Gouverneursamt in Q. zu übernehmen. Und Raza Hyders Augenbrauen waren unversehrt.

Ebenfalls unversehrt: das Bündnis zwischen Raza und Maulana Dawood, der die Hyders nach Karatschi begleitet hatte und der sich sofort nach seinem Einzug in den Amtssitz des neuen Ministers dadurch hervortat, daß er eine lautstarke Kampagne gegen den Verzehr von Garnelen und blaubäuchigen Taschenkrebsen in Gang setzte, weil diese Allesfresser genauso unrein waren wie jedes Schwein und weil sie im abgelegenen Q. verständlicherweise nicht erhältlich, in der Hauptstadt am Meer jedoch gern gekauft und gegessen wurden. Der Maulana war zutiefst empört, daß diese gepanzerten Ungeheuer der Tiefe auf den Fischmärkten von jedermann erworben werden konnten, und es gelang ihm, städtische Geistliche auf seine Seite zu bringen, die seinen Argumenten machtlos gegenüberstanden. Die Fischer der Stadt merkten, daß der Verkauf von Schalentieren erschreckend zurückging, und waren deshalb gezwungen, sich mehr denn je auf das Einkommen zu stützen, das sie mit dem Schmuggel illegaler Waren verdienten. Verbotener Schnaps und verbotene Zigaretten ersetzten in den Laderäumen manch einer Dau die blauschwarzen Krebse. In die Residenz Hyders gelangten jedoch weder Schnaps noch Zigaretten. Dawood unternahm unangekündigte Razzien in den Dienstbotenunterkünften, um zu überprüfen, ob alles unter Gottes Aufsicht war. »Selbst eine Stadt untergangssüchtiger Monstrositäten«, versicherte er Raza Hyder, »kann mit Hilfe des Allmächtigen geläutert werden.«

Drei Jahre, nachdem Raza Hyder aus Q. zurückgekehrt war, war nicht mehr zu leugnen, daß sein Stern insgeheim im Niedergang gewesen war, denn die Gerüchte aus Q. (Mengal, Gichki, an den Eiern aufgehängte Gebirgsbewohner) erstarben nie ganz; und als die Hauptstadt aus Karatschi verlagert und hoch in den Norden in die saubere Bergluft überführt und in eigens errichteten, abscheulichen neuen Gebäuden untergebracht wurde, blieb Raza Hyder auf Posten an der Küste.

Das Ministerium für Erziehung, Information und Tourismus zog zusammen mit dem Rest der Verwaltung nach Norden; aber Raza Hyder war (um es unverblümt zu sagen) gefeuert. Er wurde zum Militärdienst zurückbeordert und wurde Leiter der Militärakademie – eine Position, die keinerlei Perspektiven hatte. Das Haus durfte er behalten, doch Maulana Dawood sagte zu ihm: »Was heißt das schon, wenn Sie die Marmorwände noch haben? Man hat Sie zu einem Krebs im Marmorpanzer gemacht. *Na-pak:* unrein.«
Wir haben zu weit vorgegriffen: es ist an der Zeit, unsere Anmerkungen zu Gerüchten und Schalentieren zu beschließen. Sufiya Zinobia, die Schwachsinnige, errötet.

Ich habe ihr das angetan, so nehme ich an, damit sie rein ist. Mir ist nichts Besseres eingefallen, um Reinheit darzustellen in einem Land, das als Land der Reinen gilt ... und Schwachsinnige sind per definitionem unschuldig. Ist es zu romantisch, sich einer geistigen Behinderung zu bedienen? Vielleicht ist es das; doch für solche Bedenken ist es zu spät. Sufiya Zinobia ist gewachsen, ihr Geist langsamer als ihr Körper, und dank dieser Langsamkeit bleibt sie für mich auf gewisse Weise rein *(pak)* inmitten einer schmutzigen Welt. Sehen Sie nun, wie die Heranwachsende einen Kiesel in ihrer Hand streichelt, ohne daß sie artikulieren könnte, warum in diesem glatten, flachen Stein Güte zu sein scheint; wie sie vor Freude erglüht, wenn sie liebevolle Worte hört, obwohl sie fast immer jemand anderem gelten ... Bilquìs konzentrierte ihre ganze Zuneigung auf ihre jüngere Tochter, Naveed. »Gute Nachrichten« – der Spitzname war an ihr hängengeblieben wie eine Grimasse, die man in den Wind schneidet – wurde in einem Monsun von Liebe gebadet, während Sufiya Zinobia, die Bürde ihrer Eltern, die Schande ihrer Mutter, keinen Tropfen davon erhielt. Stöhnen, Beschimpfungen, sogar die unbeherrschten Ohrfeigen der Gereiztheit regneten statt dessen auf sie herab; doch solcher Regen spendet keine Feuchtigkeit. Obwohl ihr Inneres aus Mangel an Zuneigung ausgedörrt war, konnte sie dennoch vor Glück erglühen, wenn Liebe in ihre Nähe kam, nur weil sie diesem kostbaren Gut nahe war.

Außerdem errötete sie. Sie erinnern sich, daß sie bei ihrer Geburt errötete. Zehn Jahre später waren ihre Eltern immer noch verblüfft über diese Rötungen, dieses Erröten, das so schnell aufloderte, wie Benzin sich entzündet. Das beunruhigende Erglühen Sufiya Zinobias war durch die Wüstenjahre in Q. offenbar intensiviert worden. Als die Hyders Bariamma und ihrem Clan den obligatorischen Höflichkeitsbesuch abstatteten, beugte die alte Dame sich über die Mädchen, um sie zu küssen, und stellte erschrocken fest, daß ihre Lippen von einer plötzlichen Hitzewallung in Sufiya Zinobias Wange verbrannt worden waren; die Verbrennung war immerhin so schwer, daß eine Woche lang zweimal täglich Lippenpomade aufgetragen werden mußte. Das ungebührliche Verhalten des thermostatischen Haushalts des Kindes erweckte in seiner Mutter eine gewohnheitsmäßige Erbitterung. »Dieser Schwachkopf«, rief Bilquìs vor den belustigten Augen Duniyad Begums und der übrigen, »seht sie bloß nicht an! Was ist mit ihr los? Kaum guckt jemand sie an oder sagt zwei Worte zu ihr, wird sie rot, rot wie ein Chili! Ich schwör's euch! Welches normale Kind wird so glühend rot wie rote Beete, daß seine Kleider verbrannt riechen? Aber was soll man tun, bei ihr ist alles danebengegangen, und das ist nicht zu ändern, wir müssen gute Miene zum bösen Spiel machen.« Auch die Enttäuschung der Hyders über ihre ältere Tochter war in der Mittagssonne der Wildnis so erbarmungslos geworden wie die Sonne selbst, die sogar den Schatten zum Kochen brachte.

Das Leiden war nicht eingebildet. Miss Shahbanou, die parsische Ayah, die Bilquìs bei ihrer Rückkehr nach Karatschi

eingestellt hatte, beschwerte sich am ersten Tag, daß das Wasser, in dem sie Sufiya Zinobia gebadet hatte, ihr die Hände verbrüht hatte, denn eine rote Flamme der Verlegenheit, die von den Haarwurzeln des zurückgebliebenen Mädchens bis zu seinen gekrümmten Zehen reichte, hatte das Wasser beinahe zum Kochen gebracht.
Um es offen zu sagen: Sufiya Zinobia errötete unkontrollierbar, wann immer ihre Anwesenheit in der Welt von anderen bemerkt wurde. Aber sie errötete auch, so denke ich, für die Welt.
Lassen Sie mich meinen Verdacht aussprechen: Das Gehirnfieber, das Sufiya Zinobia für alles mögliche im Äther übernatürlich empfänglich machte, befähigte sie dazu, einem Schwamm gleich eine Unzahl nicht empfundener Empfindungen aufzusaugen.
Was, glauben Sie, geschieht mit ihnen? – Ich meine Empfindungen, die empfunden hätten werden sollen, aber nicht empfunden wurden – wie beispielsweise Reue über ein falsches Wort, Schuldgefühle wegen eines Verbrechens, Verlegenheit, Anstand, Scham? – Stellen Sie sich Scham als eine Flüssigkeit vor, sagen wir als ein süßes, schäumendes, Karies verursachendes Getränk, das aus Automaten gezogen wird. Sie drücken den richtigen Knopf, und ein Becher plumpst unter einen pissenden Strahl der Flüssigkeit. Wie man den Knopf drückt? Nichts leichter als das. Lügen Sie, schlafen Sie mit einem weißen Jungen, werden Sie mit dem falschen Geschlecht geboren. Schon fließt das sprudelnde Gefühl, und Sie trinken Ihr Teil davon ... aber wie viele Menschen weigern sich, diesen einfachen Vorgaben zu folgen! Schmachvolle Dinge geschehen: Lügen, liederlicher Lebenswandel, Respektlosigkeit gegenüber Älteren, mangelnde Liebe zur eigenen Nationalflagge, unkorrektes Abstimmen bei Wahlen, Freßsucht, außerehelicher Geschlechtsverkehr, autobiogra-

phische Romane, Schummeln beim Kartenspiel, Mißhandlung von Frauen, Versagen bei Prüfungen, Schmuggeln, Verpfuschen eines Länderspiels an der entscheidenden Stelle: und sie werden *ohne Scham* vollbracht. Und was geschieht dann mit all dieser nicht empfundenen Scham? Was ist mit den nicht geleerten Bechern Kribbelwasser? Denken Sie an den Automaten zurück. Der Knopf wird gedrückt; doch dann kommt eine schamlose Hand, die den Becher fortstößt! Der Knopfdrücker trinkt das Bestellte nicht, und die Flüssigkeit der Scham wird verschüttet, breitet sich in einem schaumigen See auf dem Boden aus.

Aber wir sprechen über einen abstrakten, einen völlig ätherischen Automaten; folglich entweicht die nicht empfundene Scham der ganzen Welt in den Äther, und der wird dann – so stelle ich anheim – von jenen Unglücklichen ausgehebert, die die Hausmeister des Unsichtbaren sind, deren Seelen die Eimer sind, in die aus Wischgummis das-was-verschüttet-wurde tropft. Solche Eimer bewahren wir in besonderen Schränken auf, und wir haben keine sehr hohe Meinung von ihnen, obgleich sie unser Schmutzwasser aufnehmen.

Nun gut: Sufiya der Schwachkopf errötete. Ihre Mutter sagte zur versammelten Verwandtschaft: »Sie tut es, um Aufmerksamkeit zu erregen. Oh, ihr könnt euch nicht verstellen, was für ein Leben das ist, die Zustände, die Qualen, und wozu? Für nichts und wieder nichts. Gott sei Dank habe ich meine Naveed.« Aber blöde oder nicht blöde, Sufiya Zinobia verriet durch ihr heftiges Erröten bei jedem verstohlenen Blick, den ihre Mutter ihrem Vater zuwarf, beobachtenden Verwandtenaugen, daß sich zwischen beiden etwas zusammenbraute. Ja. Schwachsinnige spüren so etwas. Das ist alles.

Erröten ist ein langsames Brennen. Aber es ist noch etwas anderes: es ist ein *psychosomatisches Ereignis*. Ich zitiere: »Ein

plötzlicher Ausfall der arteriovenösen Anastomosen des Gesichts überflutet die Kapillare mit Blut, was die charakteristisch erhöhte Farbe hervorbringt. Wer nicht an psychosomatische Ereignisse glaubt, daran, daß der Geist den Körper unmittelbar durch Nervenbahnen beeinflussen kann, sollte das Phänomen des Errötens erwägen, das bei Menschen mit erhöhter Sensibilität durch die bloße Erinnerung an eine peinliche Situation hervorgerufen werden kann, die ihnen widerfahren ist – ein Beweis der Herrschaft des Geistes über die Materie, wie man ihn sich eindeutiger nicht wünschen kann.«
Wie die Autoren der obigen Sätze ist unser Held Omar Chajjam Shakil Fachmann der Medizin. Er ist außerdem am Einfluß von Geist auf Materie interessiert: am Verhalten unter Hypnose beispielsweise; an den im Zustand der Trance vorgenommenen Selbstverstümmelungen jener fanatischen Shias, die Iskander Harappa verächtlich als Wanzen bezeichnet; beim Erröten. Deshalb wird es nicht mehr lange dauern, bis Sufiya Zinobia und Omar Chajjam, Patientin und Arzt, zukünftige Gatten, zueinander finden. Zueinander finden müssen; denn was ich zu erzählen habe, ist – kann als nichts anderes bezeichnet werden als – eine Liebesgeschichte.

Ein Bericht über die Ereignisse jenes Jahres, des vierzigsten Lebensjahres sowohl Isky Harappas als auch Raza Hyders, sollte vermutlich an dem Augenblick einsetzen, in dem Iskander hörte, daß sein Vetter, der Kleine Mir, sich bei Präsident A. eingeschmeichelt hatte und zu Amt und Würden kommen sollte. Er sprang glatt aus dem Bett, als er diese Neuigkeiten hörte, doch Pinkie Aurangzeb, Besitzerin des Bettes und Quelle der Information, rührte sich nicht, obwohl sie wußte, daß etwas Entscheidendes sie ereilt hatte und daß ihr dreiundvierzigjähriger Körper, den Iskander entblößt hatte, als er aus dem Bett gesprungen war, ohne das Laken loszulassen, nicht mehr jenes Licht ausstrahlte, das die Gedanken der Männer von allem ablenkte, was sie juckte. »Scheiße aufs Grab meiner Mutter!« brüllte Iskander Harappa. »Zuerst wird Hyder Minister und jetzt der. Das Leben wird ernst, wenn ein Mann auf die Vierzig zugeht.«

»Langsam läßt alles nach«, dachte Pinkie Aurangzeb, als sie dalag und elf Zigaretten nacheinander rauchte, während Isky, in das Laken gewickelt, durchs Zimmer stolzierte. Sie zündete ihre zwölfte Zigarette an, als Isky geistesabwesend das Laken fallen ließ. Dann beobachtete sie ihn in der Nacktheit seiner besten Jahre, als er schweigend mit der Gegenwart brach und sich der Zukunft zuwandte. Pinkie war Witwe; der alte Marschall Aurangzeb hatte endlich das Zeitliche gesegnet, und inzwischen waren ihre Soiréen nicht mehr ganz so wichtig, und der Klatsch der Stadt erreichte sie in letzter Zeit mit Verspätung. »Die alten Griechen«, sagte Iskander so unvermittelt, daß Pinkie die Asche von ihrer Zigarette fallenließ, »führten bei den Olympischen Spielen nicht Buch über die Zweitbesten.« Dann zog er sich schnell, doch mit dem peniblen Dandytum an, das sie immer an ihm geliebt hatte, und verließ sie für immer; dieser Satz war die einzige Erklärung, die sie je bekam. Doch in den Jahren ihrer Einsamkeit fand sie die Erklärung, sie erkannte, daß die Geschichte darauf gewartet hatte, von Iskander bemerkt zu werden, und ein Mann, der der Geschichte ins Auge fällt, ist danach an eine Geliebte gebunden, der er nie entkommen wird. Geschichte ist natürliche Auslese. Mutierte Versionen der Vergangenheit ringen um Dominanz; neue Arten der Wirklichkeit entstehen, und alte, saurische Wahrheiten werden mit verbundenen Augen und letzte Zigaretten rauchend an die Wand gestellt. Nur die Mutationen der Starken überleben. Die Schwachen, die Anonymen, die Besiegten hinterlassen wenig Spuren: Feldmarken, Axtschneiden, Volkssagen, zerbrochene Krüge, Grabhügel, die verblassende Erinnerung an ihre jugendliche Schönheit. Die Geschichte liebt nur die, die sie beherrschen: eine Beziehung gegenseitiger Versklavung. Es ist darin kein Platz für Pinkies oder, nach Iskanders Ansicht, für Leute wie Omar Chajjam Shakil.

Wiedergeborene Alexanders, Möchtegern-Olympiasieger müssen sich den härtesten Trainingsmethoden unterziehen. So gelobte Isky Harappa, nachdem er Pinkie Aurangzeb verlassen hatte, auch alles andere zu meiden, was seinen Geist zersetzen konnte. Seine Tochter Arjumand erinnerte sich stets daran, daß er zu jener Zeit aufhörte mit Poker, Bakkarat, privaten Roulettabenden, Schiebung bei Pferderennen, französischem Essen, Opium und Schlaftabletten; daß er die Gewohnheit aufgab, unter silberbeladenen Bankettafeln die erregten Fußknöchel und willigen Knie von Gesellschaftsschönheiten zu suchen, und daß er aufhörte, die Huren aufzusuchen, die er gern mit einer Achtmillimeter-Paillard-Bolex gefilmt hatte, während sie, einzeln oder zu dritt, an seinem Körper oder dem Omar Chajjam Shakils ihre nach Moschus duftenden, lasziven Riten vollzogen. Es war der Beginn jener legendären politischen Karriere, die in seinem Sieg über den Tod ihren Höhepunkt erreichen sollte. Seine ersten Triumphe, die nur Siege über ihn selbst bedeuteten, waren natürlich von bescheidenerem Format. Aus seinem öffentlichen städtischen Wortschatz strich er sein enzyklopädisches Repertoire unflätiger dörflicher Kraftausdrücke, Flüche, die randvolle Kristallgläser aus Männerhänden lösen und zerschellen lassen konnten, bevor sie den Boden erreichten. (Aber beim Wahlkampf auf den Dörfern ließ er die Luft wieder von Obszönitäten dampfen, denn er wußte von der stimmenbringenden Macht der Unflätigkeit.) Er erstickte für immer das schrille Kichern seines unzuverlässigen Playboy-Ichs und ersetzte es durch ein reiches, kehliges, staatsmännisches Gewieher. Er hörte auf, mit den weiblichen Angestellten in seiner Stadtwohnung zu turteln.

Opferte je ein Mann mehr für sein Volk? Er gab Hahnenkämpfe auf, Bärenkämpfe, Zweikämpfe zwischen Schlangen und Mungos zuzüglich Diskothekenbesuche und seine monatlichen Abende im Haus des obersten Filmzensors, wo er sich spezielle Zusammenstellungen der saftigsten Stellen angesehen hatte, die aus den gerade eingetroffenen ausländischen Filmen herausgeschnitten waren.

Er beschloß außerdem, Omar Chajjam Shakil aufzugeben. »Wenn dieses verkommene Subjekt mich sehen will«, wies Iskander den Pförtner an, »schmeiß den Schurken raus auf seinen fetten Arsch und laß ihn hüpfen.« Dann zog er sich zurück in das weiß-goldene Rokokoschlafzimmer im kühlen Herzen seines herrschaftlichen Hauses in der »Defence«, eines Gebäudes aus Stahlbeton und Steinverkleidung, das an eine Telefunken-Musiktruhe erinnerte, und versank in Meditation.

Aber überraschenderweise schaute Omar Chajjam lange Zeit weder bei seinem alten Freund vorbei, noch rief er ihn an. Vierzig Tage vergingen, ehe dem Arzt die Veränderung in seinem sorglosen, schamlosen Leben bewußt wurde ...

Wer sitzt zu Füßen des Vaters, während anderswo Pinkie Aurangzeb in einem leeren Haus alt wird? Arjumand Harappa: dreizehn Jahre alt, sitzt sie mit einem Ausdruck tiefer Befriedigung und mit gekreuzten Beinen auf dem Preßmarmorboden eines Rokokoschlafzimmers und beobachtet Isky, der seine Erneuerung vollendet. Noch hat Arjumand nicht den berüchtigten Spitznamen (»Jungfrau mit den Eisenhosen«) erworben, der fast ihr ganzes Leben lang an ihr hängenbleiben wird. Mit der Frühreife ihrer Jahre hat sie schon immer gewußt, daß in ihrem Vater ein zweiter Mann ist, der gewachsen ist, gewartet hat und nun endlich hervorbricht, während der alte Iskander abgelegt wird und raschelnd zu Boden rutscht, eine verschrumpelte Schlangenhaut im harten diamantenen Sonnenlicht. Wie freut sie sich jetzt über diese Verwandlung, darüber, endlich den Vater zu bekommen, den sie verdient! »Ich habe das bewirkt«, erklärt sie Iskander. »Weil ich es mir so sehr gewünscht habe, hast du zur Einsicht gefunden.« Harappa lächelt seine Tochter an, streicht ihr übers Haar. »So was kommt vor.« »Und kein Onkel Omar mehr«, sagt Arjumand. »Den Dreckskerl sind wir sauber losgeworden.«

Arjumand Harappa, die Jungfrau mit den Eisenhosen, wird sich immer von Extremen leiten lassen. Mit dreizehn hat sie schon eine Begabung zum Verabscheuen wie zum Verehren. Wen sie verabscheut: Shakil, den dicken Affen, der auf der Schulter ihres Vaters gesessen und ihn im Sumpf festgehalten hat, und auch ihre Mutter Rani in ihrem Mohendscho mit den Höhleneulen, Sinnbild der Niederlage. Arjumand hat ihren Vater überredet, sie in der Stadt wohnen und zur Schule gehen zu lassen; und diesem Vater zollt sie eine Verehrung, die an Götzendienst grenzt. Nun, da der Gegenstand ihrer Anbetung sich schließlich dieser würdig erweist, kann Arjumand ihre Freude kaum bändigen. »Was du alles tun wirst!« ruft sie. »Wart es nur ab!« Omar Chajjams abwesende massige Gestalt hat die Schatten der Vergangenheit mitgenommen.

Iskander, auf weiß-goldenem Bett ausgestreckt und in tolldreiste Träumereien versunken, sagt mit unvermittelter Klarheit: »Das ist eine Männerwelt, Arjumand. Erhebe dich über dein Geschlecht, wenn du erwachsen wirst. Dies ist keine Welt, in der man Frau sein kann.« Die reuevolle Nostalgie dieser Sätze zeigt den Todeskampf der Liebe Iskanders zu Pinkie Aurangzeb an, doch seine Tochter nimmt ihn beim

Wort, und wenn ihre Brüste zu schwellen beginnen, wird sie sie fest mit Leinenbandagen umwickeln, so fest, daß sie vor Schmerz rot wird. Später wird sie diesen Krieg gegen ihren Körper genießen, den langwierigen, vorläufigen Sieg über das weiche, verachtete Fleisch ... aber wir wollen sie an dieser Stelle lassen, Vater und Tochter, die Tochter, die in ihrem Herzen bereits den alexandrischen Mythos der Gottgleichheit Harappas errichtet, dem sie erst nach seinem Tod ungehindert frönen wird, den Vater, der im Konzil seiner neuen Reinheit die Strategien seines zukünftigen Triumphes entwirft, seines Werbens um das Zeitalter.

Wo ist Omar Chajjam Shakil? Was ist aus unserem peripheren Helden geworden? Auch er ist älter geworden; wie Pinkie ist er inzwischen Mitte Vierzig. Das Alter hat ihn gut behandelt, es hat sein Haar und sein Ziegenbärtchen versilbert. Rufen wir uns ins Gedächtnis, daß er zu seiner Zeit ein glänzender Schüler war, und diese geistige Brillanz hat nichts an Kraft eingebüßt; ein Lebemann und Wüstling mag er sein, aber er ist auch *die* Kapazität im renommiertesten Krankenhaus der Stadt und ein Immunologe von beachtlichem internationalen Ruf. Seit wir zuletzt näher mit ihm zu tun hatten, ist er zu amerikanischen Seminaren gereist, hat wissenschaftliche Aufsätze über die Möglichkeit psychosomatischer Ereignisse im Abwehrsystem des Körpers veröffentlicht, ist ein wichtiger Mann geworden. Er ist immer noch dick und häßlich, doch kleidet er sich nun nicht ohne Eleganz; Iskys flotte Eleganz hat teilweise auf ihn abgefärbt. Omar Chajjam trägt Grau: graue Anzüge, Hüte, Krawatten, graue Wildlederschuhe, graue Seidenunterhosen, als hoffte er, die Gedämpftheit der Farbe könne die Auffälligkeit seiner Physiognomie abschwächen. Er führt ein Geschenk seines Freundes Iskander mit sich: einen Stockdegen mit Silberknauf aus dem Aansutal,

dreißig Zentimeter blanken Stahls, verborgen in kunstvoll geschnitztem Walnußholz.
Inzwischen schläft er nachts nur noch knapp zweieinhalb Stunden, doch der Traum, vom Rand der Welt herunterzufallen, plagt ihn von Zeit zu Zeit immer noch. Manchmal überkommt er ihn im Wachen, denn Menschen, die zuwenig schlafen, können die Erfahrung machen, daß die Grenzen zwischen Wachen und Schlafen sich oft nur schwer kontrollieren lassen. Manches schlüpft zwischen den unbewachten Grenzpfählen durch, unter Umgehung der Zollstation ... zu solchen Zeiten ergreift ihn ein gräßlicher Schwindel, als stünde er auf einem zerbröckelnden Berg, und dann lehnt er sich schwer auf seinen den Degen verbergenden Stock, damit er nicht fällt. Es soll nicht verschwiegen werden, daß sein beruflicher Erfolg und seine Freundschaft mit Iskander Harappa die Häufigkeit dieser Schwindelzustände reduziert haben, die Füße unseres Helden ein bißchen fester auf dem Boden gehalten haben. Aber dennoch treten die Schwindelanfälle dann und wann auf und erinnern ihn daran, wie nah er dem Rand ist und immer sein wird.
Aber wohin hat es ihn verschlagen? Warum ruft er nicht an, macht keinen Besuch, wird nicht auf den Arsch gesetzt? – Ich entdecke ihn in Q., im festungsartigen Haus seiner drei Mütter, und sofort weiß ich, daß eine Katastrophe eingetreten ist, denn nichts sonst hätte Omar Chajjam noch einmal in sein Mutterland zu locken vermocht. Er hat »Nishapur« seit dem Tag nicht mehr besucht, an dem er, die Füße auf einem kühlenden Eisblock, aus Q. wegfuhr; statt seiner kamen Banküberweisungen. Sein Geld hat für seine Abwesenheit bezahlt ... aber es gibt auch andere Preise. Und kein Entkommen ist endgültig. Seine willentliche Lösung von der Vergangenheit vermischt sich mit der frei gewählten Schlaflosigkeit seiner Nächte: zusammen bewirken sie eine Trübung seines

Moralgefühls, seine Verwandlung in eine Art ethischen Zombie, so daß eben diese Distanzierung ihm ermöglicht, der alten Verfügung seiner Mütter zu gehorchen: der Kerl empfindet keine Scham.

Er hat immer noch seine mesmerischen Augen, seine monotone Hypnotiseurstimme. Viele Jahre lang hat Iskander Harappa diese Augen, diese Stimme zum Hotel Intercontinental begleitet und ihnen gestattet, zu seinem Wohl zu wirken. Omar Chajjams übernatürliche Häßlichkeit, im Verein mit Augen und Stimme, macht ihn für weiße Frauen eines bestimmten Typs anziehend. Sie erliegen seinen kokettierenden Angeboten, sie zu hypnotisieren, den unausgesprochenen Versprechungen der Geheimnisse des Ostens; er bringt sie in eine gemietete Hotelsuite, und sie lassen sich in Hypnose versenken. Befreit von zugegebenermaßen spärlichen Hemmungen, bieten sie Isky und Omar ziemlich gepfefferten Sex. Shakil verteidigt sein Tun: »Unmöglich, ein Objekt dazu zu überreden, etwas zu tun, was es nicht tun will.« Iskander Harappa dagegen hat es nie nötig gehabt, Entschuldigungen zu suchen ... auch das gehört zu dem, worauf Isky – wovon Omar Chajjam bisher nichts ahnt – verzichtet hat. Um der Geschichte willen.

Omar Chajjam ist in »Nishapur«, weil Babar, sein Bruder, gestorben ist. Der Bruder, den er nie gesehen hat, gestorben vor seinem dreiundzwanzigsten Geburtstag, und das einzige, was von ihm blieb, ist ein Stapel schmutziger Notizbücher, die Omar Chajjam mitnehmen wird, wenn er nach der Trauerzeit von vierzig Tagen nach Karatschi zurückkehrt. Ein Bruder, der auf hingekritzelte Wortfetzen reduziert ist. Babar ist erschossen worden, und der Befehl zum Schießen wurde gegeben von ... doch nein, zuerst die Notizbücher.

Als sein Leichnam, der nach Verwesung und nach Ziegen roch, von den Unvorstellbaren Bergen heruntergebracht wurde, übergab man die Notizbücher, die man in seinen Taschen entdeckte, mit vielen fehlenden Seiten, seiner Familie. In den zerfledderten Überbleibseln der brutal behandelten Büchlein konnte man eine Reihe von Liebesgedichten an eine berühmte Playbacksängerin entziffern, die Babar Shakil unmöglich gekannt haben konnte. Und eingestreut in die holprige Metrik, mit der er seiner abstrakten Liebe Ausdruck verlieh und bei der sich Hymnen auf die Durchgeistigung ihrer Stimme ungelenk mit freien Versen von entschieden pornographischer Sinnlichkeit mischten, fand man einen Bericht über seinen Aufenthalt in einer früheren Hölle, ein Zeugnis der Qual, der kleine Bruder von Omar Chajjam zu sein.

Der Schatten seines älteren Bruders hatte in jeder Ecke von »Nishapur« gespukt. Ihre drei Mütter, die nunmehr von den Überweisungen des Arztes lebten und keinen Umgang mehr mit dem Pfandleiher pflegten, hatten sich in ihrer Dankbarkeit verschworen und aus Babars Kindheit eine Reise im Stillstand durch ein unwandelbares Heiligtum gemacht, dessen Mauern vom Beifall für den ruhmvollen, fortgegangenen älteren Sohn getränkt waren. Und weil Omar Chajjam soviel älter war als er und vor so langer Zeit der provinziellen Staubigkeit entflohen war, in deren Straßen nun betrunkene Arbeiter von den Gasfeldern mit Kohle-, Bauxit-, Onyx-, Kupfer- und Chrombergarbeitern, die dienstfrei hatten, unzusammenhängende Worte lallten und über deren Dächer die rissige Kuppel des Hotels Flashman mit zunehmender Trauer den Vorsitz innehatte, kam es dem jüngeren Kind, Babar, vor, als sei es von einem zweiten Vater gleichzeitig unterdrückt und verlassen worden; und in diesem vom Gestern ausgezehrten Frauenhaushalt feierte er seinen zwanzigsten Geburtstag, indem er Examenszeugnisse und Goldmedaillen und Zeitungsausschnitte und alte Schulbücher und abgeheftete Briefe und Kricketschläger, kurzum, alle Erinnerungsstücke an seinen hervorragenden Bruder, in die überschattete Lichtlosigkeit des Innenhofs trug und das Ganze anzündete, ehe seine drei Mütter ihn daran hindern konnten. Dem erbärmlichen Schauspiel dreier alter Weiber, die in der heißen Asche nach den verkohlten Ecken von Schnappschüssen und nach Medaillons scharrten, die das Feuer aus Gold in Blei verwandelt hatte, wandte Babar den Rücken und gelangte via Stummem Diener in die Straßen von Q. Seine Geburtstagsgefühle waren getrübt von dem Wissen um die Ungewißheit der Zukunft. Er sann über die Begrenztheit seiner Möglichkeiten nach und wanderte ziellos umher, als das Erdbeben begann.

Zuerst hielt er es für ein Zittern im eigenen Körper, doch ein Schlag gegen seine Wange, zugefügt von einem winzigen, tief eindringenden, scharfen Splitter klärte die Nebel der Selbstversunkenheit vor den Augen des Möchtegern-Dichters. »Es regnet Glas«, dachte er überrascht und blinzelte in die Gassen des Diebesbasars, in den seine Füße ihn ohne sein Wissen geführt hatten, Gassen mit kleinen Baracken, in denen sein vermeintliches Zittern ein schönes Chaos anrichtete: Melonen platzten zu seinen Füßen, spitze Pantoffeln fielen von wackelnden Regalen, Gemmen und Brokat und Steingut und Kämme purzelten wie Kraut und Rüben auf die glasbestaubten Gäßchen. Einfältig stand er in dem gläsernen Niederschlag zerbrochener Fenster, unfähig, das Gefühl abzuschütteln, er habe sein privates Durcheinander auf die Welt übertragen. Er widerstand dem unsinnigen Drang, jemanden, irgend jemanden in der quirlenden, von Panik gepackten Menge von Taschendieben, Verkäufern und Einkäufern zu ergreifen und sich für die Unannehmlichkeiten zu entschuldigen, die er verursacht hatte.

»Dieses Erdbeben«, schrieb Babar Shakil in sein Notizbuch,

»schüttelte etwas in mir durcheinander. Eine geringfügige Erschütterung, aber vielleicht hat sie auch etwas zurechtgerückt.«

Als die Welt wieder stillstand, bahnte er sich seinen Weg durch Glasscherben und an dem genauso schneidenden Geheul der Besitzer vorbei und suchte eine billige Schnapsbude auf; und als er eintrat (so die Notizbücher), erblickte er aus dem linken Augenwinkel einen goldglänzenden Mann mit Flügeln, der von einem Dach auf ihn niedersah; doch als er den Kopf nach oben drehte, war der Engel verschwunden. Später, als er sich der separatistischen Guerilla der Stämme in den Bergen angeschlossen hatte, erzählte man ihm die Geschichte von den Engeln und den Erdbeben und dem unterirdischen Paradies; der Glaube, daß die goldenen Engel auf ihrer Seite waren, verlieh den Guerillas die unerschütterliche Gewißheit, daß ihre Sache gerecht war, und machte es ihnen leicht, dafür zu sterben. »Separatismus«, schrieb Babar, »ist der Glaube, daß man es schaffen kann, den Fängen der Hölle zu entkommen.«

Babar Shakil verbrachte seinen Geburtstag damit, sich in der Bude voller zerbrochener Flaschen zu betrinken. Mehr als einmal entfernte er lange Glassplitter aus seinem Mund, so daß sein Kinn am Ende des Abends blutüberströmt war; doch der reichlich fließende Alkohol desinfizierte die Schnitte und schmälerte die Tetanusgefahr. In dem Schnapsladen: Gebirgsbewohner, eine glasig blickende Hure, fahrende Spaßmacher mit Trommeln und Hörnern. Die Späße wurden lauter, als der Abend voranschritt, und die Mischung aus Lachen und Saufen bildete einen Cocktail, von dem Babar einen so kolossalen Kater bekam, daß er sich nie wieder davon erholte.

Was für Späße! He-he-was-redest-du-denn-da-Mann-wenn-das-einer-hört-Zoten: – Hör mal, Yaar, du weißt doch, wenn

Kinder beschnitten werden, sagt der Beschneider ein paar heilige Worte? – Klar, Mann, weiß ich. – Was hat er denn gesagt, als er am Eisenfresser herumschnippelte? – Weiß ich nicht, was denn? – Nur ein Wort, Yaar, ein einziges Wort, und er wurde aus dem Haus geschmissen! – Gott, muß ja ein schlimmes Wort gewesen sein. Komm, Mann, erzähl! – Das war's, Sir: »Wupps!«

Babar Shakil in einem gefährlichen Schnapsnebel. Komik dringt in seine Blutbahn ein, bewirkt eine bleibende Mutation. – He, Mister, Sie wissen doch, was man von uns Gebirgsbewohnern sagt, zuwenig Patriotismus und zu starker Sexualtrieb. Na ja, stimmt alles, wollen Sie wissen, warum? – Ja. – Nehmen wir den Patriotismus. Erstens: die Regierung nimmt unseren Reis für die Heerestruppen, wir sollten stolz drauf sein, na, aber wir beschweren uns bloß, daß es für uns keinen gibt. Zweitens: die Regierung beutet unsere Rohstoffe aus, und die Wirtschaft nimmt 'nen Aufschwung, aber wir meckern bloß, daß keiner hier was von den Moneten sieht. Drittens: Gas aus dem Nadeltal liefert jetzt sechzig Prozent des nationalen Bedarfs, aber wir sind immer noch nicht zufrieden, nörgeln die ganze Zeit, daß es bei uns kein Gas für Privathaushalte gibt. Unpatriotischer kann man nicht sein, das müssen Sie zugeben. Aber zum Glück liebt unsere Regierung uns trotzdem, so sehr, daß sie unserem Sexualtrieb oberste nationale Dringlichkeit zugebilligt hat. – Wie kommt das? – Das ist doch klar: die Regierung ist froh, uns von jetzt bis zum Sankt-Nimmerleins-Tag aufs Kreuz legen zu können.

– Oh, zu gut, Yaar, der ist zu gut.

Am nächsten Tag verließ Babar vor Morgengrauen sein Zuhause, um sich den Guerillas anzuschließen, und seine Familie sah ihn lebend nie wieder. Aus den bodenlosen Kommoden in »Nishapur« nahm er ein altes Gewehr und die dazugehörigen Patronenkisten, ein paar Bücher und eine von Omar Chajjams

akademischen Medaillen, die vom Feuer in unedles Metall verwandelt worden war; fraglos, um sich an die Ursachen seiner eigenen separatistischen Tat zu erinnern, an die Ursprünge eines Hasses, der stark genug gewesen war, ein Erdbeben zu verursachen. In seinem Versteck in den Unvorstellbaren Bergen ließ Babar sich einen Bart wachsen, studierte die komplizierte Struktur der Sippen in den Bergen, schrieb Gedichte, ruhte sich zwischen Überfällen auf militärische Vorposten und Eisenbahnlinien und Wasserreservoirs aus und konnte schließlich dank der Notlage dieser Vertriebenenexistenz in seinen Notizbüchern die jeweiligen Vorzüge des Beischlafs mit Schafen oder Ziegen erörtern. Manche Guerillas zogen die Passivität der Schafe vor; für andere war die größere Lebhaftigkeit der Ziegen unwiderstehlich. Viele von Babars Genossen gingen so weit, sich in vierbeinige Mätressen zu verlieben, und obwohl sie sämtlich auf der Fahndungsliste standen, riskierten sie in den Basars von Q. ihr Leben, um Geschenke für ihre Lieblinge zu erwerben: Fellkämme wurden gekauft und Bänder und Glöckchen für geliebte Geißen, die sich nie dazu herabließen, Dankbarkeit zu zeigen. Babars Geist (wenn auch nicht sein Körper) war über derlei erhaben; er ergoß sein Reservoir unverbrauchter Leidenschaft über das Phantombild einer Schlagersängerin, die er nie in seinem Leben zu Gesicht bekam, denn er hatte sie nur in einem scheppernden Transistorradio singen hören.
Die Guerillas gaben Babar einen Spitznamen, der ihn mit unbändigem Stolz erfüllte: sie nannten ihn den »Kaiser«, im Gedenken an jenen anderen Babar, dessen Throns sich ein Usurpator bemächtigt hatte und der sich mit einer erbärmlichen Armee in den Bergen verschanzte, um schließlich jenes berühmte Herrschergeschlecht zu begründen, dessen Familienname noch heute Filmmagnaten als Ehrentitel verliehen wird. Babar, der Mogul der Unvorstellbaren Berge … zwei

Tage, bevor Raza Hyder aus Q. abreiste, war ein Einsatz, den der große Kommandeur zum letzten Mal persönlich befehligte, verantwortlich für das Abfeuern der Kugel, die Babar zu Boden streckte.

Doch das war nicht weiter von Bedeutung, denn er hatte schon zu lange bei den Engeln verweilt; oben in den unbeständigen, heimtückischen Bergen hatte er sie beobachtet, mit ihren goldenen Brüsten und vergoldeten Flügeln. Erzengel flatterten über seinen Kopf, wenn er auf einem wilden Felsvorsprung Wache hielt. Ja, vielleicht hatte Jibreel persönlich wie ein goldener Helikopter über ihm gekreist, während er ein Schaf vergewaltigte. Und kurz vor seinem Tod fiel den Guerillas auf, daß die Haut ihres bärtigen Genossen ein gelbes Licht auszustrahlen begann; die kleinen Knospen keimender Flügel wurden an seinen Schultern sichtbar. Diese Verwandlung war den Bewohnern der Unvorstellbaren Berge vertraut. »Du bleibst nicht mehr lange bei uns«, sagten sie nicht ohne Neid zu Babar. »Kaiser, bald bist du weg; dann ist Schluß für dich mit dem Fellficken.« Die Engelwerdung Babars muß zum Zeitpunkt seines Todes so gut wie abgeschlossen gewesen sein, denn als seine Guerillaeinheit einen Güterzug überfiel, der eine Panne vortäuschte, und so Raza Hyder in die Falle ging, und als sein Körper von achtzehn Kugeln getroffen wurde – er gab ein gutes Ziel ab, weil er durch die Kleider hindurch in der Nacht gelb leuchtete –, war es ihm ein leichtes, aus seiner Haut zu schlüpfen und sich transparent und beflügelt in die Ewigkeit der Berge emporzuschwingen, wo ein großer Schwarm von Seraphim aufstieg, während die Erde bebte und dröhnte, und wo er zur Musik überirdischer Rohrflöten und himmlischer siebensaitiger Sarandas und dreisaitiger Dumbirs in den elysischen Schoß der Erde aufgenommen wurde. Als sein Körper zu Tal gebracht wurde, soll er so unkörperlich und federleicht gewesen sein wie eine abgeworfene Schlangenhaut, wie sie Kobras und Playboys hinterlassen, wenn sie sich verwandeln; und er war fort, fort für immer, der Narr.

Sein Tod war selbstverständlich in keinem der Notizbücher geschildert; er wurde im trauervollen Geist seiner drei Mütter in Szene gesetzt, denn, wie sie zu Omar Chajjam sagten, als sie ihm die Geschichte von der Verwandlung ihres Sohnes in einen Engel in allen Einzelheiten erzählten: »Wir haben das Recht, ihn mit einem anständigen Tod zu versehen, mit einem Tod, mit dem die Lebenden leben können.« Unter der Wucht des tragischen Geschehens begannen Chhunni, Munnee und Bunny innerlich zu zerfallen, zu bloßen Fassaden zu werden, zu genauso unkörperlichen Wesen wie die leere Hülle des Leichnams ihres Sohnes. (Doch am Ende rissen sie sich zusammen.)

Der Leichnam wurde ihnen ein paar Wochen, nachdem achtzehn Kugeln ihn getroffen hatten, übergeben. Außerdem erhielten sie ein Schreiben mit behördlichem Briefkopf. »Nur die Erinnerung an das einstige Ansehen Ihres Namens bewahrt Sie vor den Folgen der großen Niedertracht Ihres Sohnes. Unserer Meinung nach haben die Familien dieser Gangster für vieles einzustehen.« Der Brief war noch von dem ehemaligen Gouverneur Raza Hyder persönlich vor seiner Abreise unterschrieben worden; also muß er gewußt haben, daß er den Tod des Jungen herbeigeführt hatte, den er Jahre zuvor gesehen hatte, als dieser ihn von einem der oberen Fenster des unzugänglichen Herrenhauses zwischen Kolonialviertel und Basar durch einen Feldstecher beobachtete.

Aus Mitleid mit Omar Chajjam Shakil – sagen wir, um ihm das Erröten zu ersparen – enthalte ich mich einer Schilderung der Szene am Tor des Stadthauses von Harappa, als der Arzt zu guter Letzt mit den Notizbüchern seines Bruders in der

Hand in einem Taxi dort auftauchte. Er ist für den Augenblick in genug Dreck getaucht worden; begnügen wir uns mit der Mitteilung, daß Omar Chajjam unter der kaltherzigen Last der Zurückweisung durch Iskander einen so schweren Schwindelanfall erlitt, daß er sich auf dem Rücksitz des Taxis übergab. (Auch darüber breite ich den Schleier der Feinsinnigkeit.) Wieder einmal hatten andere gehandelt und damit die Geschichte seines Lebens beeinflußt: Babars Flucht, Hyders Kugeln, die Erhöhung Mir Harappas und die daraus resultierende Veränderung in Iskander summierten sich, was unseren Helden betraf, zu einem veritablen Schlag ins Gesicht. Später, in seinem Zuhause (wir haben die Shakilsche Wohnung bisher nicht besucht: ein nicht sehr beeindruckendes Appartement in einem der älteren Wohnviertel der Stadt, vier Zimmer, in denen vor allem das völlige Fehlen jeglicher außer der notwendigsten Möbelstücke auffällt, als rebelliere der erwachsene Shakil gegen den irrwitzigen Wirrwarr im Haus seiner Mütter und hätte sich statt dessen für die kahle Askese seines auserwählten Vaters entschieden, des verschwundenen, vogelbauerbewehrten Eduardo Rodrigues. Ein Vater ist sowohl Warnung wie Verlockung), das stinkend und zu Fuß zu erreichen der empörte Taxifahrer ihn gezwungen hatte, zog er sich ins Bett zurück, hitzeschwach, und in seinem Kopf drehte sich noch immer alles; er legte einen Stapel zerfetzter Notizbücher auf den Nachttisch und sagte beim Einschlafen: »Babar, das Leben ist lang.«

Am nächsten Tag ging er wieder zur Arbeit, und am Tag darauf begann er sich zu verlieben.

Es war einmal ein Grundstück. Es war günstig gelegen – im Herzen des ersten Bauabschnitts der Defence Services Officers' Co-operative Housing Society; zu seiner Rechten erhob sich der Amtssitz des Ministers für Erziehung, Information und Tourismus, ein imposantes Gebäude, dessen Mauern mit rotgestreiftem grünen Onyx verkleidet waren, und zu seiner Linken befand sich das Heim der Witwe des verstorbenen Generalstabschefs Marschall Aurangzeb. Doch trotz Lage und Nachbarschaft blieb das Grundstück unbebaut; kein Fundament war je ausgehoben worden, keine Verschalung war hochgezogen worden, hinter der Mauern aus Stahlbeton gebaut worden wären. Das Grundstück lag, zum großen Nachteil seines Besitzers, in einer kleinen Senke; infolgedessen überflutete an den zwei Tagen strömenden Regens, deren die Stadt sich jährlich erfreute, das Wasser das brachliegende Grundstück und bildete einen schlammigen Tümpel. Das ungewöhnliche Phänomen eines Teichs, der für zwei Tage im Jahr ins Dasein gerufen und danach von der Sonne eingekocht wurde, so daß nur eine dünne Mulchdecke von angeschwemmtem Unrat und Fäkalien zurückblieb, reichte aus, um jeden potentiellen Bauherrn abzuschrecken, obwohl das Grundstück, wie gesagt, vornehm gelegen war: das Wochenendhaus auf dem nahe gelegenen Hügel gehörte dem Aga Khan, und der älteste Sohn des Präsidenten, Feldmarschall Mohammed A., wohnte ebenfalls in der Nähe. Auf diesem glücklosen Fleckchen Erde beschloß Pinkie Aurangzeb, Truthähne zu züchten.

Vom lebenden Liebhaber und vom toten Ehemann gleichermaßen verlassen, wollte die Witwe des Marschalls Geschäftsfrau werden. Pinkie, die vom Erfolg des neuen Hühnerprojekts, das die staatliche Fluggesellschaft seit kurzem in Legebatterien am Rande des Flughafens betrieb, sehr beeindruckt war, beschloß, einen größeren Vogel abzuschießen. Die Beamten der Siedlungsgesellschaft konnten der Anziehungskraft Mrs. Aurangzebs nicht widerstehen (sie mochte nachlassen, war für Angestellte aber immer noch zu groß) und drückten alle Augen zu, als sie auf dem leeren, ummauerten Grundstück

Herden kollernden Federviehs aussetzte. Die Ankunft der Truthähne wurde von Mrs. Bilquìs Hyder als persönliche Beleidigung empfunden. Die nervöse Dame, von der es hieß, daß Eheschwierigkeiten ihre Nerven in immer ärgere Bedrängnis brachten, fing an, den Kopf aus dem Fenster zu strecken und die lärmenden Vögel zu beschimpfen. »Schsch! Haltet den Schnabel, ihr verrückten Viecher! Truthähne, die direkt neben dem Haus eines Ministers Gott weiß was für einen Lärm machen! Paßt bloß auf, daß ich euch nicht noch die Kehlen aufschlitze!«

Als Bilquìs ihren Mann bat, etwas gegen die dauernd kollernden Vögel zu unternehmen, die ihr den Rest ihres Seelenfriedens raubten, erwiderte Raza Hyder unbeeindruckt: »Sie ist die Witwe unseres großen Marschalls, Frau. Man muß Nachsicht üben.« Der Minister für Erziehung, Information und Tourismus war nach einem harten Arbeitstag müde. Er hatte Maßnahmen gebilligt, die den Raubdruck westlicher wissenschaftlicher Lehrbücher durch die Regierung legalisierten, mit eigenen Augen die Vernichtung einer der kleinen transportablen Druckerpressen beaufsichtigt, auf denen gesetzeswidrig anti-staatliche Propaganda gedruckt wurde und die im Keller eines aus England zurückgekehrten und von ausländischen Ideen korrumpierten Kunststudenten gefunden worden war, und er hatte mit den führenden Kunsthändlern der Stadt das zunehmende Problem des Antiquitätendiebstahls in den archäologischen Grabungsstätten des Landes erörtert – mit solchem Einfühlungsvermögen erörtert, sollte man hinzufügen, daß die Händler sich veranlaßt fühlten, ihm in Anerkennung seiner Haltung einen kleinen Steinkopf aus Taxila zu verehren, der aus der Zeit des Feldzugs Alexanders des Großen in den Norden stammte. Kurzum, Raza Hyder stand nicht der Sinn nach Truthähnen.

Bilquìs hatte nicht vergessen, was ein dicker Mann vor Jahren auf der Veranda von Mohendscho über ihren Ehemann und Mrs. Aurangzeb angedeutet hatte; sie erinnerte sich daran, daß ihr Mann bereit gewesen war, sich für sie an einen Pfahl zu binden; und außerdem wurde sie in ihrem zweiunddreißigsten Jahr immer verbissener. Es war in dem Jahr, in dem der Loo heftiger blies denn je zuvor und die Fälle von Fieber und Wahnsinn um vierhundertzwanzig Prozent zunahmen ... Bilquìs stützte die Hände auf die Hüften und schrie Raza in Gegenwart ihrer beiden Töchter an: »Oh, ein schöner Tag für mich! Jetzt demütigst du mich mit Vögeln.« Ihre ältere Tochter, die Geisteskranke, begann zu erröten, denn es war offensichtlich, daß die kollernden Truthähne tatsächlich einen weiteren Sieg Pinkie Aurangzebs über die Frauen anderer Männer bedeuteten, den letzten derartigen Sieg, von dem die Siegerin keine Ahnung hatte.

Und es gab einmal eine zurückgebliebene Tochter, der man zwölf Jahre lang zu verstehen gegeben hatte, daß sie die Schande ihrer Mutter verkörperte. Ja, nun muß ich mich mit dir befassen, Sufiya Zinobia, in deinem überdimensionalen Gitterbettchen mit der Gummiunterlage, in dem Amtssitz mit den Marmorwänden, in einem Schlafzimmer im oberen Stockwerk, durch dessen Fenster Truthähne dich ankollern, während vor einem Toilettentisch aus Onyx deine Schwester die Ayah anschreit, sie solle sie an den Haaren ziehen.

Sufiya Zinobia hatte im Alter von zwölf Jahren die nicht sehr anziehende Gewohnheit entwickelt, sich das Haar zu zerreißen. Wenn ihre dunkelbraunen Locken von Shahbanou, der parsischen Ayah, gewaschen wurden, trat und schrie sie in einem fort; die Ayah mußte jedesmal aufgeben, bevor die Seife ganz ausgespült war. Das ständige Vorhandensein sandelholzduftenden Reinigungsmittels in ihrem Haar verursachte bei Sufiya Zinobia entsetzlichen Spliß, und so saß sie in ihrem riesigen Gitterbett, das ihre Eltern für sie hatten bauen lassen (und das sie von Q. hergebracht hatten, zusammen mit Unmengen von Gummiunterlagen und großen Schnullern), und riß jedes beschädigte Haar entzwei, von der Spitze bis zur Wurzel. Das tat sie voller Ernst und Konzentration, als fügte sie sich rituelle Verletzungen zu wie eine jener »Wanzen«, wie Iskander Harappa sie nannte, wie die Shia-Derwische bei den Prozessionen am 10. Muharram. Bei dieser Beschäftigung trat ein stumpfer Glanz in ihre Augen, ein Glitzern wie von fernem Eis oder Feuer tief unter ihrer gewöhnlich trüben Oberfläche; und die Wolke zerrissener Haare stand um ihr Gesicht und bildete im Sonnenlicht einen Heiligenschein der Zerstörung.

Es war am Tag nach Bilquìs Hyders Truthahn-Ausbruch. Sufiya Zinobia saß im Gitterbett und riß an ihrem Haar; doch Good News, mit einem Gesicht so unscheinbar wie eine Chapati, war entschlossen zu beweisen, daß ihre dicke Mähne lang genug war, daß sie darauf sitzen konnte. Sie bog ihren Kopf nach hinten und schrie die bleiche Shahbanou an: »Zieh es runter! So fest du kannst! Mach schon, Dummkopf! *Zieh*!« – und die hohläugige, schmächtige Ayah versuchte, Haarspitzen unter Good News' knochigen Hintern zu stopfen. Tränen des Schmerzes standen in den entschlossenen Augen des Mädchens. »Die Schönheit einer Frau«, keuchte Good News, »geht von ihrem Kopf aus. Jeder weiß, daß Männer verrückt sind nach glänzendem Haar, das man sich unter den Arsch stecken kann.« Shahbanou stellte mit tonloser Stimme fest: »Nützt nichts, Bibi, es geht nicht.« Good News bearbeitete die Ayah mit den Fäusten und fuhr in ihrer Wut die Schwester an: »Du, du Ding, da. Schau dich an! Wer würde dich schon heiraten mit deinem Haar, selbst wenn du was im Kopf hättest? Rübe. Rote Rübe. Angrez-Radieschen. Was du mir für Ärger machst mit deinem Reißen! Die ältere Schwester soll zuerst heiraten, aber wer hält um die schon an,

Ayah? Die macht mir das Leben zur Qual, was weißt du schon davon? Los, komm, zieh noch mal, diesmal tust du nicht so, als würde es nicht reichen – nein, laß die blöde Kuh mit ihrem ekelhaften Rotwerden und ihrem Bettnässen. Sie versteht nichts, was kann die schon verstehen? Null.« Und Shahbanou, achselzuckend, unempfindlich gegen Naveed Hyders Schläge: »Du solltest nicht so schlecht von deiner Schwester reden, Bibi. Eines Tages wird deine Zunge schwarz und fällt ab.«

Zwei Schwestern in einem Zimmer, während draußen der heiße Wind zu wehen beginnt. Fensterläden werden geschlossen, um das Toben des Sturms abzuwehren, und jenseits der Gartenmauer geraten die vom glühendheißen Wind gebeutelten Truthähne in Panik. Als der Loo an Ungestüm zunimmt, versinkt das Haus in Schlaf. Shahbanou auf einer Matte am Boden neben Sufiya Zinobias Gitterbett; Good News, erschöpft von der Haarzieherei, liegt auf ihrem Bett einer Zehnjährigen.

Zwei Schwestern, die schlafen: im Schlaf war das Gesicht des jüngeren Mädchens seiner Entschlossenheit, attraktiv zu sein, entkleidet und offenbarte seine Unscheinbarkeit, während der Einfaltspinsel im Schlaf seinen sanften blöden Ausdruck verlor und der strenge Klassizismus seiner Züge jedem aufmerksamen Auge gefallen hätte. Welche Gegensätze in diesen Mädchen! Sufiya Zinobia bestürzend klein (nein, wir wollen sie um keinen Preis mit einer orientalischen Miniatur vergleichen) und Good News lang und dünn. Sufiya und Naveed, Schande und Gute Nachrichten: die eine langsam und still, die andere schnell mit ihrem Geschrei bei der Hand. Good News starrte die Erwachsenen unverschämt an; Sufiya schlug die Augen nieder. Aber Naveed Hyder war das Herzenskind ihrer Mutter, sie konnte sich alles erlauben. »Kaum auszudenken«, sollte Omar Chajjam in späteren Jahren denken, »wenn

dieser Heiratsskandal Sufiya Zinobia passiert wäre! Sie hätten ihr die Haut abgezogen und zum Waschen gegeben.«
Glauben Sie mir: Sie hätten die ganze schwesterliche Liebe in Good News Hyder nehmen, in einen Umschlag stecken und für eine Rupie Luftpostgebühr an jeden Ort der Welt expedieren können, so viel wog sie ... wo war ich stehengeblieben? Ach ja, der heiße Wind wehte, sein Geheul ein Rachen, der jeden anderen Lärm verschlang; die trockene Windsbraut, die auf ihren Flügeln von Schmirgelpapier Krankheit und Wahnsinn mitbrachte, der schlimmste Loo seit Menschengedenken, der Dämonen auf die Welt losließ und sich durch die Fensterläden quetschte, um Bilquìs mit den unerträglichen Gespenstern ihrer Vergangenheit zu quälen, so daß, obwohl sie den Kopf unter einem Kissen vergrub, vor ihren Augen eine goldene Reiterfigur mit einem Wimpel stand, auf dem das furchteinflößend unverständliche Wort *Excelsior* loderte. Nicht einmal das Kollern der Truthähne war zu hören in dem Unwetter, vor dem die Welt sich verkroch; und dann drangen die sengenden Finger des Windes in ein Schlafzimmer ein, in dem zwei Schwestern schliefen, und eine von ihnen begann sich zu regen.
Es ist leicht, einem Wind die Schuld für Ungelegenheiten zu geben. Vielleicht hatte dieser Pesthauch etwas damit zu tun – vielleicht errötete Sufiya Zinobia unter seiner schrecklichen Berührung, brannte und stand vielleicht deshalb auf, mit Augen so nichtssagend wie Milch, und verließ das Zimmer –, doch ich ziehe es vor zu glauben, daß der Wind nichts weiter war als ein Zufall, eine Ausrede; daß das, was geschah, geschah, weil zwölf Jahre liebloser Demütigung ihren Zoll fordern, selbst bei einer Schwachsinnigen, und weil es in allem den Punkt gibt, wo das Faß zum Überlaufen gebracht wird, auch wenn der letzte Tropfen nicht mit Sicherheit bestimmt werden kann: waren es Good News' Heiratssorgen? Oder Razas

Gelassenheit angesichts der kreischenden Bilquìs? Wer kann es sagen.

Sie muß im Schlaf gewandelt sein, denn als man sie fand, sah sie ausgeruht aus, so als hätte sie tief und fest geschlafen. Als der Wind sich legte und der Haushalt aus seinem turbulenten Nachmittagsschlummer erwachte, sah Shahbanou sofort das leere Gitterbett und schlug Alarm. Niemand konnte im nachhinein erklären, wie das Mädchen fortlaufen konnte, wie es ihm möglich gewesen war, durch ein ganzes Haus voller Regierungsmöbel und Wachposten zu schlafwandeln. Shahbanou sagte immer, daß es ein rechter Wind gewesen sein mußte, der Soldaten am Tor einschlafen ließ und ein so machtvolles somnambulistisches Wunder bewirkte, daß Sufiya Zinobias Wandeln durch das Haus, in den Garten und über die Mauer die Kraft erhielt, jeden, an dem sie vorbeikam, anzustecken, so daß er auf der Stelle in einen windkranken Trancezustand verfiel. Aber ich denke, daß Sufiya Zinobia selbst die Quelle der Kraft war, daß sie selbst den Zauber wirkte; es sollte noch zu anderen Vorfällen kommen, an denen man dem Wind nicht die Schuld geben konnte …

Nach dem Abklingen des Loo fanden sie sie, fest schlafend saß sie im glühenden Sonnenlicht im Truthahnhof der Witwe Aurangzeb, eine kleine zusammengekauerte Gestalt, die inmitten der Vogelkadaver leise schnarchte. O ja, sie waren alle tot, jeder der zweihundertundachtzehn Truthähne der Einsamkeit Pinkies, und man war so schockiert, daß einen ganzen Tag lang niemand auf die Idee kam, die Leichen zu entfernen. Die toten Vögel blieben liegen und verwesten in der Hitze und im Dämmerschatten des Abends und im eisigglühenden Sternenlicht, zweihundertundachtzehn Truthähne, die nie ihren Weg in Backöfen und auf Eßtische finden sollten. Sufiya Zinobia hatte ihnen die Köpfe abgerissen und dann mit ihren winzigen unbewaffneten Händen in die Körper gelangt und die Gedärme durch den Hals herausgezogen. Shahbanou, die sie als erste fand, wagte sich ihr nicht zu nähern; dann kamen Raza und Bilquìs, und bald standen alle da, Schwester, Dienstboten, Nachbarn, und starrten mit offenem Mund auf das blutbeschmierte Mädchen und die enthaupteten Kreaturen mit Innereien anstelle von Köpfen. Pinkie Aurangzeb sah mit leerem Blick auf das Blutbad und erschrak vor dem unbegreiflichen Haß, der aus Bilquìs' Augen sprühte; die beiden Frauen standen schweigend da, jede ihrem eigenen Entsetzen ausgeliefert, und es war Raza Hyder, dessen wäßrige, schwarzumränderte Augen sich nicht vom Gesicht seiner Tochter mit den blutigen Lippen lösen konnten, der das Wort ergriff – und in seiner Stimme schwang sowohl Bewunderung als auch Abscheu mit: »Mit bloßen Händen«, sagte der neue Regierungsminister mit zuckendem Mund, »woher hat das Kind die Kraft?«

Nun, da die Eisenreifen des Schweigens geborsten waren, begann Shahbanou die Ayah mit lauter Stimme zu wehklagen: »Uh, uh, uh!«, ein schnatterndes Geheul von solcher Lautstärke, daß Sufiya Zinobia aus ihrem totenähnlichen Schlaf erwachte; sie öffnete ihre Augen, die die Farbe verwässerter Milch hatten, und als sie die Verwüstung um sich herum sah, fiel sie in Ohnmacht, wie ihre Mutter an jenem längst vergangenen Tag, als Bilquìs entdeckt hatte, daß sie sich nackt in einer Menschenmenge befand, und vor Scham bewußtlos geworden war.

Welche Kräfte veranlaßten den schlafenden Geist einer Dreijährigen in seinem zwölfjährigen Körper, einen Vernichtungsangriff auf gefiederte Truthähne und -hennen zu befehlen? Wir können nur Vermutungen anstellen: wollte Sufiya Zinobia als gute Tochter ihre Mutter von der kollernden Plage befreien? Oder geriet der Zorn, die flammende Empörung, die Raza Hyder hätte empfinden müssen, aber nicht empfinden wollte, weil er lieber Nachsicht gegen Pinkie walten ließ, statt dessen in seine Tochter? – Gewiß scheint jedenfalls, daß Sufiya Zinobia, die so lange darunter gelitten hatte, ein falsches Wunder zu sein, die fleischgewordene Schande der Familie, in den Labyrinthen ihres unbewußten Ichs den verborgenen Weg gefunden hatte, der *sharam* und Gewalt miteinander verbindet; und daß sie beim Erwachen von dem Ausmaß der Gewalt, die entfesselt worden war, so überrascht war wie jeder andere.

Das Tier in der Schönen. Gegensätzliche Märchenelemente in einer einzelnen Person ... Dieses Mal fiel Bilquìs nicht in Ohnmacht. Die Ungeheuerlichkeit dessen, was ihre Tochter getan hatte, die Eiseskälte dieser neuen Schande verlieh ihrer Haltung eine eisige Starre. »Hör auf«, befahl sie der heulenden Ayah, »geh und hol eine Schere.« Bilquìs ließ niemanden das Mädchen anrühren, bis die Ayah ihren rätselhaften Auftrag erledigt hatte; sie bewegte sich im Kreis um das Kind, mit so einschüchternder Miene, daß selbst Raza Hyder sich nicht zu nähern wagte. Während Shahbanou die Schere holte, sprach Bilquìs leise, geflüsterte Worte, und nur wenige dieser Worte drangen bis zu Ehemann, Witwe, jüngerer Tochter, Dienstboten und Passanten, die danebenstanden. »... reißt deine Haare entzwei ... Geburtsrecht ... Stolz einer Frau ... ganz krausköpfig wie eine *hubshee* ... billig ... liederlich ... verrückt«, und dann wurde die Schere gebracht, und auch jetzt wagte niemand einzuschreiten, als Bilquìs dicke Knäuel des mißhandelten Haars ihrer Tochter ergriff und schnitt und schnitt und schnitt. Schließlich richtete sie sich erschöpft auf und wandte sich ab, während ihre Hand wie von allein die Schere weiter auf- und zuklappte. Sufiya Zinobias Kopf sah aus wie ein Getreidefeld nach einer Feuersbrunst: traurige schwarze Stoppeln, eine katastrophale Verwüstung, herbeigeführt von mütterlichem Zorn. Mit großer Behutsamkeit, die aus seiner äußersten Verwunderung herrührte, hob Raza Hyder seine Tochter hoch und trug sie ins Haus, fort von der Schere, mit der Bilquìs' Hand noch immer unwillkürlich die Luft zerschnippelte.

Schneiden Scheren Luft, ist ein Familienstreit im Anzug.

»O Mummy!« Good News kicherte verängstigt. »Was hast du mit ihr angestellt? Sie sieht aus wie …«

»Wir wollten immer einen Jungen«, erwiderte Bilquìs, »aber das liegt in Gottes Hand.«

Obwohl sie geschüttelt wurde, zaghaft von Shahbanou und etwas grober von Good News, erwachte Sufiya Zinobia nicht aus ihrer Ohnmacht. Am Abend darauf war ein Fieber in ihr ausgebrochen, eine Hitzewallung, die von der Kopfhaut bis zu den Fußsohlen reichte. Die zarte parsische Ayah, die mit ihren tiefliegenden Augen wie dreiundvierzig aussah, in Wirklichkeit jedoch nicht älter als neunzehn war, verließ das große Gitterbett nur, um frische kalte Kompressen für Sufiyas Stirn zu holen. »Ihr Parsen«, sagte Good News zu Shahbanou, »habt offenbar was für Geisteskranke übrig. Wahrscheinlich kein Wunder – bei euch gibt's ja genug.« Bilquìs zeigte keine Anteilnahme an der Anwendung der Kompressen. Sie saß mit der Schere, die an ihren Fingern zu kleben schien, in ihrem Zimmer und zerschnitt die Luft. »Windfieber«, so nannte Shahbanou die namenlose Krankheit ihres Zöglings, die seinen geschorenen Kopf zum Lodern gebracht hatte; aber am zweiten Abend ebbte die Krankheit ab, Sufiya Zinobia schlug die Augen auf, und alle glaubten, sie sei wieder gesund.

Am folgenden Morgen jedoch sah Shahbanou, daß etwas Schreckenerregendes von dem winzigen Körper des Mädchens Besitz ergriffen hatte. Geschwollene fleckige Entzündungen brachen aus ihm hervor, rot und violett und mit harten

Eiterpusteln in der Mitte; Furunkel bildeten sich zwischen ihren Zehen, und aus ihrem Rücken wucherten unförmige scharlachrote Knoten. Sufiya Zinobia entwickelte abnormen Speichelfluß; Speichelströme ergossen sich aus ihren Lippen. Entsetzliche schwarze Beulen schwollen in ihren Achselhöhlen. Als hätte die finstere Gewalttätigkeit, die in diesem kleinen Körper geweckt worden war, sich nach innen gewandt, weitere Truthähne verschmäht und sich auf das Mädchen selbst gestürzt; als hätte Sufiya Zinobia sich ihr Ende selbst bereitet, wie ihr Großvater Mahmoud das Weib, als er in einem leeren Kino saß und darauf wartete, die Rechnung für sein Doppelprogramm zu begleichen, oder wie ein Soldat, der sich in sein Schwert stürzt. Die Pest der Scham – und dazu rechne ich unbedingt die nicht empfundene Scham der Menschen in Sufiyas Umgebung, zum Beispiel das, was Raza Hyder nicht empfand, als er Babar Shakil niederschoß – ebenso wie die unablässige Scham über die Schande ihrer eigenen Existenz und über ihr abrasiertes Haar – diese Pest, sage ich, ergriff schnell Besitz von dem tragischen Wesen, dessen Hauptcharakterzug in seiner Überempfindlichkeit dem Bazillus der Demütigung gegenüber bestand. Sie wurde ins Krankenhaus gebracht; Eiter quoll aus ihren Wunden, sie sabberte und beschmutzte sich, und ihren Kopf zierte der struppige, stoppelige Beweis des Abscheus ihrer Mutter vor ihr.

Was ist ein Heiliger? Ein Heiliger ist jemand, der an unserer Stelle leidet.

An dem Abend, an dem all dies geschah, hatten Omar Chajjam Shakil in seinem kurzen Schlaf lebhafte Träume von der Vergangenheit heimgesucht, Träume, in denen stets die weißgekleidete Gestalt des entehrten Lehrers Eduardo Rodrigues eine führende Rolle spielte. In den Träumen war Omar

Chajjam wieder ein Junge. In der Überzeugung, daß er ein Teil Eduardos werden und so endlich glücklich sein könne, wenn es ihm gelänge, Eduardo einzuholen, folgte er dem Lehrer überall hin, bis auf die Toilette, bis ins Bett; aber Eduardo scheuchte ihn immer mit seinem weißen Schlapphut fort, er schlug nach ihm und bedeutete ihm, er solle weggehen, sich verziehen, endlich abhauen. Das verwirrte den Doktor nicht wenig, bis er viele Tage später erkannte, daß die Träume hellseherische Warnungen davor gewesen waren, sich in minderjährige Mädchen zu verlieben und ihnen bis ans Ende der Welt zu folgen, wo sie einen unweigerlich verstoßen und die Windsbraut ihrer Zurückweisung einen ergreift und in das große besternte Nichts jenseits der Schwerkraft und des Verstands hinausschleudert. Das Ende jenes Traums fiel ihm ein, in dem Eduardo, dessen weiße Kleidung auf einmal geschwärzt und zerrissen und versengt war, von ihm fortzufliegen schien, über einer berstenden Feuerwolke zu schweben schien und eine Hand wie in einer Geste des Abschieds erhoben hatte … ein Vater ist eine Warnung; aber er ist auch eine Verlockung, ein Präzedenzfall, dessen Einfluß man sich nicht entziehen kann; und als Omar Chajjam seine Träume entschlüsselte, war es längst zu spät, ihre Warnung zu beherzigen, denn er war seinem Schicksal bereits verfallen, Sufiya Zinobia Hyder, einem zwölfjährigen Mädchen mit dem Verstand einer Dreijährigen, der Tochter des Mannes, der seinen Bruder getötet hatte.

Sie können sich denken, wie sehr mich das Benehmen Omar Chajjam Shakils deprimiert. Ich frage zum zweitenmal: Was für ein Held soll das sein? Zuletzt sahen wir ihn, als er nach Erbrochenem stinkend und Rache schwörend das Bewußtsein verlor; und jetzt ist er hinter Raza Hyders Tochter her. Wie soll man so einen Charakter erklären? Ist Beständigkeit zuviel

verlangt? Ich klage diesen sogenannten Helden an, daß er mir die schlimmsten gottverdammten Kopfschmerzen bereitet.
Zweifellos (lassen Sie uns das langsam angehen; keine schnellen Bewegungen, bitte) war sein Geist verwirrt. Ein Bruder war tot, und der beste Freund hatte ihn zurückgewiesen. Das sind mildernde Umstände. Wir werden sie berücksichtigen. Auch dürfen wir mit Fug und Recht annehmen, daß der Schwindel, der im Taxi über ihn gekommen war, in den folgenden Tagen wiederholt auftrat und ihn noch mehr aus dem Gleichgewicht brachte. Das wären ein paar schwachbrüstige Argumente für die Verteidigung.
Nun also Schritt für Schritt. Er erwacht und findet sich im Abgrund der Leere seines Lebens, allein in der Schlaflosigkeit der Morgendämmerung. Er wäscht sich, zieht sich an, geht zur Arbeit; und er sieht, daß er sich aufrechterhalten kann, indem er sich in seinen Pflichten vergräbt; selbst die Schwindelanfälle kann er so in Schach halten.
Was ist sein Fachgebiet? Wir wissen es: er ist Immunologe. Wir können es ihm also nicht zum Vorwurf machen, daß Hyders Tochter in sein Krankenhaus eingeliefert wird; ihr Immunsystem ist zusammengebrochen, folglich bringt man sie zum landesweit besten Experten auf diesem Gebiet.
Behutsam jetzt. Bitte keine lauten Geräusche. Für einen Immunologen, der in der Herausforderung und Beanspruchung der Arbeit seinen Seelenfrieden sucht, ist Sufiya Zinobia ein Geschenk des Himmels. Omar Chajjam delegiert so viele Aufgaben wie er kann an andere und widmet sich beinahe ausschließlich dem Krankheitsfall des schwachsinnigen Mädchens, dessen körperliche Abwehrmechanismen dem Leben, das sie schützen sollten, den Krieg erklärt haben. Seine Hingabe ist vollkommen aufrichtig (die Verteidigung ruht nicht): in den folgenden Wochen macht er sich gründlich mit ihrer Krankheitsgeschichte vertraut, und später wird er in seiner

Abhandlung *Der Fall Miss H.* den Nachweis seiner wichtigen neuen Entdeckung führen, daß der Geist es vermag, »auf unmittelbarem Wege über Nervenbahnen« die körperlichen Funktionen zu beeinflussen. Der Fall wird in medizinischen Kreisen berühmt; in der Geschichte der Wissenschaft sind Arzt und Patientin für immer miteinander verbunden. Sind dadurch andere, persönlichere Verbindungen erfreulicher? Ich will noch kein Urteil wagen. Gehen wir einen Schritt weiter:

Er gelangt zu der Überzeugung, daß Sufiya Zinobia sich das Leiden willentlich zufügt. Hierin liegt die Bedeutung ihres Falles: das beweist, daß selbst ein zerrütteter Geist imstande ist, Makrophagen und polymorphkernige Leukozyten einzusetzen, selbst eine verkümmerte Intelligenz kann eine Palastrevolte befehligen, eine selbstmörderische Rebellion der Janitscharen des menschlichen Körpers gegen ihre eigene Burg.

»Totaler Kollaps des Immunsystems«, notiert er nach der ersten Untersuchung der Patientin, »der fürchterlichste Aufruhr, den ich je erlebt habe.«

Das Folgende wollen wir zunächst einmal so freundlich wie möglich ausdrücken. (Ich habe noch mehr Anklagepunkte, aber lassen wir das einstweilen.) In späterer Zeit – auch wenn er sich noch so heftig konzentriert, um jede kleinste Einzelheit jener Tage aus dem verseuchten Brunnen der Erinnerung zu heben – ist es ihm unmöglich, den Augenblick zu bestimmen, in dem aus professionellem Eifer tragische Liebe wurde. Er macht nicht geltend, daß Sufiya Zinobia ihn im geringsten ermutigt habe; unter den gegebenen Umständen wäre das auch zu absurd. Doch irgendwann – vielleicht im Verlauf der Nächte, die er an ihrem Bett durchwacht, während er überwacht, wie die Behandlung mit immunsuppressiven Medikamenten anschlägt, und ihm die Ayah Shahbanou Gesellschaft leistet, die ohne weiteres dazu zu bewegen ist, aseptische Kopfbedeckung, Kittel, Handschuhe und Mundschutz zu tragen, aber auf keinen Fall dazu, das Mädchen mit einem Arzt männlichen Geschlechts allein zu lassen –, ja, vielleicht im Verlauf dieser lächerlich behüteten Nächte, aber vielleicht auch später, als außer Frage steht, daß er den Sieg davongetragen hat, daß der Aufstand der Prätorianer niedergeschlagen, von pharmazeutischen Söldnern unterdrückt worden ist und daß die entsetzlichen Auswüchse von Sufiya Zinobias Leiden ihren Körper verlassen und die Farbe in ihre Wangen zurückkehrt – da irgendwann passiert es. Omar Chajjam verliebt sich, törichterweise und unwiderruflich.

»Es ist unvernünftig«, wirft er sich vor, doch seine Gefühle hören – ganz unwissenschaftlich – nicht auf ihn. Er ertappt sich dabei, daß ihn in ihrer Gegenwart Scheu überkommt, und in seinen Träumen verfolgt er sie bis ans Ende der Welt, während die traurigen Überreste Eduardo Rodrigues' mitleidig vom Himmel auf seine Besessenheit herabblicken. Auch er erwägt die mildernden Umstände, sagt sich, daß er infolge seines psychischen Zustands einer geistigen Störung erlegen sein muß, doch ist es ihm zu peinlich, auch nur daran zu denken, sich Rat zu holen ... ach, verdammt noch mal! Kopfschmerzen hin, Kopfschmerzen her, glimpflich wird er mir nicht davonkommen. Ich klage ihn an, innerlich genauso häßlich wie äußerlich zu sein, ein Untier, so wie es Farah Zoroaster vor all den Jahren schon geahnt hatte. Ich klage ihn an, Gott oder zumindest Pygmalion spielen zu wollen, in dem Glauben, er habe Besitzansprüche auf die Unschuld, deren Leben er gerettet hat. Ich klage diesen dicken Schweinebalg der Berechnung an, daß seine einzige Chance, eine schöne Frau zu bekommen, darin bestand, daß er eine Schwachsinnige heiratete und um der körperlichen Schönheit willen auf den Verstand der Ehefrau verzichtete.

Omar Chajjam behauptet, seine Leidenschaft für Sufiya Zinobia habe ihn von seinen Schwindelanfällen geheilt. Quatsch mit Soße! Ich klage diesen Schurken des dreisten Versuchs eines sozialen Aufstiegs an (*dabei* wurde ihm nie schwindlig!) – Omar Chajjam, den eine große Persönlichkeit der Zeitgeschichte fallenlassen hat, will sich an einen neuen Stern anklammern. So gewissenlos ist er, so schamlos, daß er eine Idiotin freien wird, um ihrem Vater den Hof zu machen – sogar einem Vater, auf dessen Befehl achtzehn Kugeln Babar Shakils Körper durchbohrten.

Aber haben wir ihn nicht flüstern hören: »Babar, das Leben ist lang«? – Oho, damit lasse ich mich nicht hinters Licht führen. Sie denken an einen Racheplan? – Omar Chajjam heiratet das nicht heiratsfähige Kind und kann so viele Jahre lang Hyder nahe sein, vor, während und nach seiner Präsidentschaft, und abwarten, denn die Rache hat Zeit und wartet auf den rechten Augenblick? – Quatsch! Geschwätz! Die vom Elend (und zweifellos vom Whisky) getränkten Worte eines ohnmächtig werdenden Riesenkerls waren nichts als das leise, hohle Echo der Lieblingsdrohung Mr. Iskander Harappas, des ehemaligen Gönners, Ko-Wüstlings und Kumpels unseres Helden. Er hat sie natürlich nicht ernst gemeint; er ist kein Rächer. Hat er überhaupt etwas empfunden für den toten Bruder, den er nie gekannt hat? Ich bezweifle es; seine drei Mütter bezweifelten es, wie wir sehen werden. Diese Möglichkeit kann nicht in Betracht gezogen werden. Rache? Pah! Huh! Ha, ha! Falls Omar Chajjam über das Ableben seines Bruders nachdachte, dann eher folgendermaßen: »Narr, Terrorist, Gangster! Was hat er denn anderes erwartet?«

Eine letzte, äußerst vernichtende Anschuldigung habe ich. Menschen, die ihre Vergangenheit leugnen, können sie sich nicht mehr vorstellen. Nun, da ihn die große Hurenstadt aufgenommen hat und er das Grenzuniversum von Q. erneut hinter sich gelassen hat, erscheint Omar Chajjam Shakil seine Heimatstadt wie ein schlechter Traum, ein Hirngespinst, ein Gespenst. Die Stadt und die Grenze sind unvereinbare Welten; indem er Karatschi wählt, verwirft Shakil die andere Welt. Sie wird für ihn etwas Federleichtes, Unkörperliches, eine abgelegte Haut. Die Folgen und Forderungen dessen, was dort geschieht, berühren ihn nicht mehr. Er ist heimatlos: das heißt ein Großstädter durch und durch. Eine Stadt ist ein Flüchtlingslager.

Zum Teufel mit ihm! Ich sitze mit ihm und mit seiner pockennarbigen Liebe in der Klemme.

Nun denn: sehen wir weiter. Ich habe schon wieder sieben Jahre meiner Geschichte verloren, während die Kopfschmerzen bohrten und hämmerten. Sieben Jahre, und jetzt erwarten uns Hochzeiten. Wie die Zeit vergeht!

Ich kann arrangierte Ehen nicht leiden. Es gibt Fehltritte, für die man seinen armen Eltern nicht die Schuld geben können dürfte.

Achtes Kapitel

Die Schöne und das Untier

»Stell dir vor, du hättest einen Fisch in deinem Unterbau, einen Aal, der in dein Inneres spritzt«, sagte Bilquìs, »dann brauche ich dir nicht zu erklären, was in der Hochzeitsnacht mit einer Frau passiert.« Ihre Tochter Good News ertrug diese Hänseleien und das Auftragen von Hennaverzierungen auf ihre kitzligen Fußsohlen mit der stillen Beharrlichkeit derjenigen, die ein schreckliches Geheimnis hütet. Sie war siebzehn Jahre alt, und es war der Vorabend ihrer Hochzeit. Die Frauen aus Bariammas Familie waren zusammengekommen, um sie für die Zeremonie vorzubereiten; während Bilquìs Henna auftrug, umringten Mutter und Tochter eifrige Verwandte, die Hautöl, Haarbürsten, Kajal, Silberpuder und Plätteisen in Händen hielten. Die mumifizierte Gestalt Bariammas höchstpersönlich überwachte alles mit blinden Augen von ihrem Hochsitz auf einem Takht aus, über den man ihr zu Ehren einen Shiraz-Läufer gebreitet hatte; Kopfpolster sorgten dafür, daß sie nicht umkippte, wenn sie über die entsetzlich lusttötenden Beschreibungen des Ehelebens lauthals lachte, mit denen die Matronen Good News zusetzten. »Denk an einen Kebab-Spieß, von dem heißes Öl tropft«, schlug Duniyazad Begum vor, in deren Augen der alte Streit aufblitzte. Doch die Jungfrauen warteten mit optimistischeren Vorstellungen auf. »Es ist, wie wenn du auf einer Rakete zum Mond sitzt«, mutmaßte eines der jungen Mädchen und handelte sich damit von Bariamma eine Ohrfeige für seine Blasphemie ein, denn das Glaubensbekenntnis wies unmißverständlich darauf hin, daß Expeditionen zum Mond nicht möglich waren. Die Frauen sangen Schmählieder auf Good News' Bräutigam, den jungen Haroun, den ältesten Sohn des Kleinen Mir Harappa: »Gesicht wie 'ne Scheibe! Haut wie 'ne Reibe! Geht wie 'n Büffel! In der Hose 'nen Löffel!« Doch als Good News zum ersten und letzten Mal an diesem Abend das Wort ergriff, wußte niemand etwas darauf zu erwidern.

»Liebe Mummy«, sprach Naveed entschlossen in die schockierte Stille, »diesen Dummkopf heirate ich nicht, das schwöre ich.«

Im Alter von sechsundzwanzig Jahren war Haroun Harappa bereits damit vertraut, eine berüchtigte Gestalt zu sein, denn während des einen Jahres, das er an einer Angrez-Universität verbrachte, hatte er in der Studentenzeitung einen Artikel veröffentlicht, in dem er die privaten Kerker auf dem großen Gut Daro beschrieb, in die sein Vater Leute jahrelang einsperren ließ. Er hatte auch über die Strafexpedition geschrieben, die Mir Harappa einst gegen das Anwesen seines Vetters Iskander unternommen hatte, und über das ausländische Bankkonto (er gab die Nummer an), auf das sein Vater große Summen öffentlicher Gelder überwies. Der Artikel wurde in *Newsweek* abgedruckt, was bedeutete, daß die Behörden in seiner Heimat die ganze Sendung mit der subversiven Ausgabe abfangen und die anstößigen Seiten aus jedem Exemplar herausreißen mußten; trotzdem wurde der Inhalt allgemein bekannt. Als Haroun Harappa am Ende jenes Jahres aus seinem College geworfen wurde, weil er nach drei Trimestern Ökonomiestudium den Begriffen von Angebot und Nachfrage noch immer verständnislos gegenüberstand, war die vorherrschende Meinung die, er habe seinen Artikel aus echter und harmloser Dummheit geschrieben, zweifellos in der Hoffnung, die Ausländer mit dem Scharfsinn und der Macht seiner Familie zu beeindrucken. Man wußte, daß er seine Universitätszeit fast ausschließlich in den Spielclubs und

Freudenhäusern Londons verbracht hatte, und man erzählte sich, daß er, als er in jenem Sommer den Prüfungssaal betrat, einen Blick auf den Fragebogen warf, ohne sich hinzusetzen, die Achseln zuckte und fröhlich verkündete: »Das ist wohl nicht mein Fall«, und dann ohne weiteres Aufheben zu seinem Mercedes-Benz-Coupé hinausschlenderte. »Der Junge ist ein Trottel, fürchte ich«, sagte der Kleine Mir zu Präsident A., »nicht notwendig, etwas gegen ihn zu unternehmen, hoffe ich. Er wird nach Hause kommen und sich einordnen.«

Einen Versuch unternahm der Kleine Mir, um Harouns College dazu zu bewegen, ihn zu behalten. Eine große silberne Zigarrenkiste mit Filigranarbeit wurde dem Dozentenzimmer verehrt. Die Hochschullehrer konnten sich jedoch nicht vorstellen, daß ein so vornehmer Mann wie Mir Harappa versuchen würde, sie zu bestechen, und so nahmen sie das Geschenk an und warfen seinen Sohn in hohem Bogen hinaus. Haroun Harappa kehrte mit zahlreichen Squash-Schlägern, Adressen arabischer Prinzen, mit Whiskykaraffen, maßgeschneiderten Anzügen, Seidenhemden und erotischen Fotos nach Hause zurück, aber ohne ausländisches Diplom.

Doch der aufrührerische *Newsweek*-Artikel war nicht das Produkt von Harouns Dummheit. Er war aus dem abgrundtiefen, unstillbaren Haß des Sohnes auf seinen Vater entstanden, einem Haß, der selbst Mir Harappas gräßlichen Tod überdauern sollte. Der Kleine Mir war ein unbeugsam autoritärer Vater gewesen, doch das war an sich nichts Ungewöhnliches und hätte durchaus Liebe und Achtung zur Folge haben können, wäre nicht die Geschichte mit dem Hund gewesen. An Harouns zehntem Geburtstag überreichte sein Vater ihm in Daro ein großes, mit grünem Band verziertes Paket, aus dem deutlich ein gedämpftes Bellen zu hören war. Haroun war ein in sich gekehrtes Einzelkind, das die Einsamkeit schätzen gelernt hatte; den langhaarigen kleinen Collie, der aus der Verpackung kroch, wünschte er sich nicht, und er dankte seinem Vater so beiläufig und mürrisch, daß der Kleine Mir zutiefst verärgert war. Im Verlauf der nächsten Tage erwies sich, daß Haroun den Hund der Obhut der Dienstboten überlassen wollte, woraufhin Mir mit dem hitzköpfigen Eigensinn seiner Wut den Befehl erteilte, niemand solle einen Finger für das Tier rühren. »Der verdammte Hund gehört dir«, sagte Mir zu dem Jungen, »also sorgst du gefälligst für ihn!« Doch Haroun war ebenso hartnäckig wie sein Vater; er gab dem kleinen Hund nicht einmal einen Namen, und der Hund mußte sich in der grausamen Sonnenhitze von Daro sein Fressen selber suchen, bekam Räude, Staupe und merkwürdige grüne Flecken auf der Zunge, wurde von seinem langen Fell geplagt und starb zuletzt vor dem Haupteingang zum Haus unter kläglichem Jaulen, während aus seinem Hinterteil ein dicker gelber Brei quoll. »Begrab ihn!« befahl Mir Haroun, doch der Junge kniff die Lippen zusammen und wandte sich ab, und der langsam verwesende Kadaver des namenlosen Köters spiegelte den wachsenden Abscheu des Jungen vor seinem Vater, den er danach in seinen Gedanken auf alle Zeiten mit dem Gestank des verfaulenden Hundes zusammenbrachte.

Später sah Mir Harappa seinen Fehler ein und gab sich die größte Mühe, die Zuneigung seines Sohnes zurückzugewinnen. Er war Witwer (Harouns Mutter war im Kindbett gestorben), und der Junge bedeutete ihm wirklich viel. Haroun wurde unerhört verwöhnt, denn obwohl er seinen Vater noch nicht einmal um eine neue Jacke gebeten hätte, versuchte Mir ständig zu erraten, was sich der Junge wünschen könnte, und infolgedessen wurde Haroun mit Geschenken überschüttet, einschließlich einer kompletten Kricketausrüstung aus sechs Torstäben, vier Querhölzern, zwölf Sätzen Schutzpolster, zweiundzwanzig weißen Flanellhemden und -hosen, elf Schlaghölzern unterschiedlichen Gewichts und eines Vorrats an roten Bällen, der für die Ewigkeit ausgereicht hätte. Es gab sogar weiße Schiedsrichterjacken und Anschreibblocks, doch Haroun hatte nichts für Kricket übrig, und das verschwenderische Geschenk ruhte unbenutzt in einer Abstellkammer von Daro zusammen mit dem Polozubehör, den Zeltpflöcken, den importierten Grammophonen und der Amateurfilmkamera samt Projektor und Leinwand. Als der Junge zwölf war, lernte er Reiten, und danach starrte er oft sehnsüchtig auf den Horizont, hinter dem das Gut Mohendscho seines Onkels Iskander lag. Jedesmal, wenn er erfuhr, daß Iskander im Heim seiner Vorfahren weilte, ritt Haroun schnurstracks dorthin, um zu Füßen jenes Mannes zu sitzen, der seiner Meinung nach von Rechts wegen sein Vater hätte sein sollen. Mir Harappa widersprach nicht, als Haroun den Wunsch äußerte, nach Karatschi zu ziehen; und im Verlauf seiner Entwicklung in dieser ins Kraut schießenden Stadt schoß auch Harouns Verehrung für seinen Onkel ins Kraut, bis er sich schließlich des gleichen Dandytums, der gleichen Kraftausdrücke und der gleichen Bewunderung für europäische Kultur zu befleißigen begann, wie sie vor Iskys Bekehrung typisch für ihn gewesen waren. Aus diesem Grund wollte der junge Mann unbedingt im Ausland studieren, und aus demselben Grund verbrachte er seine Londoner Zeit mit Huren und Glücksspiel. Nach seiner Rückkehr behielt er diesen Lebensstil bei; er war ihm mittlerweile zur Gewohnheit geworden, und er konnte sich selbst dann nicht davon lossagen, als sein vergötterter Onkel solch unstaatsmännischem Treiben entsagte, so daß der Stadtklatsch behaupten konnte, ein kleiner Isky habe dort übernommen, wo der große aufgehört habe. Mir Harappa bezahlte weiterhin die Rechnungen für das unerhörte Betragen seines Sohnes, weil er noch immer hoffte, die Liebe seines einzigen

Nachkommen zurückzugewinnen; aber es nützte nichts. Haroun begann in seinem gewohnheitsmäßig berauschten Zustand zuviel zu reden, und das in Gegenwart loser Mundwerke. Betrunken wartete er mit den revolutionären Ideen auf, die während seines Jahres im Ausland bei den europäischen Studenten im Umlauf gewesen waren. Er kritisierte die Armeeherrschaft und die Macht der Oligarchie mit der überströmenden Geschwätzigkeit dessen, der jedes seiner Worte verachtet, aber hofft, damit seinen noch mehr verachteten Erzeuger zu verletzen. Als er sich dazu verstieg, die Möglichkeit der Massenproduktion von Molotowcocktails zu erwähnen, nahm das keiner seiner Kumpel ernst, denn er sagte es auf einer Strandparty, während er rittlings auf dem Panzer einer weinenden Galapagos-Schildkröte saß, die sich auf den Sand schleppte, um ihre unfruchtbaren Eier zu legen; doch der anwesende Regierungsspitzel erstattete seinen beziehungsweise ihren Bericht, und Präsident A., dessen Verwaltung ins Wackeln geraten war, bekam einen so schrecklichen Wutanfall, daß der Kleine Mir sich zu Boden werfen und um Erbarmen mit seinem ungeratenen Sohn betteln mußte. Dieser Vorfall hätte Mir beinahe zu einer von ihm gefürchteten Auseinandersetzung mit Haroun gezwungen, doch sein Vetter Iskander, der ebenfalls von Harouns neuesten Unverschämtheiten gehört hatte, bewahrte ihn davor. Haroun wurde in Iskys musiktruhenähnliches Haus bestellt, und er trat unter den verächtlich blitzenden Blicken Arjumand Harappas verlegen von einem Fuß auf den anderen, während ihr Vater sanft und unerbittlich zu ihm sprach. Iskander Harappa kleidete sich inzwischen in grüne, von Pierre Cardin entworfene Anzüge, die der Uniform der chinesischen Roten Garden ähneln sollten, denn als Außenminister in der Regierung Präsident A.s war er als Urheber eines Freundschaftsvertrages mit dem Vorsitzenden Mao zu Ruhm gelangt. Ein Foto, auf dem Isky den großen Zedong umarmte, hing an der Wand des Zimmers, in dem der Onkel seinem Neffen Vorhaltungen machte: »Deine Aktivitäten bringen mich langsam in Ungelegenheiten. Es wird Zeit, daß du Vernunft annimmst. Heirate.« Arjumand Harappa starrte Haroun wütend an und zwang ihn, sich Iskanders Willen zu beugen. »Wen denn?« fragte er zaghaft, und Isky beendete das Gespräch mit einer Handbewegung. »Irgendein anständiges Mädchen«, sagte er, »davon gibt es genug.«

Haroun begriff, daß das Gespräch zu Ende war, und wandte sich zum Gehen. Iskander Harappa rief ihm nach: »Und wenn du dich für Politik interessierst, hörst du besser auf, Seeschildkröten zu reiten, und fängst an, für mich zu arbeiten.«

Die Verwandlung Iskander Harappas zum einflußreichsten neuen Machtfaktor in der Politik war damals bereits abgeschlossen. Er hatte seinen Aufstieg mit der ganzen wohlüberlegten Brillanz inszeniert, die Arjumand seit jeher in ihm vermutet hatte. Er hatte sich dem prestigeträchtigen Gebiet der internationalen Beziehungen zugewandt und eine Reihe von Artikeln geschrieben, in denen er die Forderungen seines Landes an die Großmächte, die islamische Welt und das übrige Asien analysierte, und danach hatte er unermüdlich Reden gehalten, deren Argumentation sich niemand verschließen konnte. Als seine Idee eines »islamischen Sozialismus« und eines engen Bündnisses mit China in der Öffentlichkeit solchen Widerhall gefunden hatte, daß er die Außenpolitik des Landes maßgeblich bestimmte, ohne überhaupt in der Regierung zu sein, blieb Präsident A. nichts anderes übrig, als ihm einen Posten in der Regierung anzubieten. Sein unwiderstehlicher Charme, die Art, wie er den unscheinbaren vollbusigen Ehefrauen von Staatsbesuchern das Gefühl gab, sie seien Greta Garbo persönlich, und seine rednerische Begabung verschafften ihm auf der Stelle durchschlagenden

Erfolg. »Was mich am meisten freut«, sagte er zu seiner Tochter, »ist, daß ich mir jetzt, wo wir grünes Licht für die Karakorum-Straße nach China bekommen haben, den Spaß erlauben kann, den Minister für öffentliche Arbeiten herumzukommandieren.« Dieser Minister war der Kleine Mir Harappa, dessen alte Freundschaft mit dem Präsidenten Iskanders Anklang in der Öffentlichkeit nicht gewachsen gewesen war. »Der Hundesohn«, sagte Iskander schadenfroh zu Arjumand, »ist mir jetzt ausgeliefert.«

Als das Regime A.s seine Popularität einzubüßen begann, trat Iskander Harappa von seinem Posten zurück und gründete die Volksfront, eine Partei, die er mit seinem unermeßlichen Reichtum finanzierte und deren Erster Vorsitzender er wurde. »Für einen ehemaligen Außenminister«, sagte der Kleine Mir mißmutig zum Präsidenten, »konzentriert Ihr Protégé sich gewaltig auf die Heimatfront.« Der Präsident zuckte die Schultern. »Er weiß, was er tut«, sagte Feldmarschall A. »Leider.«

Gerüchte über die Korruptheit der Regierung lieferten den Brennstoff; doch vielleicht war Iskys Kampagne für die Rückkehr zur Demokratie ohnehin durch nichts aufzuhalten. Er klapperte die Dörfer ab und versprach jedem Bauern einen Morgen Land und einen neuen Brunnen. Er wurde ins Gefängnis gesteckt; Massendemonstrationen sorgten für seine Freilassung. In regionalen Dialekten prangerte er die Vergewaltigung des Landes durch Bonzen und Tilyars an, und die Macht seiner Zunge oder der schneiderischen Fähigkeiten von Monsieur Cardin war so groß, daß niemand daran zu denken schien, daß Isky selbst ein nicht gerade kleines Stück von Sind besaß ... Iskander Harappa bot Haroun an, in seinem Heimatbezirk politisch zu arbeiten. »Du hast dich als Feind der Korruption ausgewiesen«, sagte er zu dem jungen Mann. »Erzähl ihnen von dem *Newsweek*-Artikel.« Haroun Harappa,

dem sich die einmalige Gelegenheit bot, seinen Vater in einem Heimspiel zu schlagen, sagte ohne Zögern zu.
»Nun, Abba«, dachte er beglückt, »das Leben ist lang.«

Zwei Tage, nachdem Haroun eine eierlegende Schildkröte über die Revolution belehrt hatte, wurde Rani Harappa in Mohendscho von einer Männerstimme angerufen, die vor Entschuldigungen und Verlegenheit so gedämpft und entstellt war, daß sie sie nicht sofort als die Stimme des Kleinen Mir erkannte, den sie nicht mehr gesehen hatte, seit er ihr Haus geplündert hatte, wenngleich sein Sohn Haroun oft zu Besuch gekommen war. »Verdammt noch mal, Rani«, sagte der Kleine Mir schließlich kleinlaut aus den speichelbeladenen Schwaden seiner Demütigung, »Sie müssen mir einen Gefallen tun!«
Mit vierzig hatte Rani Harappa Iskanders furchteinflößende Ayah dadurch überwältigt, daß sie sie einfach überlebt hatte. Schon lange durchstöberten keine respektlos kichernden Dorfmädchen mehr ihre Unterwäsche; kraft der unerschütterlichen Ruhe, mit der sie auf der Veranda des Hauses Tuch um Tuch bestickte und die Dorfbewohner davon überzeugte, daß sie den Teppich ihres Schicksals zusammenstellte und ihr Leben, wenn sie wollte, arg durcheinanderbringen konnte, indem sie eine schlechte Zukunft in die Zauberschals einflocht, war sie die wahre Herrin von Mohendscho geworden. Nachdem sie sich Respekt verschafft hatte, war Rani merkwürdig zufrieden mit ihrem Leben und hielt eine herzliche Beziehung zu ihrem Mann aufrecht, obwohl er selten an ihrer Seite und nie in ihrem Bett zu finden war. Sie wußte alles über das Ende der Pinkie-Affäre, und tief in ihrem Herzen wußte sie, daß ein Mann, der eine politische Karriere einschlägt, irgendwann seine Frau bitten muß, neben ihm das Podium zu betreten; geborgen in einer Zukunft, die ihr Isky bringen

würde, ohne daß sie sich um ihn bemühen mußte, erkannte sie ohne Überraschung, daß ihre Liebe zu ihm nie gestorben war, sondern statt dessen an Ruhe und Beständigkeit gewonnen hatte. Hier lag ein großer Unterschied zwischen ihr und Bilquìs Hyder: beide waren mit Männern verheiratet, die sich vor ihnen in die unergründlichen Paläste ihrer Bestimmung zurückzogen, doch während Bilquìs der Exzentrizität, um nicht zu sagen Verrücktheit, anheimfiel, hatte Rani eine Normalität erreicht, die sie zu einem mächtigen – und später gefährlichen – Menschen machte.

Als der Kleine Mir anrief, blickte Rani gerade zum Dorf, wo die weißen Konkubinen in der Abenddämmerung Federball spielten. In jener Zeit hatten viele der Dorfbewohner eine Zeitlang im Westen gearbeitet, und die Heimkehrer hatten weiße Frauen mitgebracht, für die die Aussicht, als Zweitfrau auf dem Dorf zu leben, eine unerschöpfliche erotische Anziehungskraft zu bieten schien. Für die ersten Frauen waren diese weißen Mädchen Puppen oder Schoßtiere, und die Ehemänner, die keine Guddi, keine weiße Puppe, mitbrachten, wurden von ihren Frauen tüchtig ausgeschimpft. Das Dorf der weißen Puppen war weithin berühmt geworden. Dörfler kamen meilenweit, um die adrett und untadelig in Weiß gekleideten Mädchen zu sehen, die kichernd und quiekend hinter Federbällen hersprangen und dabei ihre rüschenverzierten Unterhöschen zur Schau stellten. Die ersten Frauen jubelten ihren Zweitfrauen zu, waren stolz auf ihre Siege wie auf die Erfolge ihrer Kinder und trösteten sie, wenn sie verloren. Rani Harappa beobachtete die spielenden Puppen mit so beschaulichem Genuß, daß sie nicht auf das achtete, was Mir sagte.

»Leck mich am Arsch, Rani!« rief er schließlich in der Wut seines unterdrückten Stolzes. »Vergiß unseren Streit. Es geht um wichtigere Dinge. Ich brauche eine Frau, und zwar sofort.«

»Ich verstehe.«
»Ya, Allah. Rani, stellen Sie sich nicht so an, zum Teufel auch. Nicht für mich, da bräuchte ich Sie wohl kaum zu fragen. Für Haroun. Es geht nicht anders.«
Die Verzweiflung, mit der der Kleine Mir stammelnd den Wunsch nach einer guten Frau hervorbrachte, die seinen mißratenen Sohn zur Räson bringen sollte, überwand jedes Zögern, das Rani zu Anfang empfunden haben mochte, und sie sagte auf der Stelle: »Gute Nachrichten.« »Jetzt schon?« fragte der Kleine Mir, der sie mißverstand. »Ihr Frauen habt es vielleicht eilig!«
Wie eine Ehe gestiftet wird: Rani schlug Naveed Hyder vor, weil sie dachte, eine Hochzeit würde Bilquìs guttun. Die telefonische Verbindung zwischen den beiden Frauen bedeutete inzwischen nicht mehr, daß Rani herausfand, was in der Stadt vorging, war kein Vorwand mehr für Bilquìs, Klatsch zu verbreiten und sich leutselig zu geben, während Rani sich aus den Gesprächsfetzen ihrer Freundin demütig so viel Leben herausklaubte, wie sie konnte. Jetzt war Rani die Starke, und Bilquìs, deren einstige Träume vom Königtum vernichtet waren, seit man Raza aus dem Amt gejagt hatte, war diejenige, die Hilfe brauchte und in der unveränderlichen Festigkeit Rani Harappas eine Kraft fand, die sie in ihrer zunehmenden Verwirrung stützte. »Genau das Richtige für sie«, dachte Rani zufrieden, »Aussteuer, Festzelte, Konfekt, mehr als genug, um sie abzulenken. Und diese Tochter kann ja nicht schnell genug unter die Haube kommen.«
Der Kleine Mir konsultierte den Präsidenten, ehe er der Verbindung zustimmte. Die Familie Hyder war in letzter Zeit für Unglücksfälle anfällig geworden: die alten Gerüchte aus Q. waren nicht verstummt, und nur unter Schwierigkeiten hatte man verhindern können, daß der Vorfall mit den toten Truthähnen in die Zeitungen kam. Doch in der kühlen Berg-

luft der neuen Hauptstadt im Norden spürte der Präsident inzwischen die eisigen Winde seiner Unbeliebtheit, und er stimmte der Heirat zu, weil es, so entschied er, an der Zeit war, den Helden von Aansu wieder enger an sich zu ziehen, wie eine warme Decke oder ein Tuch. »Keine Einwände«, sagte A. zum Kleinen Mir. »Meinen Glückwunsch an das junge Paar.«

Mir Harappa besuchte Rani in Mohendscho, um die Einzelheiten zu erörtern. Steif vor Verlegenheit ritt er hin und trug das ganze Gespräch über eine reizbare Demut zur Schau. »Was man als Vater nicht alles für seinen Sohn tut!« platzte er Rani gegenüber heraus, die auf der Veranda saß und an dem endlosen Tuch ihrer Einsamkeit arbeitete. »Wenn mein Junge selbst einmal Daddy ist, wird er wissen, was ein Daddy fühlt. Ich hoffe, Ihre Good News ist ein fruchtbares Mädchen.«

»Gute Aussaat garantiert eine gute Ernte«, erwiderte Rani gelassen. »Etwas Tee gefällig?«

Raza Hyder hatte nichts gegen die Verlobung einzuwenden. In jenen Jahren, als seine Zuständigkeit sich auf die Aufnahme und Ausbildung neuer Rekruten beschränkte, als die unumstößliche Tatsache seines Abstiegs ihm jeden Tag vor Augen geführt wurde, ihm in den tölpelhaften Gestalten junger Burschen, die nicht wußten, an welchem Ende eines Bajonetts die Sache ernst wird, verdoppelt und vervielfacht vor Augen geführt wurde, hatte er den Aufstieg Iskander Harappas mit kaum verhohlenem Neid verfolgt. »Der Tag wird kommen«, prophezeite er sich, »wo ich bei dem Kerl um einen Extra-Stern betteln muß.« Im turbulenten Klima der instabilen Regierung hatte Raza Hyder sich gefragt, auf welche Seite er sich schlagen sollte, ob er die Forderung der Volksfront nach Wahlen unterstützen oder in der Hoffnung auf Beförderung die Relikte seines guten Rufes der Regierung zu Diensten stellen sollte. Haroun Harappa als Schwiegersohn würde bedeuten, daß er beide Möglichkeiten wahrnehmen konnte. Die Heirat paßte dem Präsidenten: so viel stand fest. Doch Raza wußte auch von Harouns Haß auf seinen Vater, der den Jungen unwiderruflich an Isky Harappas Seite getrieben hatte. »Ein Fuß in jedem Lager«, dachte Raza, »das ist das Wahre.« Und es ist möglich, daß Raza die Gelegenheit begrüßte, Good News loszuwerden, die im Lauf der Jahre etwas von der vollmundigen Unbekümmertheit des verstorbenen Sindbad Mengal entwickelt hatte. Harouns Mund war ebenfalls dick und breit, ein Teil seines Familienerbes. »Zwei mit so dicken Lippen«, sagte Raza zu seiner Frau in jovialeren Tönen, als er sonst ihr gegenüber anschlug, »füreinander geschaffen, was? Die Kinder werden aussehen wie Fische.« Bilquìs sagte: »Laß nur.«

Wie eine Ehe gestiftet wird: Mir scheint, ich habe ganz vergessen, die Meinung der betroffenen jungen Leute zu erwähnen. Fotografien wurden ausgetauscht. Haroun Harappa ging mit seinem braunen Umschlag zum Haus seines Onkels und öffnete ihn in Gegenwart von Iskander und Arjumand: in bestimmten Augenblicken brauchen junge Männer den Beistand ihrer Verwandten. Das Schwarzweißfoto war kunstvoll retuschiert worden, um Good News eine Haut, so rosa wie Löschpapier, und Augen, so grün wie Tinte, zu verleihen.

»Man kann sehen, daß er ihren Zopf verlängert hat«, bemerkte Arjumand.

»Laß den Jungen selbst urteilen«, sagte Iskander vorwurfsvoll, doch die zwanzigjährige Arjumand hatte bereits einen sonderbaren Widerwillen gegen das Bild gefaßt. »Häßlich wie eine Kartoffel«, verkündete sie, »und von wegen hellhäutig.«

»Irgendeine muß es ja sein«, erklärte Haroun, »und sie ist doch in Ordnung.« »Wie kommst du darauf? Hast du Augen im Kopf oder Pingpongbälle?« rief Arjumand aus. An diesem Punkt der Diskussion befahl Iskander seiner Tochter, den Mund zu halten, und dem Hausdiener, Süßigkeiten und Limonensaft zum Feiern zu bringen. Haroun starrte nach wie vor auf das Foto von Naveed Hyder, und weil nichts auf der Welt, nicht einmal der Retuschierpinsel eines eifrigen Fotografen, Good News' eherne Entschlossenheit, schön zu sein, kaschieren konnte, war ihr Bräutigam sofort vom eisernen Willen ihrer Zelluloidaugen überwältigt, und sie erschien ihm alsbald als die schönste Braut auf Erden. Diese Illusion, die gänzlich das Produkt von Good News' Phantasie war, das Ergebnis der Unterwerfung der Materie durch den Geist, sollte alles überleben, sogar den Hochzeitsskandal, nur Iskander Harappas Tod nicht.

»Was für ein Mädchen!« sagte Haroun Harappa, und Arjumand verließ voller Abscheu den Raum.

Und Good News: »Ich brauche kein blödes Foto«, erklärte sie Bilquìs, »er ist berühmt, er ist reich, er ist zu haben, worauf warten wir noch?«

»Er hat einen schlechten Ruf«, sagte Bilquìs als pflichtbewußte Mutter, damit ihre Tochter es sich noch einmal überlegen konnte, »und er behandelt seinen Daddy schlecht.«

»Den kriege ich schon hin«, antwortete Good News.

Später, als Good News mit Shahbanou allein war, die ihr das Haar bürstete, äußerte sie ein paar weitere Reflexionen. »He, du, mit deinen Brunnenaugen«, sagte sie, »weißt du, was die Ehe für eine Frau bedeutet?«

»Ich bin Jungfrau«, erwiderte Shahbanou.

»Ehe heißt Macht«, sagte Naveed Hyder. »Sie bedeutet Freiheit. Du bist nicht mehr die Tochter von jemandem, sondern wirst statt dessen die Mutter von jemandem, ek dum, fut-a-fut, ruck-zuck, pronto. Wer will dir dann Vorschriften machen?«

»Was soll das heißen –«, ein schrecklicher Verdacht kam ihr,

»denkst du, ich bin keine Jungfrau mehr? Halt deinen dreckig-schmutzigen Mund! Ein Wort von mir, und du stehst auf der Straße.«

»Was redest du da, Bibi, hab' ich nur so gesagt.«

»Ich sage dir, toll, aus diesem Haus wegzukommen. Haroun Harappa, ich schwör's! Zu gut, Yaar! Zu gut!«

»Wir sind aufgeschlossene Leute«, sagte Bilquìs zu ihrer Tochter. »Jetzt, wo du ja gesagt hast, mußt du den Jungen kennenlernen. Es wird eine Liebesheirat.«

Miss Arjumand Harappa, die »Jungfrau mit den Eisenhosen«, hatte so viele Freier abgewiesen, daß sie die Ehevermittler der Stadt, obwohl sie kaum zwanzig war, bereits für eine alte Jungfer hielten. Die Flut der Heiratsanträge rührte nicht völlig, nicht einmal hauptsächlich daher, daß sie als einziges Kind des Vorsitzenden Iskander Harappa äußerst begehrt war; der wahre Grund lag in der außergewöhnlichen, herausfordernden Schönheit, mit der – zumindest ihrer Ansicht nach – ihr Körper ihren Geist verhöhnte. Ich gestehe, daß kein Zweifel bestand, wer von all den schönen Frauen in jenem Land, in dem es eine solche Vielzahl unwahrscheinlich schöner Frauen gab, den ersten Preis errang. Trotz ihrer bandagierten und erst apfelgroßen Brüste trug Arjumand den Sieg davon.

Da sie ihr Geschlecht verabscheute, gab Arjumand sich größte Mühe, ihre Schönheit zu verbergen. Sie schnitt ihr Haar kurz, benutzte weder Kosmetik noch Parfüm, kleidete sich in die ältesten Hemden ihres Vaters und die ausgebeultesten Hosen, die sie finden konnte, und legte sich einen gebeugten, schlurfenden Gang zu. Doch je mehr sie sich abmühte, desto hartnäckiger überstrahlte ihr blühender Körper die Verkleidungen. Das kurze Haar glänzte, ihr ungeschminktes Gesicht entwickelte einen Ausdruck unendlicher Sinnlichkeit, den sie durch nichts mindern konnte, und je gebeugter sie ging, um so größer und begehrenswerter wurde sie. Als sie sechzehn war, hatte sie es bereits zur Meisterschaft in der Kunst der Selbstverteidigung bringen müssen. Iskander Harappa hatte sich nie bemüht, sie von Männern fernzuhalten. Sie begleitete ihn bei seinen diplomatischen Besuchen, und auf manchem Botschaftsempfang mußten ältere Botschafter sich die Lenden halten und sich in der Toilette erbrechen, nachdem ein treffsicheres Knie auf ihre tastenden Hände geantwortet hatte. An ihrem achtzehnten Geburtstag war die Schlange der begehrtesten Junggesellen der Stadt vor dem Tor zum Hause Harappa so angewachsen, daß sie den Verkehr behinderte, und auf ihren eigenen Wunsch wurde Arjumand nach Lahore in ein christliches Mädchenpensionat geschickt, dessen männerfeindliche Bestimmungen so streng waren, daß selbst ihr Vater sie nur nach Vereinbarung in einem verwahrlosten Garten mit welken Rosensträuchern und kahlem Rasen sehen durfte. Aber sie fand keine Ruhe in dem Gefängnis, das ausschließlich von Frauen bevölkert war, die sie alle miteinander für ihr Geschlecht verachtete; die Mädchen verliebten sich genauso hoffnungslos in sie wie die Männer, und die ältesten Schülerinnen faßten ihr an den Hintern, wenn sie vorbeiging. Eine liebeskranke Neunzehnjährige war so verzweifelt darüber, daß Eisenhose sie verschmähte, daß sie bei vollem Bewußtsein in den leeren Swimmingpool schlafwandelte und mit mehrfachem Schädelbruch ins Krankenhaus gebracht werden mußte. Eine andere, vor Liebe von Sinnen, kletterte über die Institutseinfriedung und setzte sich in ein Café im berühmten Amüsierviertel Heeramandi, entschlossen, Hure zu werden, nachdem sie Arjumands Herz nicht hatte gewinnen können. Aus dem Café wurde das unglückliche Geschöpf von den Zuhältern des Viertels entführt, und sein Vater, ein Textilmagnat, mußte ein Lösegeld von hunderttausend Rupien zahlen, um es wohlbehalten zurückzubekommen. Sie heiratete nie, denn obgleich die Zuhälter darauf beharrten, auch sie hätten ihre Ehre, glaubte niemand, daß sie nicht angerührt worden sei, und nach einer ärztlichen Untersuchung weigerte sich die Direktorin des Colleges, eine überzeugte Katholikin, kategorisch, anzunehmen, das arme Mädchen habe in ihren antiseptischen Gefilden defloriert werden können. Arjumand Harappa schrieb an ihren Vater und bat ihn, sie aus dem College zu holen. »Es hat nichts genützt«, hieß es in dem Brief, »ich hätte wissen müssen, daß Mädchen schlimmer sein würden als Jungen.«

Die Rückkehr Haroun Harappas aus London entfesselte einen Bürgerkrieg in der Jungfrau Eisenhose. Seine bemerkenswerte Ähnlichkeit mit Fotos ihres Vaters im Alter von sechsundzwanzig irritierte Arjumand, und seine Vorliebe für Huren, Glücksspiele und andere Arten der Ausschweifung überzeugten sie, daß die Reinkarnation nicht bloß ein verrückter Einfall war, den die Hyders aus dem Land der Götzenanbeter importiert hatten. Sie versuchte, die Vorstellung zu unterdrücken, daß unter Harouns liederlichem Äußeren ein zweiter großer Mann verborgen war, beinahe das Ebenbild ihres Vaters, und daß er genau wie ihr Vater mit ihrer Hilfe seine wahre Natur entdecken könnte ... Sie verwehrte es sich, auch allein in ihrem Zimmer an dergleichen zu denken, und zeigte in Harouns Gegenwart eine Haltung verächtlicher Herablassung, die ihn schnell davon überzeugte, daß es sinnlos sei, etwas anzustreben, was so vielen anderen versagt geblieben war. Er war nicht unempfänglich für ihre verhängnisvolle Schönheit, doch beides zusammen, der Ruf der Jungfrau mit den Eisenhosen und dieser furchterregende und unablässig verächtliche Blick schlugen ihn sofort in die Flucht; und dann betörte ihn das Foto von Naveed Hyder, und es war zu spät für Arjumand Harappa, ihr Vorgehen zu ändern. Haroun Harappa war der einzige Mann, außer ihrem Vater, den sie je liebte, und ihre

Wut in den Tagen nach seiner Verlobung war schrecklich anzusehen. Doch Iskander war in jener Zeit sehr beschäftigt und versäumte es, dem Aufruhr in seiner Tochter Beachtung zu schenken.
»Verdammt!« sagte Arjumand zu ihrem Spiegel – ohne es zu wissen, widerspiegelte sie die einstige Gewohnheit ihrer einsamen Mutter in Mohendscho, »das Leben ist beschissen.«

Einer der Größten Lebenden Dichter der Welt – wir bloßen Prosaschreiberlinge müssen uns die Weisheit bei den Dichtern holen, weshalb es in diesem Buch von ihnen wimmelt; denken wir an meinen Freund, der mit dem Kopf nach unten aufgehängt und aus dem die Poesie herausgeschüttelt wurde, und an Babar Shakil, der ein Dichter sein wollte, und vielleicht auch an Omar Chajjam, dessen Name ihn zum Dichter bestimmte und der dennoch keiner wurde – hat mir einst einmal erklärt, daß das alte Märchen von der Schönen und dem Untier nichts anderes sei als die Geschichte einer arrangierten Ehe.
»Ein Kaufmann hat eine Pechsträhne, also verspricht er seine Tochter an einen reichen, aber menschenscheuen Landbesitzer, Untier Sahib, und erhält dafür eine großzügige Morgengabe – eine große Truhe voll dicker Goldstücke, wenn ich mich recht erinnere; pflichtgetreu heiratet die Schöne Bibi den Zamindar und verhilft so ihrem Vater wieder zu seinem Reichtum. Natürlich kommt ihr Mann, ein Fremder, ihr anfangs entsetzlich, sogar ungeheuerlich vor. Doch unter dem wohltuenden Einfluß ihrer gehorsamen Liebe verwandelt er sich schließlich in einen Prinzen.«
»Wollen Sie andeuten«, wagte ich einzuwerfen, »er erbt einen Titel?« Der Große Lebende Dichter sah mich nachsichtig an und warf sein silbriges, schulterlanges Haar zurück.
»Das ist eine bourgeoise Bemerkung«, schalt er mich. »Nein,

natürlich betraf die Verwandlung weder seinen gesellschaftlichen Status noch sein tatsächliches leibliches Ich, sondern sie fand in der Wahrnehmung der Frau statt. Denken Sie sich die beiden, wie sie einander näherkommen, wie sie sich im Verlauf der Jahre von den entgegengesetzten Polen der Schönheit und der Ungeheuerlichkeit aus aufeinander zubewegen und schließlich und glücklich ein ganz normales Ehepaar werden.«
Der Große Lebende Dichter war für seine radikalen Ideen und die chaotischen Verwicklungen seines außerehelichen Liebeslebens bekannt, und deshalb erwartete ich mir seinen Beifall für folgende listige Bemerkung: »Warum ist in den Märchen die Eheschließung immer das Ende? Und noch dazu so ein glückliches Ende?«
Doch anstelle des Zwinkerns von Mann zu Mann oder des lauten Gelächters, auf das ich gehofft hatte (ich war sehr jung), zeigte der Große Lebende Dichter ein ernstes Gesicht. »Das ist die Frage eines Mannes«, erwiderte er. »Keine Frau wäre darüber so verwundert. Die Moral der Geschichte ist klar. Eine Frau muß das Beste aus ihrem Schicksal machen; denn wenn sie den Mann nicht liebt, nun, dann stirbt er, das Untier geht zugrunde, und die Frau bleibt als Witwe zurück, was heißt, sie ist weniger als eine Tochter, weniger als eine Ehefrau, sie ist gar nichts.« Nachsichtig schlürfte er seinen Scotch.
»Waswärewenn, waswärewenn«, stotterte ich, »ich meine, Onkel, waswärewenn das Mädchen den für sie ausgewählten Mann wirklich nicht ausstehen könnte?« Der Dichter, der in leisem Ton persische Verse zu rezitieren begonnen hatte, runzelte in sanfter Enttäuschung die Stirn.
»Du bist zu verwestlicht«, sagte er. »Du solltest einige Zeit, vielleicht sieben Jahre, nicht zu lang, bei unseren Dörflern verbringen. Dann wirst du begreifen, daß dies eine durch und durch östliche Geschichte ist, und mit diesem Waswärewenn-Unsinn aufhören.«

Der Große Dichter lebt leider nicht mehr; deshalb kann ich ihn nicht fragen, waswärewenn die Geschichte von Good News Hyder wahr wäre; und auch in einer heikleren Angelegenheit kann ich nicht mehr von seinem Rat profitieren: Waswärewenn, waswärewenn irgendein Untier in der Schönen Bibi lauerte? Waswärewenn die Schönheit selbst das Untier wäre? Doch vermutlich hätte er gesagt, ich brächte da einiges durcheinander: »Wie Mr. Stevenson in *Dr. Jekyll und Mr. Hyde* gezeigt hat, ist solch ein Zusammentreffen von Heiligem und Ungeheuer nur beim Mann denkbar; derart ist, leider, unsere Natur! Das ganze Wesen der Frau hingegen verwehrt sich solch einer Möglichkeit.«

Wie der Leser aus meinen letzten Waswärewenns erraten haben mag, muß ich nunmehr zwei Eheschließungen beschreiben; und die zweite, die uns im Dunstkreis der ersten erwartet, ist natürlich die schon längst angedeutete Nikah Sufiya Zinobia Hyders und Omar Chajjam Shakils.

Omar Chajjam Shakil faßte sich endlich ein Herz und bat um Sufiya Zinobias Hand, als er von der Verlobung ihrer jüngeren Schwester hörte. Als er, ein grauer, respektabler Fünfziger, ihr marmornes Zuhause betrat und sein ungewöhnliches Ansinnen vortrug, stieß der unvorstellbar alte und hinfällige Geistliche Maulana Dawood einen so markerschütternden Schrei aus, daß Raza Hyder einen Augenblick lang an Dämonen zu glauben geneigt war. »Gezücht unzüchtiger alter Weiber«, sagte Dawood zu Shakil, »seit dem Tag, da du in der Maschine deiner schändlichen Mütter zur Erde herabstiegst, weiß ich alles über dich. Wie kommst du dazu, im Haus dieser Gottesfürchtigen solch unflätige Vorschläge zu machen! Möge deine Zeit in der Hölle länger sein als tausend Leben!« Der Zorn Maulana Dawoods erzeugte in Bilquìs eine widerspenstige Halsstarrigkeit. Damals pflegte sie noch immer zwanghaft

Türen zuzuschlagen, um sich vor den Überfällen des Nachmittagswindes zu schützen; ihre Augen glänzten eine Spur zu lebhaft. Doch die Verlobung von Good News hatte ihrem Leben einen neuen Sinn gegeben, so wie Rani es erhofft hatte; und so wandte sie sich nun an Omar Chajjam beinahe so arrogant wie einst: »Wir verstehen, daß Sie sich genötigt sehen, Ihren Antrag persönlich vorzubringen, da Ihre Familienmitglieder nicht in der Stadt weilen. Der Verstoß gegen das Dekorum sei verziehen, doch nunmehr müssen wir uns untereinander beraten. Unsere Entscheidung werden wir Ihnen zum rechten Zeitpunkt bekanntgeben.« Raza Hyder war sprachlos vor diesem Wiedererscheinen der alten Bilquìs und vermochte nicht zu widersprechen, solange Shakil zugegen war; Omar Chajjam verriet sich durch eine plötzliche Röte unter seiner bleichen Haut, als er sich erhob und den grauen Hut auf sein graues Haar setzte. »Rotwerden«, kreischte Maulana Dawood und streckte einen Finger mit spitzem Nagel aus, »das ist nur ein Trick. Solche Menschen kennen keine Scham.«

Nach Sufiya Zinobias Genesung von der immunologischen Katastrophe, die auf das Truthahnmassaker gefolgt war, hatte Raza Hyder entdeckt, daß er sie nicht länger durch den Schleier seiner Enttäuschung über ihr Geschlecht betrachten konnte. Die Erinnerung an die Zärtlichkeit, mit der er sie vom Schauplatz ihrer somnambulistischen Gewalttaten fortgetragen hatte, verließ ihn genausowenig wie die Erkenntnis, daß ihn während ihrer Krankheit Gefühle bedrängt hatten, die nur väterlicher Liebe zugeschrieben werden konnten. Kurzum, Hyder hatte seine Meinung über seine behinderte Tochter geändert und hatte begonnen, mit ihr zu spielen und ihre schüchternen Annäherungsversuche mit Stolz zu registrieren. Zusammen mit der Ayah Shahbanou spielte der große Kriegsheld Eisenbahn oder Dampfwalze oder Kran und hob das

Mädchen hoch und warf es in die Luft, als wäre es wirklich das kleine Kind, dessen Verstand es hatte behalten müssen. Dieses neue Verhalten hatte Bilquìs verblüfft, denn ihre Zuneigung beschränkte sich nach wie vor auf die jüngere Tochter ... Wie dem auch sei, Sufiya Zinobia hatte sich weiterentwickelt. Sie war fünf Zentimeter gewachsen, hatte ein wenig zugenommen, und ihr geistiges Alter war nun ungefähr das einer Sechseinhalbjährigen. Sie war neunzehn Jahre alt und liebte ihren neuerdings liebevollen Vater mit einer Kinderversion jener Ergebenheit, die Arjumand Harappa für ihren Vater, den Vorsitzenden, empfand.

»Auf die Männer«, sagte Bilquìs zu Rani am Telefon, »kannst du dich nie verlassen.«

Was Omar Chajjam betrifft: die Komplexität seiner Motive wurde bereits erörtert. Sieben Jahre lang hatte er es nicht geschafft, die Besessenheit loszuwerden, die ihn von Schwindelanfällen befreite, aber in diesen Jahren innerer Kämpfe hatte er es auch einzurichten gewußt, daß er Sufiya Zinobia regelmäßig untersuchte, hatte sich bei ihrem Vater eingeschmeichelt und baute nun auf die Dankbarkeit, die Raza für ihn empfand, weil er seiner Tochter das Leben gerettet hatte. Doch ein Heiratsantrag war wiederum eine andere Sache, und sobald er aus dem Haus war, begann Raza Hyder seine Zweifel zu äußern.

»Der Mann ist dick«, überlegte Raza. »Und außerdem häßlich. Und wir dürfen seine liederliche Vergangenheit nicht vergessen.«

»Ein liederliches Leben, geführt vom Kind liederlicher Menschen«, setzte Dawood hinzu, »und ein Bruder aus politischen Gründen erschossen.«

Aber Bilquìs erwähnte ihre Erinnerung an den betrunkenen Shakil in Mohendscho nicht. Statt dessen sagte sie: »Wo sollen wir eine bessere Partie für das Mädchen finden?«

Jetzt begriff Raza, daß seine Frau ebensosehr darauf bedacht war, dieses lästige Kind loszuwerden, wie er darauf, ihre geliebte Good News endlich von hinten zu sehen. Die Erkenntnis, daß hier eine Art Symmetrie vorlag, eine Art fairer Aufrechnung, ließ ihn in seinem Vorsatz wanken, und Bilquìs spürte die Unsicherheit in seiner Stimme, als er fragte: »Aber ein behindertes Kind: Sollen wir denn überhaupt einen Ehemann suchen? Sollten wir uns nicht der Verantwortung stellen, Frau? Was hat so ein Mädchen mit dem Heiraten zu schaffen?«
»Sie ist gar nicht mehr so blöd«, widersprach Bilquìs. »Sie kann sich allein anziehen, aufs Töpfchen gehen, und sie macht nicht mehr ins Bett.«
»Großer Gott«, schrie Raza, »ist sie deshalb schon als Ehefrau geeignet?«
»Dieser Abschaum von Froschlaich«, rief Dawood aus, »dieser Bote des Satans. Er ist mit seinem Antrag hergekommen, um dieses Haus der Frommen zu entzweien.«
»Ihr Wortschatz wächst«, fügte Bilquìs hinzu, »sie setzt sich zu Shahbanou und sagt der Dhobi, was sie waschen soll. Sie kann die Kleidungsstücke zählen und mit Geld umgehen.«
»Sie ist aber doch ein Kind«, sagte Raza ohne Hoffnung.
Bilquìs' Selbstsicherheit wuchs in dem Maße, in dem die seine schwand. »Dem Körper einer Frau«, erwiderte sie, »sieht niemand das Kind an. Eine Frau muß keine Intelligenzbestie sein. Nach landläufiger Ansicht ist Verstand für eine Frau in der Ehe einwandfrei ein Nachteil. Sie geht gern in die Küche und hilft dem Khansama bei der Arbeit. Im Basar kann sie frisches Gemüse von verdorbenem unterscheiden. Du selbst hast ihre Chutneys gelobt. Sie merkt es, wenn die Dienstboten die Möbel nicht ordentlich poliert haben. Sie trägt einen Büstenhalter, und auch sonst ist ihr Körper der einer erwachsenen Frau geworden. Und sie errötet nicht einmal mehr.«

Das stimmte. Das beunruhigende Erröten Sufiya Zinobias gehörte, so schien es, der Vergangenheit an; auch die truthahnmordende Gewalttätigkeit war nicht wieder aufgetreten. Es war, als sei das Mädchen durch diese einmalige, alles verzehrende Explosion der Scham gereinigt worden.

»Vielleicht«, sagte Raza Hyder zögernd, »mache ich mir zu viele Gedanken.«

»Außerdem«, sagte Bilquìs mit Entschiedenheit, »ist er ihr Arzt, dieser Mann. Er hat ihr das Leben gerettet. In wessen Händen wäre sie sicherer aufgehoben? In niemandes, denke ich. Dieser Antrag ist eine Fügung Gottes.«

»Haltet euch die Ohren«, kreischte Dawood. »Tobah, tobah! Aber euer Gott ist groß, groß in seiner Größe, er wird euch auch diese Gotteslästerung vergeben.«

Raza Hyder sah alt und traurig aus. »Wir müssen ihr Shahbanou mitgeben«, beharrte er. »Und eine ruhige Hochzeit. Zuviel Spektakel würde ihr Angst machen.«

»Laß mich nur Good News' Hochzeit zu Ende bringen«, sagte Bilquìs entzückt, »und wir werden eine so ruhige Hochzeit feiern, daß nur die Vögel singen.«

Maulana Dawood zog sich vom Schauplatz seiner Niederlage zurück. »Mädchen in der falschen Reihenfolge verheiraten!« sagte er, als er ging. »Was mit einer Halskette aus Schuhen anfing, kann kein gutes Ende nehmen.«

Am Tag des Polospiels zwischen den Mannschaften der Armee und der Polizei rüttelte Bilquìs Good News früh wach. Das Spiel war erst für fünf Uhr nachmittags angesetzt, doch Bilquìs sagte: »Elf Stunden, um dich herauszuputzen, bevor du deinen zukünftigen Mann kennenlernst, sind bares Geld.« Als Mutter und Tochter auf dem Polofeld eintrafen, war Good News so perfekt aufgemacht, daß man glaubte, eine Braut habe ihr Hochzeitsfest im Stich gelassen, um sich das Spiel anzusehen. Haroun Harappa traf die beiden an dem kleinen Tisch, an dem inmitten von Mikrofonen der Spielkommentator saß, und führte sie zu den Plätzen, die er für sie reserviert hatte; der Anblick von Good News' Aufmachung war so überwältigend, daß Haroun von der Beschaffenheit ihres Nasenschmucks einen nachhaltigeren Eindruck gewann als vom Verlauf des Spiels. Andauernd lief er an diesem Nachmittag fort, um mit Papptellern zurückzukehren, auf die Samosas oder Jalebis gehäuft waren, und mit Bechern sprudelnder Coca-Cola, die er auf seinen Unterarmen balancierte. Während seiner Abwesenheiten bewachte Bilquìs ihre Tochter wie ein Habicht, um sicherzugehen, daß Naveed nichts anstellte – zum Beispiel anderen Jungen schöne Augen machte; aber sobald Haroun zurückkehrte, war Bilquìs' Aufmerksamkeit auf geradezu unerklärliche Weise vom Spiel beansprucht. Der Star der Polizeimannschaft war ein gewisser Hauptmann Talvar Ulhaq, und in jener Zeit, in der die Armee sich keiner Beliebtheit erfreute, wurde er eine Art Nationalheld, weil er ihr Poloteam an diesem bewußten Nachmittag vernichtete, und insbesondere, da er alle üblicherweise an einen Helden gestellten Erfordernisse erfüllte: er war groß, schneidig, schnauzbärtig und hatte eine winzige Narbe am Hals, die wie ein Liebesbiß aussah. Dieser Hauptmann Talvar sollte die Ursache des Hochzeitsskandals sein, aus dem, so ließe sich nicht ohne Plausibilität argumentieren, die ganze Zukunft erwuchs.

Die stammelnde und unbeholfene Unterhaltung, die Good News an jenem Tag mit Haroun führte, ließ sie zu ihrer Bestürzung erkennen, daß ihr zukünftiger Gatte keine Ambitionen hegte und einen winzigen Appetit hatte. Auch eilte es ihm nicht damit, Kinder zu bekommen. Die Zuversicht, mit der Naveed Hyder erklärt hatte: »Den kriege ich schon hin«, verließ sie, als sie diesen Pudding von einem jungen Mann leibhaftig vor Augen hatte, und so ergab es sich vielleicht zwangsläufig, daß ihr Blick sich auf die aufrechte, mythische Gestalt Talvar Ulhaqs heftete, die mit dem umherwirbelnden Pferd Kapriolen vollführte. Und vielleicht lenkte ebenso zwangsläufig Naveeds auffällige Aufmachung das Augenmerk des jungen Polizeihauptmanns auf sie, der den Ruf des erfolgreichsten Schürzenjägers der Stadt genoß – vielleicht war das Ganze also Bilquìs' Schuld, weil sie ihre Tochter so herausgeputzt hatte –, wie auch immer, Bilquìs verpaßte jedenfalls trotz all ihrer Wachsamkeit den Augenblick, in dem die Blicke der beiden einander begegneten. Good News und Talvar starrten einander über den Staub und die Hufe und die Polostöcke an, und im gleichen Augenblick spürte Naveed, wie ein Schmerz sie durchschoß. Es gelang ihr, das schaudernde Stöhnen, das sich ihren Lippen entrang, in ein heftiges Niesen und Husten zu verwandeln, bevor es jemandem auffiel, und ihr Manöver wurde von dem Tumult auf dem Polofeld gedeckt, wo Hauptmann Talvars Pferd sich unerklärlicherweise aufgebäumt und ihn in den Gefahrenbereich der fliegenden Hufe und Stöcke abgeworfen hatte. »Ich wurde plötzlich ganz starr«, erzählte Talvar Naveed später, »und das Pferd verlor die Geduld mit mir.«

Das Spiel endete kurz danach, und Good News ging in dem Wissen, daß sie Haroun Harappa nie heiraten würde, nein, nicht in einer Million Jahre, mit Bilquìs nach Hause. Am selben Abend hörte sie Kieselsteine gegen ihr Schlafzimmerfenster prasseln, knotete die Laken zusammen und kletterte in die Arme des Polostars herab, der sie in einem Polizeiauto zu seiner Strandhütte am Fisherman's Cove fuhr. Nach dem Liebesakt stellte sie die bescheidenste Frage ihres Lebens: »Ich sehe wirklich nicht besonders aus«, sagte sie. »Warum gerade ich?« Talvar Ulhaq setzte sich im Bett auf und sah so ernsthaft drein wie ein Schuljunge. »Weil dein Leib so hungrig ist«, sagte er zu ihr. »Du bist Hunger, und ich bin Nahrung.« Da begriff sie, daß Talvar eine ganz schön hohe Meinung von sich hatte, und sie begann sich zu fragen, ob ihre Augen nicht größer gewesen waren als ihr Magen.

Es stellte sich heraus, daß Talvar Ulhaq von Kindheit an die Gabe der Hellsichtigkeit besaß, ein Talent, das ihm bei seiner Arbeit für die Polizei sehr zustatten kam, denn er konnte erraten, wo Verbrechen verübt werden würden, ehe die Diebe selbst sie ausgetüftelt hatten, so daß er Rekorde im Verhaften aufstellte. In Naveed Hyder hatte er die Kinder vorausgesehen, die immer sein größter Wunsch gewesen waren, die Unzahl von Kindern, die ihn vor Stolz anschwellen lassen sollten, während sie unter dem furchterregenden Chaos der Kinderschar zusehends verfallen sollte. Um dieser Vision willen hatte er sich auf das äußerst gefährliche Vorhaben eingelassen, das er jetzt ausführte, denn er wußte natürlich, daß Raza Hyders Tochter dem Lieblingsneffen des Vorsitzenden Iskander Harappa versprochen war, daß die Hochzeitseinladungen bereits unterwegs waren und daß jedem vernünftigen Ermessen nach seine Situation hoffnungslos war. »Nichts ist unmöglich«, sagte er zu Naveed, zog sich an und ging in die salzige Nacht hinaus, um eine Seeschildkröte zum Reiten zu finden. Naveed, die ein wenig später kam, sah ihn vor Freude jauchzend auf dem Rücken einer Schildkröte stehen, und als sie sich an seinem unschuldigen Vergnügen freute, kamen die Fischer und grinsten sie an. Später war Naveed Hyder sich nie sicher, ob dies Teil von Talvars Plan gewesen war, ob er den Fischern vom Rücken der weinenden Schildkröte aus ein Zeichen gegeben hatte oder ob er die versteckte Bucht schon vorher aufgesucht hatte, um das Ganze zu planen, denn schließlich wußte jeder, daß die Fischer und

die Polizei dicke Verbündete waren und regelmäßig unter einer Decke steckten, wenn es ums Schmuggeln ging ... Talvar stritt jedoch immer jegliche Beteiligung an dem folgenden Geschehen ab.
Das Geschehen: Der Anführer der Fischer, ein Patriarch mit aufrichtigem und ehrlichem Gesicht, aus dem eine makellose Reihe weißer Zähne im Mondlicht beinahe unecht schimmerte, teilte dem Paar liebenswürdig mit, er und seine Kollegen beabsichtigten, die beiden zu erpressen. »So ein gottloses Treiben«, sagte der alte Fischer bedrückt, »das ist nicht gut für unseren Seelenfrieden. Irgendeine Entschädigung, irgendeinen Trost muß man uns geben.«
Talvar Ulhaq zahlte ohne Widerrede und fuhr Good News nach Hause. Mit seiner Hilfe gelang es ihr, die Strickleiter aus Laken wieder hinaufzuklettern, ohne entdeckt zu werden. »Ich werde dich nicht wiedersehen«, sagte er beim Abschied, »bis du deine Verlobung löst und das geschehen läßt, was geschehen muß.«
Sein Zweites Gesicht sagte ihm, daß sie tun würde, was er verlangt hatte, und so fuhr er nach Hause und bereitete sich auf die Hochzeit vor und auf den Sturm, der unzweifelhaft losbrechen würde.
Good News (erinnern wir uns) war die Lieblingstochter ihrer Mutter. In ihrem Inneren rang die Furcht, diese Stellung zu verwirken, mit der ebenso großen und entgegenwirkenden Furcht, daß die Fischer sie weiter erpressen würden; die wahnsinnige Liebe, die sie zu Talvar Ulhaq hegte, lag im Widerstreit mit der Verpflichtung, die sie gegenüber dem von ihren Eltern ausgewählten jungen Mann eingegangen war; der Verlust ihrer Jungfräulichkeit bereitete ihr Marterqualen. Doch bis zum letzten Abend vor der Hochzeit schwieg sie. Talvar Ulhaq erzählte ihr später, daß ihre Untätigkeit ihn an den Rand des Wahnsinns getrieben und er beschlossen habe,

bei der Hochzeit zu erscheinen und ohne Rücksicht auf die Folgen Haroun Harappa zu erschießen, wenn sie die Ehe hätte eingehen wollen. Doch zur elften Stunde sagte Good News zu ihrer Mutter: »Diesen Dummkopf heirate ich nicht«, und dann war die Hölle los, denn niemand hatte damit gerechnet, daß ausgerechnet Liebe die Abmachungen durcheinanderbringen würde.

O Schadenfreude weiblicher Verwandter angesichts eines nicht zu verheimlichenden Skandals! O Krokodilstränen und unaufrichtiges Sich-an-die-Brust-Schlagen! O entzücktes Frohlocken Duniyazad Begums, als sie auf dem Leichnam von Bilquìs' Ehre tanzt! Und die doppelzüngigen Trostworte: Wer weiß, rede mit ihr, viele Mädchen geraten am Abend vor der Hochzeit in Panik, ja, sie wird Vernunft annehmen, versuch es nur, sei streng, sei sanft, gib ihr eine Tracht Prügel, umarme sie liebevoll, o Gott, wie schrecklich, wie willst du den Gästen absagen?

Und als klar ist, daß das Mädchen sich nicht erweichen läßt, als das herrlich Entsetzliche des Ganzen endlich zutage tritt, als Good News zugibt, daß es Einen Anderen gibt – da regt sich Bariamma auf ihren Polstern, und alle verstummen, um ihren Urteilsspruch zu hören.

»Du hast als Mutter versagt«, krächzt Bariamma, »deshalb muß nun der Vater geholt werden. Geh und bring ihn, meinen Raza, lauf und hol ihn.«

Zwei Tableaus. Im Brautzimmer sitzt unbewegt und störrisch Naveed Hyder, während um sie herum Frauen vor Entzücken zu lebenden Statuen erstarrt sind, Frauen, die Kämme, Bürsten, Silberpuder, Kajal halten und Naveed, die Ursache des Desasters, mit versteinertem Genuß anstarren. Bariammas Lippen sind das einzige, was sich im ganzen Raum bewegt.

Altehrwürdige Worte ergießen sich von diesen Lippen: Flittchen, Dirne, Hure. Und in Razas Schlafzimmer klammert Bilquìs sich an die Beine ihres Mannes, der sich in seine Hosen müht.

Raza Hyder erwachte zum Bewußtsein dieser Katastrophe aus einem Traum, in dem er sich auf dem Exerzierplatz seines Mißerfolgs vor einer Phalanx von Rekruten befunden hatte, die alle das genaue Ebenbild seiner selbst waren, ihre Unbedarftheit ausgenommen; sie konnten nicht im Gleichschritt marschieren oder sich nach links formieren oder ihre Gürtelschnallen ordentlich polieren. Er hatte seine Verzweiflung ob dieser Schatten seiner eigenen Unfähigkeit laut herausgeschrien, und der geträumte Zorn färbte auf seine Laune beim Erwachen ab. Seine erste Reaktion auf die Neuigkeiten, die Bilquìs aus Lippen herauspreßte, die die Worte nicht aussprechen wollten, war die, daß ihm nichts anderes übrigbleibe, als das Mädchen zu töten. »Welche Schande«, sagte er, »wie kann sie die Pläne ihrer Eltern so zunichte machen.« Er beschloß, sie vor den Augen seiner Verwandten in den Kopf zu schießen. Bilquìs klammerte sich an seine Schenkel, rutschte ab, als er sich in Bewegung setzte, und wurde aus dem Schlafzimmer geschleppt, während ihre Nägel sich in seine Knöchel krallten. Der kalte Angstschweiß ließ ihre gemalten Augenbrauen an ihrem Gesicht herunterrinnen. Der Geist Sindbad Mengals wurde nicht erwähnt, aber er war da, o ja. Raza Hyder betrat mit dem Armeerevolver in der Hand Good News' Zimmer und wurde vom Gekreisch der Frauen begrüßt.

Aber dies ist nicht die Geschichte meiner fallengelassenen Anna M.; als Raza die Waffe erhob, konnte er nicht abdrücken. »Werft sie aus dem Haus«, sagte er und verließ das Zimmer.

Nun ist die Nacht von Verhandlungen erfüllt. Raza in seinen Gemächern starrt auf einen nicht abgefeuerten Revolver. Abordnungen suchen ihn auf; er bleibt unnachgiebig. Dann wird die Ayah Shahbanou, die sich den Schlaf aus schwarzgeränderten Augen reibt, die Hyders Augen so ähnlich sehen, von Bilquìs entsandt, um für Good News einzutreten. »Er mag dich, weil du gut zu Sufiya Zinobia bist. Vielleicht hört er auf dich, wenn schon nicht auf mich.« Bilquìs zerfällt sichtlich, sie ist so weit gesunken, daß sie Dienstboten anbetteln muß. Shahbanou hält Good News' Geschicke in ihrer Hand – Good News, die sie getreten, geschmäht, geschlagen hat –, »Ich gehe, Begum Sahib«, sagt Shahbanou. Ayah und Vater beraten sich hinter verschlossenen Türen; »Verzeihen Sie meine Worte, Sir, aber laden Sie nicht Schande auf Schande.«

Um drei Uhr morgens läßt Raza Hyder sich erweichen. Es muß eine Hochzeit geben, das Mädchen muß einen Ehemann, irgendeinen Ehemann bekommen. So wird man sie los und erregt weniger Aufsehen, als wenn man sie hinauswirft. »Eine Hure mit einem Heim«, befiehlt Raza Bilquìs zu verkünden, »ist besser als eine Hure in der Gosse.« Naveed nennt ihrer Mutter den Namen; nicht ohne Stolz sagt sie vernehmlich zu allen Anwesenden: »Es muß Hauptmann Talvar Ulhaq sein. Niemand anders kommt in Frage.«

Telefonanrufe. Mir Harappa wird geweckt, um über die Veränderungen informiert zu werden. »Ihre hundsföttische Familie! Ich will verdammt sein, wenn ich euch das nicht heimzahle.« Iskander Harappa nimmt die Nachricht gelassen auf, gibt sie an Arjumand weiter, die im Nachthemd neben dem Telefon steht. In ihren Augen flackert etwas auf.

Iskander sagt es Haroun.

Und noch ein Anruf – er gilt einem Polizeihauptmann, der kein Auge zugetan hat, der wie Raza einen Teil der Nacht damit verbracht hat, mit einer Pistole zu spielen. »Ich sage Ihnen nicht, was ich von Ihnen halte«, trompetet Raza in den Hörer, »aber sehen Sie zu, daß Sie morgen zur Stelle sind, und schaffen Sie mir das nichtsnutzige Weibsstück vom Hals. Keine Paisa Mitgift, und kommen Sie mir nie mehr unter die Augen.«

»Es wird mir eine Ehre sein, Ihre Tochter zu heiraten«, antwortet Talvar höflich. Und im Haushalt der Hyders beginnen Frauen, die den guten Ausgang des Ganzen kaum fassen können, ein weiteres Mal mit den Vorbereitungen für den großen Tag. Naveed Hyder geht zu Bett und schläft mit einem unschuldigen Gesichtsausdruck sofort ein. Das dunkle Henna auf ihren Fußsohlen färbt sich orange, während sie ruht.

»Scham und Schande in der Familie«, erzählt Shahbanou Sufiya am Morgen, »Bibi, du ahnst nicht, was du verpaßt hast.«

Und noch etwas geschah in dieser Nacht. Auf Universitätsgeländen, in den Basaren der Städte, im Schutz der Dunkelheit versammelte sich das Volk. Als die Sonne aufging, war klar, daß die Regierung gestürzt werden würde. An jenem Morgen gingen die Leute auf die Straßen und legten Feuer an Autos, Schulbusse, Armeelaster und an die Bibliotheken des British Council und des United States Information Service, um ihrer Unzufriedenheit Ausdruck zu verleihen. Feldmarschall A. beorderte Soldaten auf die Straßen, die die Ruhe wiederherstellen sollten. Um elf Uhr fünfzehn suchte ihn ein General auf, den alle unter dem Spitznamen »Zottiger Hund« kannten, angeblich ein Bundesgenosse des Vorsitzenden Iskander Harappa. General Zottiger Hund informierte den bestürzten Präsidenten, daß die Streitkräfte sich rundheraus weigerten, auf Zivilisten zu schießen, und daß die Soldaten eher bereit seien, ihre Offiziere zu erschießen, als ihre Mitbürger zu töten. Diese Aussage überzeugte Präsident A. davon, daß seine Zeit abgelaufen war, und um die Mittagszeit hatte General Zottig sein Amt übernommen, A. unter Hausarrest gestellt und trat im funkelnagelneuen Fernsehsender auf, um zu verkünden, der einzige Zweck seiner Machtübernahme sei es, die Nation zur Demokratie zurückzuführen; innerhalb der nächsten achtzehn Monate würden Wahlen abgehalten werden. Den Nachmittag verbrachte das Volk mit frohem Feiern; Datsuns, Taxis, das Gebäude der Alliance Française und das Goethe-Institut lieferten den Brennstoff für sein glühendes Glück.

Mir Harappa erfuhr innerhalb von acht Minuten nach Marschall A.s Rücktritt von Präsident Zottigs unblutigem Putsch. Diese zweite große Erschütterung seines Prestiges nahm dem Kleinen Mir allen Kampfgeist. Er hinterließ ein Rücktrittsschreiben auf dem Schreibtisch und floh auf sein Gut nach Daro, ohne sich damit abzugeben, weitere Entwicklungen abzuwarten; in Daro verschanzte er sich in solch trostloser Stimmung, daß die Dienstboten ihn im Flüsterton murmeln hören konnten, seine Tage seien gezählt. »Zwei Schicksalsschläge habe ich erlebt«, sagte er, »aber der dritte kommt noch.«

Iskander und Arjumand verbrachten diesen Tag mit Haroun in Karatschi. Iskander saß den ganzen Tag am Telefon, Arjumand war von den Neuigkeiten so aufgewühlt, daß sie vergaß, Haroun wegen seiner abgesagten Hochzeit zu bemitleiden. »Hör auf, so ein langes Gesicht zu machen«, sagte sie zu ihm, »die Zukunft hat begonnen.« Rani Harappa kam mit dem Zug aus Mohendscho im Glauben, sie würde einen sorgenfreien Tag bei Good News' Nikah-Feierlichkeiten verbringen, aber noch am Bahnhof erzählte ihr Iskys Chauffeur Jokio, daß die Welt sich verändert hatte. Er fuhr sie zum Rathaus, wo Iskander sie herzlich umarmte und sagte: »Gut, daß du gekommen bist. Jetzt müssen wir vor dem Volk zusammenhalten; unsere Stunde ist gekommen.« Sofort vergaß Rani alle Hochzeiten und sah mit vierzig wieder so jung aus wie ihre einzige Tochter. »Ich wußte es«, frohlockte sie innerlich. »Guter alter Zottiger Hund.«

So groß war die Aufregung an jenem Tag, daß die Nachricht von den Geschehnissen im Hause Hyder völlig unterging, während der Skandal sich an jedem anderen Tag unmöglich hätte vertuschen lassen. Hauptmann Talvar Ulhaq kam allein zur Hochzeit; er zog es vor, weder Freunde noch Verwandte in die beschämenden Umstände seiner Trauung einzuweihen. Er mußte sich in einem Polizeijeep, der glücklicherweise den Ausschreitungen der Massen entkam, durch Straßen kämpfen, in denen die Gluthitze brennender Autos lastete, und wurde von Raza Hyder mit eiskalter Förmlichkeit und Verachtung empfangen. »Es ist meine feste Absicht«, sagte Talvar zu Raza, »der beste Schwiegersohn zu sein, den Sie sich wünschen können; somit mögen Sie in ferner Zukunft Ihren Entschluß, Ihre Tochter aus Ihrem Leben zu streichen, vielleicht noch einmal überdenken.« Auf diese beherzte Rede gab Raza die kürzeste aller Antworten: »Ich mache mir nichts aus Polospielern«, sagte er.

Die Gäste, die sich durch die wankelmütige Euphorie auf den Straßen ihren Weg bis in die Residenz der Hyders zu bahnen vermocht hatten, hatten vorsichtshalber ihre ältesten, zerrissensten Kleider angezogen, und sie trugen keinen Schmuck. Sie hatten diese wenig festlichen Lumpen gewählt, um der Aufmerksamkeit des Volkes zu entgehen, das sich für gewöhnlich mit reichen Leuten abfand, aber in seiner Hochstimmung beschlossen haben könnte, die Elite der Stadt seiner Sammlung brennender Symbole hinzuzufügen. Das verwahrloste Aussehen der Gäste war eines der merkwürdigsten Merkmale jenes Tages voller Merkwürdigkeiten; Good News Hyder, gesalbt, hennabemalt und schmuckbehangen, schien in dieser Versammlung furchterfüllter Feiernder noch mehr fehl am Platz als bei dem Polospiel, das ihr Schicksal besiegelt hatte. »Als würde man in einem Palast voller Bettler verheiratet«, flüsterte sie Talvar zu, der blumenbekränzt neben ihr auf einem kleinen Podest unter dem glitzernden, spiegelverzierten Festzelt saß. Die Süßigkeiten und Köstlichkeiten des mütterlichen Stolzes Bilquìs' vertrockneten unangetastet auf langen weißgedeckten Tischen in der bizarren Atmosphäre jener erschreckten und aus den Fugen geratenen Zeit.

Warum die Gäste nicht essen wollten: die Gefahren auf den Straßen hatten sie bereits aus dem Gleichgewicht gebracht, und die Information, die ihnen auf kleinen, von Bilquìs in stundenlanger Arbeit mit der Hand geschriebenen Errata-Zetteln überreicht wurde, verstörte sie vollends – die Information, daß die Braut zwar, wie erwartet, Good News Hyder war, der Bräutigam jedoch in letzter Minute ausgetauscht worden war. »Aufgrund von Umständen, die sich unserem Einfluß entziehen«, stand auf den kleinen weißen Zetteln der Demütigung, »wird die Rolle des Ehemannes von Polizeihauptm. Talvar Ulhaq übernommen.« Diese Zeile hatte Bilquìs fünfhundertfünfundfünfzigmal schreiben müssen, und jeder einzelne Schriftzug trieb ihr die Nägel der Schande tiefer ins Herz, so daß sie, als die Gäste eintrafen und die Dienstboten die Zettel aushändigten, vor Scham so steif war, als hätte man sie an einen Baum genagelt. Als auf den Gesichtern der Gäste der Schock über den Putsch dem Bewußtsein des Ausmaßes der Katastrophe wich, die über die Hyders gekommen war, wurde auch Raza starr und wie betäubt von seiner öffentlichen Schande. Die Himalajas nicht verzehrter Speisen trieben die Eiseskälte der Scham in die Seele von Shahbanou der Ayah, die in einem Zustand so ausgesprochener Verzagtheit neben Sufiya Zinobia stand, daß sie vergaß,

Omar Chajjam Shakil zu grüßen. Der Arzt war in die Versammlung der als Gärtner verkleideten Millionäre hineingepoltert; seine Gedanken waren von der eigenen rätselhaften Verlobung mit der Schwachsinnigen, die ihn faszinierte, so absorbiert, daß er nicht wahrnahm, daß er in eine Fata Morgana aus der Vergangenheit geraten war, ein geisterhaftes Abbild jenes legendären Festes, das die drei Schwestern Shakil in ihrem alten Haus in Q. gegeben hatten. Er hielt den Errata-Zettel ungelesen in seiner plumpen, fest geschlossenen Faust, bis ihm zu guter Letzt die Bedeutung der nicht verzehrten Speisen aufging.

Es war nicht das genaue Ebenbild jenes längst vergangenen Festes. Es wurde nichts gegessen, aber trotzdem fand eine Hochzeit statt. Sollte es je eine Nikah gegeben haben, bei der niemand flirtete, bei der die engagierten Musiker von dem Geschehen so überwältigt waren, daß sie keinen einzigen Ton spielten? Gewiß gab es nicht viele Hochzeitszeremonien, bei denen der Bräutigam in letzter Minute auf seinem Podest von der frisch erworbenen Schwägerin beinahe ermordet wurde.

Ach du meine Güte, ja. Ich bedaure, Ihnen mitteilen zu müssen, daß der schlaftrunkene Dämon der Scham, der an jenem Tag über Sufiya Zinobia gekommen war, als sie die Truthähne mordete, unter dem spiegelverzierten Shamiana der Schande aufs neue in Erscheinung trat (und damit gewissermaßen diese vollkommene Katastrophe vom Tag besiegelte).

Ein Schleier überzog ihre Augen und verlieh ihnen die milchige Undurchsichtigkeit des Somnambulismus. Der Überfluß an Scham in jenem qualvollen Zelt ergoß sich in ihr überempfindliches Gemüt. Ein Feuer entsprang unter ihrer Haut, so daß sie von Kopf bis Fuß zu glühen begann, ein goldener Glanz, der das Rouge auf ihren Wangen und die Farbe auf ihren Fingern und Zehen verblassen ließ ... Omar

Chajjam Shakil begriff, was vor sich ging, doch zu spät; als er über die katatonische Versammlung hinweg rief: »Paßt auf!«, hatte der Dämon Sufiya Zinobia schon durch die Gesellschaft geschleudert, und ehe sich jemand rühren konnte, hielt sie Hauptmann Talvar Ulhaqs Kopf und drehte daran, so fest, daß er schrie wie am Spieß, denn im nächsten Augenblick mußte sein Hals brechen wie ein Strohhalm.

Good News Hyder packte ihre Schwester an den Haaren und zog mit aller Kraft, wobei sie spürte, wie die brennende Hitze der übernatürlichen Leidenschaft ihr die Finger versengte; dann schlossen sich Omar Chajjam und Shahbanou und Raza Hyder und sogar Bilquìs an, während die Gäste immer tiefer in ihre sprachlose Benommenheit versanken, entsetzt über diese letzte Artikulation der jeder Beschreibung spottenden Launen dieses Tages. Den vereinten Anstrengungen der verzweifelten fünf Menschen gelang es schließlich, Sufiya Zinobias Hände loszubekommen, bevor Talvar Ulhaq der Kopf abgerissen wurde wie einem Truthahn, doch dann grub sie ihre Zähne in seinen Hals, versah ihn mit einer zweiten Narbe als Ausgleich für den berühmten Liebesbiß und ließ sein Blut in weitem Strahl über die Versammlung spritzen, so daß ihre ganze Familie und viele der getarnten Gäste Arbeitern in einem Halal-Schlachthaus zu ähneln begannen. Talvar quiekte wie ein Schwein, und als sie Sufiya Zinobia schließlich fortzerrten, hielt sie ein Stück seiner Haut und seines Fleischs zwischen den Zähnen. Später, als er genesen war, konnte er den Kopf nie mehr nach links wenden. Sufiya Zinobia, die Verkörperung der Schande ihrer Familie und wieder einmal gleichzeitig deren Hauptursache, fiel kraftlos in die Arme ihres Verlobten, und Omar Chajjam ließ Täterin und Opfer sofort ins Krankenhaus bringen, wo Talvar Ulhaq hundertundeine Stunde lang in Lebensgefahr schwebte und Sufiya Zinobia aus ihrer selbst herbeigeführten Trance mit mehr hypnotischem Geschick geweckt werden mußte, als Omar Chajjam je zuvor hatte beweisen müssen. Good News Hyder verbrachte ihre Hochzeitsnacht in einem Wartezimmer des Krankenhauses und weinte untröstlich an der Schulter ihrer Mutter. »Dieses Ungeheuer«, schluchzte sie erbittert, »du hättest sie bei der Geburt ertränken sollen.«

Eine kurze Bestandsaufnahme aller Folgen des Hochzeitsskandals: der steife Hals von Talvar Ulhaq, der seine Polokarriere beendete; das Keimen eines Geistes der Verzeihung und Versöhnung in der Brust Raza Hyders, der sich außerstande sah, einen Mann zu ächten, den seine Tochter beinahe umgebracht hatte, so daß Talvar und Good News letzten Endes doch nicht aus dem Schoß der fluchbeladenen Familie verstoßen wurden; außerdem der beschleunigte Verfall von Bilquìs Hyder, deren Kollaps nicht länger geheimgehalten werden konnte, auch wenn sie in den folgenden Jahren kaum greifbarer war als ein flüsternd verbreitetes Gerücht, denn Raza Hyder hielt sie in einer Art unoffiziellen Hausarrests von der Gesellschaft fern.

Was noch? – Als abzusehen war, daß Iskander Harappas Volksfront bei den Wahlen sehr gut abschneiden würde, stattete Raza Isky einen Besuch ab. Bilquìs blieb zu Hause, löste ihr Haar auf und haderte mit dem Himmel, weil ihr Mann, ihr Raza, sich vor diesem Fettmaul erniedrigte, das immer alles bekam, was es haben wollte. Hyder wollte sich eine Entschuldigung für das Hochzeitsfiasko abringen, aber Iskander sagte gutgelaunt: »Du lieber Himmel, Raza, Haroun ist kein Säugling mehr, und was Ihren Talvar Ulhaq betrifft – der Coup, den er da gelandet hat, das war wirklich nicht übel. So jemanden kann ich brauchen!« Nicht lange nach diesem Treffen, sobald der Irrsinn der Wahlen vorbei war und Präsident Zottiger Hund sich ins Privatleben zurückgezogen hatte, ernannte Ministerpräsident Iskander Harappa Talvar Ulhaq zum jüngsten Polizeichef in der Geschichte des Landes und beförderte Raza Hyder zum General, dem er das Oberkommando über die Armee gab. Hyders und Harappas zogen nach Norden, in die neue Hauptstadt in den Bergen; Isky sagte zu Rani: »Von nun an bleibt Raza nichts anderes übrig, als zu mir zu halten. Er weiß, daß er bei den Skandalen, die er am Hals hat, von Glück sprechen könnte, wenn er seinen Offiziersposten behalten hätte – und ich habe ihm den Karren aus dem Dreck gezogen.«

Haroun Harappa, dem Good News das Herz gebrochen hatte, warf sich auf die Parteiarbeit, die Iskander ihm anvertraut hatte, und wurde eine Schlüsselfigur der Volksfront; und als ihm Arjumand eines Tages ihre Liebe erklärte, sagte er unwirsch: »Tut mir leid. Ich habe mich entschlossen, niemals zu heiraten.« Daß der Verlobte, den Good News hatte abblitzen lassen, die Jungfrau mit den Eisenhosen verschmähte, erzeugte in dieser unerschrockenen jungen Frau einen Haß auf alle Hyders, der nie versiegen sollte; die Liebe, die sie Haroun hatte geben wollen, brachte sie statt dessen wie eine Weihegabe ihrem Vater dar. Vorsitzender und Tochter, Iskander und Arjumand: »Manchmal«, dachte Rani, »kommt es mir vor, als wäre sie seine Frau und nicht ich.« Eine weitere wortlos übergangene Spannung im Harappa-Lager rührte aus dem Verhältnis zwischen Haroun Harappa und Talvar Ulhaq, die wohl oder übel zusammenarbeiten mußten, was sie jahrelang taten, ohne es für nötig zu befinden, ein Wort miteinander zu wechseln.

Die unauffällige Hochzeit Omar Chajjam Shakils und Sufiya Zinobias ging übrigens ohne weitere Zwischenfälle vonstatten. Aber wie stand es um Sufiya Zinobia? – Lassen Sie mich einstweilen nur so viel sagen: Das, was in ihr erneut geweckt worden war, legte sich nicht für alle Zeiten zur Ruhe. Ihre

Verwandlung von Miss Hyder in Mrs. Shakil wird (wie wir sehen werden) nicht die letzte dauerhafte Verwandlung bleiben …

Und ebenso wie Iskander, Rani, Arjumand, Haroun, Raza, Bilquìs, Dawood, Naveed, Talvar, Shahbanou, Sufiya Zinobia und Omar Chajjam zieht unsere Geschichte nun nach Norden, in die neue Hauptstadt und die uralten Berge, ihrem Höhepunkt entgegen.

Es waren einmal zwei Familien, deren Geschicke nicht einmal der Tod zu trennen vermochte. Ehe ich mit meiner Erzählung begann, war sie mir als beinahe übertrieben maskulin ausgerichtet erschienen, als eine Saga von sexueller Rivalität, von Ehrgeiz, Macht, Protektion, Betrug, Tod und Rache. Doch die Frauen scheinen die Geschichte an sich gerissen zu haben; sie haben sich vom Rand der Geschichte in ihren Mittelpunkt bewegt und verlangt, daß ihre Tragödien, Erlebnisse und Komödien aufgezeichnet werden, so daß ich mich gezwungen sah, den Verlauf meiner Erzählung in allerhand verschlungene Winkelzüge zu fassen, meine »männliche« Fabel gewissermaßen durch die Prismen ihrer entgegengesetzten »weiblichen« Seite wahrzunehmen. Inzwischen will mir scheinen, daß die Frauen genau wußten, worum es ihnen zu tun war – daß ihre Geschichten die der Männer erklären und sogar einbegreifen. Die Repression ist ein nahtloses Gewand; eine Gesellschaft, deren gesellschaftliche und sexuelle Regeln autoritär sind, die ihre Frauen unter der unerträglichen Bürde von Ehre und Schicklichkeit zermalmt, erzeugt auch Repressionen anderer Art. Umgekehrt: Diktatoren sind immer – oder zumindest in der Öffentlichkeit mit Rücksicht auf das Volk – puritanisch. Und so sehen wir, daß meine »männliche« und meine »weibliche« Fabel letzten Endes dieselbe Geschichte sind.

Ich hoffe, ich muß nicht ausdrücklich darauf hinweisen, daß sich nicht alle Frauen von einem System, wie oppressiv auch immer es sein mag, zermalmen lassen. Von Pakistan heißt es oft – und, wie ich denke, zu Recht –, daß seine Frauen weitaus eindrucksvoller seien als seine Männer ... und doch sind ihre Ketten keine Fiktion. Sie sind vorhanden. Und sie wiegen immer schwerer.

Unterdrückt man das eine, unterdrückt man auch das andere.

Aber am Ende fliegt einem alles ins Gesicht.

IV

Im fünfzehnten Jahrhundert

Neuntes Kapitel

Alexander der Große

Iskander Harappa steht im Vordergrund; er weist mit dem Finger auf die Zukunft und hebt sich gegen die Dämmerung ab. Über seinem patrizischen Profil entrollt sich die Botschaft; von rechts nach links fließen die goldenen Lettern. Ein neuer Mann für ein neues Jahrhundert. Das fünfzehnte Jahrhundert (nach dem islamischen Kalender) lugt hinter dem Horizont hervor und streckt lange, schimmernde Finger in den morgendlichen Himmel. Die Sonne geht schnell auf in den Tropen. Und an Iskys Finger glitzert ein Ring der Macht, der die Sonne widerspiegelt ... das Plakat ist allgegenwärtig, es drängt sich auf die Wände von Moscheen, Friedhöfen, Freudenhäusern, prägt sich dem Geist ein: Isky der Magier, der die Sonne aus den schwarzen Tiefen des Meeres heraufbeschwört.

Was entsteht hier? – Eine Legende. Isky Harappa steigt auf, fällt; Isky wird zum Tode verurteilt, die Welt ist entsetzt, sein Urteilsvollstrecker wird von Telegrammen überschwemmt, doch er setzt sich darüber hinweg, schüttelt sie ab, ein mitleidloser Henker, verzweifelt, angsterfüllt. Und dann Isky tot und begraben; Blinde erhalten an seinem Märtyrergrab das Augenlicht zurück. Und in der Wüste erblühen tausend Blumen. Sechs Jahre an der Macht, zwei Jahre im Gefängnis, eine Ewigkeit unter der Erde ... die Sonne geht auch schnell unter. Von den sandigen Landzungen der Küste aus kann man sehen, wie sie ins Meer eintaucht.

Der Vorsitzende Iskander Harappa, der tot, Pierre Cardins und der Geschichte entkleidet ist, wirft weiterhin seinen

Schatten. Seine Stimme flüstert ins innere Ohr seiner Feinde – ein melodischer, erbarmungsloser Monolog, der an ihren Hirnen nagt wie ein Wurm. Ein Ringfinger weist aus dem Grab, die Beschuldigungen funkeln an ihm. Iskander sucht die Lebenden heim; die schöne Stimme, die goldene Stimme, die den Schimmer der Morgendämmerung verheißt, flüstert und flüstert unaufhaltsam, ununterdrückbar. Arjumand ist sich dessen sicher. In späterer Zeit, als die Plakate abgerissen sind, in der Zeit nach der Schlinge, die sich wie die Nabelschnur eines Babys um ihn wand und doch so viel Ehrerbietung zeigte, daß sie keinerlei Spuren auf seinem Hals hinterließ; als Arjumand mit einer Mutter, die aussieht wie eine Großmutter und sich weigert, an die Gottähnlichkeit ihres toten Mannes zu glauben, in dem wiederum geplünderten Mohendscho eingesperrt ist – da erinnert die Tochter sich, konzentriert sich auf Details, sagt sich, daß die Zeit kommen wird, da Iskander wieder zur Geschichte gehören wird. Seine Legende ist in ihrer Obhut. Arjumand wandelt durch die verwüsteten Gänge des Hauses, liest billige Liebesromane, ißt wie ein Vogel und nimmt Abführmittel, sie entleert sich von allem, um Raum für die Erinnerungen zu schaffen. Die Erinnerungen füllen ihr Gedärm, ihre Lungen, ihre Nase; sie ist die Grabschrift ihres Vaters, und sie weiß es.

Fangen wir am Anfang an. Die Wahlen, die Iskander an die Macht brachten, verliefen (ich muß es zugeben) nicht ganz so lauter, wie es bei mir den Anschein hatte. Wie sollten sie das auch, in einem Land, das in zwei tausend Meilen voneinander entfernte Flügel geteilt war, in diesem phantastischen Vogel von Land – zwei Flügel ohne Körper, voneinander getrennt durch eine riesige Landmasse, das Land ihres größten Feindes, vereint nur durch Gott ... Sie erinnert sich an den ersten Tag, an die tosenden Massen vor den Wahllokalen. O Verwirrung jener, die zu lange unter Militärherrschaft gelebt und die die einfachsten Regeln der Demokratie verlernt haben. Zahllose Männer und Frauen wurden von den Ozeanen des Chaos fortgerissen, außerstande, die Wahlurnen oder gar die Stimmzettel auszumachen, außerstande, ihre Stimme abzugeben. Andere, kraftvollere Schwimmer in jenen Meeren konnten dagegen ihre Vorliebe zwölf- bis dreizehnmal zum Ausdruck bringen. Wahlhelfer der Volksfront, die das undisziplinierte Wählerverhalten nicht ohne weiteres hinnehmen wollten, unternahmen heroische Versuche, um zu retten, was zu retten war. Die wenigen städtischen Wahlkreise, deren Ergebnisse im Widerspruch zum Wahlverhalten des gesamten Westflügels standen, wurden des Nachts von enthusiastischen Parteimitgliedern aufgesucht, die den Wahlleitern halfen, eine Neuauszählung durchzuführen. Auf diese Weise wurde vieles geklärt. Vor den abweichlerischen Wahllokalen hatten sich Demokraten in großer Zahl versammelt, und viele von ihnen hielten brennende Holzscheite über dem Kopf, in der Hoffnung, damit neues Licht auf die Auszählung zu werfen. In den Straßen brach die Morgendämmerung an, während die Massen laut und rhythmisch sangen und die Wahlleiter bei ihrer Arbeit anspornten. Und bis zum Morgen hatte der Wille des Volkes sich durchgesetzt, und Vorsitzender Isky hatte eine riesige und absolute Mehrheit der Sitze des Westflügels in der neuen Nationalversammlung gewonnen. *Harte Gerechtigkeit*, erinnert Arjumand sich, *aber immerhin Gerechtigkeit.*

Aber die eigentlichen Schwierigkeiten entstanden im Ostflügel, in diesem modernen Sumpf. Bevölkert von wem? – Oh, von Wilden, von sich unablässig vermehrenden Dschungelbewohnern, die zu nichts taugten als dazu, Jute und Reis anzubauen, sich gegenseitig abzustechen und in ihren Reisfeldern Verräter heranzuziehen. Die Perfidie des Ostens: sie war erwiesen, weil es der Volksfront nicht gelungen war, dort auch nur einen Sitz zu ergattern, während das Gesindel der Volksliga, einer regionalen Partei bürgerlicher Unzufriedener, an deren Spitze der bekanntermaßen unfähige Scheich Bismillah stand, einen so überwältigenden Sieg errang, daß sie zuletzt mehr Parlamentssitze innehatte, als Harappa im Westen errungen hatte. *Gebt den Leuten die Demokratie, und dann seht, was sie damit anfangen.* Der Westen im Schock, ein Flügel, der flattert, gequält von der entsetzlichen Vorstellung, die Regierung einer Partei von Sumpfeingeborenen überlassen zu müssen, kleinen, dunkelhäutigen Menschen mit einer zungenbrecherischen Sprache voll verzerrter Vokale und verschluckter Konsonanten. Betrübt entsandte Präsident Zottiger Hund eine riesige Armee, die im Osten wieder einen Begriff der Verhältnismäßigkeit herstellen sollte.

Arjumands Gedanken verweilen nicht bei dem darauf folgenden Krieg, stellen nur fest, daß die götzendienerische Nation zwischen den beiden Flügeln natürlich die östlichen Hunde voll und ganz unterstützte, unzweifelhaft in Befolgung der Doktrin des »Teile und herrsche«. Ein furchtbarer Krieg. Im Westen detonierten heidnische Sprengkörper in Ölraffinerien, Flughäfen, den Häusern gottesfürchtiger Zivilisten. Die endgültige Niederlage der westlichen Streitkräfte, die zur Folge hatte, daß der Ostflügel zur autonomen Nation *(lachhaft)* und zum internationalen Pflegefall wurde, war zweifellos das Werk von Fremdkörpern: von Götzenanbetern und gottverdammten Yankees, jawohl. Der Vorsitzende besuchte die Vereinten Nationen und schnauzte diese Eunuchen an: »Ihr werdet uns nicht vernichten, solange ich lebe!« Er stürmte aus der Generalversammlung, gutaussehend, leidenschaftlich, eindrucksvoll: »Mein Land steht hinter mir! Was soll ich in diesem Harem von Transvestiten-Huren?« und kehrte nach Hause zurück, um in den Überresten des Landes Gottes die Regierung wieder zu übernehmen. Scheich Bismillah, der die

Teilung bewerkstelligt hatte, wurde das Oberhaupt der Dschungelbewohner. Später – das war vorauszusehen – stürmten sie seinen Palast und durchlöcherten ihn und seine Familie. Genau das Benehmen, das man von solchen Typen erwartet.

Die Katastrophe: Während des ganzen Kriegs wurde in den Nachrichten stündlich von den ruhmreichen Erfolgen der westlichen Regimenter im Osten berichtet. An jenem letzten Tag verkündete das Radio um elf Uhr vormittags die letzte und spektakulärste dieser Waffentaten; um zwölf Uhr informierte es seine Zuhörer lakonisch von dem Undenkbaren: bedingungslose Kapitulation, Erniedrigung, Niederlage. In den Straßen der Städte stockte der Verkehr. Das Mittagessen der Nation blieb ungekocht. In den Dörfern wurde das Vieh nicht gefüttert und die Saat trotz der Hitze nicht gewässert. Vorsitzender Iskander Harappa wurde zum Ministerpräsidenten ernannt und analysierte die nationale Reaktion auf die unbegreifliche Kapitulation treffend als gerechten Zorn, von Scham geschürt. Welches Unglück konnte sich so plötzlich der Armee bemächtigt haben? Welche Wende konnten ihre Geschicke so schnell und so unwiderruflich genommen haben, daß sechzig Minuten genügten, um den Sieg in den Untergang zu verwandeln? »Die Verantwortung für diese verhängnisvolle Stunde«, erklärte Iskander, »liegt, wie sich von selbst versteht, bei der Führung.« Polizisten mit Hunden umstellten innerhalb von fünfzehn Minuten nach diesem Urteil das Haus von Ex-Präsident Zottiger Hund. Er wurde ins Gefängnis gebracht, wo ihm wegen Kriegsverbrechen der Prozeß gemacht werden sollte; doch dann bot der Vorsitzende, der die Stimmung seines Volkes in Betracht zog, eines Volkes, das der Niederlage überdrüssig war und sich nach Aussöhnung sehnte und danach, keine weiteren Analysen der Schande hören zu müssen, dem Zottigen Hund eine Begnadigung an, wenn dieser sich mit einem Hausarrest einverstanden erklärte. »Sie sind unsere schmutzige Wäsche«, sagte Iskander zu dem inkompetenten alten Mann, »aber zu Ihrem Glück verlangt niemand, daß man Sie auf einem Stein sauber klopft.«

Es gab Zyniker, die sich über diese Begnadigung lustig machten, aber das versteht sich von selbst, denn jede Nation hat ihre Nihilisten. Diese Subjekte wiesen darauf hin, daß Iskander Harappa der Hauptnutznießer des Bürgerkriegs gewesen war, der sein Land entzweigerissen hatte; sie verbreiteten Gerüchte über seine Mittäterschaft an der ganzen betrüblichen Geschichte. »Zottiger Hund«, munkelten sie in ihren schäbigen Löchern, »war immer Harappas Schoßhund, hat Isky aus der Hand gefressen.« Solche negativistischen Elemente sind eine unschöne Begleiterscheinung des Lebens. Der Vorsitzende begegnete ihnen mit Verachtung. Bei einer Massenkundgebung knöpfte Iskander Harappa vor zwei Millionen Menschen sein Hemd auf. »Was habe ich zu verbergen?« rief er. »Man behauptet, ich hätte mich bereichert; dabei habe ich eine ganze Hälfte meines geliebten Landes verloren. Sagt mir, ist das ein Gewinn? Ist das ein Vorteil? Ist das ein Glück? Mein Volk, eure Herzen sind vom Kummer gezeichnet; seht her, mein Herz weist die gleichen Wunden auf wie eure.« Iskander Harappa riß sich das Hemd vom Leib und zerriß es; er bot der jubelnden, weinenden Menge seine unbehaarte Brust dar. (Das hatte der junge Richard Burton einst in dem Film *Alexander der Große* getan. Die Soldaten liebten Alexander, weil er ihnen die Narben zeigte, die er in den Schlachten davongetragen hatte.)

Manche Männer sind so groß, daß niemand als sie selbst sie zerstören kann. Die besiegte Armee brauchte eine neue Führung; Isky schickte die in Verruf geratene alte Garde in den vorzeitigen Ruhestand und übergab Raza Hyder das Kommando. »Er wird zu mir halten. Und mit einem so kompromittierten Führer kann die Armee nicht zu mächtig werden.« Diese eine Fehleinschätzung sollte das Verderben des fähigsten Staatsmanns bewirken, der je dieses Land regierte, ein Land, das in der Wahl seiner Staatsoberhäupter so tragisch vom Unglück, vom Fluch verfolgt war.

Die Macht, Liebe zu erwecken, konnten sie ihm nie verzeihen. Arjumand in Mohendscho, voller Erinnerungen, gestattet sich in der Rückbesinnung, die in ihrem Geist bewahrten Bruchstücke der Vergangenheit in das Gold des Mythos zu verwandeln. Während des Wahlkampfs waren nicht selten Frauen an ihn herangetreten und hatten ihm im Beisein seiner Ehefrau und seiner Tochter ihre Liebe erklärt. Auf den Dörfern saßen Großmütter in den Bäumen, wenn er vorbeiging, und riefen herunter: »He, du, wenn ich dreißig Jahre jünger wäre!« Männer schämten sich nicht, ihm die Füße zu küssen. Warum liebten sie ihn? »Ich bin Hoffnung«, erklärte Iskander seiner Tochter … und Liebe ist ein Gefühl, das in anderen Menschen Widerhall findet. Die Leute sahen die Liebe in Isky, er war ganz offenkundig davon erfüllt, von den Zehen bis zum Scheitel, sie floß aus ihm und wusch die anderen rein. – Woher kam sie? – Arjumand weiß es; ihre Mutter weiß es. Ein umgeleiteter Strom. Isky hatte zwischen den Fluß und sein Ziel einen Damm gesetzt. Zwischen sich und Pinkie Aurangzeb.

Anfangs hatte Arjumand Fotografen damit beauftragt, Pinkie heimlich aufzunehmen – Pinkie im Basar mit einem gerupften Huhn in der Hand, Pinkie im Garten, die sich auf einen Stock stützte, Pinkie wie eine längliche getrocknete Dattel nackt unter der Dusche. Sie ließ diese Bilder dem Vorsitzenden zukommen. »Guck! Allah, sie ist fünfzig Jahre alt, sieht aus wie hundert, auf jeden Fall wie siebzig, was ist an ihr noch dran?« Auf den Fotografien sah man ein aufgeschwemmtes Gesicht, ungepflegtes, dünnes, weißes Haar, Beine mit Krampfadern. »Hör auf, mir diese Bilder zu zeigen!« schrie Iskander seine Tochter an (daran erinnert sie sich, weil er ihr gegenüber so gut wie nie die Beherrschung verlor). »Meinst du, ich wüßte nicht, was ich ihr angetan habe?«

Wenn ein großer Mann dich berührt, alterst du zu schnell, du lebst zu intensiv und wirst verbraucht. Iskander Harappa verfügte über die Macht, den Alterungsprozeß der Frauen in seinem Leben zu beschleunigen. Pinkie dachte mit fünfzig schon längst nicht mehr an Truthähne, und selbst die Erinnerung an ihre einstige Schönheit war ihr entschwunden. Und auch Rani hatte gelitten, wenn auch weniger, weil sie weniger von ihm gehabt hatte. Natürlich hatte sie sich Hoffnungen gemacht; aber als sie begriff, daß er sie nur auf Wahltribünen neben sich haben wollte, daß ihre Zeit vorbei war und nicht wiederkehren würde, da ging sie ohne Widerrede nach Mohendscho zurück und wurde wieder Herrin über Pfauen und Jagdvögel und Federball spielende Konkubinen und leere Betten, weniger Mensch denn Teil des Gutes, ein wohlwollender Schutzgeist des Hauses, ebenso rissig und spinnwebenbedeckt wie das alternde Haus selbst. Und Arjumand ist immer zu aufgedreht gewesen, zu frühreif, altklug und pfeilschnell. »Deine Liebe frißt uns auf«, sagte sie zum Vorsitzenden, »wir werden alle vor dir sterben. Du verzehrst uns.«

Doch letzten Endes sollten sie ihn alle überleben. Seine umgeleitete Liebe (denn er sah Pinkie nie wieder, griff nie zum Telefon, schrieb nie einen Brief, und nie kam ihr Name über seine Lippen; die Fotografien waren das letzte, was er von ihr sehen sollte) ergoß sich über das Volk, bis Hyder eines Tages die Quelle zumauerte.

Sie ergoß sich auch über Arjumand, mehr als ihr lieb sein konnte. Sie zog mit ihm in die Residenz des Ministerpräsidenten in der neuen Hauptstadt im Norden, und eine Zeitlang hielt Rani die Korrespondenz mit ihr aufrecht, schlug junge Männer vor, schickte sogar Fotos; doch Arjumand zerriß die Briefe und die Fotos zu Schnipseln, die sie der Mutter zurückschickte. Nachdem sie jahrelang potentielle Ehemänner zerrissen hatte, brachte die Jungfrau mit den Eisenhosen Ranis Hoffnungen schließlich zu Fall und durfte ihren selbstgewählten Weg weiterverfolgen. Sie war dreiundzwanzig, als Isky Ministerpräsident wurde, sah aber älter aus, und obwohl sie immer noch schöner war, als ihr guttat, nagte der Zahn der Zeit an ihren Aussichten, und zu guter Letzt hatte sie keine Freier mehr. Zwischen Arjumand und Haroun herrschte Schweigen. *Er hat mich schon vor langer Zeit zerrissen.*

Arjumand Harappa schloß ein Jurastudium ab, engagierte sich in der Grünen Revolution, warf Zamindars aus ihren Palästen, öffnete Kerker, führte Überfälle auf die Häuser von Filmstars an, lachte, wenn das Schwarzgeld zwischen den Sprungfedern hervorquoll. Vor Gericht setzte sie den Feinden des Staates mit einer ausgeklügelten Grausamkeit zu, die ihrem Spitznamen eine neue und weniger zotige Bedeutung verlieh; eines Tages fand sie in ihren Büroräumen einen Scherzartikel vor, den ein Witzbold hinterlassen haben mußte, der in der Nacht zuvor eingebrochen war: die untere Hälfte einer alten rostigen Rüstung, ein Paar hohnerfüllter metallener Beinkleider stand in Habachtstellung, mit zusammengeschlagenen Hacken, auf dem Teppich. Und die hohle Taille umgürtete ein Eisengürtel mit Vorhängeschloß. Arjumand Harappa, die Jungfrau mit den Eisenhosen.

An diesem Abend weinte sie, als sie auf dem Fußboden im Arbeitszimmer ihres Vaters saß und den Kopf an seine Knie lehnte. »Sie hassen mich.« Iskander packte sie und schüttelte sie, bis die Verwunderung ihre Tränen versiegen ließ. »Wer haßt dich?« wollte er wissen. »Das solltest du dich fragen. Es sind meine Feinde, die auch die deinen sind, und unsere Feinde sind die Feinde des Volkes. Ist es eine Schande, von solchen Hunden gehaßt zu werden?« Da begriff sie, wie Liebe Haß erzeugt. »Ich erschaffe dieses Land«, sagte Iskander ruhig zu ihr, »ich erschaffe es so, wie ein Mann sich eine Ehe aufbaut. Mit Stärke und mit Fürsorge. Keine Zeit für Tränen, wenn du mitmachen willst.« Sie wischte sich die Augen und grinste. »Polygamist«, sie boxte ihn gegen das Bein, »was bist du doch im Grunde deines Herzens für ein altmodischer, rückständiger Typ! Ehen und Konkubinen, das ist es, was du willst. Moderner Mann, meine Fresse!«

»Mr. Harappa«, fragt der Angrez-Fernsehinterviewer, »viele Beobachter sind der Ansicht, das heißt, es herrscht die weit verbreitete Meinung, in manchen Kreisen wird behauptet, Ihre Gegner unterstellen, wie stehen Sie zu der Hypothese, Ihr Regierungsstil könnte in gewisser Weise unter bestimmten Gesichtspunkten, vielleicht bis zu einem gewissen Grad als ...«
»Inzwischen schickt man offenbar Kinder, um mich zu interviewen«, unterbricht Isky. Der Interviewer hat angefangen zu schwitzen. Nicht im Bild, aber Arjumand hat es nicht vergessen.
»... aristokratisch«, sagt er schließlich, »autokratisch, intolerant, repressiv bezeichnet werden?«
Iskander Harappa lächelt, lehnt sich in seinem Louis-quinze-Sessel zurück, schlürft Roohafza aus einem Kristallglas. »Man könnte sagen«, erwidert er, »daß ich Idioten nicht besonders gern um mich habe. Aber wie Sie sehen, toleriere ich sie.«
Arjumand in Mohendscho läßt die Videobänder von ihrem Vater laufen. Dieses Gespräch, das in dem Raum abgespielt wird, wo es geführt wurde, überwältigt sie – diese elektronische Wiederauferstehung per Fernbedienung. Ja, er tolerierte

sie alle. Sein Name war der Geschichte in Lettern von glühendem Gold eingeprägt; warum sollte er sich über das Blech aufregen, das dieses unverschämte Gesindel von sich gab? Hier haben wir es auf dem Band, typisch für einen westlichen Journalisten, in der Jauchegrube zu graben und eimerweise Dreck hochzuschaufeln. Er hat mich gefoltert, jaulen sie, er hat mich gefeuert, mich ins Gefängnis gesteckt, ich bin um mein Leben gelaufen. Gutes Fernsehen: Laß unsere Führer wie Eingeborene aussehen, wie Wilde, auch wenn sie im Ausland studiert haben und teure modische Anzüge tragen. Ja, die Unzufriedenen, nichts anderes interessiert sie.

Auseinandersetzungen waren ihm stets zuwider. Tu, was er gesagt hat, und tu es gleich, fut-a-fut, oder du fliegst in hohem Bogen raus. Das einzig mögliche Vorgehen. Man bedenke, was für Mitarbeiter er hatte – sogar die Minister. Sie hängten ihre Mäntelchen nach dem Wind, arbeiteten in die eigene Tasche – Quislinge, Opportunisten, alle miteinander. Er traute keinem dieser Typen über den Weg, und deshalb rief er die Federal Security Force mit Talvar Ulhaq an der Spitze ins Leben. »Wissen ist Licht«, sagte der Vorsitzende Iskander Harappa.

Seine Sehergabe ermöglichte Talvar Ulhaq, erschöpfende Dossiers darüber zusammenzutragen, wer wen bestach, über Verschwörungen, Steuerhinterziehung, gefährliches Gerede bei Dinnerpartys, über Studentensekten, Homosexualität, die Keime des Verrats. Seine Sehergabe ermöglichte ihm, einen zukünftigen Verräter zu verhaften, ehe dieser seinen Verrat beging, und so dem Kerl das Leben zu retten. Die negativistischen Elemente attackierten die FSF, sie hätten das große reinigende Licht gern ausgeschaltet, deshalb wanderten sie ins Gefängnis, dorthin, wo die Unzufriedenen hingehören. In einer Periode der nationalen Regenerierung waren solche Subjekte fehl am Platz. »Als Nation zeichnen wir uns durch

eine ausgeprägte Neigung zur Selbstzerstörung aus«, erklärte Iskander einmal Arjumand. »Wir nagen an uns selbst, wir essen unsere Kinder, wir ziehen jeden herunter, der aufsteigt. Aber ich versichere dir, wir werden dennoch weiterbestehen.«
»Niemand kann mich stürzen«, erklärt Iskys Geist dem elektronischen Schatten des Angrez-Journalisten, »weder die Bonzen noch die Amerikaner, und auch Sie nicht. Wer bin ich? Ich bin die Verkörperung der Liebe des Volkes.«

Massen gegen Klassen, der jahrhundertealte Gegensatz. Wer liebte ihn? »Das Volk«, das keine bloße romantische Abstraktion ist: das weiß, was es will, und das schlau genug ist, zu wissen, was ihm am meisten nützt. Wer liebte ihn? Pinkie Aurangzeb, Rani Harappa, Arjumand, Talvar, Haroun. Wie viele Unstimmigkeiten in diesem Quintett! – Zwischen Frau und Geliebter, Mutter und Tochter, sitzengelassener Arjumand und sitzenlassendem Haroun, sitzengelassenem Haroun und an sich reißendem Talvar ... vielleicht, grübelt Arjumand, haben wir seinen Sturz verschuldet. Durch unsere aufgelösten Reihen haben sie die Regimenter getrieben, die seine Niederlage bewirkten.

Sie. Bonzen, Schmuggler, Priester. Mitglieder der besseren Kreise, die sich an seine sorgenfreie Jugend erinnerten und sich der Vorstellung erwehrten, daß aus diesem verderbten Kokon ein großer Mann entwachsen sein sollte. Fabrikbesitzer, die der Wohlfahrt ihrer Arbeitskräfte nie die Aufmerksamkeit gewidmet hatten, die sie der Wartung ihrer importierten Webstühle zollten, und die er, der Vorsitzende, gezwungen hatte, das Undenkbare hinzunehmen, die Gründung von Gewerkschaften. Wucherer, Betrüger, Banken. Der amerikanische Botschafter.

Botschafter: in den sechs Jahren seiner Regierungszeit verbrauchte er neun. Außerdem fünf englische und drei russische ständige Gesandte. Arjumand und Iskander schlossen Wetten darüber ab, wie lange jeder Neuankömmling sich halten würde, und dann begann er, so glücklich wie ein Junge mit einem neuen Spielzeug, ihnen das Leben zur Hölle zu machen. Er ließ sie wochenlang auf Audienzen warten, unterbrach sie mitten im Satz, verweigerte ihnen Jagdscheine. Er lud sie zu Banketten ein, bei denen dem russischen Botschafter Schwalbennestersuppe und Pekingente serviert wurde und der Amerikaner Borschtsch und Blinis bekam. Er zeigte keine Bereitschaft, mit ihren Ehefrauen zu flirten. Vor dem britischen Botschafter gerierte er sich als frisch vom Dorf gekommener Bauernlümmel und sprach einen unverständlichen ländlichen Dialekt; den Vereinigten Staaten gegenüber verfuhr er genau umgekehrt und sprach ihren Gesandten in einem unverständlich schwülstigen Französisch an. Die Botschaften waren dauernd von Stromausfällen heimgesucht. Isky öffnete ihre Kuriersäcke und fügte den Botschafterberichten persönlich unverschämte Bemerkungen hinzu, weshalb ein Russe nach Hause beordert wurde, um gewisse ungewöhnliche Theorien über die Herkunft verschiedener führender Politbüromitglieder in seiner Korrespondenz zu erläutern; er kam nie zurück. Die Jack-Anderson-Kolumne in Amerika veröffentlichte ein absichtlich weitergegebenes Dokument, in dem der US-Delegierte an Iskanders Hof angeblich gebeichtet hatte, daß er sich sexuell schon lange stark zu Minister Kissinger hingezogen fühlte. Damit war der Botschafter erledigt. »Es hat eine Weile gedauert, bis ich in Schwung kam«, gab Iskander gegenüber Arjumand zu, »aber als ich es einmal heraus hatte, hatten die Kerle keine ruhige Stunde mehr.«

Er ließ Zweiwegwanzen in ihren Telefonen installieren, und seither mußte der sowjetische Botschafter jedesmal, wenn er den Hörer abhob, eine Endlosschleife von *Hail to the Chief* hören, während der Amerikaner mit den gesammelten Be-

trachtungen des Vorsitzenden Mao beglückt wurde. Er schmuggelte eine Reihe schöner Jungen ins Bett des britischen Botschafters, zum großen Erstaunen, um nicht zu sagen Entzücken seiner Frau, die es sich daraufhin zur Gewohnheit machte, sich sehr früh auf ihr Zimmer zurückzuziehen – für den Fall des Falles. Er verwies Kulturattachés und Landwirtschaftsattachés des Landes. Er bestellte Botschafter um drei Uhr morgens in sein Büro und beschimpfte sie bis zur Dämmerung, beschuldigte sie der Konspiration mit religiösen Fanatikern und unzufriedenen Textilmagnaten. Er verstopfte ihre Abflüsse und zensierte ihre Eingangspost, enthielt den Engländern ihre Abonnements von Pferderennjournalen vor, den Russen den *Playboy* und den Amerikanern alles übrige. Der letzte der neun Amerikaner hielt sich nur acht Wochen, er starb an einem Herzinfarkt zwei Tage vor dem Putsch, der Isky entthronte und dem Spiel ein Ende bereitete. »Wenn ich lange genug durchhalte«, überlegte der Vorsitzende, »gelingt es mir vielleicht, das ganze internationale diplomatische Geflecht zu zerreißen. Den anderen werden die Botschafter ausgehen, bevor mir die Puste ausgeht.«
Im fünfzehnten Jahrhundert kam ein großer Mann an die Macht. Ja, er schien allmächtig zu sein, er konnte seine Späße mit den Gesandten der Mächtigen treiben, *seht mich an*, sagte er, *mich kriegt ihr nicht*. Unsterblicher, unverwundbarer Harappa. Er gab den Leuten Stolz ... der zehnte amerikanische Botschafter traf nach Iskanders Verhaftung ein, mit einem Gesichtsausdruck seliger Erleichterung. Als er Raza Hyder sein Beglaubigungsschreiben überreichte, murmelte er leise: »Verzeihen Sie, Sir, ich hoffe, Sie teilen nicht den Sinn für Humor Ihres Vorgängers.«
»Die nationale Stabilität«, erwiderte Hyder, »ist kein Gegenstand von Scherzen.«
Einmal, als Arjumand ihren Vater in seinem Höllenloch von

Gefängnis besuchte, zwang der blau und grün geschlagene, abgezehrte, an Ruhr erkrankte Iskander ein Lächeln auf seine Lippen. »Dieser zehnte Hund scheint ein richtiges Arschloch zu sein«, sagte er unter Schmerzen. »Ich wünschte, ich hätte es bis zu zweistelligen Zahlen geschafft.«
Im fünfzehnten Jahrhundert ... doch allen Plakaten zum Trotz erfolgte im Jahr seines Aufstiegs keine Jahrhundertwende. Das war erst später. Aber sein Auftritt war so beeindruckend, daß die tatsächliche Jahrhundertwende, die vom dreizehnten zum vierzehnten Jahrhundert, als sie sich wirklich ereignete, ziemlich enttäuschte. *Seine Größe bezwang die Zeit selbst.* EIN NEUER MANN FÜR EIN NEUES JAHRHUNDERT ... ja, er leitete es ein, der Zeit voraus. Doch sie spielte ihm übel mit. Die Rache der Zeit: sie ließ ihn hängen.

Sie hängten ihn mitten in der Nacht, schnitten ihn ab, packten ihn ein und übergaben ihn Talvar Ulhaq, der ihn in einem Flugzeug verstaute und nach Mohendscho flog, wo zwei bewachte Frauen warteten. Als der Leichnam ausgeladen war, weigerten sich Pilot und Mannschaft der Fokker Friendship, die Maschine zu verlassen. Das Flugzeug wartete am äußersten Ende der Rollbahn von Mohendscho auf Talvar, es versprühte einen zitternden Nebel, als fürchtete es sich, einen Augenblick länger als unbedingt notwendig an diesem Ort zu verweilen. Rani und Arjumand wurden im Dienstwagen nach Sikandra gefahren, dem Gelände außerhalb Mohendschos, wo die Harappas seit jeher beerdigt wurden. Und sahen inmitten der Marmorschirme der Gräber ein frisches, tiefes Loch. Talvar Ulhaq stand in Habachtstellung neben dem in Weiß gehüllten Körper. Rani Harappa, inzwischen weißhaarig, wie das Phantom Pinkie Aurangzebs, wollte nicht weinen. »Er ist es also«, sagte sie. Talvar, mit steifem Genick, verneigte sich aus der Taille. »Beweisen Sie

es«, sagte Rani Harappa. »Zeigen Sie mir das Gesicht meines Mannes.«
»Das sollten Sie sich ersparen«, erwiderte Talvar. »Er wurde erhängt.«
»Schweigen Sie!« sagte Rani. »Schlagen Sie das Tuch zurück!«
»Ich bedaure außerordentlich«, Talvar Ulhaq verneigte sich wieder, »aber ich habe meine Befehle.«
»Was für Befehle?« Ranis Stimme blieb ruhig. »Wer wollte mir das verweigern?« Doch Talvar sagte noch einmal: »Ich bedaure aufrichtig« und senkte seinen Verräterblick. Talvar und Raza, der Polizist und der Soldat: Iskys Männer.
»Dann ist etwas mit dem Leichnam nicht in Ordnung«, sagte Rani, und Talvar erstarrte. »Ihr Mann ist tot«, fuhr er sie an, »was soll noch mit ihm sein?«
»Dann lassen Sie mich ihn durch das Laken küssen«, flüsterte Rani und beugte sich zu der eingewickelten Gestalt nieder. Talvar machte keinen Versuch, sie daran zu hindern, bis er begriff, was sie vorhatte, und da hatte sie bereits mit ihren Fingernägeln ein klaffendes Loch in das Tuch gerissen, und Iskanders aschfahles Gesicht starrte sie mit offenen Augen an.
»Ihr habt sie nicht einmal geschlossen.« Arjumand sprach zum ersten Mal. Doch ihre Mutter verstummte und starrte gebannt auf fleischige Lippen, silbernes Haar, bis sie weggezogen wurde … »Nur zu«, sagte Rani, »begrabt den Beweis eurer Schande. Ich habe alles gesehen.« Die Sonne sprang über den Horizont, als sie Iskander ins Grab legten.
»Wenn man jemanden erhängt«, sagte Rani wie aus weiter Ferne auf der Heimfahrt im Wagen, »quellen seine Augen vor. Das Gesicht verfärbt sich. Die Zunge hängt aus dem Mund.«
»Amma, ich bitte dich.«

»Der Darm entleert sich, aber das können sie in Ordnung gebracht haben. Es roch nach Desinfektionsmitteln.«
»Hör auf damit.«
»Vielleicht auch das Gesicht, sie haben Leute, die so etwas herrichten, die die Zunge abschneiden, damit die Lippen sich schließen lassen. Vielleicht haben sie Visagisten beschäftigt.«
Arjumand Harappa hielt sich die Ohren zu.
»Aber eines konnten sie nicht retuschieren. Am Hals eines Gehenkten hinterläßt der Strang seine Spuren. Iskanders Hals war unberührt.«
»Pfui Teufel«, sagte Arjumand, »mir wird schlecht.«
»Begreifst du denn nicht?« schrie Rani Harappa. »Wenn der Strang keine Spuren hinterlassen hat, dann deshalb, weil er vorher schon tot war. Bist du zu blöde, um das zu begreifen? *Sie haben einen Toten gehängt!*«
Arjumands Hände fielen in den Schoß. »O Gott!« Der unberührte Hals: der Tod hatte keine Visitenkarte hinterlassen. Ganz unsinnigerweise rief Arjumand plötzlich: »Was redest du so groß daher, Amma? Was weißt du schon vom Erhängen und den ganzen Sachen?«
»Du vergißt«, sagte Rani nachsichtig, »daß ich den Kleinen Mir gesehen habe.«

An jenem Tag versuchte Rani zum letzten Mal, ihre alte Freundin Bilquìs anzurufen. »Bedaure«, sagte eine Stimme, »Begum Hyder kann nicht ans Telefon kommen.«
»Dann stimmt es«, dachte Rani, »arme Bilquìs. Er hat sie genauso eingesperrt.«
Rani und Arjumand wurden genau sechs Jahre in Hausarrest gehalten, zwei Jahre vor der Hinrichtung Iskander Harappas, vier danach. In dieser Zeit kamen sie einander um nichts näher, was daran lag, daß ihre Erinnerungen völlig unvereinbar waren. Eines jedoch hatten sie gemeinsam: keine von

beiden beweinte jemals Iskanders Tod. Eine kleine Gebirgskette von Armeezelten in Mohendscho, die wie durch ein Erdbeben in dem Hof aufgeworfen worden war, in dem Raza Hyder sich einst an einen Pfahl gebunden hatte, sorgte dafür, daß ihre Augen trocken blieben. Das heißt, sie lebten auf enteignetem Boden, in besetztem Gebiet, und die Eindringlinge sollten keine Tränen an ihnen sehen. Der verantwortliche Aufseher, ein gewisser Hauptmann Ijazz, ein junger Kerl mit Bürstenhaarschnitt und beständigem Flaum auf der Oberlippe, der sich hartnäckig weigerte, sich zu einem Schnurrbart zu verdichten, versuchte anfangs, sie dazu aufzustacheln. »Weiß der Himmel, was mit euch los ist«, sagte er achselzuckend. »Reicheleute-Weiber. Euer Mann ist tot, aber ihr wollt sein Grab nicht beweinen.« Rani Harappa ließ sich nicht provozieren. »Sie haben recht«, erwiderte sie, »der Himmel weiß es. Und Er weiß auch Bescheid über junge Männer in Uniform. Blechknöpfe können vor Ihm nichts verbergen.«
Während jener Jahre, die sie vor den mißtrauischen Augen der Soldaten und in der kühlen Luft der Einsamkeit ihrer Tochter verbrachte, bestickte Rani Harappa ein wollenes Tuch nach dem anderen. »Der Hausarrest macht keinen großen Unterschied, was mich betrifft«, gestand sie ganz zu Anfang einmal Hauptmann Ijazz. »Er bedeutet nur, daß neue Gesichter da sind, mit denen man ab und zu einmal ein paar Worte wechselt.«
»Bilden Sie sich bloß nicht ein, ich sei Ihr Freund«, schrie Ijazz, dem Schweiß auf den flaumigen Lippen glitzerte. »Wenn wir den Schweinehund erst getötet haben, konfiszieren wir das Haus. Das ganze Gold und Silber, die ganzen unanständigen ausländischen Gemälde von nackten Frauen und von Männern, die halb Pferd sind. Muß alles weg.«
»Fangen Sie mit den Bildern in meinem Schlafzimmer an«, riet ihm Rani. »Sie sind am meisten wert. Und sagen Sie mir

Bescheid, wenn ich Ihnen helfen soll, das echte Silber vom Blech auszusortieren.«
Hauptmann Ijazz war keine neunzehn Jahre alt, als er nach Mohendscho kam, und in seiner jugendlichen Unsicherheit war er hin- und hergerissen zwischen dem prahlerischen Auftreten, das aus seiner Verlegenheit erwuchs, daß er ausersehen war, so erlauchte Damen zu bewachen, und der ängstlichen, linkischen Schüchternheit seiner Jugend. Als Rani Harappa sich anbot, ihm bei der Plünderung von Mohendscho zu helfen, entzündete der Funke seiner Scham den Zunder seines Stolzes, und er befahl seinen Männern, einen Scheiterhaufen aus Kostbarkeiten vor der Veranda aufzuschichten, auf der sie mit gleichgültigem und gefaßtem Gesicht saß und an einem Tuch arbeitete. Babar Shakil hatte in seiner kurzen Jugend einen Stapel Reliquien verbrannt; Hauptmann Ijazz, der nie von dem Jungen, der ein Engel wurde, gehört hatte, entzündete dieses Freudenfeuer in Mohendscho von neuem – das Feuer, in dem Menschen das verbrennen, was sie aus der Vergangenheit bedrückt. Und diesen ganzen Tag der Feuersbrunst über leitete Rani Harappa den Wandalismus der Soldaten und sorgte dafür, daß die erlesensten Möbel und die wertvollsten Kunstwerke den Weg in die Flammen nahmen. Zwei Tage später kam Ijazz zu Rani, die wie gewöhnlich in ihrem Schaukelstuhl saß, und entschuldigte sich unbeholfen für seine unbeherrschte Tat. »Aber nein, das war eine gute Idee«, erwiderte sie, »ich mochte das alte Zeug sowieso nicht, aber Isky hätte nie zugelassen, daß ich es wegwerfe.« Nach dieser Brandschatzung Mohendschos begann Ijazz Rani Harappa mit Ehrerbietung zu behandeln, und am Ende der sechs Jahre betrachtete er sie als Mutter, denn er war unter ihren Augen erwachsen geworden. Ijazz, dem ein normales Leben und die Kameradschaft der Kaserne vorenthalten war, gewöhnte sich an, Rani sein Herz auszuschütten, all seine un-

ausgegorenen Träume von Frauen und einer kleinen Farm im Norden.
»Es ist wohl mein Schicksal«, dachte Rani, »daß die Leute mich für ihre Mutter halten.« Sie erinnerte sich, daß selbst Iskander gegen Ende diesem Irrtum unterlegen war. Das letzte Mal, als er Mohendscho besuchte, hatte er sich gebückt und ihr die Füße geküßt.
Beide Frauen rächten sich an ihrem Gefängniswärter. Rani brachte ihn dazu, sie zu lieben, mit dem Ergebnis, daß er sich selbst haßte; aber Arjumand tat etwas, was sie nie zuvor getan hatte: sie zog sich todschick an. Die eiserne Jungfrau wiegte sich in den Hüften, wackelte mit dem Po und warf allen Soldaten verheißungsvolle Blicke zu, doch am meisten dem pfirsichgesichtigen Hauptmann Ijazz. Ihr Auftreten hatte dramatische Auswirkungen. Kämpfe brachen in dem kleinen Segeltuchhimalaja aus, Zähne wurden ausgeschlagen, Soldaten brachten ihren Kameraden Messerwunden bei. Ijazz selbst tobte innerlich, von einer so leidenschaftlichen Begierde erfaßt, daß ihm schien, er müsse platzen wie ein mit gefärbtem Wasser gefüllter Ballon. Eines Nachmittags, als Rani schlief, lauerte er Arjumand auf. »Glauben Sie bloß nicht, ich wüßte nicht, worauf Sie es anlegen«, warnte er sie, »ihr Millionärshuren! Ihr denkt, ihr könnt tun, was euch paßt. Wenn ein Mädchen in meinem Dorf sich so aufführen würde, würde man es steinigen – so was Billiges – Sie wissen, was ich meine.«
»Lassen Sie mich ruhig steinigen«, versetzte Arjumand. »Nur zu.«
Einen Monat später sprach Ijazz sie wieder an. »Die Männer wollen Sie vergewaltigen«, rief er verzweifelt. »Ich sehe es ihren Gesichtern an. Warum sollte ich sie auch daran hindern? Ich sollte sie gewähren lassen; Sie rufen diese Schande selbst auf Ihr Haupt herab.«

»Ich habe nichts dagegen«, antwortete Arjumand, »aber Sie müssen der erste sein.«
»Dirne!« verfluchte er sie in ohnmächtigem Zorn. »Sie wissen genau, daß Sie uns ausgeliefert sind! Niemand interessiert sich dafür, was mit Ihnen geschieht.«
»Ich weiß«, sagte sie.
Am Ende des Hausarrests, als Arjumand Hauptmann Ijazz ins Gefängnis werfen und langsam zu Tode foltern ließ, war er vierundzwanzig Jahre alt, doch sein Haar war wie das des verstorbenen Iskander Harappa vor der Zeit schneeweiß geworden. Als er in die Folterkammer gebracht wurde, sagte er, ehe er zu schreien anfing, nur diese Worte: »Alles schon dagewesen.«

Rani Harappa vollendete im Schaukelstuhl auf ihrer Veranda in sechs Jahren insgesamt achtzehn Tücher – die schönsten, die sie je schuf; doch statt ihre Arbeit der Tochter oder den Soldaten zu zeigen, legte sie jedes Tuch, sobald es fertig war, in eine schwarze Metalltruhe voller Mottenkugeln, die sie verschloß. Den Schlüssel zu dieser Truhe hatte sie als einzigen behalten dürfen. Alle übrigen Schlüssel trug Hauptmann Ijazz an einem großen Schlüsselring, der an seinem Gürtel hing, was Rani an Bilquìs Hyder erinnerte, Bilquìs, die unter dem Einfluß des Nachmittagwindes zwanghaft die Türen verschloß. *Arme Bilquìs*. Rani vermißte ihre Unterhaltungen am Telefon. Die Taten der Männer hatten dieses Band zwischen den Frauen zertrennt, die lebenspendende Schnur, deren unsichtbare Schwingungen zu verschiedenen Zeiten Trostbotschaften übermittelt hatten, zuerst in die eine und dann in die andere Richtung.
Da kann man nichts machen. Rani arbeitete phlegmatisch an ihren wunderbar schönen Tüchern. Zuerst hatte Hauptmann Ijazz ihr Nadel und Faden vorenthalten wollen, aber sie be-

schämte ihn so, daß er es schnell aufgab. »Glauben Sie etwa, ich wollte mich Ihretwegen erstechen, junger Mann«, sagte sie zu ihm. »Oder was denken Sie sich? Daß ich mich an einer Schlinge aus Stickgarn erhängen will?« Die Gelassenheit von Iskanders Frau (das war, bevor er starb) trug den Sieg davon. Ijazz willigte sogar ein, aus den Vorräten des Quartiermeisters Wollknäuel in der von ihr verlangten Farbe und Menge zu requirieren, und daraufhin machte sie sich erneut an die Arbeit und webte ihre Tücher, diese weichen Felder, auf denen sie alsdann die lebensvollen und magischen Früchte ihrer Zauberkunst erstehen ließ.

Achtzehn Tücher, in einer Truhe verschlossen: auch Rani bewahrte ihre Erinnerungen. In den Gedanken seiner Tochter lebte Harappa der Märtyrer, der Halbgott fort; aber keine zwei Gedächtnisse stimmen je überein, auch wenn der Gegenstand ihrer Erinnerungen derselbe ist ... Rani zeigte ihre Arbeit niemandem, bis sie die Truhe Jahre später Arjumand als Geschenk schickte. Niemand sah ihr über die Schulter, wenn sie arbeitete. Weder Soldaten noch Tochter interessierten sich für das, was Mrs. Harappa tat, um sich die Zeit zu vertreiben.

Eine Grabschrift aus Wolle. Die achtzehn Tücher der Erinnerung. Jeder Künstler hat das Recht, seiner Schöpfung einen Namen zu geben, und Rani sollte einen Zettel in die Truhe legen, ehe sie diese ihrer wieder zu Macht gekommenen Tochter schickte. Auf diesem Zettel sollte der von ihr gewählte Titel stehen: »Die Schamlosigkeit Iskanders des Großen«. Und sie sollte eine überraschende Unterschrift darunter setzen: *Rani Humayun.* Ihr eigener Name, aus der Mottenkiste der Vergangenheit hervorgeholt.

Was stellten die achtzehn Tücher dar?

In ihrer Truhe verschlossen, sagten sie unaussprechliche Dinge, die niemand hören wollte: das Federball-Tuch, auf dem vor einem limonengrünen Hintergrund und eingefaßt von einer zierlichen Bordüre aus sich überlappenden Schlägern und Federbällen und Rüschenhöschen der große Mann unbekleidet lag, während um ihn herum die rosahäutigen Konkubinen tollten, denen die Sportkleidung anmutig vom Leibe fiel; wie brillant waren die Falten der im Wind flatternden Kleidungsstücke dargestellt, wie geschickt waren Licht und Schatten eingefangen! Die weiblichen Gestalten schienen die Beengung durch weiße Hemden, Büstenhalter, Turnschuhe nicht ertragen zu können, sie warfen sie ab, während Isky, auf den linken Ellbogen gestützt, müßig dalag und ihre Huldigungen entgegennahm, *ja, ich weiß, du hast ihn zum Heiligen erhoben, liebe Tochter, du hast alles geschluckt, was er dir vorgesetzt hat, seine Abstinenz, das Zölibat eines Papstes des Orients, aber er hat es nie lange durchhalten können, der Vergnügungssüchtige, der sich als Werkzeug der Pflicht ausgab, der Aristokrat, der auf seinen Feudalrechten beharrte – niemand verstand es besser als er, die eigenen Sünden zu verbergen, aber ich kannte ihn, vor mir konnte er nichts verbergen, ich sah, wie die weißen Mädchen im Dorf anschwollen und platzten, ich wußte von den bescheidenen aber regelmäßigen Geldgeschenken, die er ihnen zukommen ließ, denn Harappa-Kinder dürfen schließlich nicht hungern, und nach seinem Sturz kamen sie zu mir.* Und das Ohrfeigen-Tuch: Iskander, der Tausende von Malen seine Hand erhob – gegen Minister, gegen Botschafter, gegen widersetzliche Geistliche, gegen Mühlenbesitzer, gegen Dienstboten, gegen Freunde; es war, als wäre jeder Schlag abgebildet, den er je ausgeteilt hatte, *und wie oft er es getan hat, Arjumand, nicht bei dir, das hätte er nicht gewagt, und deshalb wirst du es nicht glauben, aber sieh nur die unauslöschliche Röte, die seine Hand auf den Wangen seiner Zeitgenossen hervorrief.* Und das Tuch mit den Tritten: Iskander,

der Hinterteile mit den Stiefeln traktiert und in ihren Besitzern Gefühle erzeugt, die man nicht als Liebe bezeichnen kann. Und das zischende Tuch, auf dem Iskander im Amtszimmer seines Ruhms thront, mit so minutiös wiedergegebenen Einzelheiten, daß man diesen furchterregenden Raum beinahe riechen konnte – jenen Ort der spitzen Betonbögen, wo seine eigenen Worte gerahmt an der Wand hingen und die Mont-Blanc-Füller wie schwarze Alpen in ihrem Ständer auf seinem Schreibtisch standen – sogar die weißen Sterne hatte die penible Nadel herausgearbeitet –, jenen Raum der Schatten und der Macht, wo kein Schatten leer war, wo in jedem Schattenfleck Augen glitzerten, rote Zungen blitzten, silberfädiges Geflüster über das Tuch raschelte: Iskander und seine Spitzel, die Oberspinne im Herzen des Netzes aus Lauschern und Flüsterern; sie hatte die silbrigen Fäden des Netzes gestickt, die strahlenförmig von seinem Gesicht ausgingen, mit Silberfäden machte sie die spinnwebartigen Schrecken jener Zeiten offenbar, als Männer ihre Söhne anlogen und zornige Frauen nur in den Wind flüstern mußten, um fürchterliche Rache auf ihre Liebhaber herabzubeschwören, *du hast nie die Furcht gekannt, Arjumand, die darin bestand, sich zu fragen, was er wußte*. Und das Folter-Tuch, auf das sie die faulige Ausdünstung der Gewalt in seinen Gefängnissen stickte – Gefangene mit verbundenen Augen, die an Stühle gefesselt waren, während die Wärter sie mit Eimern voll Wasser überschütteten, das im einen Augenblick kochendheiß war (der Dampf aus Fäden stieg empor) und im nächsten eiskalt, bis die Körper der Opfer die Orientierung verloren und kaltes Wasser auf ihrer Haut Brandwunden hervorrief: rot gestickte Striemen erhoben sich wie Narben auf dem Tuch. Und das weiße Tuch, Weiß auf Weiß gestickt, so daß es seine Geheimnisse nur dem schärfsten und durchdringendsten Auge enthüllte: es zeigte Polizisten, weiß von Kopf bis

Fuß – denn er hatte ihnen neue Uniformen gegeben –, weiße Pickelhauben, Pistolenhalfter aus weißem Leder, weiße Reitstiefel bis zum Knie, Polizisten, die Diskotheken betrieben, in denen der Alkohol ungeniert ausgeschenkt wurde, weiße Flaschen mit weißen Etiketten, weiße Pulver, geschnupft von weißen Handschuhrücken, *er stellte sich blind, verstehst du, er wollte eine starke Polizei und eine schwache Armee, er war vom Weiß geblendet, Tochter.* Und das Tuch der Flüche, Iskanders Mund so weit aufgerissen wie der Höllenschlund, die Flüche dargestellt durch widerliches Getier, das von seinen Lippen kroch: purpurrote Küchenschaben, knallrote Echsen, türkisfarbene Egel, braune Skorpione, indigoblaue Spinnen, weiße Ratten, *denn auch damit hat er nie aufgehört, wie selektiv dein Ohr war, Arjumand.* Und die Tücher der internationalen Schande: Isky, der vor primelgelben chinesischen Füßen zu Kreuze kroch, Isky, der sich mit Pahlevi verschwor, der Idi Amin umarmte; der eschatologische Iskander, der auf einer Atombombe ritt; Harappa und Zottiger Hund, die wie grausame Jungen einem smaragdfarbenen Huhn die Kehle aufschlitzten und eine Feder nach der anderen aus seinem östlichen Flügel rupften. Und die Wahl-Tücher, eines für den Wahltag, mit dem seine Herrschaft begann, eines für den Tag, der zu seinem Sturz führte; Tücher, auf denen es von Gestalten wimmelte, deren jede ein atemberaubend lebensechtes Porträt eines Mitglieds der Volksfront war, Gestalten, die Siegel erbrachen, die Wahlurnen vollstopften, die Köpfe einschlugen, Gestalten, die in Wahlkabinen stolzierten und die Bauern bei der Abstimmung überwachten, stöckeschwenkende, gewehrbewehrte Gestalten, Brandstifter, Pöbel; und auf dem Tuch der zweiten Wahl waren dreimal so viele Gestalten wie auf dem ersten, aber trotz der Überfülle auf dem Feld ihrer Kunst war kein einziges Gesicht anonym, jedes winzige Wesen war erkennbar, es war eine Anklage im größten Maßstab, den man sich vorstellen konnte, *und selbstverständlich hätte er auf jeden Fall gewonnen, Tochter, keine Frage, er hätte einen achtbaren Sieg errungen, aber er wollte mehr als das, nur die Vernichtung war das angemessene Los seiner Gegner, er wollte sie wie Küchenschaben unter seinem Stiefel zerquetschen, ja, auslöschen, und am Ende traf es statt dessen ihn, glaub nicht, daß es ihn nicht überraschte, er hatte vergessen, daß er nur ein Mensch war.* Und das allegorische Tuch: Iskander und der Tod der Demokratie – seine Hände um ihre Kehle, er erwürgte die Demokratie, deren Augen hervorquollen, deren Gesicht blau anlief, deren Zunge hervortrat; sie saß in ihrem Pyjama da, ihre Hände wurden zu Haken, die den Wind zu greifen versuchten, und Iskander drückte und drückte mit geschlossenen Augen, während im Hintergrund die Generäle zusahen. Durch die wundergleiche Geschicklichkeit der Stickerin spiegelte sich der Mord in den Spiegelbrillen wider, die sie alle trugen, alle bis auf einen mit tiefen schwarzen Ringen um die Augen, und über seine Wangen flossen Tränen, und hinter den Generälen standen andere Gestalten und spähten über uniformierte Schultern, über Epauletten, unter Achselhöhlen durch, Amerikaner mit Bürstenschnitt und Russen in ausgebeulten Anzügen und sogar der große Zedong persönlich, sie sahen alle zu, sie brauchten keinen Finger zu rühren, *nicht nötig, hinter deinem Vater nach anderen zu suchen, Arjumand, nicht nötig, Verschwörer zu jagen, er erledigte ihre Arbeit für sie, sie brauchten noch nicht einmal zu furzen, ich bin Hoffnung, sagte er immer, und das war er, aber er zog dieses Mäntelchen aus und verwandelte sich in etwas anderes;* Iskander, der Meuchelmörder der Möglichkeit, verewigt auf einem Tuch, auf dem sie, die Künstlerin, sein Opfer als junges Mädchen, klein, körperlich gebrechlich und geistig gestört dargestellt hatte: als Modell hatte sie sich ihrer Erinnerung an ein schwachsinniges und folglich unschuldiges Kind bedient, an Sufiya Zinobia Hyder (nunmehr Shakil), die unter Iskanders unnachgiebiger Faust keuchte und blau anlief. Und das autobiographische Tuch, das Bildnis der Künstlerin als alter Vettel, das Selbstporträt, auf dem Rani sich dieselben Materialien zugeteilt hatte, aus denen das Haus bestand: Holz, Ziegel, Blech; ihr Körper verschmolz mit Mohendscho, sie war Erde und Risse und Spinnen, und ein feiner Dunst des Vergessens hüllte die Szene ein; das war das vierzehnte Tuch. Und das fünfzehnte war das Tuch des fünfzehnten Jahrhunderts, das berühmte Plakat, aus Garn neu geschaffen; Iskander, der in die Zukunft wies, nur war da nichts am Horizont, keine Finger der Morgenröte, nichts als die endlosen Wellen der Nacht. Und dann Pinkies Tuch, auf dem sie Selbstmord beging. Und die letzten zwei Tücher waren die schlimmsten: das Tuch der Hölle, die, wie Omar Chajjam als Kind entdeckt hatte, in unmittelbarer Nähe von Q. im Westen des Landes lag, wo die Separatistenbewegung nach der Abspaltung des Ostens nicht mehr wiederzuerkennen war und die Schafficker ins Kraut geschossen waren, aber Iskander hatte sie erledigt; dort war alles in Scharlachrot festgehalten, in Scharlachrot und nichts als Scharlachrot, was er im Namen von Nie-mehr-Sezession, Kein-neuer-Ostflügel getan hatte; die Leichen übersäten das Tuch, Männer ohne Genitalien, abgetrennte Beine, Gedärm anstelle von Gesichtern, die Fremdenlegion der Toten, die die Erinnerung an Raza Hyders Verwaltungszeit auslöschte oder diese Zeit im nachhinein sogar freundlich, milde erscheinen ließ, *denn er war unvergleichlich, dein Mann des Volkes, Tochter, dein Meister der Volksnähe, ich kann die Leichen auf meinem Tuch nicht mehr zählen, zwanzig-, fünfzig- hunderttausend Tote, wer weiß, wie viele, und es gibt nicht genug scharlachrotes Garn auf Erden, um das Blut zu zeigen*, Leute, die mit dem Kopf nach unten aufgehängt waren, und Hunde, die sich an ihrem Gedärm zu schaffen machten, Leute, die leblos mit Einschußlöchern als zweitem Mund grinsten, Leute, die das Festmahl der Würmer auf jenem Tuch des Todes und der Verwesung vereinigte. Und der Kleine Mir Harappa auf dem letzten all dieser Tücher: der Kleine Mir lag zuunterst in einer Truhe begraben, aber er stieg natürlich hoch, um seinen Vetter mit einem Geistergriff zu umklammern, um Iskander Harappa zur Hölle niederzuziehen ... ihr achtzehntes Tuch, größtes Meisterwerk, eine Panoramalandschaft, die steinige Erde ihres Exils erstreckte sich auf dem Stoff, von Mohendscho bis Daro, Dorfbewohner balancierten Eimer an Tragestangen auf den Schultern, Pferde liefen umher, Frauen bestellten den Boden, die Morgenröte entzündete sich in Wunderwerken von rosiger und bläulicher Stickerei: Daro erwachte, und oberhalb der Treppe der großen Veranda wiegte sich im Wind etwas Langes und Schweres, ein einzelner Leichnam nach dem Blutbad des siebzehnten Tuchs, der Kleine Mir Harappa, der unter dem vorstehenden Dach seines Familiensitzes baumelte, gestorben in den ersten Monaten der Regierungszeit des Vorsitzenden; seine gebrochenen Augen starrten auf die Stelle, wo einst der Kadaver eines ungeliebten Hundes liegengeblieben war, bis er verrottete. Ja, sie hatte seinen Körper mit einer Genauigkeit abgebildet, die einem das Herz stillstehen ließ, sie hatte nichts vergessen, weder den aufgeschlitzten Bauch noch den Schnitt unter dem Arm, durch den Mirs Herz entnommen worden war, noch die herausgerissene Zunge, nichts, und neben der Leiche stand ein Dorfbewohner, dessen bestürzte Bemerkung in Schwarz über seinen Kopf gestickt war. »Es sieht aus«, sagte er, »als habe man seinen Körper geplündert, wie ein Haus.«

Der Prozeß auf Leben und Tod wurde Iskander selbstverständlich wegen seiner angeblichen Mittäterschaft an der Ermordung des Kleinen Mir Harappa gemacht. Ebenfalls angeklagt war der Sohn des Toten, Haroun – er wurde beschuldigt, das Verbrechen ausgeübt zu haben. Er wurde jedoch *in absentia* verurteilt, da man annahm, daß er aus dem Land geflohen war, obgleich er ebensogut einfach verschwunden, untergetaucht sein konnte.

Auf Ranis achtzehntem Tuch waren keine Mörder abgebildet ... doch nun, da alle achtzehn Tücher ausgebreitet und bewundert worden sind, ist es an der Zeit, die Harappas zu verlassen, Rani und Arjumand, die in dieses Haus verbannt sind, das so verfallen ist, daß das Wasser blutrot aus den rostzerfressenen Hähnen tropft. Es ist an der Zeit, die Uhr zurückzustellen, damit Iskander aus dem Grab aufersteht, aber auch in den Hintergrund der Geschichte zurücktritt. Andere Leute haben ihr Leben gelebt, während Harappas stiegen und stürzten.

Zehntes Kapitel

Die Frau mit dem Schleier

Es war einmal eine junge Frau, Sufiya Zinobia, auch als »Schande« bekannt. Sie war von schmächtiger Gestalt, hatte eine Schwäche für Pinienkerne, und ihre Arme und Beine waren beim Gehen nicht ganz koordiniert. Trotz dieses gehtechnischen Defekts wäre sie jemand Fremdem nicht als auffällig anormal erschienen, denn in ihren ersten einundzwanzig Lebensjahren war sie mit den üblichen körperlichen Attributen ausgestattet worden – einschließlich eines zarten ernsthaften Gesichts, das sie erstaunlich erwachsen wirken ließ und das darüber hinwegtäuschte, daß es ihr nicht gelungen war, mehr als den Verstand einer Siebenjährigen zu erhaschen. Sie hatte sogar einen Ehemann, Omar Chajjam Shakil, und sie beklagte sich nie darüber, daß ihre Eltern ihr einen Mann ausgesucht hatten, der ganze einunddreißig Jahre älter war als sie, das heißt, älter als ihr eigener Vater. Ungeachtet aller Äußerlichkeiten sollte unsere Sufiya Zinobia sich jedoch in Wahrheit als eines jener übernatürlichen Wesen erweisen, jener Racheoder Zerstörungsengel, Werwölfe oder Vampire, denen wir gern in Geschichten begegnen – und während es uns kalt den Rücken herunterläuft, denken wir mit einem dankbaren oder sogar wohligen Seufzer, daß es ganz gut so ist, daß sie nichts weiter sind als Erfindungen und Erdichtungen; denn wir wissen (aber würden es nie zugeben), daß die bloße Möglichkeit ihrer Existenz die Regeln, an denen wir uns orientieren, und die Mechanismen, mittels deren wir die Welt zu bewältigen suchen, jeder Grundlage berauben würde.

In Sufiya Zinobia Shakil lauerte ein Untier. Das Wachsen dieses unnennbaren Ungeheuers ist uns nicht verborgen geblieben; wir haben gesehen, wie es sich in gewissen Abständen des Mädchens bemächtigt hat und von ganz bestimmten Gefühlen gezehrt hat. Zweimal erkrankte sie und wäre beinahe gestorben; und vielleicht waren beide Erkrankungen – das Gehirnfieber und der Zusammenbruch des Immunsystems – Versuche ihres normalen Ichs, der Sufiya-Zinobia in ihr, das Untier zu überwältigen, koste es sie auch das eigene Leben. Aber das Untier wurde nicht zerstört. Und vielleicht hätte man nach dem Angriff auf ihren Schwager ahnen müssen, daß das, was an ihr nicht Untier war, der blutrünstigen Kreatur in ihr immer weniger widerstehen konnte. Doch als es Omar Chajjams flüsternder Stimme schließlich gelang, ihre Trance aufzuheben, erwachte sie erfrischt und entspannt, offensichtlich ohne zu wissen, daß sie Talvars Polokarriere beendet hatte. Das Untier war wieder eingenickt, aber die Stangen seines Käfigs waren zerbrochen. Dennoch herrschte allgemeine Erleichterung. »Die arme Kleine hat sich so aufgeregt, daß sie durchgedreht ist«, sagte Shahbanou die Ayah zu Omar Chajjam, »aber jetzt geht's ihr wieder gut, Gott sei Dank.«

Raza Hyder beraumte eine Besprechung mit Shakil an, auf der er ihm edelmütig anbot, von der angetragenen Heirat Abstand zu nehmen. Der ebenfalls anwesende uralte Geistliche Maulana Dawood konnte nicht länger an sich halten, als er das vernahm. Sein ursprünglicher Widerstand gegen die Eheschließung hatte sich in den nebligen Labyrinthen seines hohen Alters verflüchtigt, und der alte Mann heulte wie eine heimtückische Gewehrkugel: »Diese Teufelin und dieses Kind von Teufelinnen«, rief er, »sollen sie irgendwo anders ihre Hölle gemeinsam aufmachen!« Omar Chajjam erwiderte würdevoll: »Sir, ich bin ein Mann der Wissenschaft. Zum

Teufel mit diesem Teufelsquatsch! Soll ich einen geliebten Menschen verstoßen, nur weil er krank wurde? Es ist im Gegenteil meine Pflicht, ihn gesund zu machen. Und eben das tue ich.«

Ich bin auch jetzt nicht weniger enttäuscht von meinem Helden als zuvor; da ich nicht zu Obsessionen neige, fällt es mir schwer, seine Besessenheit zu begreifen. – Doch muß ich gestehen, daß seine Liebe zu dem gestörten Mädchen allmählich echt aussieht ... was meine Vorbehalte dem Burschen gegenüber nicht entkräftet. Die Menschen haben eine auffallende Begabung, sich einzureden, bestimmte Aspekte ihres Verhaltens seien wahrhaftig und edelmütig, die in Wahrheit eigennützig, vorgeschoben und niederträchtig sind. – Wie dem auch sei: Omar Chajjam beharrte auf der Hochzeit.

Bilquìs Hyder, deren Verstand die Ereignisse an Good News' Hochzeitstag verwirrt hatten, erwies sich als unfähig, eine zweite Hochzeit vorzubereiten. Als Sufiya Zinobia aus dem Krankenhaus entlassen wurde, weigerte ihre Mutter sich, mit ihr zu sprechen; doch am Vorabend der Hochzeit kam sie in das Zimmer, in dem Shahbanou das Mädchen salbte und seine Haare flocht, und hielt eine so umständliche Rede, daß jedes Wort offenkundig ein schweres Gewicht war, das sie aus dem bodenlosen Brunnen ihrer Pflicht heraufholte. »Du mußt dir vorstellen, du seist ein Ozean«, sagte sie zu Sufiya Zinobia. »Ja, und den Mann stell dir als Meeresgeschöpf vor, denn so sind die Männer; um leben zu können, müssen sie in dir ertrinken, in den Gezeiten deines verborgenen Fleisches.« Ihre Augen schweiften unkonzentriert umher. Sufiya Zinobia schnitt eine Grimasse zu diesen unverständlichen mütterlichen Überlegungen und erwiderte störrisch mit ihrer Stimme einer Siebenjährigen, die auch die grausig verstellte Stimme des schlafenden Ungeheuers war: »Ich hasse Fisch.«

Was ist angesichts von Nacht, Gefahr, von Unbekanntem der stärkste Drang des Menschen? – Wegzulaufen, die Augen abzuwenden und zu fliehen, so zu tun, als galoppiere die Bedrohung nicht in Siebenmeilenstiefeln auf einen zu. Der Wille zu ignorieren, die unerschütterliche Torheit, mit der wir alles aus dem Bewußtsein ausmerzen, was das Bewußtsein nicht ertragen kann. Es ist gar nicht nötig, den Vogel Strauß heraufzubeschwören, um diesen Drang symbolisch auszudrücken; die Menschheit ist mit vorsätzlicherer Blindheit geschlagen als jeder fluguntaugliche Vogel.

Bei Sufiya Zinobias Hochzeit (eine Veranstaltung im kleinsten Kreis: keine Gäste, keine Festzelte, die drei Mütter aus Q. kamen nicht, und auch Dawood hielt sich fern, so daß nur Hyders und Rechtsanwälte und Shakil übrigblieben) zwang Raza Hyder Omar Chajjam, einer Klausel im Nikah-Vertrag zuzustimmen, die es ihm untersagte, seine Braut ohne vorherige Erlaubnis ihrer Eltern aus deren Haus zu holen. »Ein Vater«, erklärte Raza, »kann nicht ohne die kostbaren Schätze seines Herzens leben« – woraus man ersehen kann, daß seine neue Liebe zu Sufiya lichterloher brannte denn je, und geblendet von dieser gleißenden Flamme, weigerte er sich, die Wahrheit über sie zu erkennen. In den folgenden Jahren redete er sich ein, wenn er seine Frau einschlösse, sie hinter Mauern und mit Läden verschlossenen Fenstern verberge, könne er seine Familie vor dem unheilvollen Vermächtnis ihres Blutes, vor seinen Leidenschaften und Qualen retten. (Denn wenn Sufiya Zinobias Seele Qualen litt, so war sie doch auch das Kind einer wahnsinnigen Frau, und das könnte ebenfalls eine gewisse Erklärung sein.)

Auch Omar Chajjam wollte nichts sehen. Geblendet von der Wissenschaft, heiratete er Hyders Tochter. Sufiya Zinobia lächelte und aß Laddoos von einem mit Silberpapier geschmückten Teller. Shahbanou die Ayah machte sich mit der Geschäftigkeit einer Mutter um sie herum zu schaffen.

Ich wiederhole: in zivilisierten Gesellschaften ist kein Platz für Ungeheuer. Wenn solche Geschöpfe über die Erde streifen, dann an ihrem äußersten Rand, von den gesellschaftlichen Konventionen des Unglaubens an die Peripherien verschlagen ... doch einmal alle Jubeljahre geht etwas schief. In den Festen des Anstands und der Schicklichkeit wird ein Untier geboren, ein *»falsches Wunder«*. Das war das Gefährliche an Sufiya Zinobia: daß sie nicht in einer Wildnis voller Basilisken und Unholde auftrat, sondern im Herzen der ehrbaren Welt. Und folglich unternahm diese Welt eine große Willensanstrengung, um zu ignorieren, was es mit ihr auf sich hatte, um zu vermeiden, daß man sich mit ihr, dem Avatara des Chaos, hätte befassen und sie aus der Gesellschaft ausschließen müssen – denn dies hätte offengelegt, was auf keinen Fall bekanntwerden-durfte, die unaussprechliche Wahrheit nämlich, daß auf Kulturboden Barbarei wachsen konnte, daß unter dem wohlgebügelten Hemd der Anständigkeit die Roheit lauern konnte. Daß Sufiya Zinobia, wie ihre Mutter gesagt hatte, die Verkörperung ihrer aller Schande war. Sufiya Zinobia zu verstehen hätte geheißen, das Selbstverständnis dieser Leute wie Kristall zu zerschlagen; und deshalb wollten sie natürlich nicht verstehen, und das gelang ihnen – jahrelang. Je mächtiger das Untier wurde, desto größer waren die Anstrengungen, seine Existenz zu leugnen ... Sufiya Zinobia überlebte die meisten Mitglieder ihrer Familie. Manche starben um ihretwillen.

Keine Träume vom Versagen mehr, kein Drillen blauäugiger Rekruten mehr; Raza Hyder wurde von Iskander Harappa befördert, und Omar Chajjam willigte ein, mit allen anderen nach Norden zu ziehen. Sein Ruf als Arzt und Hyders erneuter

Einfluß sicherten Omar die Position des ranghöchsten Facharztes am Mount-Hira-Krankenhaus in der neuen Hauptstadt, und dann waren sie weg, mit zusammengerolltem Bettzeug und Ayahs und allem, und bald schwebten sie in den Lüften über der breiten Hochebene im Norden, die zwischen zwei Flüssen lag, das Potwar-Plateau, die Bühne, auf der sich fünfhundert Meter über dem Meeresspiegel Großes abspielen sollte.

Dünne Erdschicht über porösem Puddingstein ... doch trotz der dünnen Erdschicht erzeugte die Hochebene eine unvorstellbare Menge regengenährter Frucht; die Gegend war von so unglaublicher Fruchtbarkeit, daß sie es vermocht hatte, eine ganze neue Stadt hervorzubringen wie eine Blase auf der Hüfte einer alten Stadt. *Islamabad* (so könnte man sagen) aus *Rawalpindis* Rippe.

Als Maulana Dawood vom Himmel herabsah und das Potwar-Plateau und die in der Ferne funkelnden Städte erblickte, hämmerte er in sabberndem, halb senilem Entzücken an das Kabinenfenster. »Arafat«, schrie er aus vollem Hals und erschreckte eine Stewardeß, »wir sind nach Arafat gekommen«, und niemand, weder Raza, sein Freund, noch Bilquìs, seine Feindin, brachten es übers Herz, ihn aufzuklären, denn wenn der alte Mann es sich in den Kopf gesetzt hatte, daß sie auf dem heiligen Boden der Arafat-Ebene vor Mekka Sharif landen würden, nun, dann war auch das eine Art Blindheit, eine Einbildung, wie sie bei alten Leuten verzeihlich ist.

Von seinem Vorgänger erbte General Raza Hyder einen bekümmerten, über zwei Meter großen Adjutanten namens Major Shuja und eine Armee, die durch ihre Niederlage im vormaligen Ostflügel so demoralisiert war, daß sie nicht einmal mehr ein Fußballspiel gewinnen konnte. Da er um die innige Beziehung zwischen Sport und Krieg wußte, machte der neue Oberkommandierende es sich zur Aufgabe, möglichst jedem athletischen Wettbewerb beizuwohnen, an dem seine Jungs teilnahmen, denn er hoffte, die Mannschaften durch seine Anwesenheit anzuspornen. So kam es, daß Raza Hyder in den ersten Monaten seines Oberkommandos Zeuge der bemerkenswertesten Reihenfolge von Demütigungen in den Annalen des Armeesports wurde, deren Auftakt das legendäre Kricketspiel zwischen den Waffengattungen bildete, bei dem die ganze erste Mannschaft der XI. Armee verlor, ohne einen einzigen Punkt direkt mit dem Schläger zu erzielen. Die Gegner von der Luftwaffe erreichten eine ausgezeichnete Punktzahl, denn der Krieg war größtenteils ein Desaster der Armee gewesen, so daß die meisten Flieger von der Schande unberührt geblieben waren. Die Kricketspieler der Armee verloren das Spiel schließlich um eine Mannschaft und 420 Punkte; abgesehen davon, daß ein Lauf der zweiten Mannschaft der Armee nie vollendet wurde, weil der betreffende Spieler mitten im Sprint den Mut zu verlieren schien, stehenblieb, sich am Kopf kratzte, verwirrt um sich glotzte und noch nicht einmal merkte, als er vom Feld geschickt wurde ... Hyder war auch Zeuge des Hockeyspiels, in dem die Jungs von der Marine in achtzig Minuten vierzig Tore erzielten, während die Soldaten verdrießlich auf ihre gebogenen Stöcke starrten, als seien es Gewehre wie jene, die sie am Tag der Abrechnung im Osten hatten abgeben müssen. Und im neuen Nationalschwimmbad sah er mit eigenen Augen eine doppelte Tragödie: ein Taucher der Armee kam nie wieder hoch, nachdem sein Kopfsprung so danebengegangen war, daß er lieber ertrank, als aus dem Wasser seiner Schande wieder aufzutauchen, während ein anderer sich in einen noch schlimmeren Schlamassel brachte: er sprang vom höchsten Sprungbrett und landete mit einem lauten Knall auf dem Bauch, platzte wie ein mit Farbe gefüllter Ballon, und die Obrigkeit

mußte das Wasser aus dem Becken ablassen, damit man sein Gedärm aufputzen konnte. Nach dieser Geschichte suchte die kummervolle Gestalt Major Shujas den General in seinem Büro auf und deutete an, es sei vielleicht besser, bitte vielmals um Verzeihung, Sir, wenn der Oberbefehlshaber Sahib solchen Ereignissen fernbliebe, da seine Gegenwart die Scham der Jawans erhöhe und alles nur noch schlimmer mache.
»Mistkerl!« schrie Raza. »Wie kommt es, daß die ganze Armee sich von einem Tag auf den anderen in einen Haufen verschreckter Weiber verwandelt hat?«
»Das macht der Krieg, Sir«, erwiderte Shuja aus den Tiefen eines solchen Brunnens der Trostlosigkeit, daß er nichts mehr auf seine Beförderungsaussichten gab, »und, bitte vielmals um Verzeihung, Sie waren bei dieser Keilerei nicht dabei.«
Nun begriff Raza, daß seine Truppen die schreckliche Solidarität der von allen geteilten Demütigung einte, und er erriet endlich, warum ihm nie einer der anderen Offiziere in der Messe eine Limonade angeboten hatte. »Ich dachte, es sei Eifersucht«, tadelte er sich und sagte zu Shuja, der in Habachtstellung finster die Degradierung erwartete, die er für seine Unverschämtheit verdiente: »O. K., Major, was schlagen Sie vor?«
Diese Frage war so unvermutet, daß Shuja vor Überraschung aufrichtig antwortete. »Erlaubnis, offen zu sprechen, Sir?« Hyder nickte: »Von Mann zu Mann. Ganz unter uns.«
»Dann, bitte vielmals um Verzeihung, Sir, aber Rückkehr zur Armeeherrschaft. Zeit für einen Regierungswechsel, Sir!«
Hyder war verblüfft. »Führen alle Leute in dieser Stadt den Hochverrat im Munde?«
Der düstere Blick des Adjutanten verfinsterte sich noch mehr. »Der General Sahib hat gefragt, und ich habe nur geredet. Die jungen Offiziere sind unruhig, Sir, dies ist eine Armeestadt, die Armee ist Macht gewohnt, und, Sir, jeder weiß, wie

diese Politiker sind, zu nichts gut, Sir, unfähig, die Offiziere erinnern sich noch an die Zeit, als sie respektiert wurden, aber jetzt sind sie niedergeschlagen, Sir, weil heutzutage scheinbar jeder die Armee herumkujonieren kann. Bitte vielmals um Verzeihung, Sir.«

»Zum Teufel mit Ihrem Putsch«, sagte Hyder grimmig, »so wie die Dinge im Augenblick stehen, könnte ein halbes Dutzend von Isky Harappas ehemaligen Mätressen die ganze Armee auseinandernehmen.«

»Ja, Sir«, sagte Shuja und brach zu Hyders Erstaunen in Tränen aus. General Hyder rief sich ins Gedächtnis, daß der junge Riese gerade achtzehn war, und dann begannen seine allbekannt überaktiven Tränengänge sich voller Mitempfinden zu füllen, also sagte er schnell: »Um Himmels willen, Mann. Niemand stellt Sie vor ein Kriegsgericht. Aber bringen Sie die Prioritäten nicht durcheinander. Lassen Sie uns erst mal ein paar Polospiele gewinnen, ehe wir daran denken, die Regierung zu übernehmen.«

»Sehr wohl, Sir«, Shuja riß sich zusammen, »ich werde die Meinung des Generals der Polomannschaft übermitteln, Sir.«

»Was für ein Leben!« sagte Raza laut, als er allein war. »Je höher man steigt, desto dicker wird der verdammte Schlamm.« Es war ein Glück für sein Land, sinnierte er, daß der Eisenfresser gewohnt war, auf eigenen Füßen zu stehen.

Die moralische Wiederaufrüstung der Armee, muß man gerechterweise sagen, war die glanzvolle Krönung von Raza Hyders Laufbahn – meiner Meinung nach eine heiklere Arbeit als alles, was er als Präsident unternahm. Wie er es schaffte? – Er verlor Ringkämpfe.

Am Morgen nach seiner Unterhaltung mit Major Shuja wies er den Adjutanten an, Gegner für ihn auszusuchen – größtenteils gemeine Soldaten, aber auch eine repräsentative Auswahl von Offizieren. »Ich bin scharf aufs Ringen«, log er,

»und es wird Zeit, daß ich sehe, aus welchem Stoff unsere *phaelwans* von der Armee sind.«
General Raza Hyder kämpfte mit einhundertundelf Soldaten und wurde von allen geschlagen. Er machte keinen Versuch, zu gewinnen, sondern konzentrierte sich auf das weitaus schwierigere Unterfangen, gegen Gegner zu verlieren, die vergessen hatten, daß man auch gewinnen konnte – und außerdem zu verlieren, während er den Eindruck erwecken mußte, daß er mit aller Kraft um den Sieg kämpfe. »Jeder kann sehen, daß es anschlägt«, sagte er zu Omar Chajjam Shakil, der vor und nach jeder Runde den Leibarzt des Generals abgab und den die unaufhörlichen Schläge, die auf diesen neunundvierzigjährigen Körper einprasselten, mit Besorgnis erfüllten. »Ja«, erwiderte Omar Chajjam, der schmerzende Knochen und in allen Regenbogenfarben schillernde Quetschungen verarztete, »das kann jeder Trottel sehen.« Raza Hyder ließ seinen Tränen freien Lauf, wenn er von Shakils prüfenden Fingern betastet wurde, doch nannte er sie Freudentränen.
Mit seiner Ringkampf-Strategie errang Raza Hyder einen doppelten Sieg. Sie erleichterte es der Armee, ihn als Führer zu akzeptieren, weil er nun mit seinen Männern in der makabren Gemeinschaft der Schmach vereinigt war. Als Eisenfresser Sprungtritte in den Kiefer abbekam, mit den eigenen Beinen um den Hals auf die Matte geworfen wurde, vom Arm eines Infanteristen schier erdrosselt wurde; als seine Rippen brachen und seine Arme ausgekugelt wurden, da feierte die einstige Beliebtheit des Helden von Aansu ihre Auferstehung; vom Staub und der Anonymität seiner Jahre an der Militärakademie gereinigt, leuchtete sie wieder wie neu. Ja, der Eisenfresser war wieder da, größer denn je zuvor ... doch Raza war auf mehr als nur das aus gewesen, und auch sein zweites Ziel hatte er erreicht, denn als die Soldaten in den ganzen

Trainingslagern die Vernichtung des einen wahren Kriegshelden, der der Armee geblieben war, bewerkstelligten oder als tobende Zuschauer beobachteten, begannen sie, ihr Selbstvertrauen wiederzugewinnen, sie begannen zu glauben, daß sie, die sie es vermochten, den General zur Schnecke zu machen, nicht die jämmerlichen Krieger sein konnten, für die sie sich gehalten hatten. Nach einem Jahr des Ringens gebot Raza Hyder Einhalt. Er hatte beide oberen Schneidezähne verloren und zahllose andere Verletzungen erlitten. »Ich muß das nicht länger mitmachen«, sagte er zu Shuja, dessen anhaltende Niedergeschlagenheit (wenn auch etwas gemildert) sich nun als Charakterschwäche offenbarte und nicht als Ergebnis des verlorenen und mittlerweile beinahe vergessenen Krieges.

»Sagen Sie diesen Hundesöhnen«, wies Raza ihn an, »ich erwarte, daß von nun an alle Mannschaften jeden Wettbewerb gewinnen, an dem sie teilnehmen, sonst!« In der Folge nahmen die sportlichen Erfolge der Armee einen begeisternden Aufschwung.

Ich habe mich so eingehend mit dem Kampfgeist der Armee beschäftigt, weil ich erklären wollte, warum Raza Hyder während seiner Jahre als Oberbefehlshaber weder Zeit noch Aufmerksamkeit erübrigen konnte, um darauf zu achten, was seine Tochter Sufiya Zinobia in den Nächten im Schilde führte.

Die Politiker und Diplomaten gaben in der neuen Stadt den Ton an, aber die Armee beherrschte die Altstadt. Die neue Hauptstadt bestand aus zahlreichen Betongebäuden, die eine Atmosphäre spießiger Vergänglichkeit atmeten. Die geodätische Kuppel der Freitagsmoschee zeigte bereits Risse, und um sie herum brüsteten die neuen Amtsgebäude sich eitel, während sie ebenfalls auseinanderfielen. Klimaanlagen brachen zusammen, Kurzschlüsse traten auf, Abflußwasser blubberte zur Bestürzung der Klempner immer wieder in den Waschbecken hoch ... o abscheulichste aller Städte! Diese Gebäude stellten den endgültigen Triumph eines Modernismus dar, der in Wahrheit eine Art Spannbetonnostalgie war, Form ohne Funktion, der Schein islamischer Architektur ohne ihren Inhalt, Gebäude, die mehr Bögen im Mogulstil enthielten, als die Moguln sich je hätten vorstellen können, Bögen, die durch Spannbeton zu bloßen spitzen Löchern in den Wänden herabgewürdigt waren. In Wirklichkeit war die neue Hauptstadt die größte Ansammlung von Flughafenterminals auf Erden, ein Abfallcontainer für Transit-Wartehallen und Zollstellen, die niemand haben wollte – und vielleicht hatte das seine Richtigkeit, denn letzten Endes war die Demokratie in jenen Regionen nie etwas anderes gewesen als ein Zugvogel ... die Altstadt hingegen verfügte über die zuversichtliche Provinzialität des hohen Alters. Alte, breite, baumgesäumte Straßen, chaotische Basare, Slums, die gediegen übergroßen Herrenhäuser der abgereisten Angrez-Herrscher. Der Amtssitz des Oberbefehlshabers war ein neoklassizistischer Palast aus steinernen Säulenhallen, deren massive kannelierte Säulen nachempfundene griechische mit Friesen versehene Ziergiebel trugen, und kleine Haufen von Kanonenkugeln säumten die großartigen Stufen vor der Eingangstür; ein fahrbares Geschütz, mysteriöserweise »Kleine Zamzama« genannt, bewachte den hellgrünen Rasen. Das Haus war so geräumig, daß die ganze Familie ohne irgendwelche Streitereien einzog, und Good News und Talvar Ulhaq, Omar Chajjam und Sufiya Zinobia, Dawood und Shahbanou die Ayah sowie Raza und Bilquìs folgten unter dem weitläufigen Dach ihrem jeweiligen Geschick, während die fremden Götter der Griechen und Römer starr vor dem hohen blauen Himmel posierten und mit hochmütigem Gesichtsausdruck auf sie herabsahen.

Es war nicht alles so, wie es sein sollte.
»Als wäre diese verrückte Armee nicht schlimm genug«, sagte sich Raza in den ersten Tagen im Norden, »jetzt füllt sich mein eigenes Haus auch noch mit lauter Irren«, und es schien fast, als beabsichtigten die Bewohner des anachronistischen Palastes seine zornige Übertreibung buchstäblich in die Wahrheit umzusetzen.

Als Maulana Dawood eines Morgens im traditionellen Gewand eines Mekkapilgers erschien, in zwei weißen Tüchern – eins um die Lenden geschlungen und das andere nachlässig über die Brust geworfen –, mußte General Raza Hyder wohl oder übel die Möglichkeit in Betracht ziehen, daß der verknöcherte Geistliche schließlich und endlich der Woge der Senilität erlegen war, die ihn seit ihrem Flug in den Norden umspülte. Anfangs versuchte er, sich freundlich mit seinem alten Verbündeten auseinanderzusetzen. »Maulanaji«, sagte er, »wenn Sie die Pilgerfahrt machen wollen, brauchen Sie es bloß zu sagen. Ich regele alles, Flugkarten nach Arabien und was Sie wollen«, aber Dawood antwortete nur: »Was brauche ich ein Flugzeug, wenn ich bereits auf dem heiligen Boden wandle?« Danach fing der Maulana an, die Hände wie ein geöffnetes Buch ausgebreitet, durch die Stadt zu stolpern und Koranverse in einem Arabisch anzustimmen, das er infolge des Verlusts seines Verstandes mit anderen, derberen Mundarten verfälschte. Unter dem Einfluß der Senilität, die ihn glauben machte, er sähe die weit entfernten Gipfel von Abu Qubais, Thabir und Hira hinter der Stadt, und die ihn in einer Fahrradfabrik den Friedhof vermuten ließ, auf dem die Frau des Propheten begraben war, begann er, die Stadtbewohner wegen ihrer antireligiösen Blasphemien auszuschimpfen, denn natürlich waren die Männer unschicklich gekleidet und die Frauen eine Schande, sie lachten ihm ins Gesicht, wenn er sie

Huren hieß. Er war ein verrückter Alter, der nach dem Weg zur Kaaba fragte, ein bärtiger Narr in seiner zweiten Kindheit, der sich vor Fischgeschäften auf den Boden warf, als wären es die heiligen Orte Mekkas, und dabei rief: »Ya Allah!« Schließlich wurde sein Leichnam auf einem Eselskarren in die Hyder-Residenz gebracht, und der verdutzte Besitzer des Karrens sagte, der Alte sei mit den Worten verschieden: »Da ist sie! – Und sie bedecken sie mit Scheiße.« Er hatte sich in die Randbezirke der Altstadt verirrt, dorthin, wo kurz zuvor die neuen Wasserreinigungstanks mit aktiviertem Klärschlamm gefüllt worden waren, und Raza Hyder versuchte sich einzureden, daß dies der offenkundige, banale Anlaß für die letzten Worte des Maulana gewesen sei; doch in Wirklichkeit war er zutiefst verstört, denn als gläubiger Mensch hatte er Maulana Dawoods Schrullen nie als bloße Senilität abtun können; die *gatta* auf Razas Stirn schmerzte und ließ ihn denken, daß der alte Maulana vielleicht wirklich eine Vision von Mekka erblickt hatte, eine Offenbarung des Heiligen mitten in dieser unheiligen Stadt, und daß seinen letzten Worten eine schreckliche, geheimnisvolle Wahrheit innewohnen konnte. »Die Kaaba«, flüsterte Razas eigene Stimme ihm bebend ins Ohr, »sie muß es gewesen sein, er muß sie endlich gesehen haben, und sie haben sie mit Exkrementen überschüttet.« Später, als er Präsident war, sollte er diese Vision nicht mehr aus seinen Gedanken vertreiben können.

Am Ende des ersten Jahrs unter der Zivilregierung wurde General Raza Hyder Großvater. Good News schenkte hübschen, gesunden Zwillingsknaben das Leben, und der General war so begeistert, daß er Sindbad Mengal ganz vergaß. Genau ein Jahr darauf wurde Good News wieder Mutter; dieses Mal brachte sie Drillinge zur Welt. Raza Hyder war ein wenig erschreckt und witzelte nervös, an Talvar Ulhaq gewandt: »Sie haben gesagt, daß Sie ein hervorragender Schwiegersohn sein werden, aber, Baba, fünf Enkelsöhne sind wirklich genug, vielleicht nehmen Sie es mit Ihren Pflichten zu genau.« Exakt zwölf Monate danach kam Good News mit einem wunderschönen Mädchenquartett nieder, das Hyders Herz im Nu eroberte, so daß er davon absah, seiner Besorgnis über die wachsende Anzahl von Wiegen und Schnullern und Wäscheleinen und Kinderrasseln, die das Haus verstopften, Ausdruck zu verleihen. Fünf weitere Enkeltöchter stellten sich am gleichen Tag im folgenden Jahr ein, und nun konnte Hyder nicht länger schweigen. »Vierzehn Kinder mit demselben Geburtstag«, sagte er, so streng er konnte, zu dem Paar, »was habt ihr vor? Habt ihr noch nie von der Bevölkerungsexplosion gehört? Ihr solltet vielleicht gewisse Maßnahmen ergreifen«, doch bei diesen Worten erstarrte Talvar Ulhaq, bis sein ganzer Körper so steif war wie sein Hals, und erwiderte: »Sir, nie hätte ich gedacht, daß Sie so etwas sagen würden. Ich dachte, Sie seien ein frommer Mann. Maulana Dawoods Geist würde rot anlaufen, wenn er hören müßte, daß General Hyder solche gottlosen Methoden empfiehlt.« Also schämte Hyder sich und hielt den Mund, und im fünften Jahr entquollen Good News' Leib sechs weitere Kinder, drei männliche und drei weibliche. Talvar Ulhaq in seinem Mannesstolz hatte sich nämlich entschlossen, Hyders Bemerkung über zu viele Enkelsöhne zu ignorieren; und in dem Jahr, als Iskander Harappa stürzte, stieg die Zahl auf insgesamt siebenundzwanzig Kinder, und mittlerweile konnte niemand mehr angeben, wie viele Jungen und wie viele Mädchen es waren.

Begum Naveed Talvar, die frühere Good News Hyder, erwies sich dem Strom von Menschen, der unaufhaltsam zwischen ihren Schenkeln hervorquoll, als überhaupt nicht gewachsen. Doch ihr Ehemann war unerbittlich, unersättlich, sein Kinderwunsch hatte alles andere verdrängt und den Platz in seinem Leben ausgefüllt, den früher das Polospiel eingenommen hatte, und dank seiner hellseherischen Fähigkeiten wußte er immer, welche Nächte die für die Empfängnis günstigsten waren. Einmal im Jahr kam er zu ihr und befahl ihr, sich bereitzuhalten, weil es an der Zeit sei, zu säen, bis sie sich fühlte wie ein Gemüsebeet, dessen von Natur aus fruchtbarer Boden von einem übereifrigen Gärtner erschöpft wurde, und sie begriff, daß es auf dieser Welt keine Hoffnung für die Frauen gab, denn ob man ehrbar war oder nicht, die Männer legten einen rein; ganz gleich wie sehr man sich anstrengte, so damenhaft wie möglich zu sein, die Männer kamen daher und stopften einen mit fremdem ungewolltem Leben voll. Ihre alte Persönlichkeit wurde langsam zerquetscht unter dem Druck der Kinder, die so zahlreich waren, daß sie ihre Namen vergaß; sie stellte ein Heer von Ayahs ein und überließ ihre Nachkommenschaft ihrem Schicksal, und dann gab sie es auf, sich anzustrengen. Keine Versuche mehr, sich auf ihr Haar zu setzen: die eiserne Entschlossenheit, schön zu sein, die zunächst Haroun Harappa und dann Hauptmann Talvar entzückt hatte, wich aus ihren Zügen, und sie offenbarte sich als die unscheinbare, unauffällige Matrone, die sie in Wahrheit schon immer gewesen war. Arjumand Harappa, deren Haß auf Good News die Jahre nicht gemildert hatten, hielt sich über den Verfall ihrer Feindin auf dem laufenden. Der Fotograf, der einst Bilder von Pinkie Aurangzeb geschossen hatte, wurde beauftragt, Aufnahmen von Good News zu machen; diese Dias zeigte Arjumand Haroun Harappa – beiläufig, als wären sie nur eine Nebensächlichkeit. »Armer alter Junggeselle«, zog sie ihn auf, »denk nur – du hättest dein ganzes Leben mit diesem reizenden Flittchen verbringen können, wenn sie nicht einen Besseren gefunden hätte.«

Im Norden weht der Loo nicht, aber dennoch hielt Bilquìs an manchen Nachmittagen die Möbel fest, damit sie nicht weggeblasen wurden. Sie durchstreifte die Korridore ihres neuen, palastähnlichen Heimes und flüsterte leise vor sich hin, bis sie eines Tages ihre Stimme so laut erhob, daß Raza Hyder sie hörte. »Wie steigt eine Rakete zu den Sternen auf?« fragte sie in den Raum, weil sie eigentlich immer noch mit sich selbst sprach. »Die Erde zu verlassen ist nicht leicht. Wenn die Maschine aufsteigt, verliert sie Teile von sich. Sie fallen ab und bleiben zurück, bis sich schließlich die Spitze und nur die Spitze von der Anziehungskraft der Erde freimacht.« Raza Hyder runzelte die Stirn und sagte: »Gott weiß, was du da wieder zusammenfaselst, Frau«, aber trotz dieser Worte und der anschließend Omar Chajjam gegenüber geäußerten Andeutung, daß Bilquìs' Geist allmählich ebenso unstet zu schweifen begonnen habe wie ihre Füße, wußte er genau, was sie meinte: daß er zwar, wie sie es vorhergesagt hatte, in seinem Beruf den höchsten Gipfel erklommen hatte, daß jedoch während seines Aufstiegs Menschen von ihm abgefallen waren; Menschen waren die ausgebrannten Etappen auf seinem Flug zu den Generalssternen. Dawood, Good News, Bilquìs selbst: »Warum sollte ich mich schämen?« fragte er sich. »Ich habe ihnen nichts getan.«

Seit Jahren hatten die Ereignisse in ihrem Leben Bilquìs zugesetzt – Feuerwinde und wimpelschwenkende Ritter und ermordete Kinomanager, daß sie keine Söhne hatte und ihr Ehemann sie nicht mehr liebte, und Gehirnfieber und Truthähne und Erratazettel –, doch das Schlimmste von allem war, daß sie hier war, in diesem Palast, dieser königlichen Residenz, von der sie immer geträumt hatte, und feststellen mußte, daß auch das nichts änderte, daß nichts ins Lot kam, daß alles zu Asche wurde. Die Hohlheit des ersehnten Glanzes hatte ihren Geist zerrüttet, und das Verwelken ihrer geliebten Good

News, die unter der weichen Lawine ihrer Kinder erstickte und sich dennoch nicht trösten ließ, raubte Bilquìs den letzten Halt … eines Morgens sahen alle, daß Bilquìs eine schwarze Burqa, den Schleier, das heißt Purdah anlegte, obwohl sie nicht ausging und nur Familienmitglieder und Dienstboten anwesend waren. Raza Hyder fragte sie, was sie da eigentlich tue, doch sie zuckte bloß die Achseln und erwiderte: »Es wurde zu heiß, ich wollte die Vorhänge zuziehen«, denn inzwischen konnte sie fast nur noch in Metaphern sprechen. Ihr Gemurmel drehte sich um Vorhänge und Ozeane und Raketen, und bald fiel es niemandem mehr auf – wie auch der Schleier ihres Solipsismus niemandem mehr auffiel –, denn die anderen hatten ihre eigenen Probleme. Bilquìs Hyder wurde in jenen Jahren beinahe unsichtbar, ein Schatten, der die Korridore nach etwas absuchte, was er verloren hatte, vielleicht nach dem Körper, von dem er sich gelöst hatte. Raza Hyder sorgte dafür, daß sie das Haus nicht verließ … und der Haushalt führte sich von selbst, für alles gab es Dienstboten, und die Herrin des Wohnsitzes des Oberbefehlshabers war nicht einmal mehr ein Wesen, war beinahe ein Trugbild, ein Flüstern in den Winkeln des Palastes, ein Gerücht in einem Schleier.

Gelegentlich rief Rani Harappa an. Manchmal kam Bilquìs ans Telefon, manchmal nicht; wenn sie antwortete, sprach sie so leise und undeutlich, daß es Rani schwerfiel, das Gesagte zu verstehen; sie spürte nur eine tiefe Bitterkeit heraus, als könne Bilquìs ihre Freundin nicht mehr leiden, als sei Hyders vernachlässigter Frau noch genug Stolz geblieben, daß sie die Art und Weise, in der Iskander ihren Mann aufgelesen und ihn groß gemacht hatte, verabscheute. »Dein Ehemann, Rani«, sagte sie einmal laut und deutlich, »wird erst dann zufrieden sein, wenn Raza auf der Erde liegt und ihm die Stiefel leckt.«

General Hyder sollte sich bis zu seinem Todestag daran erinnern, wie er Iskander Harappa besucht hatte, um den Verteidigungshaushalt zu erörtern, und für seine Mühen ins Gesicht geschlagen worden war. »Der Etat wird dem Bedarf nicht mehr gerecht, Isky«, berichtete er dem Ministerpräsidenten, und zu seiner Verwunderung schlug Harappa so heftig auf den Schreibtisch, daß die Mont-Blanc-Füller in ihren Haltern hüpften und die Schatten in den Ecken aufgeregt zischelten. »Wessen Bedarf?« schrie Iskander Harappa. »Die Armee hat nichts zu bestimmen, mein Lieber. Nicht mehr. Schreiben Sie sich das hinter die Ohren. Wenn wir Ihnen fünfzig Paisa im Jahr zugestehen, dann müssen Sie damit auskommen. Merken Sie sich das, und machen Sie, daß Sie hinauskommen.«

»Iskander«, sagte Raza, ohne die Stimme zu erheben, »vergessen Sie Ihre Freunde nicht.«

»Ein Mann in meiner Stellung hat keine Freunde«, erwiderte Harappa. »Es gibt nur zeitweilige Bündnisse auf der Basis beiderseitigen Nutzens.«

»Dann sind Sie kein Mensch mehr«, sagte Raza zu ihm und setzte nachdenklich hinzu: »Ein Mann, der an Gott glaubt, muß auch an die Menschen glauben.« Iskander Harappas schreckliche Wut steigerte sich noch. »Nehmen Sie sich in acht, General!« donnerte er. »Ich kann Sie jederzeit zurückstopfen in die Mülltonne, aus der ich Sie geholt habe.« Er war hinter seinem Schreibtisch hervorgestürzt und schrie Raza ins Gesicht, so daß sein Speichel die Wangen des Generals netzte. »Gott vergebe Ihnen, Isky«, flüsterte Raza, »Sie wissen nicht mehr, daß wir nicht Ihre Diener sind.« In diesem Augenblick schlug Isky ihm auf die speichelfeuchte Wange. Raza schlug nicht zurück, sondern sagte sanft: »Die Röte von solchen Schlägen vergeht so bald nicht.«

Jahre später sollte Rani Harappa diese Worte bestätigen, als sie dieses Erröten auf einem Tuch verewigte.
Und in jenen späteren Jahren, als Iskander Harappa unter der Erde und seine eiserne Tochter mit ihrer Mutter eingesperrt war, sollte Raza Hyder des öfteren von dem Schlag träumen und von all den Jahren, in denen Isky Harappa ihn wie Dreck behandelt hatte. Und Arjumand war noch schlimmer gewesen, sie hatte ihn mit so unverhohlenem Haß angestarrt, daß er ihr alles zutraute. Einmal hatte Isky sie an seiner Statt zur jährlichen Armeeparade geschickt, nur um die Soldaten zu demütigen, die vor einer Frau salutieren mußten – und zudem auch noch vor einer Frau, die keine Position in der Regierung bekleidete; und Raza hatte den Fehler begangen, der eisernen Jungfrau gegenüber seine Sorgen zu erwähnen. »Mag sein, daß die Geschichte zwischen unsere Familien getreten ist«, sagte er, »und daß vieles schief gelaufen ist, aber denken Sie daran, wir sind keine Fremden, Arjumand, unsere Gemeinsamkeit reicht lange zurück.«
»Ich weiß«, sagte sie vernichtend, »meine Mutter ist Ihre Kusine, glaube ich.«

Und Sufiya Zinobia?

Sie war seine Frau, aber sie war nicht seine Frau. In Karatschi hatte man Omar Chajjam an seinem Hochzeitsabend durch eine Vertragsklausel daran gehindert, seine Braut fortzuführen; statt dessen hatte man ihn in ein Zimmer mit einem Einzelbett und ohne Sufiya Zinobia geführt. Shahbanou die Ayah schob ihn ins Zimmer und blieb dann unnachgiebig in der Tür stehen, mit angespannten Muskeln. »Doktor Sahib«, sagte sie schließlich, »Sie müssen mir sagen, was Sie vorhaben.« Die überwältigende Sorge um Sufiya Zinobia, die Shahbanou dazu getrieben hatte, die gesellschaftlichen Gesetze so kraß zu übertreten, das Verhältnis zwischen Diener und Herr zu mißachten, hielt auch Omar Chajjam davon ab, wütend zu werden. »Machen Sie sich keine Gedanken«, tröstete er die Ayah, »ich weiß, daß das Mädchen einfältig ist. Ich habe nicht das Verlangen, mich aufzudrängen, mich ihr aufzuzwingen, mein Gattenrecht zu fordern«, und daraufhin nickte Shahbanou und sagte: »So weit, so gut, Sahib, aber wie lange werden Sie warten? Männer sind auch bloß Menschen.«

»Ich werde warten, bis es meiner Frau genehm ist«, erwiderte Omar Chajjam zornig. »Ich bin kein Dschungelmensch.« (Doch einst – erinnern wir uns – hatte er sich als Wolfskind bezeichnet.)

Shahbanou wandte sich zum Gehen. »Vergessen Sie nicht: wenn Sie ungeduldig werden«, sagte sie mit der größten Selbstverständlichkeit, »warte ich nur darauf, Sie umzubringen, wenn Sie's versuchen.«

Als der Umzug in den Norden erfolgte, war es offensichtlich, daß Omar Chajjam seine alten Gewohnheiten aufgegeben hatte. Wie Iskander Harappa, wenn auch aus anderen Gründen, verzichtete er auf seine einstigen Ausschweifungen: Raza Hyder erwartete das als Selbstverständlichkeit. Die neue, nördliche Ausgabe Omar Chajjam Shakils lebte bescheiden und arbeitete hart: vierzehn Stunden am Tag im Mount-Hira-Hospital, außer wenn er den General zu seinen Ringkämpfen begleitete. Er suchte die Residenz des Oberbefehlshabers nur zum Essen und Schlafen auf, doch obgleich seine Besserung, Abstinenz und Hingabe augenscheinlich waren, beobachtete Shahbanou ihn weiterhin mit Adleraugen, nicht zuletzt deshalb, weil seine schon immer ausladende Figur in jenen Tagen ständig korpulenter wurde, und wenn er scherzhaft zur Ayah sagte: »Nun, Banou, bin ich nicht ein braver Junge?«, erwiderte sie ernsthaft: »Omar Sahib, ich sehe, wie Sie sich mit Gott weiß was vollstopfen, und dabei essen Sie so wenig, daß

es nicht am Essen liegen kann. Soweit ich es beurteilen kann, ist es nur eine Frage der Zeit, bis Sie die Beherrschung verlieren oder platzen. Wie schwer es sein muß, ein Mann zu sein«, sagte sie mit ernstem Mitgefühl in den Augen.
An jenem Abend hörte er Shahbanou an seine Schlafzimmertür klopfen. Er hievte sich aus dem Bett und kam schnaufend zur Tür, eine Hand gegen die Brust gepreßt, draußen erblickte er die Ayah, mit einer Kerze in der Hand und offenem Haar, ihr knochiger Vogelkörper halb sichtbar durch ihr Baumwollhemd. »Was ist los?« fragte Omar Chajjam überrascht, aber sie zwängte sich einfach an ihm vorbei und setzte sich feierlich aufs Bett.
»Ich will niemanden umbringen«, erklärte sie sachlich, »und deshalb habe ich mir gesagt, daß es wohl das Beste ist, wenn ich das statt dessen tue.«
»Wie sehr Sie sie lieben müssen«, sagte Omar Chajjam verwundert.
»Mehr als Sie«, antwortete sie ohne Bosheit und zog schnell das Hemd über den Kopf.
»Ich bin ein alter Mann«, sagte er später zu ihr, »deshalb sind dreimal mindestens zwei zu viel. Vielleicht wollen Sie mich ja doch umbringen, und so ist es einfacher.«
»Es ist nicht einfach, Omar Sahib«, gab sie zur Antwort, »und Sie sind nicht das Wrack, als das Sie sich ausgeben.«
Danach besuchte sie ihn jede Nacht, nur während ihrer Periode und den fruchtbaren Tagen nicht, und in diesen sieben oder acht Nächten war er seiner freiwilligen Schlaflosigkeit überantwortet und dachte sich ihren drahtigen Körper neben sich im Bett und sann über das merkwürdige Schicksal nach, das ihn dazu gebracht hatte, eine Frau zu heiraten und eine ganz andere zu bekommen. Nach einiger Zeit bemerkte er, daß er angefangen hatte, abzunehmen. Die Pfunde verringerten sich, und zur Zeit von Harappas Sturz war er nicht

unbedingt schlank geworden, denn das würde er nie sein, doch all seine Anzüge waren ihm zu groß geworden (daran sieht man, daß sein Leben und das Iskys noch immer miteinander verknüpft waren, denn auch Isky verlor an Gewicht ... wenn auch wieder aus anderen Gründen. Aus anderen Gründen). Unter dem Einfluß der parsischen Ayah war er auf bemerkenswert normale Dimensionen zusammengeschrumpft. »Ich bin vielleicht kein Filmstar«, sagte er zu seinem Spiegel, »aber ich bin auch keine Karikatur mehr.« Omar Chajjam und Shahbanou: unser peripherer Held hat eine Schattenbraut bekommen, und das Ergebnis ist, daß sein eigener Schatten weniger wächst.

Und Sufiya Zinobia?

... liegt im Bett und hält sich mit den Fingern die Augenlider zu und wartet auf den Schlaf, der vielleicht nie kommen wird. Spürt auf der Haut ihrer Lider das Kitzeln von Shabanous Blick. Die Ayah auf der Matte wacht, wartet. Dann sagt sich Sufiya Zinobia, daß sie unmöglich schlafen können wird, und entspannt sich völlig, läßt die Hände sinken, tut so als ob. Sie hat festgestellt, daß diese Mimikry, dieser simulierte Schlaf, die anderen glücklich macht. Sie kann es inzwischen automatisch, sie hat reichlich Übung, ihr Atem erlangt einen bestimmten Rhythmus, den Körper bewegt sie in bestimmten, intuitiv geahnten Intervallen, ihre Augäpfel zucken unter den Lidern in bestimmten Abständen. Nach einer Weile hört sie, daß Shahbanou sich von ihrer Matte erhebt, aus dem Zimmer schlüpft, ein paar Schritte den Gang hinuntergeht, klopft. Schlaflosigkeit schärft das Gehör. Sie hört Bettfedern quietschen, seinen heftig gehenden Atem, ihre dünnen Schreie. Es gibt etwas, was die Menschen nachts tun. Ihre Mutter hat es Meere und Fische genannt. Hinter ihren Augen sieht sie, wie

die parsische Ayah sich verwandelt, sich verflüssigt, zerfließt, bis sie das Zimmer ausfüllt. Die geschmolzene Shahbanou, salzig, unermeßlich, und ein sich wandelnder Omar, dem Schuppen, Flossen, Kiemen wachsen und der in diesem Meer schwimmt. Sie fragt sich, was hinterher geschieht, wenn sie sich zurückverwandeln, wie sie das ganze Chaos aufräumen, wie alles wieder trocken wird. (Eines Morgens schlich sie sich ins Schlafzimmer ihres Ehemannes, als er ins Krankenhaus gegangen war und Shahbanou mit der Dhobi schmutzige Wäschestücke zählte. Sie betastete das Laken mit den Händen, fand feuchte Stellen. Aber ein Ozean würde Spuren hinterlassen: sie suchte den Boden nach Seesternen, Seegras, Muscheln ab. Und fand nichts: ein Rätsel.)
Inzwischen ist sie gern manchmal allein; Ereignisse können dann in ihrem Kopf geschehen, ihre liebsten Ereignisse, die sie dort eingeschlossen verwahrt; wenn die anderen da sind, wagt sie es nie, diese Dinge herauszunehmen und mit ihnen zu spielen, damit sie ihr nicht weggenommen oder versehentlich zerbrochen werden. Große unbeholfene Menschen um einen herum, die die Dinge nicht zerbrechen wollen, aber es passiert ihnen. Die kostbaren, zerbrechlichen Spielzeuge in ihrem Kopf. Eines der schönsten Dinge darin ist ihr Vater, der sie hochhebt. Der sie umarmt, anlächelt, über ihr weint. Der Worte sagt, die sie nicht richtig begreift, die aber hübsch klingen. Sie nimmt ihn aus ihrem Kopf und läßt es ihn immer wieder machen, alles, alles, so als würde sie sich eine Gutenachtgeschichte sechsmal hintereinander erzählen lassen. Mit den Dingen außerhalb des Kopfes kann man das nicht machen. Manchmal gibt es sie nur einmal, und man muß schnell sein und sie packen und an einem geheimen Ort verstauen. Manchmal gibt es sie überhaupt nicht. Ein Ereignis bewahrt sie im Kopf auf, das nie irgendwo anders geschehen ist: ihre Mutter springt Seil mit ihr. Bilquìs hält das Seil, und

die beiden springen zusammen, schneller immer schneller, bis sie so schnell sind, daß man nicht mehr sehen kann, wer wer ist. Sie könnten eine Person sein, gefangen im Radius des Seils. Mit diesem Spielzeug zu spielen strengt sie an, nicht wegen des Springens, sondern weil es so schwer ist, im Inneren Dinge zu tun, die man nicht von außen dorthin gebracht hat. Warum sind diese Dinge, die es nur im Innern gibt, soviel schwerer zu bewerkstelligen? Und warum ist es so gut wie unmöglich, sie nochmals und nochmals zu wiederholen?

Fast jeden Tag kommt eine Lehrerin extra für sie, und das gefällt ihr. Die Lehrerin bringt neue Dinge mit, und davon steckt Sufiya Zinobia auch einige in den Kopf. Ein Ding heißt Welt und gibt einen hohlen Ton von sich, wenn man mit dem Knöchel darauf klopft, und manchmal ist es flach und in Büchern verteilt. Sie weiß, daß es eigentlich das Bild eines viel größeren Ortes namens Überall ist, aber das Bild ist nicht gut, weil sie sich selbst nicht darin sehen kann, nicht einmal mit einer Lupe. Sie steckt sich eine viel bessere Welt in den Kopf, in der sie jeden sehen kann. Omar Shahbanou Bilquìs Raza winzig auf der Blechkugel. Sie winkt herab zu ihnen, die kleine Ameisenfamilie winkt zurück. Schreiben, das kann sie auch. An ihrem Geheimort schreiben sich ihre Lieblingsbuchstaben, das höckrige *sìn*, der Hockeyschläger *làm*, *mìm* mit der aufgeblähten Brust eines Truthahns, ganz von selbst immer wieder.

Sie packt sich den Kopf voll mit guten Dingen, so daß kein Platz mehr ist für die anderen Dinge, die Dinge, die sie haßt.

Sie selbst mit toten Vögeln. Wer hat das hineingetan? Und ein anderes Bild: sie beißt jemanden, beißt fest zu. Manchmal beginnen diese Schlechtigkeiten sich zu wiederholen wie steckengebliebene Schallplatten, und es ist nicht leicht, sie wegzuschieben und statt dessen das Lächeln ihres Vaters oder das Springseil aufzunehmen. Sie weiß, daß sie früher einmal krank war, und vielleicht sind diese schlimmen Spielzeuge von damals übriggeblieben.

Und andere Dinge, die von nirgendwo zu kommen scheinen. Sie kommen meistens in den schlaflosen Nächten – Gestalten, die sie fast zum Weinen bringen, und Orte, wo die Leute mit dem Kopf nach unten vom Dach hängen. Sie denkt, daß es ihre eigene Schuld sein muß, wenn diese Dinge in sie eindringen. Wenn sie gut wäre, würden die schlimmen Dinge woanders hingehen, also ist sie nicht gut. Warum ist sie so schlimm? Warum ist sie so verderbt, so schlecht? Sie wirft sich im Bett herum. Und aus dem Inneren tauchen die furchterregenden fremden Gestalten auf.

Oft denkt sie über *Ehemann* nach. Sie weiß, was ein *Ehemann* ist. Ihr Vater ist ein *Ehemann*, ebenso Talvar Ulhaq, und nun hat sie auch einen. Was bedeutet das, einen *Ehemann haben?* Wozu sind sie da? Sie kann fast alles allein tun, und beim Übrigen hilft ihr Shahbanou. Aber sie *hat einen Ehemann.* Noch ein Rätsel.

Vor der Heirat hat sie Shahbanou danach gefragt und hat die antwortende Shahbanou in den Kopf gesteckt. Sie nimmt die Ayah heraus und hört sie immer wieder sagen: »Sie sind da, damit man Geld und Babys hat. Aber keine Sorge, Bibi, Geld ist kein Problem, und Babys sind nichts für dich.« Das kann sie nicht begreifen, ganz gleich, wie oft der Film abläuft. Wenn Geld kein Problem ist, warum braucht man dann Ehemänner dafür? *Und Babys sind nichts für dich.* Warum? »Darum.« Aber warum? »Ach, schsch, warum, warum – wer warum fragt, ist dumm.« Und so ist es immer, nichts wird ihr erklärt. Aber diese Geschichte mit dem Ehemann ist wichtig. Sie *hat* einen. Alle anderen wissen Bescheid, nur sie nicht. Wieder ihre eigene blöde Schuld.

Das Beste, was in der letzten Zeit passiert ist, sind die Babys, die Babys ihrer Schwester. Sufiya spielt mit ihnen, so oft sie kann. Sie sieht gern zu, wie sie krabbeln, umkippen, komische Geräusche machen, es gefällt ihr, daß sie mehr weiß als sie. Sie springt Seil für sie: Oh, das Erstaunen in ihren Augen. Sie steckt sie in den Kopf und holt sie heraus, wenn der Schlaf nicht kommt. Good News spielt nie mit den Babys. Warum? Hat keinen Zweck, zu fragen. »Warum, warum, sei's drum.« In ihrem Kopf lachen die Babys.

Dann wieder die schlimmen Gestalten, denn wenn sie einen Ehemann hat, und ein Ehemann dazu da ist, damit man Babys bekommt, aber Babys nichts-für-dich sind, dann kann irgend etwas nicht stimmen. Das verursacht eine Empfindung, wie ein Erröten, am ganzen Körper, heiß, ganz heiß. Aber obwohl ihre Haut kribbelt und ihre Wangen brennen, ist es nur innerlich; niemand bemerkt dieses neue innerliche Erröten. Auch das ist befremdlich. Es macht die Empfindung noch schlimmer. Manchmal denkt sie: »Ich verwandle mich in etwas«, doch wenn diese Gedanken ihr durch den Kopf gehen, weiß sie nicht, was sie bedeuten. Wie verwandelt man sich in ein Etwas? Die schlimmen, falschen Worte und die Empfindung, die deutlicher und schmerzlicher wird. Geht weg, geht weg, geht weg. Geht weg.

Es gibt etwas, was Frauen nachts mit Ehemännern tun. Sie tut es nicht, Shahbanou tut es für sie. *Ich hasse Fisch*. Ihr Ehemann kommt nachts nicht zu ihr. Es gibt zwei Dinge, die ihr nicht gefallen: daß er nicht kommt, ist das eine, und mit der Sache selbst sind es zwei; es klingt schrecklich, es muß schrecklich sein, das Gekreisch, das Gestöhn, die feuchten Laken mit ihrer Ausdünstung. Pfui, pfui. Ekelhaft. Aber sie *ist* eine *Ehefrau*. Sie *hat* einen *Ehemann*. Sie kann sich das nicht erklären. Die schreckliche Sache und das schreckliche Die-Sache-nicht-Machen. Sie drückt sich mit den Fingern die Augenlider zu

und läßt die Babys spielen. Es ist kein Meer da, aber ein Gefühl des Sinkens. Es verursacht ihr Übelkeit.
Es ist doch ein Meer. Sie spürt die Flut. Und irgendwo in seinen Tiefen regt sich ein Ungeheuer.

Aus den Barackenvierteln und Slums des Landes verschwanden seit Jahren Kinder. Über dieses Verschwinden gab es verschiedene Theorien. Es wurde behauptet, die Kinder würden an den Golf entführt, um als billige Arbeitskräfte zu dienen oder von arabischen Prinzen in schlimmerer, unaussprechlicher Weise ausgebeutet zu werden. Manche Leute vertraten die Meinung, die Eltern seien die Schuldigen, sie schafften sich die unerwünschten Mitglieder ihrer übergroßen Familien vom Halse. Das Rätsel war nie gelöst worden. Niemand wurde verhaftet, kein Sklavenhandelskomplott aufgedeckt. Es wurde eine Alltäglichkeit: Kinder verschwanden einfach am hellichten Tag, lösten sich in Luft auf. Puff!
Dann fand man die Leichen ohne Köpfe.
Es war im Jahr der allgemeinen Wahlen. Nach sechs Jahren der Regierung führten Iskander Harappa und die Volksfront einen erbitterten Wahlkampf. Die Opposition gab indes nicht nach: Iskys Rivalen hatten sich zusammengeschlossen, um ihm die Stirn zu bieten. Die Wirtschaftspolitik wurde kritisiert; aber es wurde auch von Gottlosigkeit gemunkelt, über Arroganz geklagt und auf Korruption angespielt. Es herrschte die Meinung vor, daß die Volksfront sowohl im Nordwesten als auch in der Gegend von Q. alle Wahlbezirke in Grenznähe verlieren werde. Desgleichen viele Sitze in den Städten. Kurzum, die Leute hatten schon zuviel Sorgen, um sich auch noch Gedanken um ein paar tote Bettler zu machen.
Die vier Leichen waren alle Jugendliche männlichen Geschlechts und verströmten einen penetranten Geruch. Die

Köpfe waren ihnen mit unvorstellbarer Gewalt vom Hals getrennt worden: buchstäblich aus den Schultern gerissen. Auf ihren zerlumpten Hosen fand man Samenspuren. Die Leichen wurden auf einem Müllhaufen in der Nähe eines Slums entdeckt. Es schien, daß alle vier fast gleichzeitig gestorben waren. Die Köpfe wurden nie gefunden.
Der Wahlkampf war auf dem Siedepunkt. Die Morde kamen mit Mühe und Not in die Zeitung; im Radio wurde nicht über sie berichtet. Es gab Gerüchte, etwas Klatsch, doch das Interesse erlahmte schnell. Alles nur Erdenkliche und Mögliche konnte in diesen Slums passieren.
Und das war passiert.

Die Frau mit dem Schleier: eine Horrorgeschichte.
Talvar Ulhaq befand sich auf dem Rückflug von Q. in die Hauptstadt, als er die Vision hatte. In jenen Tagen war der Leiter der Federal Security Force ein vielbeschäftigter Mann, der kaum schlief und durchs Land eilte. Es war zur Zeit der Wahl, und Talvar gehörte zum engeren Kreis der Vertrauten um Iskander Harappa, sein Verrat stand erst noch bevor. So hatte er alle Hände voll zu tun, denn Isky erwartete von der FSF, daß sie dafür sorgte, daß er seinen Gegnern stets einen Schritt voraus war, indem sie deren Strategien aufdeckte, fünfte Kolonnen in ihre Hauptquartiere einschmuggelte, die die Planungen unterliefen, und indem sie Vorwände für die Verhaftung ihrer Führer fand. Mit solchen Problemen war Talvar im Flugzeug beschäftigt, und als die beschädigten Sehnen in seinem Nacken höllisch zu schmerzen begannen, biß er die Zähne zusammen und ignorierte sie, denn er betrachtete gerade aufmerksam gewisse Fotos, die separatistische Grenzpolitiker in eindeutigen Posen mit attraktiven jungen Männern zeigten, die in Wirklichkeit loyale Mitarbeiter der FSF waren und mutig und selbstlos für ihr Land arbeite-

ten. Doch dann kam die Vision, und Talvar mußte von seiner Arbeit aufsehen, denn es war, als würde das Flugzeuginnere aufleuchten und sich auflösen, und dann stand er bei Nacht wie ein Schatten an einer Wand der Hyder-Residenz und beobachtete die Gestalt Bilquìs Hyders, wie gewöhnlich von Kopf bis Fuß in eine schwarze Burqa gehüllt, die einen dunklen Korridor entlang auf ihn zuschritt. Als sie vorbeiging, ohne in seine Richtung zu blicken, sah er mit Entsetzen, daß ihre Burqa durchnäßt war und eine Flüssigkeit herabtropfte, die zu dick war, um Wasser zu sein. Das Blut, das im unbeleuchteten Korridor schwarz erschien, hinterließ auf dem Gang hinter ihr eine Spur.

Die Vision verschwand. Als Talvar nach Hause kam, überprüfte er alles und stellte fest, daß im Haus der Hyders alles in Ordnung zu sein schien; Bilquìs hatte das Gebäude nicht verlassen, alle waren wohlauf; deshalb dachte er nicht weiter darüber nach und widmete sich seiner Arbeit. Später gestand er General Raza Hyder: »Es ist mein Fehler. Ich hätte sofort erkennen müssen, was los war, aber ich hatte anderes im Kopf.«

Am Tag nach seiner Rückkehr aus Q. hörte Talvar Ulhaq durch Zufall von den vier Leichen ohne Köpfe: zwei seiner Männer witzelten in der FSF-Kantine über die Morde und fragten sich, ob sie die Bluttat wohlbekannten homosexuellen Oppositionsführern anhängen konnten. Talvar erstarrte und verfluchte sich. »Du Idiot«, dachte er, »kein Wunder, daß dir der Nacken wehgetan hat.«

Er fuhr sofort zum Hauptquartier der Armee und bat Raza, ihn hinaus in den Garten zu begleiten, damit sie nicht belauscht werden konnten. Etwas verwirrt kam Hyder der Bitte seines Schwiegersohns nach.

Sobald sie draußen in der nachmittäglichen Hitze waren, erzählte Talvar von seiner Vision und sagte voller Scham, er hätte wissen müssen, daß die Gestalt, die er gesehen hatte, für Bilquìs Hyder zu klein gewesen war. Im nachhinein wollte es ihm auch scheinen, daß ihr Gang etwas Schlaksiges und Unkoordiniertes gehabt habe ... »Verzeihen Sie«, sagte er, »aber ich glaube, Sufiya Zinobia ist wieder schlafgewandelt.« Raza Hyders Respekt vor den hellseherischen Fähigkeiten seines Schwiegersohnes war so groß, daß er benommen, aber ohne ihn zu unterbrechen zuhörte, wie Talvar die Ansicht äußerte, daß eine ärztliche Untersuchung mit Sicherheit den Nachweis erbringen würde, daß Sufiya Zinobia keine Jungfrau mehr war, was ein aufschlußreiches Indiz wäre, denn sie wußten ja, daß ihr Ehemann ihr nicht beischlief. »Verzeihen Sie meine Unverblümtheit, Sir, aber ich glaube, sie hat mit den vier jungen Goondas Verkehr gehabt, bevor sie ihnen die Köpfe abriß.«

Die Vorstellung seiner geistesgestörten Tochter, die sich mehrfach deflorieren ließ und sich dann rachedurstig erhob, um ihre Liebhaber in Stücke zu reißen, verursachte Raza Hyder körperliche Übelkeit ... »Bitte verstehen Sie, Sir«, sagte Talvar respektvoll, »daß ich dieser Sache nur nachgehen möchte, soweit es Ihren Anweisungen entspricht. Das ist eine Familienangelegenheit.«

»Wie konnte ich das ahnen?« Raza Hyders Stimme kam aus großer Ferne, war beinahe unhörbar. »Ein paar Vögel, ein-Tobsuchtsanfall bei einer Hochzeit, dann jahrelang nichts mehr. Habe immer gedacht, wo ist das Problem? Würde sich schon geben, hat sich gegeben. Haben uns selbst zum Narren gehalten. Narren«, und dann schwieg er mehrere Minuten lang. »Könnte das Ende für mich sein«, sagte er schließlich, »funtoosh, kaputt, gute Nacht.«

»Das darf nicht sein, Sir«, wandte Talvar ein. »Die Armee braucht Sie, Sir.«

»Guter Junge, Talvar«, murmelte Raza und versank dann

wieder in Gedanken, bis sein Schwiegersohn hüstelte und fragte: »Nun, wie wollen wir vorgehen, Sir?«
General Hyder brauste auf. »Was soll das heißen?« wollte er wissen. »Was heißt vorgehen? Was für Beweise gibt es? Nur Theorie und Mystik. Davon will ich nichts hören. Wie können Sie es wagen, auf dieser Grundlage jemanden zu beschuldigen? Zur Hölle mit diesem Unsinn, Mister! Stehlen Sie mir nicht meine Zeit!«
»Nein, Sir!« Talvar Ulhaq nahm Habachtstellung ein. Dem General traten Tränen in die Augen, als er dem jüngeren Mann den Arm um die gestrafften Schultern legte.
»Sie haben verstanden, nicht wahr, Talvar, mein Junge? *Chup:* kein Wort darüber!«

In den Tiefen des Ozeans regt sich das Seeungeheuer. Schwillt langsam an, nährt sich von Unzulänglichkeit, Schuld, Scham, treibt bis zur Oberfläche hoch. Das Untier hat Augen wie Leuchtfeuer, es kann von den Schlaflosen Besitz ergreifen und sie zu Schlafwandlern machen. Schlaflosigkeit wird zu Somnambulismus, aus dem Mädchen ein Satan. Die Zeit vergeht anders für das Untier. Die Jahre fliegen vorbei wie Vögel. Und in dem Maße, in dem das Mädchen wächst, in dem sein Verstand zunimmt, hat das Untier mehr Nahrung ... mit achtundzwanzig hatte Sufiya Zinobia ein geistiges Alter von zirka neuneinhalb erreicht, so daß sie wußte, was geschehen war, als Shahbanou die Ayah in diesem Jahr schwanger wurde und wegen ihrer Sittenlosigkeit entlassen wurde; sie hatte die nächtlichen Geräusche, sein Grunzen, ihre Vogelschreie, gehört. Trotz ihrer Vorsichtsmaßnahmen hatte die Ayah ein Kind empfangen, denn leicht verschätzt man sich, und sie ging ohne ein Wort, ohne die Schuld verteilen zu wollen. Omar Chajjam blieb in Verbindung mit ihr, er bezahlte für die Abtreibung und stellte sicher, daß sie danach nicht hun-

gern mußte, doch das änderte nichts; das Unglück war geschehen.
Sufiya Zinobia liegt steif wie ein Brett im Bett. Sie will die schönen Dinge aus ihrem Kopf holen, Babys, das Lächeln ihres Vaters. Doch statt dessen ist da nur das Ding in Shahbanou, das, was Ehemänner machen, weil er mir das Baby nicht gegeben hat, nahm sie es statt dessen. Sie, Sufiya, von Schuld und Scham besessen. Diese Frau, die mich liebte. Und mein Ehemann, wer kann ihm einen Vorwurf machen, er hatte nie eine Ehefrau. Immer und immer wieder in ihrem leeren Zimmer; sie ist die steigende Flut, sie spürt, wie etwas tosend naht, spürt, wie es sie ergreift, das Etwas, die Flut oder vielleicht das Etwas in der Flut, das Untier bricht aus, um die Welt zu verwüsten, und dann weiß sie nichts mehr, wird sich an nichts erinnern, denn es, das Etwas, hat sich aus seinen Fesseln befreit.
Schlaflosigkeit wird Somnambulismus. Das Monster, Avatara der Scham und Schande, erhebt sich vom Bett, verläßt das Zimmer, in dem keine Ayah mehr weilt. Die Burqa kommt von irgendwo, egal woher – dieses Kleidungsstück war in dem traurigen Haus nie schwer zu finden –, und dann die Wanderung. In einer Wiederholung der Truthahnkatastrophe verhext sie die nächtlichen Wachen, in ihren Augen lodern die Augen des Untiers, die die Wachtposten in Stein verwandeln, wie, das weiß man nicht, aber als sie später aufwachen, wissen sie nicht, daß sie geschlafen haben.
Scham durchstreift die nächtlichen Straßen. In den Slums werden vier Jugendliche von diesen entsetzlichen Augen hypnotisiert, deren tödliches gelbes Feuer wie ein Windstoß durch das Gitterwerk des Schleiers bläst. Sie folgen ihr wie einem Rattenfänger zu dem verhängnisvollen Müllhaufen, Gliederpuppen, die in dem verzehrenden Licht der schwarzverschleierten Augen tanzen. Sie legt sich nieder; was Shah-

banou auf sich nahm, wird nunmehr Sufiya widerfahren. Vier Ehemänner kommen und gehen. Vier dringen in sie ein und lassen von ihr ab, und dann greifen ihre Hände nach dem Hals des ersten Jungen. Die anderen stehen still da und warten, bis sie an der Reihe sind. Und Köpfe werden emporgeschleudert, versinken in den zerstreuten Wolken; niemand hat sie niederfallen sehen. Sie erhebt sich, geht nach Hause. Und schläft; das Ungeheuer zieht sich zurück.

General Raza Hyder durchsuchte eigenhändig das Zimmer seiner Tochter. Als er die Burqa fand, war sie hart und steif von getrocknetem Blut. Er wickelte sie in Zeitungspapier und verbrannte sie zu Asche. Dann warf er die Asche aus dem Fenster eines fahrenden Autos.

Es war Wahltag, und es brannten viele Feuer.

Elftes Kapitel

Monolog eines Gehenkten

Der Vorsitzende Iskander Harappa bekam Zahnschmerzen, dreißig Sekunden ehe die Jeeps sein Haus in der Hauptstadt der unerwünschten Flughafenterminals umstellten. Seine Tochter Arjumand hatte gerade etwas gesagt, was das Schicksal herausfordern konnte, und jedesmal, wenn jemand das tat, heulten Iskanders sämtliche betelgeschwärzte Zähne vor abergläubischem Schmerz auf, besonders nach Mitternacht, wenn solche Dinge noch gefährlicher sind, als es bei Tag den Anschein hat. »Aus der Opposition ist der Dampf raus«, hatte Arjumand zum großen Schrecken ihres Vaters gemeint. Er hatte über die Gerüchte nachgesonnen – behaglich gestimmt, wie man es nach dem Essen zu sein pflegt –, denen zufolge im waldigen Bergland von Bagheeragali, ungefähr vierzig Meilen entfernt, ein Albinopanther sein Unwesen treibe; nun riß er seine Gedanken von diesen verwunschenen Wäldern los und rügte seine Tochter: »Weiß der Himmel, wie man dir deinen Optimismus austreiben soll; ich werde dich in den Stausee hinter der Talsperre eintunken müssen.« Dann begannen seine Zähne höllisch zu schmerzen, schlimmer denn je zuvor, und in seiner Überraschung sagte er laut, was ihm plötzlich durch den Kopf geschossen war: »Ich rauche die vorletzte Zigarre meines Lebens.« Kaum hatte er die Prophezeiung ausgesprochen, gesellte sich ein ungebetener Gast zu ihnen, ein Armeeoffizier mit dem traurigsten Gesicht der Welt, Oberst Shuja, seit sechs Jahren General Raza Hyders Adjutant. Der Oberst salutierte und informierte den Ministerpräsidenten vom erfolgten Putsch. »Bitte um Verzeihung, Sir, aber Sie müssen mich auf der Stelle zum Bagheeragali-Rasthaus begleiten.« Iskander Harappa erkannte, daß er die Bedeutung seiner Träumerei nicht erfaßt hatte, und er lächelte über seine Begriffsstutzigkeit. »Siehst du, Arjumand«, sagte er, »sie wollen mich dem Panther zum Fraß vorwerfen, nicht wahr?« Dann wandte er sich an Shuja und fragte, wer den Befehl gegeben habe. »Der Chief Martial Law Administrator, Sir«, erwiderte der Oberst. »General Hyder, Sir, bitte um Verzeihung.«

»Sieh dir meinen Rücken an«, sagte Iskander zu seiner Tochter, »und du wirst das Messer eines Feiglings sehen.«

Dreißig Minuten später wurde General Salmàn Tughlak, der Generalstabschef, durch das beharrliche Läuten des Telefons aus einem geräuschvollen Alptraum gerissen, in dem das Debakel des Ostflügels im Zeitlupentempo ablief. General Tughlak war das einzige Mitglied aus dem Oberkommando des Zottigen Hundes, das Harappas Überholung der oberen Ränge des Verteidigungsestablishments entgangen war, und einen Augenblick lang ließ ihn der Alptraum nicht los, so daß er verstört ins Telefon rief: »Was ist passiert? Haben wir kapituliert?«

»Wir haben's geschafft«, sagte die Stimme von Raza Hyder ziemlich verwirrt.

General Tughlak war nicht weniger verdutzt: »Was geschafft, um Himmels willen?«

»Ya Allah«, Raza Hyder geriet in Panik, »hat es Ihnen denn keiner gesagt?« Dann begann er zu stottern, denn der Generalstabschef war natürlich sein Vorgesetzter, und wenn der Boß sich weigerte, mit Marine und Luftwaffe den Handstreich der Armee zu unterstützen, konnte die Sache ganz schön ins Auge gehen. Aufgrund seines unverständlichen angsterfüllten Gestotters und der Schwaden der Schläfrigkeit, die General Tughlak noch immer umhüllten, dauerte es fünf Minuten, bis

Raza Hyder dem Generalstabschef begreiflich machen konnte, was am Abend geschehen war.
»So?« fragte Tughlak schließlich. »Und jetzt?«
Hyder stotterte nun weniger, doch er blieb vorsichtig. »Entschuldigen Sie, General«, er wandte Verzögerungstaktiken an, »wie meinen Sie, Sir?«
»Verdammt noch mal, Mann!« Tughlak explodierte. »Welche Befehle wollen Sie geben?«
Es folgte ein Schweigen, und Raza Hyder begriff, daß alles nach Wunsch gehen würde; dann sagte er unterwürfig: »Tughlakji, wissen Sie, mit Ihrer bisherigen Erfahrung mit dem Kriegsrecht und so weiter ...«
»Heraus damit!« befahl Tughlak.
»... Offen gestanden, Sir, wir hofften, Sie würden uns dabei helfen.«
»Verdammte Amateure«, murmelte der alte Tughlak glücklich, »übernehmt die Macht, und könnt nicht mal Pimmel von Pistolen unterscheiden.«
Die Opposition hatte die Wahlergebnisse nie akzeptiert. Der Pöbel in den Städten schrie das Wort Korruption; es gab Feuersbrünste, Aufstände, Streik. Die Armee wurde ausgeschickt, um auf Zivilisten zu schießen. Jawans und junge Offiziere murmelten aufrührerische Silben, die anfangs in Gewehrschüssen untergingen. Und Arjumand Harappa forderte das Schicksal heraus.
Es heißt, General Hyder habe anfänglich gezögert, etwas zu unternehmen, und sich erst dann dazu entschieden, als seine Kameraden ihn vor die Wahl stellten, entweder Harappa abzusetzen oder mit ihm zu stürzen. Doch das wurde von Präsident Hyder geleugnet. »Ich bin der Typ«, sagte er, der einfach nicht anders kann als aufräumen, wenn er Unordnung sieht.«
Am Morgen nach dem Putsch erschien Raza Hyder im natio-

nalen Fernsehen. Er kniete auf einer Gebetsmatte, hielt sich die Ohren und sagte Koranverse auf; dann erhob er sich von seinen Andachtsübungen, um eine Ansprache an die Nation zu halten. Das war die Rede, in der das Volk erstmals den berühmten Terminus »Operation Schiedsrichter« hörte. »Begreifen Sie doch«, sagte Raza forsch, »die Armee will nichts anderes sein als ein ehrlicher Unparteiischer oder Schiedsrichter.«

Wo war Razas rechte Hand, während er sprach? Worauf ruhten seine Finger, während er Neuwahlen innerhalb von neunzig Tagen versprach? Was verlieh, in Leder gebunden und in Seide geschlagen, seinem Schwur Glaubwürdigkeit, daß alle politischen Parteien, einschließlich der Volksfront »dieses couragierten Kämpfers und großen Politikers« Iskander Harappa, bei der erneuten Stimmabgabe kandidieren dürften? »Ich bin ein einfacher Soldat«, erklärte Raza Hyder, »doch Skandal bleibt Skandal, und er muß bereinigt werden.« Die Fernsehkamera schwenkte von seinem Gesicht mit der *gatta* an seinem rechten Arm herunter, bis die Nation sah, worauf seine rechte Hand ruhte: auf dem Heiligen Buch.

Raza Hyder, Harappas Protégé, wurde sein Henker; doch er brach auch seinen heiligen Schwur, und er war ein frommer Mann. Was er später tat, mag sich durchaus damit erklären lassen, daß er vor Gott seinen beschmutzten Namen reinigen wollte.

Und so begann es. Arjumand Harappa wurde zu Rani nach Mohendscho verfrachtet, aber Haroun Harappa entging den Häschern. Er war außer Landes geflohen oder in den Untergrund gegangen ... wie auch immer, in jenen ersten Tagen schien es eine beträchtliche Überreaktion zu sein. Raza Hyder sagte scherzend zu General Tughlak: »Ein verflixt blöder Bursche. Meint er etwa, ich schneide ihm sein Dingsda ab, nur weil er nicht gut genug war, meine Tochter zu heiraten?«

Der Vorsitzende Iskander Harappa wurde einigermaßen komfortabel im Rasthaus der Regierung in Bagheeragali gefangengehalten und wurde dort natürlich nicht von einem Panther gefressen. Ihm stand sogar ein Telefon zur Verfügung, allerdings konnte er nur Anrufe entgegennehmen; die westlichen Zeitungen fanden die Nummer heraus, und Iskander gab vielen überseeischen Journalisten lange, beredte Interviews. In diesen Interviews brachte er detaillierte Anschuldigungen vor und zog Raza Hyders Redlichkeit, Moral, sexuelle Potenz und rechtmäßige Geburt in Zweifel. Trotzdem blieb Raza nachsichtig. »Dieser Isky«, vertraute er Oberst Shuja an, »ein äußerst reizbarer Mensch. Immer schon gewesen. Und natürlich ist der Kerl aufgeregt; wäre ich auch an seiner Stelle. Außerdem darf man nicht alles glauben, was man in der christlichen Presse liest.«
»Angenommen, Sie halten Wahlen ab, und er gewinnt, Sir«, wagte Oberst Shuja zu bemerken, und sein Gesicht nahm den schmerzlichsten Ausdruck an, den Raza je auf diesen umdüsterten Zügen gesehen hatte. »Bitte um Verzeihung, Sir, aber was wird er dann mit Ihnen anstellen?«
Raza Hyder sah überrascht aus. »Was meinen Sie mit *anstellen*?« rief er. »Mit mir? Seinem alten Kameraden, seinem angeheirateten Verwandten? Habe ich ihn gefoltert? Habe ich ihn ins Gefängnis geworfen? Was soll er also mit mir anstellen wollen?«
»Familie von Gangstern, Sir«, sagte Shuja, »diese Harappas, weiß jeder. Rachehandlungen, was weiß ich, liegt ihnen im Blut, bitte um Verzeihung, General.«
Von diesem Augenblick an bekam Raza Hyders Stirn mit dem blauen Fleck tiefe Denkfalten, und zwei Tage später verkündete er seinem Adjutanten: »Wir fahren auf der Stelle zu dem Kerl und klären alles.«
Später sollte Oberst Shuja beschwören, daß der General vor

diesem Treffen mit Iskander nie daran gedacht habe, die Präsidentschaft zu übernehmen. »Dieser Blödmann«, erklärte er jedem, der ihn fragte, »hat sich sein Schicksal selbst zuzuschreiben.« Shuja fuhr mit General Hyder nach Bagheeragali, und als der Dienstwagen die Bergstraßen erklomm, füllten die süßen Düfte von Tannenzapfen und Schönheit ihre Nasen, jene Düfte, die es vermögen, auch das schwerste Herz zu erleichtern und einen glauben zu machen, nichts sei unlösbar. Und im Bungalow in Bagheeragali wartete der Adjutant in einem Vorzimmer, während die verhängnisvolle Konferenz stattfand.

Iskander Harappas Vorahnung, was Zigarren betraf, hatte sich bewahrheitet, denn trotz all der Klimaanlagen und Kristallpokale und Schirasteppiche und anderer materieller Annehmlichkeiten im Rasthaus hatte er keinen einzigen Aschenbecher ausfindig machen können; und als er die Wachen darum bat, ihm eine Kiste seiner Lieblingshavannas von zu Hause schicken zu lassen, hatten sie ihm höflich mitgeteilt, das sei unmöglich. Das Rauchverbot beschäftigte Iskys Gedanken so sehr, daß er weder das bequeme Bett noch die guten Mahlzeiten zu würdigen wußte, denn es war klar, daß jemand den Wachen befohlen hatte, ihm seine Havannas vorzuenthalten, und damit wurde ihm etwas mitgeteilt – *paß auf* –, und das gefiel ihm nicht, ganz und gar nicht. Seit er nicht mehr rauchte, spürte er einen ranzigen Geschmack in seinem Mund. Er begann ohne Unterlaß Betel zu kauen und spuckte den Saft absichtlich auf die wertvollen Teppiche, weil seine Wut die Oberhand über die anspruchsvolle Vornehmheit seiner wahren Natur gewann. Die Paans verursachten noch mehr Zahnschmerzen, so daß es bei all dem, was in seinem Mund nicht in Ordnung war, nicht überraschte, daß auch die Worte schlecht wurden ... Raza Hyder hatte den Empfang, der ihm zuteil wurde, wohl kaum erwartet, denn er betrat

Iskanders Zimmer mit einem versöhnlichen Lächeln auf dem Gesicht; doch sobald er die Tür schloß, begannen die Flüche, und Oberst Shuja schwor, daß er blaue Rauchfahnen aus dem Schlüsselloch entweichen sah, als wäre drinnen ein Feuer ausgebrochen oder als würden vierhundertzwanzig Havannazigarren gleichzeitig gepafft.

Verführer des Schoßhündchens deiner Großmutter, Verhökerer deiner Töchter an die uneheliche Brut von Zuhältern, ungläubiger Dünnscheißer, der auf den Koran kackt – Isky Harappa verfluchte Raza anderthalb Stunden lang, ohne sich unterbrechen zu lassen. Betelsaft und fehlender Tabak verliehen seinem unermeßlichen Wortschatz an Verwünschungen eine Gehässigkeit, die mörderischer war, als sie in den Tagen seiner ausschweifenden Jugend je gewesen war. Als er endete, waren die Wände des Zimmers von oben bis unten mit Betelsaft bespritzt, die Vorhänge waren ruiniert, es sah aus, als wäre eine Herde Tiere darin geschlachtet worden, als hätten Truthähne oder Ziegen im Todeskampf wild aufgezuckt, wären durchs Zimmer gestoben, während das Blut aus dem roten Lächeln ihrer Kehlen sprudelte. Als Raza Hyder den Raum verließ, tropfte Paansaft von seinen Kleidern, sein Schnurrbart war damit getränkt und seine Hände zitterten, während die rote Flüssigkeit von seinen Fingerspitzen tropfte, als hätte er seine Hände in einer Schüssel mit Iskanders Herzblut gewaschen. Sein Gesicht war kreideweiß.

General Hyder schwieg, bis der Dienstwagen vor der Residenz des Oberbefehlshabers hielt. Dann sagte er beiläufig zu Oberst Shuja: »Ich habe ein paar haarsträubende Dinge über Mr. Harappas Amtszeit gehört. Dieser Mann verdient es nicht, daß man ihn freiläßt. Er ist eine Bedrohung für das Land.«

Zwei Tage später gab Talvar Ulhaq eine Erklärung ab, in der er Iskander Harappa unter Eid beschuldigte, den Mord an seinem Vetter, dem Kleinen Mir, in die Wege geleitet zu haben. Als Oberst Shuja dieses Dokument las, sagte er sich nachdenklich: »Da sieht man, wohin das Fluchen einen bringt.«

In jenen Tagen hatte das Zuhause des Chief Martial Law Administrator bereits mehr Ähnlichkeit mit einem Waisenhaus als mit einem Regierungssitz, denn Good News vermochte den alljährlichen Strom von Kindern, der sich aus ihren Lenden ergoß, nicht einzudämmen. Siebenundzwanzig Kinder im Alter von ein bis sechs Jahren kotzten, sabberten, krabbelten, bemalten die Wände, spielten mit Ziegeln, kreischten, verschütteten Saft, schliefen ein, purzelten Treppen herunter, zerbrachen Vasen, heulten, kicherten, sangen, tanzten, sprangen Seil, machten in die Hose, verlangten Aufmerksamkeit, probierten Schimpfwörter aus, traten nach ihren Ayahs, weigerten sich, die Zähne zu putzen, zupften am Bart des Religionslehrers, der ihnen das Schreiben und den Koran beibringen sollte, rissen Vorhänge herunter, beschmierten Sofas, verirrten sich, schnitten sich, wehrten sich gegen Impfnadeln und Tetanusspritzen, bettelten um Haustiere und verloren das Interesse daran, stahlen Radios und platzten in Beratungen auf höchster Ebene, die in jenem Haus des Wahnsinns stattfanden. Mittlerweile war Good News erneut angeschwollen und so dick geworden, daß es aussah, als hätte sie einen Wal verschluckt. Alle wußten mit schrecklicher Gewißheit, daß die Geburtenrate steigen würde, daß es dieses Mal nicht weniger als acht Babys sein würden, und im nächsten Jahr neun, und danach zehn, und so weiter, und bis zu ihrem dreißigsten Geburtstag würde sie siebenundsiebzig Kindern das Leben geschenkt haben; das Schlimmste stand noch bevor. Wären Raza und Talvar nicht mit anderen Dingen beschäftigt gewesen, hätten sie vielleicht geahnt, was sie vorhatte; aber vielleicht hätte sie trotzdem niemand aufgehalten, denn die Tyrannei der Kinder machte jeden verrückt, der inmitten ihrer verwirrenden Zahl lebte.

Oh, dieser Talvar Ulhaq: welches Unbehagen, welche Zwielichtigkeit umgab den steifen Hals des Chefs der Federal Security Force! Hyders Schwiegersohn, Harappas rechte Hand ... nach Iskander Harappas Sturz sah sich Raza Hyder genötigt, bezüglich des Ehemanns seiner Tochter etwas zu unternehmen. Die FSF erfreute sich nicht gerade großer Beliebtheit; Raza blieb nichts anderes übrig, als sie aufzulösen. Doch noch immer forderte man Talvars Kopf. Daher war es durchaus opportun, daß der ehemalige Polostar diesen Augenblick wählte, um zu beweisen, daß er jede Silbe seines Schwurs, ein perfekter Schwiegersohn sein zu wollen, ernst gemeint hatte. Er übergab Raza Hyder sein geheimes, ausführliches Dossier über die Ermordung Mir Harappas, das zweifelsfrei nachwies, daß Haroun Harappa den Mord aus Haß auf den Vater begangen hatte, und daß der böse Geist hinter dieser unappetitlichen Angelegenheit niemand anders als der Vorsitzende der Volksfront gewesen war, der einst geduldig geflüstert hatte: »Das Leben ist lang.«

»Es gibt Beweise, daß er öffentliche Gelder zur Förderung des Tourismus in Aansu in die eigene Tasche gesteckt hat«, informierte Raza Hyder General Tughlak. »Aber dies hier ist weitaus wirkungsvoller. Das erledigt ihn völlig.«

Der loyale Verrat, den Talvar Ulhaq beging, änderte alles. Die Volksfront wurde von den Wahlen ausgeschlossen; als nächstes wurden die Wahlen vertagt; dann wurden sie erneut vertagt; dann auf die lange Bank geschoben und dann gestrichen. Zu jener Zeit erhielten die Initialen CMLA für Chief Martial Law Administrator eine neue Bedeutung. Man begann zu sagen, sie stünden in Wirklichkeit für *Can-*

cel My Last Announcement – Stornieren Sie meine letzte Order.
Und die Erinnerung an eine rechte Hand auf einem Buch verblaßte nicht.

Der Vorsitzende Iskander Harappa wurde vom Bagheeragali-Rasthaus zum Kot-Lakhpat-Gefängnis in Lahore gebracht. Dort wurde er in Einzelhaft gehalten. Er litt an Malaria und an Darmentzündungen. Er hatte schwere Grippeanfälle. Seine Zähne begannen auszufallen, und er nahm auch in anderer Hinsicht ab. (Wir erwähnten bereits, daß Omar Chajjam Shakil, sein einstiger Kumpan bei tolldreisten Unternehmungen, unter dem wohltuenden Einfluß einer parsischen Ayah zu jener Zeit ebenfalls abnahm.)
Der Prozeß wurde vor fünf Pundschabi-Richtern am Obersten Gerichtshof von Lahore abgehalten. Harappa stammte, wie man sich erinnern wird, von dem Gut Mohendscho in Sind. Das Zeugnis des EX-FSF-Chefs Talvar Ulhaq bildete den Kernpunkt der Anklage. Iskander Harappa sagte selbst zu seiner Verteidigung aus und beschuldigte Talvar, Beweismaterial zu erfinden, um die eigene Haut zu retten. Einmal benutzte Iskander den Ausdruck »Verdammt noch mal!« und wurde wegen Fluchens vor Gericht ermahnt. Er entschuldigte sich: »Ich bin nicht in guter seelischer Verfassung.« Der Oberste Richter erwiderte: »Das ist uns gleichgültig.« Daraufhin bekam Iskander einen Wutanfall. »Ich habe die Nase voll«, schrie er, »von Beleidigungen und Demütigungen.« Der Oberste Richter rief Polizeibeamte herbei: »Schaffen Sie den Mann fort, bis er wieder zur Vernunft kommt!« Ein weiterer Richter setzte folgende Bemerkung hinzu: »So etwas können wir uns nicht bieten lassen. Er hält sich für den ehemaligen Ministerpräsidenten, aber er kann uns gestohlen bleiben.« All das ist schriftlich niedergelegt.

Am Ende des sechs Monate dauernden Prozesses wurde Iskander Harappa und in Abwesenheit auch Mr. Haroun Harappa zum Tode durch den Strang verurteilt. Iskander wurde sofort in die Todeszelle des Kot-Lakhpat-Gefängnisses verlegt. Man gab ihm nur sieben Tage statt der üblichen dreißig, um Berufung einzulegen.

Iskander verkündete: »Wo es keine Gerechtigkeit gibt, braucht man sie gar nicht erst suchen. Ich lege keine Berufung ein.«

In derselben Nacht wurde Begum Talvar Ulhaq, die ehemalige Good News Hyder, in ihrem Schlafzimmer in der Hyder-Residenz erhängt aufgefunden. Auf dem Boden unter ihren baumelnden Füßen lag das Seil, das bei ihrem ersten Versuch gerissen war, gerissen durch das monströse Gewicht ihrer Schwangerschaft. Aber sie hatte sich nicht abschrecken lassen. Sie hatte ihr Haar mit Jasmin geschmückt und das Zimmer mit dem Duft des teuersten Parfüms der Welt erfüllt, Joy von Jean Patou, aus Frankreich importiert, damit es den Geruch ihrer Darmentleerung im Tode überdeckte. Ein Abschiedsbrief war mit einer Kindersicherheitsnadel an ihre obszön kugelförmige Mitte geheftet. Er sprach von ihrer entsetzlichen Angst vor der arithmetischen Reihe, in der die Babys aus ihrem Leib marschierten. Er erwähnte nicht, was sie von Talvar Ulhaq hielt, ihrem Mann, dem nie zu irgendeinem Anklagepunkt der Prozeß gemacht werden würde.

Bei der Beerdigung von Naveed Talvar starrte Raza Hyder ununterbrochen auf die geheimnisvolle und fremd gewordene Gestalt seiner Frau Bilquìs in ihrer schwarzen Burqa; ihm fiel auf einmal ein, wie er sie zuerst in jenem fernen Fort voller Flüchtlinge gesehen hatte, wo sie ebenso nackt gewesen war, wie sie nun bekleidet war; er begriff ihre Geschichte als einen langsamen Rückzug aus jener anfänglichen Nacktheit in die Abgeschiedenheit des Schleiers.

»Ach, Bilquìs«, flüsterte er, »was ist mit unserem Leben geschehen?«
»Möchtest du Gewissensbisse haben?« erwiderte sie, viel zu laut. »Dann denk an das Leben, das verschwendet wurde. Daran gebe ich dir die Schuld. Schande, Schande, klatschmohnrote Schande.«
Er erkannte, daß sie nicht mehr das strahlende Mädchen war, in das er sich in einer anderen Welt verliebt hatte; sie hatte den Verstand verloren, und er ließ sie von Oberst Shuja nach Hause begleiten, ehe die Beerdigungsfeierlichkeiten beendet waren.

Manchmal scheint es ihm, die Wände würden beben, als hätte der wasserfleckige Beton zu zucken begonnen, und dann gestattet er sich, die Augenlider zu schließen, die schwer wie Eisenschilde sind, damit er sich versichern kann, wer er ist. Im Panzer dieser Blindheit sagt er auf: Ich, Iskander Harappa, Ministerpräsident, Vorsitzender der Volksfront, Ehemann von Rani, Vater von Arjumand, ehemals ergebener Liebhaber von. Er hat ihren Namen vergessen und muß seine Augenlider mit Gewalt offenhalten, muß sie mit den Fingern hochschieben und noch immer pulsieren die Wände. Küchenschaben, die das Pulsieren aufgestört hat, fallen ihm auf den Kopf; sie sind sieben Zentimeter lang, und wenn er sie zu Boden fegt, muß er sie mit der nackten Ferse zermalmen; auf dem Beton krachen sie wie die Schalen von Pinienkernen. In seinen Ohren trommelt es.
Welche Gestalt hat der Tod? Die Todeszelle ist drei Meter lang, zwei Meter breit, zwei Meter fünfzig hoch, fünfzehn Kubikmeter Endgültigkeit, hinter denen ein bestimmter Hof wartet, eine letzte Zigarre, Schweigen. *Ich werde auf Romeo y Juliettas bestehen. Auch diese Geschichte endet mit dem Tod* ... Sie nennen es Einzelhaft, aber er ist nicht allein,

Fliegen paaren sich auf seinen Zehennägeln, und Moskitos trinken von den Brunnen seiner Handgelenke, führen das Blut zumindest einem Zweck zu, ehe alles verschwendet wird. Auch stehen vier Wachen im Gang: kurzum, reichlich Gesellschaft. Und manchmal lassen sie seine Rechtsanwälte zu ihm.

Durch die Tür aus Eisenstäben dringt der Gestank der Latrine. Im Winter zittert er, doch die Kälte mindert den braunen, üblen Gestank. In der heißen Jahreszeit stellen sie den Deckenventilator ab, und der Gestank schwillt an und wirft Blasen, bohrt mit faulig riechenden Fingern in seiner Nase, läßt seine Augen hervorquellen, obwohl seine Tränengänge trocken sind. Er tritt in den Hungerstreik, und als er schon fast zu schwach ist, um sich zu rühren, hängen sie eine Decke vor die Latrinentür und stellen den Ventilator an. Doch wenn er um Trinkwasser bittet, bringen sie es kochendheiß, und er muß viele Stunden warten, bis es abkühlt.

Schmerzen in der Brust. Er spuckt Blut. Hat auch Nasenbluten.

Zwei Jahre vom Sturz bis zur Hinrichtung, und fast die ganze Zeit in dem ummauerten Raum des Todes. Zuerst in Kot Lakhpat, dann im Bezirksgefängnis, von dem aus, hätte er ein Fenster gehabt, er den Palast seines einstigen Glanzes hätte sehen können. Als sie ihn von der ersten Todeszelle in die zweite verlegten, gelangte er zu der närrischen Überzeugung, daß überhaupt keine Veränderung stattgefunden habe – daß sie, obwohl er den Sack über dem Kopf, das Herumschubsen, das Gefühl zu reisen, zu fliegen, gespürt hatte, das alles nur getan hatten, um ihn zu verwirren, und ihn an seinen Ausgangspunkt zurückgebracht hatten. Oder Endpunkt. Die beiden Zellen waren einander so ähnlich, daß er nicht glauben konnte, er sei in die Hauptstadt verlegt worden, bis sie seine Rechtsanwälte hereinließen, die es ihm bestätigten.

Er ist rund um die Uhr angekettet. Wenn er sich im Schlaf zu abrupt bewegt, schneiden die Fesseln aus Stahl in seine Knöchel. Für eine Stunde am Tag nehmen sie ihm die Ketten ab; er scheißt, bewegt sich. Und wird wieder gefesselt. »Meine Moral ist ungebrochen«, sagt er zu seinen Rechtsanwälten, »denn ich bin nicht aus Holz, das leicht verbrennt.«

Die Todeszelle, ihre Maße, ihre Einrichtung. Er konzentriert sich auf das Konkrete, Faßbare, Gegenwärtige. Die Fliegen und Moskitos und Schaben, sie sind seine Freunde, er zählt sie, er kann sie berühren, zermalmen, ertragen. Die Eisenstangen, die ihn umschließen, eins bis sechs. Die schmierige Matratze, die man ihm gab, nachdem er fünf Monate lang jeden Tag ein Theater darum gemacht hatte, ist ein Sieg, vielleicht sein letzter. Diese Ketten, dieser Lotahkrug mit Wasser, der so heiß ist, daß man ihn nicht anfassen kann. All das bedeutet etwas, soll ihm etwas sagen. Die Todeszelle enthält den Schlüssel zum Geheimnis des Sterbens. Doch niemand hat einen Code auf eine Wand gekritzelt.

Wenn es ein Traum ist – und in seinem Fieberwahn will es ihm bisweilen so scheinen –, dann (und das weiß er auch) ist der Träumer jemand anders. Er gehört zum Traum, denn sonst könnte er keine Trauminsekten berühren; Traumwasser könnte ihn nicht verbrennen ... jemand träumt ihn. Gott etwa? Nein, nicht Gott. Er strengt sich an, um sich an Raza Hyders Gesicht zu erinnern.

Das Verstehen geht dem Ende voraus. Er, Harappa, holte den General aus der Wildnis in die Welt. Der General (von dem diese Zelle nur ein Aspekt ist), der allgemein, allgegenwärtig, allesverschlingend ist: eine Zelle in seinem Kopf. Der Tod und der General: Iskander sieht keinen Unterschied zwischen diesen Begriffen. *Aus Dunkelheit ins Licht, von Nichts zu Etwas.*

Ich schuf ihn, ich war sein Vater, er ist von meinem Blut. Und nun bin ich geringer als er. Sie klagen Haroun des Mordes an seinem Vater an, weil es das ist, was Hyder mir antut.

Dann ein weiterer Schritt, der ihn über solche schmerzlichen Banalitäten hinausführt. Der Vater sollte überlegen und der Sohn unterlegen sein. *Doch nun bin ich erniedrigt und er ist erhöht.* Eine Umkehrung: der Vater wird zum Kind. *Er verwandelt mich in seinen Sohn.*

Sein Sohn. Der mit einer Schlinge um den Hals tot aus dem Mutterleib kam. *Diese Schlinge besiegelt mein Schicksal.* Denn nun weiß er, was die Zelle bedeutet, die bebenden Wände, der Exkrementgeruch, der Trommelschlag eines unreinen, unsichtbaren Herzens: der Bauch des Todes, ein umgekehrter Mutterleib, dunkler Spiegel eines Geburtsortes – er soll ihn aufsaugen, ihn durch die Zeit hinunter und zurückziehen, bis er wie ein Fötus im eigenen Wasser schwimmt und eine Nabelschnur tödlich um seinen Hals geschlungen ist. Er wird diesen Ort erst verlassen, wenn seine Vorrichtungen ihren Zweck erfüllt haben – als Kind des Todes, das sich durch den Todeskanal bewegt, während die Schlinge sich zuzieht.

Ein Mann ist bereit, ein Leben lang auf Rache zu warten. Die Ermordung Iskander Harappas rächt das totgeborene Kind. *Ja: ich werde vernichtet.*

Iskander Harappas Rechtsanwälte überredeten ihn dazu, gegen das Todesurteil des Obersten Gerichtshofes Berufung einzulegen. Die Berufung wurde vor sieben Richtern des Bundesgerichts in der neuen Hauptstadt verhandelt. Als das Bundesgericht seine Untersuchungen abschloß, befand er sich seit eineinhalb Jahren in Gefangenschaft; und weitere sechs Monate sollten vergehen, bis der Leichnam des ehemaligen Ministerpräsidenten in der Obhut Talvar Ulhaqs – mittlerweile wieder im aktiven Polizeidienst – in Mohendscho eintraf.

Es wurden keine Wahlen abgehalten. Raza Hyder wurde Präsident. Aber das weiß jeder.

Und Sufiya Zinobia?

Wieder dreht sich die Uhr zurück. Es war Wahltag, und viele Feuer brannten. Raza Hyder wirft Asche aus dem Fenster eines fahrenden Autos. Isky Harappa ahnt nichts von künftigen Todeszellen. Und Omar Chajjam Shakil hat eine Heidenangst.

Nach der Entlassung der parsischen Ayah Shahbanou bekam Omar Chajjam Angst, weil die Gestalten seiner Jugend nun drohten, sein Erwachsenenalter heimzusuchen. Wiederum war ein parsisches Mädchen geschwängert worden; wiederum gab es eine Mutter mit einem vaterlosen Kind. Die Ahnung, daß es möglicherweise kein Entkommen gab, legte sich wie ein heißes Handtuch um seinen Kopf und machte ihm das Atmen schwer; und vor allen Dingen fürchtete er die Reaktion General Hyders – nun, da die Ayah wegen des Delikts der Schwangerschaft entlassen war und man nicht länger verheimlichen konnte, wen Shahbanou jede Nacht aufgesucht hatte.

Was offenkundig war: die schlimmste aller Verfehlungen – der Treuebruch eines Gatten unter dem Dach des Vaters seiner Frau. Ein Verrat an der Gastfreundschaft.

Doch Raza Hyder war genauso verstört wie Omar Chajjam und machte sich keine Gedanken über Gastfreundschaft. Nachdem er den blutverkrusteten Schleier verbrannt hatte, war ihm der Verdacht gekommen, daß Talvar Ulhaqs Gebaren als vorbildlicher Schwiegersohn vielleicht ein wenig zu dick aufgetragen war. Wer war in den Hals gebissen worden? Wessen Polokarriere war auf vampirische Weise beendet worden? Wer hätte mehr Grund gehabt, abzuwarten und auf Rache zu sinnen? »Ein Idiot bin ich!« Raza Hyder verfluchte sich selbst. »Ich hätte das Blut untersuchen lassen sollen. Vielleicht war es nur Ziegenblut; aber jetzt ist alles in Rauch aufgegangen.«

O Weigerung eines Vaters, das Untier in seiner Tochter wahrnehmen zu wollen! In Rauch aufgegangen: Gewißheit, Verpflichtung, Verantwortung. Raza Hyder begann zu erwägen, ob er das Ganze einfach vergessen sollte ... doch in jener Nacht träumte er von Maulana Dawood, und im Traum rief der tote Geistliche ihm zu, er solle sich endlich mit dem Gedanken anfreunden, daß seine Tochter von einem Teufel besessen sei, denn das Ganze sei eine von Gott ersonnene Prüfung seines Glaubens, und er müsse sich nun entscheiden, was ihm wichtiger sei – das Leben seiner Tochter oder die ewige Gnade Gottes. Maulana Dawood, der anscheinend nach dem Tode weiter gealtert war und verfallener aussah denn je, fügte unfreundlich hinzu, wenn Hyder Wert darauf lege, könne er ihm versichern, daß es mit Sufiya Zinobias Schrullen eher schlimmer denn besser werden würde und daß sie eines schönen Tages zweifellos Razas Laufbahn ein Ende setzen würden. Raza Hyder erwachte und brach in Tränen aus, denn der Traum hatte ihm seine wahre Natur gezeigt – die eines Mannes, der bereit war, Gott alles zu opfern, sogar sein Kind. »Denk an Abraham«, sagte er sich, als er seine Augen trocknete.

So bedrückte Hyder und Shakil an jenem Morgen gleichermaßen das Gefühl, die Kontrolle über das eigene Leben verloren zu haben – die erstickende Präsenz des Schicksals ... Raza erkannte, daß ihm nicht anderes übrig blieb, als mit Sufiya Zinobias Ehemann zu reden. Die Dummheit mit der Ayah war nicht weiter wichtig; hier ging es um Ernsteres, und Shakil hatte ein Recht darauf, Bescheid zu wissen.

Als der Adjutant des Generals Omar Chajjam Shakil aufsuchte und ihm traurig und einigermaßen verwundert mitteilte, der Oberbefehlshaber wünsche die Teilnahme des Doktors an einer kleinen Angelexpedition, bekam Omar zittrige Knie. Was konnte so wichtig sein, daß Hyder den Tag mit ihm verbringen wollte, während die Stadt vor Feuerwerken zur Feier der Wahlen zu explodieren drohte? »Jetzt haben wir die Bescherung«, dachte er, »die Ayah hat mich erledigt.« Auf der Fahrt in die Bagheeragali-Hügel war er zu verängstigt, um auch nur den Mund aufzumachen.

Raza Hyder erklärte ihm, sie würden zu einem Fluß fahren, der sowohl für die Schönheit der umliegenden waldigen Abhänge als auch für die Legende berühmt war, daß in seinen Wassern ein fischhassender Geist spukte, der so entsetzlich war, daß die zahlreichen fetten Mahaseer-Forellen lieber jedem Angler – gleichgültig wie unfähig er war – an den Haken sprangen. An diesem Tag sollte es jedoch weder Raza noch Omar Chajjam gelingen, einen einzigen Fisch an Land zu ziehen.

Von Mahaseer-Forellen verschmäht: Warum bissen die Fische nicht an? Was machte die beiden vornehmen Herren weniger anziehend als den Geisterfisch? Da ich mich nicht in die Vorstellungswelt einer Forelle versetzen kann, muß ich meine eigene (wenn auch windige) Erklärung anbieten. Ein Fisch sucht in einem Angelhaken eine Art Vertrauen, wobei der Haken den Fischlippen seine Unvermeidlichkeit vermittelt. Angeln ist eine geistige Auseinandersetzung; die Gedanken der Angler bewegen sich an Rute und Schnur entlang hinab und werden von Flossengeschöpfen erraten, denen in diesem Fall die verwunschenen Wasser erträglicher erschienen als die herabsteigenden üblen Gedanken … glauben Sie es oder nicht, aber so war es. Ein Tag in Wasserstiefeln, und

am Abend nichts als leere Körbe. Die Fische fällten ihr Urteil über die Männer.
Zwei Männer im Wasser erörterten unglaubliche Dinge. Und um sie herum verliehen Kuckucksvögel, Kiefern, Schmetterlinge ihren Worten eine phantastische Unwahrscheinlichkeit ... Raza Hyder, der Rachekomplotte nicht aus seinem Hirn verbannen konnte, ertappte sich bei dem Gedanken, daß er sein Schicksal einem Mann überantwortete, dessen Bruder er hatte liquidieren lassen. O verdächtige Schwiegersöhne! Zweifel und Schwermut ballten sich über Hyders Kopf und verscheuchten die Fische.
Doch obgleich Iskander Harappa in seiner Todeszelle überzeugt war, daß Männer ein Leben lang auf Rache sinnen würden – obgleich ich diese verdammte Möglichkeit wieder in Betracht ziehen muß, weil Hyder es sich in den Kopf gesetzt hat –, kann ich mich einfach nicht dazu verstehen, unseren Helden als einen düsteren Rächer aus einer Tragödie zu sehen, der den rechten Augenblick abwartet. Ich habe eingeräumt, daß seine Leidenschaft für Sufiya Zinobia durchaus aufrichtig gewesen sein mag; abgesehen davon und vielleicht sogar gerade deshalb bleibe ich bei meiner Meinung. Zuviel Zeit ist vergangen, ohne daß Omar Chajjam angedeutet hätte, daß er eine furchtbare Vergeltungstat plane; mir will scheinen, daß er seine Wahl getroffen, die Hyders erkoren und die Familie verstoßen hat; daß Omar als Ehemann, Omar als Schwiegersohn sich längst des Schattens von Omar als Bruder entledigt hat, des Omars, der um den unbekannten Bruder trauert, dieses unbeschriebene Blatt, und eine günstige Gelegenheit abwartet. – Es ist unangenehm, wenn Figuren, die man schuf, weniger wissen als man selbst; aber seine drei Mütter stehen auf meiner Seite. – Und Raza kann seine eigenen Sorgen nicht zu ernst genommen haben, denn letzten Endes erzählte er Omar

Chajjam alles, von den kopflosen Jungen, den Samenspuren, dem Schleier. – Und wenn er es nicht tat, dann wollen auch wir es nicht tun.

Zwei Männer in einem schnellfließenden Strom, und über ihren Köpfen Gewitterwolken, unsichtbar für das menschliche Auge, aber für Fischaugen unheilverkündend. Omar Chajjams Blase hatte zu schmerzen begonnen: er hatte Angst vor Sufiya Zinobia, die nun, da er begriff, daß Raza die Affäre mit Shahbanou ignorieren wollte, die Angst vor Raza ersetzte; und eine dritte Angst, die Angst vor dem, was Raza Hyder vorschlug.

Das Opfer Abrahams wurde erwähnt. Die schmerzlose Todesspritze. Tränen strömten aus Hyders Augen, tropften ins Wasser, und ihre Salzigkeit schreckte die wenig enthusiastischen Fische noch mehr ab. »Sie sind Arzt«, sagte Hyder, »und Ehemann. Ich überlasse es Ihnen.«

Der Einfluß des Geistes auf die Materie. In hypnotischer Trance kann der Hypnotisierte Kräfte entwickeln, die übermenschlich anmuten. Er ist für Schmerzen unempfindlich, seine Arme sind so stark wie Eisenstangen, seine Füße eilen so geschwind wie der Wind. Sufiya Zinobia konnte sich offenbar ohne Hilfe von außen in einen solchen Zustand versetzen. Vielleicht konnte mit Hypnose eine Heilung bewirkt werden? Die Quelle des Zorns ausfindig gemacht, ausgebrannt, zum Versiegen gebracht werden ... der Ursprung ihrer Wut entdeckt und besänftigt werden. Vergessen wir nicht, daß Omar Chajjam Shakil ein hervorragender Arzt war, den sein berufliches Interesse vor Jahren zu Sufiya Zinobia geführt hatte. Die einstige Herausforderung war erneut gegeben. Raza und Omar Chajjam: beide Männer fühlten sich auf die Probe gestellt, der eine von Gott, der andere von seiner Wissenschaft. Und gewöhnlich können männliche Wesen einer Probe nicht widerstehen ... »Ich werde sie genau beob-

achten«, sagte Omar Chajjam. »Es gibt eine Behandlungsmöglichkeit.«
Niemand handelt aus einem einzigen Beweggrund heraus. Ist es nicht denkbar, daß Omar Chajjam, der so lange schamlos gewesen war, durch eine Regung der Scham tapfer wurde? Daß sein Schuldgefühl wegen Shahbanou ihn sagen ließ: »Es gibt eine Behandlung«, und ihn somit der größten Gefahr seines Lebens aussetzte? – Doch bestreitbar ist – und ich will es auch gar nicht bestreiten –, daß Mut bewiesen wurde. Und Mut ist schließlich etwas Selteneres als Verderbtheit. Ehre, wem Ehre gebührt.
Doch welche Verwirrung bemächtigte sich Raza Hyders! Ein Mann, der beschlossen hat, sich aus religiösen Gründen seiner Tochter zu entledigen, ist nicht begeistert, wenn er erfahren muß, daß er zu voreilig gewesen ist.
»Sie sind verrückt!« sagte General Hyder zu seinem Schwiegersohn. »Wenn der Teufel das nächste Mal zum Vorschein kommt, reißt sie Ihnen Ihren dämlichen Kopf ab.«

Um zur Sache zu kommen: Ein paar Tage lang beobachtete Omar Chajjam Sufiya zu Hause, wie sie mit den zahllosen Kindern spielte, vor ihnen Seil sprang und Pinienkerne für sie knackte, und er wußte, daß es schlimmer mit ihr wurde, denn diesmal hatte die Gewalt, die aus ihr hervorbrach, zum ersten Mal keine Nachwirkungen hinterlassen, keine Immunstörung, keine komatöse Trance. Sie gewöhnt sich langsam daran, dachte er entsetzt, es konnte jederzeit wieder auftreten, die Kinder. Ja, er sah die Gefahr, nun, da er danach suchte, entdeckte er das Flackern in ihren Augen, das Kommen und Gehen kleiner gelber Blitze. Er beobachtete sie aufmerksam, und deshalb sah er, was einem nachlässigeren Auge entgangen wäre, daß nämlich Sufiya Zinobias Umrisse unscharf wurden, als nähmen zwei Wesen denselben Raum ein und machten ihn einander streitig, zwei Wesen von identischer Gestalt, aber tragisch entgegengesetzter Natur. Die flackernden Blitze zeigten ihm, daß die Wissenschaft allein nichts ausrichten konnte, und obwohl er den angeblichen Einfluß von Dämonen für eine Ausrede hielt, mit der Menschen sich der Verantwortung für menschliches Tun entziehen wollen, obwohl Gott ihm nie besonders viel bedeutet hatte, konnte sein Verstand das, was diese Augen bezeugten, nicht leugnen, konnte er nicht umhin, das unirdische Leuchten, das schwelende Feuer des Untiers zu sehen. Und um Sufiya Zinobia herum spielten ihre Nichten und Neffen.

»Jetzt oder nie«, dachte er und sprach sie in der Manier eines altmodischen Ehemannes an: »Frau, sei so gut und begleite mich in meine Gemächer.« Sie erhob sich und folgte ihm ohne Widerrede, denn das Untier hatte nicht die Oberhand; doch als sie das Zimmer betreten hatten, beging er den Fehler, ihr zu befehlen, sie solle sich aufs Bett legen, ohne zu erklären, daß er nicht die Absicht hatte, ihr Gewalt anzutun, sein Gattenrecht zu fordern, und deshalb mißverstand sie natürlich seine Absichten, und sofort veränderte sie sich, das gelbe Feuer loderte aus ihren Augen, und sie sprang vom Bett und stürzte auf ihn zu, die Hände wie Klauen ausgestreckt.

Er öffnete den Mund und wollte schreien, aber ihr Anblick verschlug ihm den Atem; wie ein erstickender Fisch starrte er mit weitgeöffnetem Mund in die Augen der Hölle. Dann stürzte sie zu Boden und begann zu zucken und zu würgen, auf ihrer hervorquellenden Zunge bildeten sich dunkelrote Blasen. Unzweifelhaft fand ein Kampf statt zwischen Sufiya Zinobia und dem Untier, stemmte sich das, was von dem armen Mädchen übrig war, gegen die Kreatur, schützte die Ehefrau ihren Mann vor sich selbst. So kam es, daß Omar Chajjam Shakil dem Untier der Scham in die Augen sah und doch überlebte, denn obwohl ihn die Flamme des Basiliskenblicks gelähmt hatte, hatte Sufiya sie lange genug erstickt, um den Bann zu brechen, so daß er sich ihm entziehen konnte. Sufiya warf sich mit solcher Wucht auf dem Boden herum, daß sie den Rahmen seines Bettes zerbrach, als sie an ihn stieß, und während sie um sich schlug, gelang es ihm, seine Ärztetasche zu ergreifen, seine Finger bekamen Injektionsspritze und Beruhigungsmittel zu fassen, und im allerletzten Augenblick von Sufiya Zinobias Kampf, als sie für den Bruchteil einer Sekunde das friedliche Aussehen eines schläfrigen Kleinkindes annahm, gerade vor dem letzten Ansturm des Untiers, der Sufiya Zinobia Shakil für immer ausgelöscht hätte, stieß Omar Chajjam ihr die Nadel ohne örtliche Betäubung tief in den Hintern, drückte den Kolben hinunter, und mit einem Seufzer fiel sie in Ohnmacht.

Es gab eine Dachstube. (Das Haus war von Angrez-Architekten entworfen worden.) Nachts, als die Dienstboten schliefen, trugen Raza Hyder und Omar Chajjam die betäubte Gestalt Sufiya Zinobias die Treppen zum Speicher hoch. Es ist sogar möglich (im Dunkeln schwierig zu erkennen), daß sie sie in einen Teppich gewickelt hatten.

Omar Chajjam hatte sich geweigert, die endgültige schmerzlose Spritze zu verabreichen. *Ich werde sie nicht töten. Denn sie hat mir das Leben gerettet. Und ich habe einst ihr Leben gerettet.* Aber er glaubte nicht länger an eine Behandlungsmöglichkeit; er hatte die goldenen Augen des mächtigsten Mesmeristen auf Erden erblickt. Weder töten noch heilen ... Hyder und Shakil kamen überein, daß Sufiya Zinobia bis auf weiteres in einem Zustand der Bewußtlosigkeit gehalten werden sollte. Sie sollte in einen totenähnlichen Zustand versetzt werden; Hyder besorgte lange Ketten, und sie fesselten sie mit Vorhängeschlössern an die Dachbalken; in den folgenden Nächten mauerten sie das Fenster der Dachstube zu und befestigten unförmige

Riegel an der Tür; und zweimal in vierundzwanzig Stunden ging Omar Chajjam heimlich in den verdunkelten Raum, jenes Echo anderer Todeszellen, um dem winzigen Körper auf dem dünnen Teppich Nahrung und Bewußtlosigkeit zu injizieren, die Drogen zu verabreichen, die sie von einer Märchenfigur in eine andere verwandelten, von der Schönen mitsamt Untier in Dornröschen. »Was kann man sonst machen?« fragte Hyder hilflos. »Denn auch ich kann sie nicht töten, begreifen Sie das nicht?«
Die Familie mußte informiert werden; niemand konnte seine Hände in Unschuld waschen. Im Fall Sufiya Zinobias waren sie alle Komplizen; und das Geheimnis wurde gewahrt. Das »falsche Wunder« ... sie verschwand von der Bildfläche. Puff! Einfach so.

Als verkündet wurde, das Bundesgericht habe das Todesurteil mit knapper Mehrheit, vier zu drei, bestätigt, erklärten Iskander Harappas Rechtsanwälte ihm, daß er mit einer Begnadigung rechnen könne. »Unmöglich, einen Mann mit so knapper Mehrheit zu hängen«, sagten sie. »Ruhig Blut.« Einer der Richter, der für Freispruch plädiert hatte, hatte gesagt: »Ende gut, alles gut.« Die Präzedenzfälle, sagte man zu Iskander, machten es für das Staatsoberhaupt unumgänglich, bei einem solchen Abstimmungsergebnis Gnade walten zu lassen. Iskander Harappa entgegnete seinen Rechtsanwälten: »Wir werden sehen.« Sechs Monate später befand er sich nach wie vor in der Todeszelle, als ihn der unverändert betrübt dreinschauende Oberst Shuja besuchte. »Ich habe Ihnen eine Zigarre mitgebracht«, sagte der Adjutant, »Romeo y Julietta, Ihre Lieblingsmarke, glaube ich.« Iskander Harappa zündete die Zigarre an und erriet, daß er sterben würde; er begann in makellosem Arabisch seine Gebete zu sagen, aber Shuja unterbrach ihn: »Ein Irrtum, bitte um Verzeihung, Sir.« Er beteuerte, er sei aus einem ganz anderen Grund gekommen, Harappa solle ein volles Geständnis unterzeichnen, und dann würde die Gnadenfrage wohlwollend in Erwägung gezogen werden. Als er das hörte, nahm Isky seine letzte Kraft zusammen und begann den trübsinnigen Pathanen-Offizier zu beschimpfen. Es war eine Art Selbstmord. Nie waren seine Worte schneidender gewesen. Die Obszönität seiner Worte traf wie Peitschenhiebe, Shuja spürte, wie sie sich durch seine Haut bohrten, und begriff, was Raza zwei Jahre zuvor in Bagheeragali mitgemacht hatte; er spürte, wie Zorn in ihm aufstieg, er konnte diese Demütigung nicht ertragen, ohne seiner Wut Luft zu machen, und als Iskander schrie: »Leck mich am Arsch, du Zuhälter, lutsch doch am Schwanz deines Enkels«, da drehte er durch – es spielte keine Rolle, daß Shuja nicht alt genug war, um einen Enkel zu haben –, er stand ganz langsam auf, und dann schoß er den ehemaligen Ministerpräsidenten durchs Herz.

Das Untier hat viele Gesichter. Manche sind immer traurig.

Eine Hinrichtung im Hof des Bezirksgefängnisses mitten in der Nacht. Gefangene, die heulten und mit ihren Tassen klapperten, sangen Iskys Requiem. Und der Henker wurde nie wieder gesehen. Fragen Sie mich nicht, was aus ihm wurde; man kann nicht erwarten, daß ich alles weiß. Er verschwand: Puff! – Und nachdem der Leichnam abgeschnitten war, der Flug nach Mohendscho, Rani, die das Leichentuch vom Gesicht riß. Doch die Brust sah sie nie. Und dann sahen Blinde, Lahme gingen, Aussätzige wurden geheilt, wenn sie das Grabmal des Märtyrers berührten. Es hieß auch, das Berühren des Grabmals sei ein besonders wirksames Heilmittel für Zahnkrankheiten.

Und Pinkies Selbstmord; überflüssig, auf all das noch einmal einzugehen. Sie blieb tot; sie suchte nie jemanden heim.

Präsident Raza Hyder erinnerte sich in einem Gefängnishof vor einem baumelnden Leichnam an das, was Bilquìs gesagt hatte. »Sie fallen ab«, dachte er, »wie Raketenstufen.« Dawood war nach Mekka gegangen, Bilquìs und Sufiya waren hinter verschiedenen Schleiern verloren, Good News und nun Isky schaukelten an ihrem Strang. Raza, der seinen Schwiegersöhnen mißtraute, aber zwangsläufig an sie gebunden war, empfand um sich herum die umfassende Leere des Nichts. In diesem Augenblick, als Harappa mit einem Sack über dem Kopf an einer Schlinge hing, hörte Raza Hyder Iskanders Stimme: »Keine Angst, alter Junge, es ist nicht so einfach, mich loszuwerden. Ich kann ein störrischer Esel sein, wenn ich will.«

Die goldene Stimme, glockenklar. Und Raza Hyder rief in seiner Bestürzung: »Der Schweinehund ist gar nicht tot!« Die Obszönität aus seinem Mund verblüffte den noch nicht verschwundenen Henker, und in sein Ohr lachte sofort Iskys Stimme: »Red keinen Quatsch, Yaar. Du weißt, was hier vorgeht.«

O endloser Monolog eines Gehenkten! Denn von Iskys Todestag an bis zum Morgen seines eigenen Todestages verließ ihn nie mehr diese Stimme, sarkastisch, trällernd, ungerührt, sie riet ihm, seinen Adjutanten nicht zu feuern, denn so komme die Wahrheit garantiert heraus, sie hänselte ihn, Präsident Sahib, Sie müssen noch viel lernen, bis Sie wissen, wie man den Laden schmeißt. Worte tröpfeln auf sein Trommelfell wie die Chinesische Wasserfolter, sogar im Schlaf; manchmal sind sie anekdotisch, erinnern ihn an Tilyars und an jemanden, der sich an einen Pfahl band, ein anderes Mal sind sie höhnisch, was glauben Sie, wie lange Sie durchhalten, Raz, ein Jahr, zwei?

Und Iskanders Stimme war nicht die einzige. Das erste Erscheinen des Geistes von Maulana Dawood haben wir bereits erlebt; er kam wieder, hockte unsichtbar auf der rechten Schulter des Präsidenten und flüsterte ihm ins Ohr. Gott auf der rechten Schulter, der Teufel auf der linken; das war die dem Auge verborgene Wahrheit über die Präsidentschaft des alten Eisenfressers – diese beiden widersprüchlichen Selbstgespräche in seinem Schädel, die ihn links rechts, links rechts, links rechts durch die Jahre begleiteten.

Aus dem Theaterstück des russischen Autors Nikolai Erdman *Der Selbstmord*: »Nur die Toten wissen, was die Lebenden denken.«

Das Wiedererscheinen der Toten muß durch das Verschwinden der Lebenden ausgeglichen werden. Ein Henker: Puff! Und Pinkie Aurangzeb. Und das Schlimmste habe ich bis zum Schluß aufgespart: am Abend von Harappas Hinrichtung entdeckte Omar Chajjam Shakil, daß Sufiya Zinobia, seine Frau, Hyders Tochter, entkommen war.

Eine leere Dachstube. Zerrissene Ketten, geborstene Balken. In dem zugemauerten Fenster war ein Loch. Es hatte einen Kopf, Arme, Beine.

»Gott steh uns bei«, sagte Omar Chajjam trotz seiner nicht beschnittenen, nicht geschorenen, nicht besprochenen Anfänge. Als hätte er geahnt, daß es an der Zeit war, daß der Allmächtige in Erscheinung trat und die Dinge in die Hand nahm.

Zwölftes Kapitel
Stabilität

Der große französische Revolutionsheld Danton, der während des »Terrors« seinen Kopf verlieren wird, sagt folgende bedauernden Worte: »... Aber Robespierre und das Volk«, so sagt er, »sind tugendhaft.« Danton steht auf einer Londoner Bühne, er ist auch nicht wirklich Danton, sondern ein Schauspieler, der Georg Büchners Zeilen in englischer Übersetzung spricht; und es ist nicht damals, sondern jetzt. Ich weiß nicht, ob der Gedanke aus dem Französischen, Deutschen oder Englischen stammt, aber ich weiß, daß er erstaunlich hoffnungslos erscheint, denn er besagt ja wohl, *daß das Volk so ist wie Robespierre*. Danton kann durchaus ein Held der Revolution sein, aber er liebt auch Wein, feine Kleider, Dirnen; lauter Schwächen, die es (die Zuschauer erkennen das auf der Stelle) Robespierre, einem guten Schauspieler in grünem Rock, ermöglichen, Danton zu Fall zu bringen. Wenn Danton zur Witwe geschickt wird, der alten Madame Guillotine mit ihrem Korb voller Köpfe, dann wissen wir, daß dies nicht um irgendwelcher wahrer oder erdichteter politischer Verbrechen willen geschieht. Er wird (täuschend echt inszeniert) geköpft, weil er das Vergnügen zu sehr liebt. Der Epikureismus ist subversiv. Das Volk ist wie Robespierre. Es betrachtet das Vergnügen mit Argwohn.

Dieser Gegensatz – zwischen Epikureer und Puritaner – ist, so sagt das Stück, die wahre Dialektik der Geschichte. Vergessen Sie Rechts-Links, Kapitalismus-Sozialismus, Schwarz-Weiß. Tugend versus Laster, asketisch versus verhurt, Gott

gegen den Teufel: darum geht es. *Messieurs, mesdames: faites vos jeux.*
Ich sah das Stück in einem großen Theater, das zu zwei Dritteln leer war. Politische Stücke leeren die Theater im guten alten London. Nach der Aufführung machte das Publikum auf dem Heimweg abfällige Bemerkungen. Das Ärgerliche an dem Stück war offenbar, daß es zu oft den deklamierenden Danton und zu selten den finsteren Robespierre zeigte. Die Zuschauer beklagten das Ungleichgewicht. »Ich mochte den Schlimmen«, sagte eine Frau. Ihre Begleiter stimmten ihr zu.
Ich war mit drei Besuchern aus Pakistan hingegangen. Ihnen hatte das Stück gefallen. »Wie gut du es hast«, sagten sie neiderfüllt, »daß du in einem Land wohnst, wo so etwas aufgeführt werden kann.« Sie erzählten mir, wie vor einiger Zeit versucht worden war, an der Universität von P. *Julius Cäsar* aufzuführen. Offenbar gerieten die Behörden in Aufregung, als sie erfuhren, daß in der Vorlage die Ermordung eines Staatsoberhauptes vorgesehen war. Und außerdem sah die Aufführung moderne Kleidung vor: General Cäsar würde seine Ausgehuniform tragen, wenn man über ihn herfiel. Auf die Universität wurde großer Druck ausgeübt, damit sie die Aufführung fallen ließ. Die Akademiker leisteten ehrenhaft Widerstand und verteidigten einen klassischen Schriftsteller mit ziemlich kriegerischem Namen gegen diesen Generalangriff. Irgendwann schlugen die Militärzensoren einen Kompromiß vor: Wäre die Universität nicht damit einverstanden, die ganze Aufführung wie vorgeschrieben in Szene zu setzen und nur diesen einen geschmacklosen Mord auszulassen? Sicher war diese Szene nicht unbedingt erforderlich?
Schließlich meldete sich der Theaterleiter mit einer brillanten, einer wahrhaft salomonischen Lösung zu Wort. Er bat einen prominenten britischen Diplomaten, Cäsar zu spielen,

mit (britischen) imperialistischen Insignien ausstaffiert. Die Armee beruhigte sich; das Stück wurde aufgeführt; und als bei der Premiere der Vorhang fiel, gingen die Lichter im Zuschauerraum an und zeigten eine erste Reihe voller Generäle, die alle stürmisch applaudierten, um ihre Freude über dieses patriotische Werk kundzutun, das den Sturz des Imperialismus durch die Freiheitsbewegung Roms darstellte.

Ich beharre darauf: ich habe das nicht erfunden ... und es erinnert mich an die Frau eines britischen Diplomaten, die ich schon früher erwähnte. »Warum entledigen die Leute in Rom«, hätte sie fragen können, »sich General Cäsars nicht in der, Sie wissen schon, üblichen Weise?«

Aber ich sprach von Büchner. Meinen Freunden und mir hatte *Dantons Tod* gut gefallen; dem Zeitalter Khomeinis usw. schien es durchaus angemessen zu sein. Doch Dantons (Büchners?) Sicht des »Volkes« beunruhigte uns. Wenn das Volk so war wie Robespierre, wie konnte Danton dann je ein Held werden? Warum wurde ihm im Gericht zugejubelt?

»Die Sache ist die«, erklärte einer meiner Freunde, »daß es diesen Gegensatz tatsächlich gibt; aber das ist eine innere Dialektik.« Das klang vernünftig. Das Volk ist nicht nur wie Robespierre. Es, wir, sind auch Danton. Wir sind Robeston und Danpierre. Die Widersprüchlichkeit ist nicht von Bedeutung; ich selbst vermag ohne die geringsten Schwierigkeiten, eine große Anzahl völlig unvereinbarer Ansichten gleichzeitig zu verfechten. Ich glaube nicht, daß andere weniger vielseitig sind.

Iskander Harappa war nicht nur Danton; Raza Hyder war nicht Robespierre in Reinkultur. Isky entsprach der Vorstellung, die man sich von einem Danton macht, vielleicht hatte er wirklich etwas von einem Epikureer, aber er glaubte auch, daß er immer und unbestreitbar im Recht sei. Und achtzehn Tücher haben uns gezeigt, daß auch er dem Terror nicht abgeneigt war. Was ihm in seiner Todeszelle widerfuhr, widerfuhr anderen seinetwegen. Das ist wichtig. (Aber wenn uns an den anderen liegt, muß uns, leider, auch an Iskander liegen.) Und Raza Hyder? Soll man wirklich glauben, daß er bei dem, was er tat, keine Lust verspürte, daß das Lustprinzip außer Kraft gesetzt war, auch wenn er den Anspruch erhob, im Namen Gottes zu handeln? Ich glaube es nicht.

Isky und Raza. Auch sie waren Danpierre und Robeston. Was eine Erklärung sein mag; aber eine Entschuldigung kann es natürlich nicht sein.

Als Omar Chajjam Shakil in einem zugemauerten Fenster das Loch in der Form Sufiya Zinobias sah, kam ihm der Gedanke, daß seine Frau tot sei. Was nicht heißt, daß er erwartete, ihren leblosen Körper auf dem Rasen unter dem Fenster zu finden, sondern daß er annahm, die Kreatur in ihr, das glühende Etwas, das gelbe Feuer, habe sie nun endgültig verzehrt, wie ein loderndes Feuer ein Haus ausbrennt, so daß das Mädchen, dessen Schicksal es daran gehindert hatte, sich vollständig zu entwickeln, nunmehr bis zur Unkenntlichkeit ausgelöscht war. Was entkommen war, was nun frei durch ahnungslose Gefilde streifte, war keineswegs Sufiya Zinobia Shakil, sondern etwas wie ein Prinzip, die Verkörperung der Gewalt, die pure böse Kraft des Untiers.

»Verflucht«, sagte er zu sich selbst, »die Welt wird verrückt.«

Es war einmal eine Frau, deren Mann ihr zweimal täglich bewußtseinsaufhebende Drogen injizierte. Zwei Jahre lang lag sie auf einem Teppich, wie ein Mädchen in einem Märchen, das nur vom blaublütigen Kuß eines Prinzen erweckt werden kann: doch Küsse waren ihr nicht bestimmt. Der Zauber des Narkotikums hielt sie scheinbar in Bann, doch die Gewalt, die aus der Scham entstanden war, das Ungeheuer in ihr, das nun sein eigenes Leben unter ihrer Haut lebte, schlief nicht; es wehrte sich gegen die narkotisierenden Flüssigkeiten, es ließ sich Zeit, breitete sich langsam in ihrem Körper aus, bis es jede Zelle besetzt hatte, bis es zu einer Gewalt angewachsen war, die nicht mehr entfacht werden mußte, denn wenn ein Raubtier erst einmal Blut geleckt hat, kann man es nicht mehr mit Gemüse zum Narren halten. Und zuletzt besiegte es die Narkotika, es richtete sich auf und zerbrach die hindernden Ketten.

Pandora, besessen vom entfesselten Inhalt ihrer Büchse.

Gelbe Glut hinter ihren geschlossenen Augenlidern, Feuer unter ihren Fingernägeln und den Haarwurzeln. Ja, sie war zweifellos tot, dessen bin ich mir sicher, keine Sufiya-Zinobia mehr, alles verbrannte in dieser Hölle. Werfen Sie einen Leichnam auf einen Scheiterhaufen, und er wird zucken, die Knie beugen, aufsitzen, tanzen, lachen; das Feuer aktiviert die Nervenstränge der Leiche, die zur Marionette des Feuers wird und mitten in den Flammen eine gespenstische Illusion des Lebens vermittelt …

Es war einmal ein Untier. Als es sich seiner Kraft sicher war, wartete es den richtigen Zeitpunkt ab und sprang durch eine Ziegelmauer.

In den nächsten vier Jahren, das heißt, während der Regierungszeit von Präsident Raza Hyder, wurde Omar Chajjam Shakil alt. Anfangs fiel es niemandem auf, weil er schon seit Jahren graue Haare gehabt hatte; doch als er sechzig wurde, erklärten ihm seine Füße, die den größten Teil ihres Lebens die unvorstellbare Last seiner Fettleibigkeit hatten tragen müssen, den Krieg, denn nachdem Shahbanou die Ayah nicht mehr da war, nachdem es keinen Pfefferminztee und keine nächtlichen Zuwendungen aus Loyalität mehr gab, hatte er erneut zugenommen. Knöpfe sprangen von Hosenbünden, und seine Füße streikten. Jeder Schritt verursachte Omar

Chajjam Qualen, selbst wenn er sich auf den Stockdegen stützte, den er seit all den Jahren trug, seit der Zeit seiner wollüstigen Allianz mit Iskander Harappa. Er saß nun oft stundenlang in einem Rohrsessel in Sufiya Zinobias ehemaliger Gefängniszelle und sah aus dem Fenster, das die phantastische Silhouette des backsteinroten Nachbildes seiner entschwundenen Frau einrahmte.

Er kündigte im Mount-Hira-Krankenhaus und schickte den größten Teil seiner Pension zu einem alten Haus in Q., in dem drei alte Frauen wohnten, die nicht sterben wollten, im Gegensatz zu Bariamma, die, wie es sich gehörte, schon längst verschieden war, von Polstern gestützt, so daß es fast einen ganzen Tag dauerte, bis jemand sah, was geschehen war ... noch mehr Geld wurde einer parsischen Ayah geschickt, und Omar Chajjam lebte ungestört unter dem Dach Raza Hyders und knackte Pinienkerne, während seine Augen, die aus dem Dachstubenfenster schweiften, jemandem zu folgen schienen, obwohl niemand da war.

Da er die Theorie kannte, der zufolge die Empfänglichkeit für Hypnose ein Indiz hochentwickelter Vorstellungskraft darstellte – die hypnotische Trance eine Form nach innen gerichteter Kreativität, mit deren Hilfe der Hypnotisierte sich und seine Welt nach eigenem Ermessen zurechtmodelt –, dachte er bisweilen, daß Sufiya Zinobia ihre Metamorphose gewollt haben mußte, denn selbst ein Autohypnotiseur kann nicht etwas von sich verlangen, was er nicht tun will. Sie hatte sich also entschieden, sie hatte das Untier geschaffen ... in welchem Fall, grübelte er in seinem Rohrsessel, den Mund voller Pinienkerne, ihr Fall ein Anschauungsbeispiel bildet. Er führt uns vor Augen, wie gefährlich es ist, der Vorstellungskraft zu freien Lauf zu lassen. Die Ausbrüche Sufiya Zinobias waren die Folge einer wildgewordenen Phantasie.

»Ich sollte mich schämen«, teilte er dem Kuckuck mit, der auf dem Fenstersims saß, »hier sitze ich und tue genau das, was ich kritisiere, denke mir Gott weiß was aus, lebe zu sehr in meinem Kopf.«

Auch Raza Hyder dachte: »Ich sollte mich schämen.« Nun, da sie fort war, verfolgte sie ihn in Gedanken. Dieses etwas zu Lockere ihrer Muskeln, dieses nur halb Koordinierte ihres Gangs hatte ihn eine Zeitlang davon abgehalten, sie zu lieben. *Sie wäre beinahe gestorben, bevor ich. Und natürlich war es nicht genug.* Sein Kopf barst vor Stimmen: Isky Dawood Isky Dawood. Schwer, einen klaren Gedanken zu fassen ... und nun würde sie sich rächen. Irgendwie, irgendwann würde sie ihn hinabzerren. Es sei denn, er fände sie zuerst. Aber wen sollte er schicken, wen informieren? »Meine Tochter, die Schwachsinnige mit Gehirnfieber, ist eine menschliche Guillotine geworden und hat angefangen, Männern den Kopf abzureißen. Hier ist ihr Foto, ich will sie tot oder lebendig, großzügige Belohnung.« Unmöglich. Geht nicht.

O Ohnmacht der Macht. Der Präsident, der sich ermahnt, nicht albern zu sein, sie wird nicht überleben, sie ist schon tot, lange genug nichts mehr gehört, keine Nachrichten sind gute Nachrichten. Oder sie taucht irgendwo auf, und dann vertuschen wir es. Aber immer noch steigt in seinen Gedanken das Bild eines kleinen Mädchens mit einem Gesicht von klassischer Strenge auf; es war eine Anklage ... seine Schläfen pochten, Isky und Dawood flüsterten und redeten auf ihn ein, rechtslinksrechts. Aber die Lebenden können einen genauso heimsuchen wie die Toten. Ein verstörter Ausdruck erschien in seinen Augen.

Wie Omar Chajjam Shakil begann auch Präsident Raza Hyder große Mengen von Pinienkernen zu knacken und zu essen – Sufiya Zinobias Lieblingskost; lange und glückliche Stunden hatte sie damit verbracht, Pinienkerne aus ihren Schalen zu befreien, mit einer verrückten Hingabe, denn das Knacken von Pinienkernen ist eine Art Irrsinn, man verbraucht mehr Energie, um die verdammten Dinger herauszubekommen, als sie einem geben, wenn man sie ißt.

»General Hyder«, fragt der Angrez-Fernsehinterviewer Raza, »informierte Quellen lassen verlauten, gut orientierte Beobachter behaupten, viele unserer Zuschauer im Westen würden sagen, was haben Sie der Behauptung entgegenzusetzen, wie stehen Sie zu der Unterstellung, Ihre Einführung von islamischen Strafen wie Auspeitschen und Handabschlagen könne in mancher Hinsicht als, was zu erörtern wäre, gewissen Definitionen gemäß, sozusagen barbarisch angesehen werden?«

Raza Hyder lächelt in die Kamera, ein höfliches Lächeln, das Lächeln eines Mannes mit wahrhaft guten Manieren und nicht wenig Etikette. »Es ist nicht barbarisch«, antwortet er. »Und warum nicht? Aus drei Gründen.« Er hebt einen Finger für jeden Grund und zählt ab. »Erstens«, erklärt er, »verstehen Sie bitte, ist ein Gesetz an sich weder barbarisch noch nicht barbarisch. Es hängt davon ab, wer das Gesetz anwendet. Und in diesem Falle bin ich das, Raza Hyder, und deshalb ist es selbstverständlich nicht barbarisch.

Zweitens, lassen Sie mich das ausführen, Sir, sind wir nicht irgendwelche Wilden, die von den Bäumen kommen, nicht wahr? Wir befehlen den Leuten doch nicht einfach, die Hand auszustrecken, so, und hacken sie ihnen dann, fataakh!, mit dem Schlachtermesser ab. Oh, nein! Alles geschieht unter striktester Beachtung der Hygiene, unter ärztlicher Aufsicht, Anwendung von Anästhetika etcetera.

Doch der dritte Grund ist der, daß wir uns diese Gesetze schließlich nicht aus den Fingern gesogen haben, mein Bester.

Es sind heilige Worte Gottes, wie sie in den heiligen Schriften offenbart sind. Wenn es aber heilige Worte Gottes sind, dann können sie nicht gleichzeitig barbarisch sein. Das kann nicht sein. Sie müssen etwas anderes sein.«

Er hatte es vorgezogen, nicht in das Haus des Präsidenten in der neuen Hauptstadt zu ziehen, denn trotz der lärmenden Horden mutterloser Kinder, die in den Gängen Ayahs drangsalierten, fühlte er sich in der Residenz des Oberbefehlshabers wohler. Zuerst war er bereit gewesen, einige Nächte im Präsidentenpalast zu verbringen, zum Beispiel zur Zeit der Panislamischen Konferenz, als Staatsoberhäupter aus aller Welt kamen, die alle ihre Mütter mitbrachten, so daß die Hölle los war, weil die Mütter im Zenanaflügel sich sofort erbitterte Kämpfe um ihre jeweilige Ranghöhe lieferten und unablässig ihre Söhne mit dringenden Botschaften bombardierten, so daß die Plenarsitzungen der Konferenz mit Beschwerden über tödliche Beleidigungen und beschmutzte Ehre unterbrochen wurden, bis die Regierungsoberhäupter kurz davor waren, Faustkämpfe oder sogar Kriege anzufangen. Raza Hyder hatte keine Mutter, die ihn in Teufels Küche bringen konnte, aber er hatte seine eigenen Sorgen, denn am ersten Konferenzabend hatte er feststellen müssen, daß in diesem Flughafen von einem Palast die Stimme Iskander Harappas so laut in seinen Ohren dröhnte, daß er kaum etwas anderes hörte. Der Monolog des Gehenkten summte in seinem Schädel, und offenbar hatte Isky beschlossen, seinem Nachfolger einige nützliche Tips zu geben, denn die körperlose Stimme zitierte inzwischen frei und in einem aufreizenden Singsang aus den Schriften des berüchtigten Ungläubigen und Ausländers Niccolò Machiavelli – wie Raza nach langem Rätselraten herausfand. Die ganze Nacht lag Raza mit dem geisterhaften Brummen in seinem Kopf wach. »Ein Eroberer sollte«, sagte Iskander, »wenn er einen Staat in Besitz nimmt, gleich alle Gewalttaten auf einen Schlag ausführen, denn Gewalttaten muß man alle auf einmal begehen, damit sie weniger empfunden werden und dadurch weniger erbittern.« Raza Hyder hatte nicht verhindern können, daß ein Ausruf – »Ya, Allah, hör auf, hör auf!« – über die Präsidentenlippen schlüpfte, und sofort kamen Wachen in sein Schlafzimmer gerannt, die das Schlimmste befürchteten, nämlich eine Invasion der sich ewig beschwerenden Mütter der Regierungschefs; Raza mußte beschämt sagen: »Nichts, nichts, ein Alptraum, ein schlechter Traum, nichts weiter.«

»Entschuldige, Raza«, flüsterte Iskander, »war nur gut gemeint.«

Sobald die Konferenz vorbei war und die Mütter auseinandergezerrt worden waren, eilte Raza in sein anderes Haus zurück, wo er sich entspannen konnte, denn dort war die Stimme von Maulana Dawood in seinem rechten Ohr lauter als die von Isky in seinem linken. Er lernte, seine ganze Aufmerksamkeit auf die rechte Seite zu konzentrieren, und in der Folge gelang es ihm, mit dem Geist Iskander Harappas zu leben, auch wenn Isky weiterhin bemüht war, seinen Ansichten Gehör zu verschaffen.

Im fünfzehnten Jahrhundert wurde General Raza Hyder Präsident seines Landes, und große Veränderungen gingen vor sich. Der endlose Monolog Iskander Harappas trieb Raza in die ektoplasmischen Arme seines einstigen Vertrauten Maulana Dawood. Um dessen Hals einst irrtümlich eine gewisse Halskette aus Schuhen geworfen worden war. Raza Hyder mit seinem *gatta*-Fleck war, Sie erinnern sich, genau die Art von *mohajir*, die mit Gott auf du und du steht; und je mehr Iskander flüsterte, um so mehr ahnte Raza, daß Gott seine einzige Hoffnung war. Als Dawood quengelte: »Hier im heiligen Mekka ist viel Böses zu sehen; die heiligen Stätten

müssen gereinigt werden, das ist deine erste und einzige Pflicht«, hörte Hyder daher aufmerksam zu, obgleich nicht zu leugnen war, daß auch der Tod nicht vermocht hatte, den Geistlichen von der Vorstellung abzubringen, daß sie ins heilige Zentrum des Glaubens, Mekka Sharif, die Stadt des großen Schwarzen Steines, gekommen waren.
Was Raza tat: er verbot den Alkohol. Er schloß die berühmte alte Bierbrauerei in Bagheera, so daß Panther-Lager eine rührende Erinnerung statt eines erfrischenden Getränks wurde. Er verfügte so drastische Eingriffe in das Fernsehprogramm, daß die Leute den Kundendienst kommen ließen, weil ihnen unbegreiflich war, weshalb die Fernsehapparate auf einmal außer theologischen Vorträgen nichts mehr zeigten, und sie fragten sich, wie es kam, daß diese Mullahs hinter dem Bildschirm steckengeblieben waren. Am Geburtstag des Propheten ließ Raza in jeder Moschee im Lande um neun Uhr morgens eine Sirene heulen, und jeder, der in diesem Augenblick nicht innehielt und betete, wurde sofort ins Gefängnis gekarrt. Die Bettler in der Hauptstadt und auch in den anderen Städten erinnerten sich daran, daß der Koran den Gläubigen gebot, Almosen zu geben, und sie nützten die Ankunft Gottes im Amtssitz des Präsidenten aus, um eine Reihe gewaltiger Demonstrationen zu veranstalten, in denen sie die gesetzliche Festlegung einer Mindestspende von fünf Rupien forderten. Sie hatten Gott jedoch unterschätzt; im ersten Jahr seiner Regierungszeit steckte Raza Hyder hunderttausend Bettler ins Gefängnis und im gleichen Aufwasch auch noch zweitausendfünfhundert Mitglieder der nunmehr illegalen Volksfront, die ja letzten Endes nicht viel besser waren als Bettler. Er verkündete, daß Gott und Sozialismus unvereinbar seien, so daß die Doktrin des islamischen Sozialismus, in der die Anziehungskraft der Volksfront gegründet hatte, die schlimmste nur vorstellbare Blasphemie darstellte. »Iskander

Harappa hat nie an Gott geglaubt«, erklärte er öffentlich, »und deshalb hat er das Land zerstört, während er vorgab, es zusammenzuhalten.« Diese Unvereinbarkeitstheorie machte Raza sehr beliebt bei den Amerikanern, die derselben Meinung waren, wenngleich ihr Gott ein anderer war.

»›Von Fürsten, die durch Verbrechen zur Herrschaft gelangt sind‹«, flüsterte Iskanders Stimme in sein Ohr. »*Il Principe*, achtes Kapitel. Das solltest du lesen; es ist ganz kurz«, doch inzwischen wußte Raza, wie er seinen sinistren oder linksseitigen toten Engel ignorieren konnte. Er stellte sich Iskys Intrigen gegenüber taub, und statt die historischen Präzedenzfälle zur Kenntnis zu nehmen, die die Geschichte des Sizilianers Agathokles und des Oliverotto da Fermo darboten, hörte er Maulana Dawood zu. Iskander wollte nicht aufgeben, er behauptete, daß seine Motive selbstloser Natur seien, er wollte Raza an den Unterschied zwischen gut und schlecht ausgeführten Gewalttaten erinnern und daran, daß man mit der Zeit die Gewalttaten verringern und allmählich Wohltaten erweisen sollte, damit diese nachhaltiger empfunden werden konnten. Aber inzwischen war Dawoods Geist in Schwung gekommen; dank der bevorzugten Behandlung durch den Präsidenten hatte er an Selbstvertrauen gewonnen, und er befahl Raza, Filme zu verbieten – oder für den Anfang zumindest die importierten; er sprach sich gegen Frauen aus, die sich unverschleiert auf den Straßen zeigten; er forderte strenge Maßnahmen und eine eiserne Hand. Es ist verbürgt, daß in jenen Tagen Theologiestudenten anfingen, Gewehre zu tragen, und gelegentlich aufs Geratewohl Schüsse auf nicht genügend gottesfürchtige Professoren abgaben; daß Männer auf der Straße Frauen anspuckten, wenn deren Zwerchfell zu sehen war; und daß man erwürgt werden konnte, wenn man im Fastenmonat eine Zigarette rauchte. Das Rechtssystem wurde demontiert, denn die Juristen hatten das Gottlose ihres

Berufes unter Beweis gestellt, indem sie gegen verschiedene Aktivitäten des Staates protestierten; an seiner Stelle wurden geistliche Gerichtshöfe unter dem Vorsitz von Geistlichen eingesetzt, die Raza nach dem sentimentalen Kriterium aussuchte, daß ihre Bärte ihn an seinen verstorbenen Ratgeber erinnerten. Gott hatte das Sagen, und für den Fall, daß jemand das bezweifeln sollte, verteilte Er kleine Beweise Seiner Macht: er ließ verschiedene glaubensfeindliche Elemente verschwinden, als wären sie Slumkinder. Ja, die Hundesöhne wurden vom Allmächtigen einfach in Luft aufgelöst, sie verschwanden, puff, einfach so.

Raza Hyder war in jenen Jahren ein vielbeschäftigter Mann und hatte wenig Zeit für das, was von seinem Familienleben übriggeblieben war. Er nahm keine Notiz von seinen siebenundzwanzig Enkelkindern und überließ sie ihrem Vater und ihren Ayahs; aber seine Verehrung der Institution Familie war allgemein bekannt, er machte viel Wesens darum, und deshalb sah er Bilquìs regelmäßig einmal in der Woche. Er ließ sie rechtzeitig vor Beginn seiner Ansprache an die Nation ins Fernsehstudio bringen. Die Sendung begann immer mit einer Andacht, bei der Raza im Vordergrund kniete und seinen blauen Fleck auffrischte, während Bilquìs hinter ihm wie eine gute Ehefrau ebenfalls betete, unscharf und von Kopf bis Fuß verschleiert. Er saß immer ein paar Minuten bei ihr, bevor sie auf Sendung gingen, und es fiel ihm auf, daß sie immer etwas zum Nähen mitbrachte. Bilquìs war nicht Rani; sie bestickte keine Tücher. Was sie tat, war sowohl einfacher als auch rätselhafter: sie nähte große Flächen schwarzen Stoffes zu Gebilden zusammen, deren Bestimmung niemand erraten konnte. Lange Zeit hielt die Verlegenheit, die zwischen ihnen war, Raza davon ab, zu fragen, was zum Teufel auch das sein sollte, aber am Ende gewann seine Neugierde die Oberhand, und als er sicher wußte, daß niemand anders in Hörweite war, fragte der Präsident seine Frau: »Wozu soll die ganze Näherei gut sein? Womit hast du es so eilig, daß du damit nicht warten kannst, bis du nach Hause kommst?«

»Leichentücher«, antwortete sie ernst, und ihm lief ein Schauer über den Rücken.

Zwei Jahre nach dem Tod Iskander Harappas begannen die Frauen des Landes, gegen Gott auf die Straßen zu gehen. Raza gelangte zu dem Schluß, daß diese Demonstrationszüge tückisch waren, er mußte vorsichtig damit umgehen. Deshalb unternahm er bedächtige Schritte, obwohl Maulana Dawood ihm ins Ohr schrie, er sei ein Schwächling, er solle die Huren nackt ausziehen und an allen verfügbaren Bäumen aufknüpfen lassen. Raza aber war umsichtig; er instruierte die Polizei, die Damen nicht auf die Brüste zu schlagen, wenn sie die Demonstrationen auflöste. Und schließlich belohnte Gott seine tugendhafte Zurückhaltung. Seine Spitzel brachten in Erfahrung, daß die Märsche von einer gewissen Noor Begum organisiert wurden, die in die Wohnsiedlungen und Dörfer ging und antireligiöse Gefühle entfachte. Dennoch zögerte Raza, Gott darum zu bitten, das Weibsbild verschwinden zu lassen, denn schließlich kann man den Allmächtigen nicht bitten, alles für einen zu tun; so fühlte er sich zutiefst bestätigt, als er den Beweis erhielt, daß diese Noor Begum eine berüchtigte Person mit Vergangenheit war; sie hatte Frauen und Kinder in die Harems arabischer Prinzen geschickt. Erst jetzt sandte er seine Häscher aus, um sie festnehmen zu lassen, denn gegen diese Verhaftung konnte niemand etwas einzuwenden haben, und selbst Iskander Harappa sagte anerkennend: »Du lernst schnell, Raza, vielleicht haben wir alle deine Fähigkeiten unterschätzt.«

Dies war Raza Hyders Leitspruch: »Stabilität im Namen Gottes.« Und nach der Sache mit Noor Begum fügte er der ersten eine zweite Maxime hinzu: »Hilf dir selbst, dann hilft dir Gott.« Um Stabilität in Gottes Namen zu erreichen, plazierte er Armeeoffiziere in den Aufsichtsrat jedes größeren Industrieunternehmens im Lande; er setzte überall Generäle ein, so daß die Armee ihre Finger tiefer denn je zuvor in allen Geschäften hatte. Als die Generäle Raddi, Bekar und Phisaddi, die jüngsten und fähigsten Mitglieder seines Generalstabs, mit handgreiflichen und unumstößlichen Beweisen aufwarteten, daß General Salmàn Tughlak, unter einer Decke steckend mit dem Polizeichef Talvar Ulhaq, Raza Hyders eigenem Schwiegersohn, und Oberst Shuja, seinem langjährigen Adjutanten, einen Staatsstreich plante, wußte Raza, daß seine Politik Früchte getragen hatte. »Idioten!« murmelte Raza Hyder, nicht ohne Bedauern. »Whiskysüchtige, verstehen Sie? Sie brauchen ihr Gläschen, und dafür sind sie bereit, alles zunichte zu machen, was wir erreicht haben.« Er setzte eine weinerliche Miene auf, die Shujas tragischem Gesichtsausdruck in nichts nachstand; insgeheim aber war er froh, weil ihm die Erinnerung an sein albernes nächtliches Telefongespräch mit General Tughlak immer peinlich gewesen war; und seit dem Vorfall in der Todeszelle des Bezirksgefängnisses hatte er unentwegt nach einem Vorwand gesucht, seinen Adjutanten loszuwerden; und Talvar Ulhaq war schon seit Jahren nicht mehr vertrauenswürdig. »Ein Mann, der einen Vorgesetzten verrät«, sagte Raza zu den jungen Männern Raddi, Bekar und Phisaddi, »verrät auch den nächsten«, doch was er wirklich dachte, war, daß ihn die Hellseherei Talvars zu Tode erschreckte, und außerdem wußte der Kerl alles über Sufiya Zinobia, und das hieß, er wußte zuviel … Raza schlug den jungen Generälen auf die Schulter und sagte: »Gut, gut, nun liegt alles in der Hand Gottes«, und am nächsten Morgen waren die drei Verschwörer verschwunden, ohne auch nur das kleinste Rauchwölkchen zu hinterlassen. Die siebenundzwanzig Waisen Talvar Ulhaqs erfüllten die Residenz des Oberbe-

fehlshabers mit einstimmigem Geschrei, alle kreischten in derselben Tonhöhe und holten im selben Augenblick Luft, so daß sich vierzig Tage lang jeder die Ohren verstopfen mußte; dann begriffen sie, daß ihr Vater nicht mehr zurückkehren würde, und verstummten ganz, so daß ihr Großvater sie bis zur letzten Nacht seiner Regierungszeit nie mehr bemerkte.
Die Loyalität seiner jungen Generäle bewies Raza Hyder, daß es der Armee zu gut ging, als daß sie das Boot zum Kentern bringen wollte. »Eine stabile Lage«, gratulierte er sich selbst, »alles paletti.«
An dieser Stelle trat seine Tochter Sufiya Zinobia wieder in sein Leben.

Darf ich hier einige Worte zum Thema der islamischen Erneuerung einflechten? Es wird nicht lange dauern.
Pakistan ist nicht Iran. Das mag eine sonderbare Bemerkung über ein Land sein, das bis zu Khomeinis Zeiten eine der beiden einzigen Theokratien auf Erden war (Israel ist die andere), aber ich bin der Meinung, daß Pakistan nie eine von Mullahs beherrschte Gesellschaft war. Die religiösen Extremisten der Jamaat-Partei finden bei Collegestudenten und so weiter Unterstützung, doch relativ wenige Leute haben bei Wahlen je für Jamaat gestimmt. Jinnah selbst, der Gründer oder Quaid-i-Azam, macht mir nicht den Eindruck eines auffällig auf Gott bezogenen Menschen. Der Islam und der moslemische Staat waren für ihn politische und kulturelle Vorstellungen; die Theologie hatte damit nichts zu tun.
Was ich sage, wird vom gegenwärtigen Regime in diesem glücklosen Land wahrscheinlich mit dem Bannfluch belegt werden. Sei's drum. Meiner Meinung nach hätte der Islam sich in einem Pakistan nach der Abspaltung Bangladeschs sehr wohl als wirksame vereinigende Kraft erweisen können, wenn

man nicht versucht hätte, so ein allmächtig großes Geschäft daraus zu machen. Vielleicht hätten Sindhis, Belutschen, Pandschabis und Pathanen, ganz zu schweigen von den Einwanderern, um des gemeinsamen Glaubens willen ihre Streitigkeiten begraben.
Wenige Mythologien überleben jedoch eine eingehende Prüfung. Und sie können in der Tat sehr unbeliebt werden, wenn man sie den Leuten in den Rachen stopft.
Was geschieht, wenn man mit solch überschwerer, unverdaulicher Kost zwangsernährt wird? – Es wird einem übel. Man verweigert die Nahrungsaufnahme. Leser: Man kotzt.
Der sogenannte islamische Fundamentalismus gründet in Pakistan nicht im Volk. Er ist ihm von oben auferlegt. Autokratische Regimes finden es nützlich, sich der Rhetorik des Glaubens zu bedienen, weil das Volk diese Sprache achtet, sich ihr ungern widersetzt. Auf diese Weise unterstützen Religionen Diktatoren; sie hüllen sie in Worte der Macht, Worte, die das Volk ungern angezweifelt, entrechtet, verhöhnt sieht.
Doch das Argument mit dem In-den-Rachen-Stopfen bleibt bestehen. Am Ende stößt der Glaube einem auf, man verliert den Glauben an den Glauben, wenn nicht in seine Eigenschaft als Glaube, so gewiß an den Glauben als Basis für einen Staat. Und dann stürzt der Diktator, es stellt sich heraus, daß er Gott mit sich herabgezogen hat, daß der Mythos, der die Nation rechtfertigen sollte, vernichtet worden ist. Es bleiben nur zwei Möglichkeiten: Desintegration oder eine neue Diktatur ... nein, es gibt eine dritte, und ich will nicht so pessimistisch sein, sie als Möglichkeit zu leugnen. Die dritte Möglichkeit ist das Ersetzen des alten Mythos durch einen neuen. Hier sind drei solcher Mythen, die alle kurzfristig lieferbar sind: Freiheit, Gleichheit, Brüderlichkeit.
Ich empfehle sie wärmstens.

Später einmal, als er in panischer Angst aus der Hauptstadt floh, sollte Raza Hyder sich an die Geschichte von dem weißen Panther erinnern, die zur Zeit von Iskander Harappas Verhaftung in Umlauf gewesen war, und Wissen und Furcht sollten ihn erschauern lassen. Das Gerücht war schnell wieder versiegt, denn niemand hatte das Fabeltier mit eigenen Augen gesehen, bis auf einen wenig vertrauenswürdigen Dorfjungen namens Ghaffar, und seine Schilderung war so verquer gewesen, daß die Leute annahmen, der Panther sei dem notorisch erfindungsfreudigen Hirn Ghaffars entsprungen. Die unwahrscheinliche Bestie, die die Phantasie des Jungen ersonnen hatte, war seinen Worten nach »nicht am ganzen Körper weiß, sondern hatte einen schwarzen Kopf und sonst überhaupt kein Fell, als wäre sie kahl; und sie bewegte sich ganz komisch«. Die Zeitungen hatten in scherzhaftem Ton darüber berichtet, wohl wissend, daß ihre Leser eine nachsichtige Vorliebe für Monstergeschichten hatten; doch als General Hyder sich daran erinnerte, mußte er erschreckt denken, daß der weiße Panther von Bagheeragali ein vorgreifendes Wunder gewesen war, eine bedrohliche Prophezeiung, das Gespenst der Zeit, die Zukunft, die die Wälder der Vergangenheit durchstreifte. »Er hat sie wirklich gesehen«, dachte Raza bitter, »und keiner hat ihm geglaubt.«

So tauchte sie wieder auf:

Eines Morgens saß Omar Chajjam Shakil im Dachstübchen und sah wie gewöhnlich aus dem Fenster, als Asgari, die Reinmachefrau, die über diese Gepflogenheit Shakils erbost war, weil sie um seinetwillen auf den Speicher steigen und den Boden jenes vergessenen Zimmers fegen mußte, und weil er außerdem in seiner Geistesabwesenheit Pinienkernschalen auf den Boden fallen ließ, während sie arbeitete, als Asgari also mit verhaltenem, zahnlosem Altweiberatem, der stark nach dem Desinfektionsmittel *Fineel* roch, murmelte: »Das Untier sollte mal hierher kommen, und alle rücksichtslosen Personen abmurksen, die eine anständige Frau nicht mit der Arbeit fertigwerden lassen.« Das Wort »Untier« durchdrang die Nebelschleier der Träumerei Omar Chajjams, und er erschreckte die alte Dame, als er laut fragte: »Was soll das heißen?« Nachdem sie sich davon überzeugt hatte, daß er sie nicht wie Shahbanou feuern würde, daß er ihren harmlosen Griesgram nicht als Fluch betrachtete, beruhigte sie sich und schalt ihn, nach Art alter Hausangestellter, daß er die Dinge zu ernst nahm. »Diese Geschichten haben wieder angefangen, das ist alles«, sagte sie. »Müßige Zungen brauchen Bewegung. Der dicke Sahib braucht sich nicht so aufzuregen.«

Den ganzen Tag über wurde Omar Chajjam von einem inneren Sturm aufgewühlt, dessen Ursache er nicht zu benennen wagte, nicht einmal vor sich selbst, aber des Nachts erschien ihm während seines Nickerchens Sufiya Zinobia im Traum. Sie lief auf allen vieren und war so nackt wie ihre Mutter, als sie durch den legendären Feuerwind entblößt worden war – nein, nackter noch, denn um ihre Schultern hing nichts mehr, keine Dupatta der Züchtigkeit und Scham. Er wachte auf, aber der Traum verließ ihn nicht. Es tanzte vor seinen Augen, das Gespenst seiner Frau in der Wildnis, auf der Jagd nach menschlicher und tierischer Beute.

In den kommenden Wochen schüttelte er die Lethargie seiner mehr als sechzig Jahre ab. Trotz seiner kranken Füße wurde er ein vertrauter exzentrischer Anblick am Busbahnhof, wo er auf furchteinflößende Kerle von der Nordgrenze zuhumpelte, denen er für bestimmte Informationen Geld bot. An den Tagen, an denen die Bauern aus den Außenbezirken Vieh brachten, lungerte er, auf seinen Stock gestützt, in den Halal-Schlachthöfen herum. Regelmäßig besuchte er Basare und baufällige Cafés, eine absonderliche Gestalt in grauem Anzug, auf einen Stockdegen gestützt, die Fragen stellte und zuhörte, zuhörte.

Allmählich fand er heraus, daß die Geschichten über den weißen Panther tatsächlich wieder kursierten; aber das Sonderbare daran war, daß sie mittlerweile aus dem ganzen Land kamen; sie reisten oben auf Bussen in den Bündeln von Arbeitern, die aus dem Nadeltal zurückkehrten, ebenso wie in den Patronengurten der bewaffneten Bergbewohner aus dem Norden. Das Land war groß, sogar ohne seinen Ostflügel, ein Land der Wildnisse und sumpfigen, mit Mangrovenbäumen übersäten Deltas, der Felsennester und verlassenen Gegenden; und aus jedem noch so entlegenen Winkel der Nation schien die Geschichte vom Panther in die Hauptstadt zu gelangen. Schwarzer Kopf, blasser, unbehaarter Körper, ungeschickter Gang. Ghaffars belachte Schilderung wurde Omar Chajjam wieder und wieder von analphabetischen Reisenden wiederholt, die alle glaubten, das Gerücht beschränke sich einzig auf ihren Teil der Welt. Er nahm ihnen diesen Glauben nicht.

Morde an Tieren und Menschen, Dörfer, die in der Dunkelheit überfallen wurden, tote Kinder, abgeschlachtete Herden, Schreie, die das Blut in den Adern stocken ließen: es war das altehrwürdige Schreckgespenst des menschenfressenden Raubtiers, aber in einer neuen und schaurigen Variante: »Welches Tier«, fragte ein ein Meter achtzig großer Grenzbewohner Omar Chajjam mit der unschuldigen Ehrfurcht eines Kindes, »kann einem Menschen den Kopf von den Schultern reißen und seine Eingeweide durch das Loch herausziehen, um sie zu fressen?«

Er hörte von Dörfern, die Wachtruppen gebildet hatten, von Bergstämmen, die des Nachts Wachposten aufgestellt hatten. Manche, die es erblickt haben wollten, prahlten damit, es verwundet zu haben, andere sparten nicht mit noch unglaubhafteren Behauptungen – Sie werden es nicht glauben, Sahib, ich habe es mit einem Shikar-Gewehr genau zwischen die Augen getroffen, aber das Ding ist ein Dämon, es hat sich einfach umgedreht und in Luft aufgelöst, solche Kreaturen kann man nicht töten, Gott stehe uns bei ... und er erkannte, daß der weiße Panther bereits zu einem Mythos wurde. Manche behaupteten, er könne fliegen oder unsichtbar werden oder wachsen, bis er größer war als ein Baum.

In den Gedanken Omar Chajjam Shakils wuchs sie auch. Lange Zeit erzählte er niemandem von seinen Vermutungen, aber sie umschwärmten seine schlaflose nächtliche Gestalt, sie umgaben den Sessel, in dem er am Tage Pinienkerne knackte. Er stellte sie sich vor, es, das Untier, dem die Verschlagenheit seiner Natur gebot, den Städten fernzubleiben, vielleicht weil es wußte, daß es trotz seiner, ihrer unbändigen Kraft verwundbar war, daß es in den Städten Gewehrkugeln, Gase, Panzer gab. Und wie schnell sie geworden war, welche Strecken sie zurücklegte, wie sie die entferntesten Regionen des Landes aufsuchte, so daß Jahre vergangen waren, ehe die verschiedenen Legenden aufeinanderstoßen konnten, um in seinen Gedanken vereinigt zu werden und das Muster zu bilden, das ihre nachtumschattete Gestalt aufdeckte. »Sufiya Zinobia«, sagte er zum offenen Fenster, »ich kann dich nun sehen.«

Auf allen vieren, mit dicken Schwielen an Handflächen und Fußsohlen. Das schwarze Haar, das Bilquìs Hyder einst schor, hängt ihr jetzt lang und verfilzt ins Gesicht, umschließt es wie Fell; die blasse Haut ihrer *mohajir*-Vorfahren ist von der Sonne verbrannt und gegerbt, von den Schrammen von Büschen, Tierklauen und ihren eigenen, kratzenden Nägeln wie von Schlachtnarben gezeichnet. Glühende Augen und der Gestank von Kot und Tod. »Zum ersten Mal in seinem Leben« – er erschrak über die Anteilnahme in seinem Denken –, »ist das Mädchen frei.« Er dachte an ihren Stolz; den

Stolz auf ihre Kraft, den Stolz auf die Gewalt, die sie zu einer Legende machte, die jedem verbot, ihr vorzuschreiben, was sie tun und wer sie sein sollte oder was sie hätte gewesen sein sollen und nicht war; ja, sie hatte sich über alles erhoben, was sie nicht hören wollte. Kann es sein, fragte er sich, daß Menschen ihre Würde in der Barbarei entdecken können? Dann schalt er sich einen Narren, als er bedachte, daß sie nicht mehr Sufiya Zinobia war, daß nichts mehr in ihr war, was als Tochter von Bilquìs Hyder erkannt werden konnte, daß das Untier in ihr sie für alle Zeiten verwandelt hatte. »Ich sollte aufhören, sie bei ihrem Namen zu nennen«, dachte er; aber er merkte, daß er es nicht konnte. *Hyders Tochter. Meine Frau. Sufiya Zinobia Shakil.*

Als er beschloß, Raza Hyder vom Treiben seiner Tochter zu informieren, weil er das Geheimnis nicht länger für sich behalten konnte, traf er auf die drei Generäle Raddi, Bekar und Phisaddi, die gerade aus dem Präsidentenbüro traten und alle den gleichen Ausdruck leicht benommener Glückseligkeit auf dem Gesicht trugen. Seit Hyder sie nach dem Tughlak-Putsch in sein inneres Kabinett befördert hatte, schwebten sie in den höchsten Wolken, doch bei diesem Anlaß waren sie zusätzlich von einem Gebetsexzeß berauscht. Sie hatten Raza gerade berichtet, daß die Russen eine Armee in das Land A. jenseits der nordwestlichen Grenze entsendet hatten, und zu ihrem Erstaunen war der Präsident von seinem Stuhl gesprungen, hatte vier Gebetsteppiche auf dem Boden entrollt und darauf bestanden, daß sie alle pronto, fut-a-fut für dieses Gottesgeschenk dankten. Anderthalb Stunden lang hatten sie sich aufgerichtet und zu Boden geworfen, und auf ihren Stirnen zeigten sich die ersten Spuren des blauen Flecks, den Raza mit Stolz trug, als er aufhörte und ihnen erklärte, daß der russische Angriff die letzte Maßnahme der Strategie Gottes sei, denn nun müßte die Stabilität seiner Regierung von den Großmächten garantiert werden. General Raddi erwiderte etwas zu verdrießlich, daß die Strategie der Amerikaner sich auf einen dramatischen Vergeltungsschlag gegen die Olympischen Spiele konzentriere, doch ehe Raza in Wut geraten konnte, schüttelten Raddis Freunde Phisaddi und Bekar einander die Hände und beglückwünschten sich lärmend. »Dieser dickarschige Yankee«, rief Phisaddi und meinte damit den amerikanischen Botschafter, »der wird nun die Rechnung bezahlen müssen«, und Bekar begann von Rüstungsausgaben in Höhe von fünf Milliarden zu schwärmen, endlich das Neueste vom Neuen, Ferngeschosse, die ihre Laufbahn im rechten Winkel ändern konnten, ohne ihren Triebwerken den Sauerstoff zu entziehen, und Radaranlagen, die einen ausländischen Malaria übertragenden Moskito auf eine Entfernung von fünfzehntausend Kilometern ausmachen konnten. Sie waren so hingerissen, daß sie – selbstverständlich ohne jede Absicht – ganz vergaßen, dem Präsidenten die restlichen Neuigkeiten zu berichten; aber Raddi fiel es wieder ein, und ehe ihn jemand daran hindern konnte, platzte er mit der Mitteilung heraus, daß Mr. Haroun Harappa sich in einem Nobelapartmenthaus in der Innenstadt von Kabul, der Hauptstadt von A., etabliert hatte. Seine Kameraden, die Raddis zweite Fehleinschätzung der Präsidentenlaune aus der Fassung brachte, wollten seine Ungeschicklichkeit wieder ausgleichen und beteuerten Raza, der Bericht sei nicht bestätigt, im Kielwasser des russischen Einmarsches kämen alle möglichen Fehlinformationen aus Kabul; sie versuchten seine Aufmerksamkeit auf die Flüchtlingsfrage zu lenken, aber der Präsident strahlte einfach nur. »Sie können uns zehn Millionen Flüchtlinge schicken«, rief er, »denn weil sie den einen aufgenommen haben, habe ich jetzt alle Trümpfe in der Hand.«

Nun waren alle drei Generäle fassungslos; alle drei fühlten sich gedrängt, ihm zu versichern, daß ihrer Kenntnis nach Haroun Harappa von der von den Russen gestützten neuen Regierung jenseits der Grenze voll und ganz unterstützt werde, daß er ein Terroristenkommando zusammenstelle, das sowjetische Waffen und palästinensische Ausbildung erhalte und das er im Angedenken an seinen geliebten Onkel Al-Iskander genannt habe. »Ausgezeichnet«, Hyder grinste, »nun können wir dem Volk endlich beweisen, daß die Volksfront nichts als eine Bande von Meuchelmördern und Schurken ist«, und er hieß die drei Generäle erneut in die Knie gehen und Gott für all das danken.

So kam es, daß Raza Hyder seine Kollegen mit den freudigsten Gefühlen zur Tür seines Büros begleitete, und als das verstörte Triumvirat hinauswankte, begrüßte der Präsident Omar Chajjam Shakil mit aufrichtiger Herzlichkeit. »Nun, alter Junge, was führt Sie her?«

Die entsetzliche gute Laune Raza Hyders weckte merkwürdige Gefühle in Omar Chajjam, so daß er beinahe mit Vergnügen antwortete: »Eine höchst delikate und vertrauliche Angelegenheit«, und hinter den geschlossenen Türen des Präsidentenbüros machte sich eine Stimmung grimmiger Zufriedenheit in ihm breit, während er Raza über seine Vermutungen und Nachforschungen informierte und beobachtete, wie die guten Nachrichten aus dem Gesicht des Präsidenten wichen und die graue Blässe der Angst an ihre Stelle trat.

»So, so«, sagte Hyder, »ich hatte mir schon fast eingebildet, sie sei tot.«

»Ich würde sie mit einem wilden Strom vergleichen«, flüsterte Iskander Harappa ihm ins Ohr, »der, wenn er aufgewühlt ist, die Ebenen überflutet, Bäume und Gebäude niederreißt; jedermann flieht vor ihm, und alles fällt seiner Wut zum Opfer, ohne sich ihm entgegenstellen zu können. So ist es auch mit

der Schicksalsgöttin, die ihre Macht dort zeigt, wo nichts ist, was ihr widerstehen könnte, und die ihren Zorn dorthin richtet, wo, wie sie weiß, keine Dämme oder Schranken errichtet wurden, um sie aufzuhalten.«
»Was für Schranken?« rief Raza laut, was Omar Chajjam davon überzeugte, daß der Präsident im Begriff war, unter einem großen seelischen Druck zusammenzubrechen. »Welche Mauern soll ich gegen mein Kind errichten?« Aber Maulana Dawood, sein Engel zur Rechten, sagte nichts.

Wie stürzt ein Diktator? Es gibt ein altes Sprichwort, das mit absurdem Optimismus behauptet, es liege im Wesen der Tyranneien, daß sie nicht ewig bestehen. Man könnte genausogut sagen, in ihrem Wesen liege es auch, daß sie beginnen, andauern, sich verfestigen und oft von größeren Mächten als der eigenen am Leben erhalten werden.
Nun ja, ich darf nicht vergessen, daß ich nur ein Märchen erzähle. Mein Diktator wird auf kobold- und elfenhafte Weise gestürzt werden. »Sie machen es sich ganz schön leicht«, lautet die unausbleibliche Kritik; und sie hat recht, sie hat ja recht. Aber auch wenn es ein bißchen beleidigt klingt, möchte ich hinzufügen: »Versuchen *Sie* doch einmal, einen Diktator loszuwerden.«

Als Raza fast vier Jahre Präsident war, näherte sich der weiße Panther langsam der Stadt. Das heißt, die Morde und Tierschlächtereien erfolgten in engeren räumlichen Abständen, das Untier wurde häufiger gesichtet, die Geschichten griffen ineinander und beschrieben einen Kreis um die Stadt. General Raddi erklärte Raza Hyder, er sei überzeugt, daß diese terroristischen Anschläge das Werk der Al-Iskander-Gruppe unter der Führung Haroun Harappas seien, worauf der Präsident ihm zu seiner großen Überraschung herzlich auf den Rücken klopfte. »Bravo, Raddi!« dröhnte Hyder. »Sie sind nicht so blöd, wie ich dachte.« Raza berief eine Pressekonferenz des Präsidenten ein, auf der er die sogenannten »kopflosen Morde« jenen niederträchtigen Banditen und Gangstern in die Schuhe schob, die, von den Russen unterstützt, unter dem Kommando des Erzbanditen Haroun standen und deren Ziel es war, das moralische Rückgrat der Nation zu schwächen, »unsere von Gott gewollten Entschlüsse zu sabotieren«, wie Raza sagte; »sie wollen den Staat zerrütten, aber ich sage euch, das wird ihnen nicht gelingen.«

Insgeheim jedoch war er über diesen letzten Beweis seiner Hilflosigkeit gegenüber seiner Tochter entsetzt. Wieder schien es ihm, daß die Jahre seiner Größe und der Errichtung des großartigen Gebäudes der nationalen Stabilität nichts weiter als ein Selbstbetrug gewesen waren, daß seine Nemesis ihm die ganze Zeit nachgepirscht war und ihn höher und höher hatte steigen lassen, damit er um so tiefer fallen konnte; sein eigen Fleisch und Blut hatte sich gegen ihn gewandt, und einem solchen Verrat ist kein Mensch gewachsen. Er gab sich einer fatalistischen Schwermut hin, die in seiner Gewißheit gründete, daß das Verderben nahte, und überließ die routinemäßigen Regierungsaufgaben seinen drei hochgestiegenen Generälen; wenn Sufiya Zinobia von einem der großen Suchtrupps getötet würde, die nun das Land nach Terroristen durchkämmten, würde sie auch identifiziert werden, und die Schande dieser Identifizierung würde ihn zu Fall bringen, das wußte er; aber selbst wenn sie ihren Verfolgern entging, würde ihm das nichts nutzen, denn er wußte nun, daß sie sich langsam von außen nach innen bewegte, daß sie sich unerbittlich dem Zentrum näherte, jenem Raum, in dem er schlaflos auf und ab wanderte, wobei er mit jedem Schritt den Teppich aus Pinienkernschalen zermalmte, der den Boden bedeckte, während Omar Chajjam Shakil, ebenso schlaflos, durch das Dachstubenfenster in die bedrohliche Nacht starrte.

Schweigen in seinem rechten Ohr. Maulana Dawood war verschwunden und würde nie wieder zu ihm sprechen. Gequält von diesem Schweigen, das nunmehr genauso bedrückend war wie das zunehmend hämische Zischen Iskander Harappas zu seiner Linken, sank Raza Hyder immer tiefer in den Treibsand seiner Verzweiflung und begriff, daß Gott ihn seinem Schicksal überlassen hatte.

Ich habe meine Meinung über Mr. Haroun Harappa nicht geändert: der Mann war ein Hanswurst. Die Zeit hält für ihre Opfer jedoch merkwürdige Ironien des Schicksals bereit, und Haroun, der einst gedankenlos revolutionäre Schlagworte im Munde geführt und Witze über Molotowcocktails gerissen hatte, als er auf dem Rücken einer Seeschildkröte saß, war nun die Inkarnation dessen, was er einst verachtet hatte: ein berüchtigter Bandenführer mit einer Horde Desperados hinter sich.

Die Behörden erlaubten sowohl Rani als auch Arjumand Harappa, aus Mohendscho öffentliche Bekanntmachungen verlautbaren zu lassen, in denen sie sich gegen den Terrorismus aussprachen. Aber Haroun hatte den nicht zu bremsenden Eigensinn des wahrhaft dummen Menschen entwickelt, und der Tod Iskander Harappas hatte ihn endgültig von seiner Leidenschaft für die einstige Good News Hyder kuriert. Es ist nicht ungewöhnlich, daß eine tote Liebe als ihr Gegenteil aufersteht, und der Name Hyder ließ Haroun jetzt nur noch rot sehen. Mithin war es also eine weitere Ironie des Schicksals, daß die von Haroun bewerkstelligte Entführung eines Zivilflugzeugs auf der Rollbahn des Flughafens von Q. nur dazu diente, die Aufmerksamkeit einen Augenblick lang von dem Skandal der Morde

des weißen Panthers und der Krise des Hyder-Regimes abzulenken.
Als General Raddi nach dem Überfall auf das Flugzeug in Q. alarmiert wurde, setzte er einen raffinierten Plan in Gang, indem er die Polizeibehörde von Q. instruierte, Harappas Leuten so überschwenglich wie möglich entgegenzukommen. »Erzählen Sie ihnen, daß geputscht worden ist«, schlug Raddi vor, über die Genialität seiner eigenen Idee erstaunt, »daß Hyder gefangengenommen wurde und daß die Frauen in Mohendscho bald frei sein werden.« Haroun Harappa, der Dummkopf, fiel darauf herein, und er blieb mit dem Flugzeug und allen Passagieren an Bord am Boden und wartete darauf, daß man ihm die Macht antrug.
Es wurde heißer. An der Decke des Passagierraums bildete sich Kondenswasser, das wie Regen auf die Insassen fiel. Essen und Getränke im Flugzeug wurden knapp, und in seiner naiven Ungeduld funkte Haroun dem Kontrollturm und verlangte, daß man ihnen zu essen brachte. Seiner Bitte wurde mit großer Höflichkeit begegnet; man sagte ihm, für den zukünftigen Führer des Volkes sei nichts zu gut, sehr schnell wurde ein üppiges Festessen zum Flugzeug gebracht, und aus dem Kontrollturm forderte man Haroun auf, nach Herzenslust zuzulangen, und versicherte ihm, daß man ihm Bescheid sagen werde, sobald er das Flugzeug ungefährdet verlassen könne. Die Terroristen verschlangen gierig das Mahl der Träume, die Fleischklößchen der Hoffnung, wo es keine Hoffnung gab, die Erfrischungsgetränke der Täuschung, und eine Stunde später waren sie in der Hitze alle eingeschlafen, nachdem sie die obersten Hosenknöpfe geöffnet hatten. Die Polizei enterte das Flugzeug und legte allen Handschellen an, ohne einen einzigen Schuß abzugeben.
General Raddi suchte in der Residenz des Oberbefehlshabers

nach Hyder und fand ihn im Dachstübchen seiner Verzweiflung. Als er eintrat, sah er sich Raza und Omar Chajjam gegenüber, die in Schweigen versunken waren. »Phantastische Nachrichten, Sir«, verkündete er, aber als er seinen Bericht beendet hatte, wurde ihm sofort klar, daß es ihm wieder einmal gelungen war, ins Fettnäpfchen zu treten, denn der Präsident fuhr ihn an: »So, Sie haben Harappa hinter Schloß und Riegel, ja? Und wem wollen Sie jetzt die Schuld an den Panthermorden geben?« General Raddi errötete wie eine Braut und wollte sich entschuldigen, aber sein Erstaunen gewann die Oberhand, und er platzte heraus: »Aber Sir, nach der Beseitigung der Al-Iskander-Bande werden die kopflosen Morde doch sicher aufhören?«

»Gehen Sie, gehen Sie mir aus den Augen«, murmelte Raza, und Raddi sah, daß der Zorn des Präsidenten gedämpft, in die Ferne gerückt war, als habe er sich mit einem verborgenen Schicksal abgefunden. Nußschalen krachten unter Raddis Stiefeln, als er den Raum verließ.

Die Morde hörten nicht auf: Bauern, Straßenköter, Ziegen. Die Morde bildeten einen Kreis des Todes um das Haus; sie hatten die Randgebiete der beiden Städte erreicht, der neuen Hauptstadt und der Altstadt. Morde ohne Sinn und Zweck, begangen, wie es schien, aus Lust am Töten oder um ein abscheuliches Verlangen zu befriedigen. Durch die Beseitigung Haroun Harappas schied die rationale Erklärung aus; Panik kam auf. Die Suchtrupps wurden verdoppelt und noch einmal verdoppelt; dennoch wurde das Muster aus Blut langsam und kreisend weiterbeschrieben. Die Vorstellung von einem Ungeheuer wurde nun von den Tageszeitungen mit ungläubiger Ernsthaftigkeit behandelt. »Als könnte dieses Untier seine Opfer verhexen«, hieß es in einem Artikel. »Nie ein Anzeichen eines Kampfes.« Ein Karikaturist zeichnete das

Bild einer Riesenkobra, die schwer bewaffnete, aber machtlose Mungoscharen hypnotisierte.
»Nicht mehr lange«, sagte Raza Hyder in der Dachstube. »Das ist der letzte Akt.« Omar Chajjam stimmte zu. Ihm schien, daß Sufiya Zinobia ihre Kraft erprobte, die Macht dieser hypnotisierenden Augen an immer größeren Gruppen ausprobierte, ihre Gegner versteinerte, die dastanden, unfähig, sich zu verteidigen, wenn ihre Hände sich um ihren Hals schlossen. »Gott weiß, mit wie vielen sie es aufnehmen kann«, dachte er, »inzwischen vielleicht mit einem Regiment, mit der ganzen Armee, der ganzen Welt.«
Sagen wir unumwunden, daß Omar Chajjam Angst hatte. Raza war zu der fatalistischen Überzeugung gelangt, daß seine Tochter seinetwegen käme, aber sie konnte genausogut den Ehemann suchen, der sie betäubt und in Ketten gelegt hatte. Oder die Mutter, die ihr den Namen Schande gegeben hatte. »Wir müssen fliehen«, sagte er zu Raza, aber Hyder schien ihn nicht zu hören; die Taubheit des Sich-Fügens, das Schweigen im rechten Ohr und Isky im linken hatten seine Ohren verstopft. Ein Mensch, den sein Gott verlassen hat, mag sich für den Tod entscheiden.

Als ihr Geheimnis aufgedeckt wurde, erschien es Omar Chajjam wie ein Wunder, daß die Wahrheit so lange hatte verborgen werden können. Asgari, die Reinmachefrau, war ohne zu kündigen verschwunden – vielleicht war sie nicht mehr in der Lage gewesen, mit den sich üppig vermehrenden Pinienkernschalen fertig zu werden; vielleicht war sie nur die erste der Dienstboten, die vor dem Terror floh, die erste, die erriet, was jedem, der in diesem Haus blieb, wahrscheinlich widerfahren würde ... jedenfalls ist es wahrscheinlich, daß Asgari zu reden angefangen hatte. Es war ein Anzeichen für das Schwinden von Razas Macht, daß zwei Zeitungen es wagten, Geschichten herauszubringen, die darauf anspielten, daß die Tochter des Präsidenten eine gemeingefährliche Irre sei, die ihr Vater vor beträchtlicher Zeit aus seiner Residenz habe entwischen lassen, »ohne sich auch nur die Mühe zu machen, die entsprechenden Behörden in Kenntnis zu setzen«, wie eine Zeitung frech schrieb. Weder die Presse noch der Rundfunk gingen so weit, das Verschwinden Sufiya Zinobias mit den »kopflosen Morden« in Verbindung zu bringen, aber es lag in der Luft, und in den Basaren und auf den Busbahnhöfen und an den Tischen schäbiger Cafés begann man, das Monster bei seinem richtigen Namen zu nennen.

Raza berief sein Triumvirat von Generälen ein. Raddi, Bekar und Phisaddi kamen und erlebten, wie Hyder zum letzten Mal ein paar Scherben seiner einstigen Autorität ausgrub. »Verhaftet diese Umstürzler!« verlangte er und wedelte Zeitungen vor ihren Nasen. »Sie sollen ins dunkelste Gefängnis kommen, sie sollen erledigt, ruiniert, kaputt gemacht werden!« Die drei Offiziere warteten, bis er fertig war, und dann sagte General Raddi mit der genüßlichen Häme eines Menschen, der sich schon lange auf einen solchen Augenblick gefreut hat: »Herr Präsident, wir glauben nicht, daß eine solche Maßnahme klug wäre.«

»In ein oder zwei Tagen folgt der Hausarrest«, sagte Hyder zu Omar Chajjam, »wenn sie alles dafür vorbereitet haben. Ich habe es Ihnen gesagt: der Schlußvorhang. Dieser Raddi, ich hätte wissen müssen, daß er mir entgleitet. Wenn ein General in diesem verfluchten Land von einem Putsch träumt, kann man darauf wetten, daß er ihn auch ausführen will, selbst wenn es am Anfang nur ein Witz, ein Scherz war!«

Wie stürzt ein Diktator? Raddi Bekar Phisaddi heben die Pressezensur auf. Das Gedruckte deutet gewisse fatale Zusam-

menhänge an: die toten Truthähne von Pinkie Aurangzeb, das Hochzeitsfiasko von Good News Hyder und der steife Hals von Talvar Ulhaq, Theorien über die toten Jungen in den Slums kommen endlich in die Nachrichten. »Das Volk ist wie trockenes Holz«, sagt Raza Hyder. »Diese Funken entfachen ein Feuer.«
Dann kommt der letzte Abend.

Den ganzen Tag über hat sich eine Menschenmenge um die Mauern des Anwesens versammelt, die um so wütender wird, je größer sie wird. Nun ist es Abend, und sie hören es brodeln: Lieder, Rufe, Spötteleien. Und Geräusche von weit weg, die klingen wie Pfiffe und Feuersglut und Schreie. Wo ist sie, fragt sich Shakil, wird sie jetzt kommen, wann wird sie kommen? Wie wird es zu Ende gehen, grübelt er: wird der Pöbel den Palast stürmen, wird er lynchen, plündern, brandschatzen – oder auf die andere, die befremdlichere Weise, wenn die Leute auseinandergehen wie mythische Wasser, ihre Augen abkehren, sie durchlassen, ihre Vorstreiterin, damit sie ihnen die schmutzige Arbeit abnimmt: ihr Untier mit den feurigen Augen! Natürlich, denkt er hysterisch, haben sie keine Soldaten geschickt, um uns zu bewachen, welcher Soldat würde einen Fuß in dieses Haus setzen, dem der Tod droht … und dann hört er unten in den Gängen die leisen Geräusche wie von Ratten, das Rascheln der Dienstboten, die aus dem Haus fliehen, ihr zusammengerolltes Bettzeug auf dem Kopf: Träger und Hamals und Kehrjungen, Gärtner und Gelegenheitsarbeiter, Ayahs und Dienstmädchen. Manche von ihnen sind von Kindern begleitet, die bei Tageslicht vielleicht zu wohlgenährt für ihre zerlumpten Kleider aussehen würden, aber bei Nacht als Nachwuchs der Armen durchgehen. Siebenundzwanzig Kinder; als er sie gehen hört, zählt er im Geist ihre tappenden Schritte. Und er spürt, wie von dem unsichtbaren

nächtlichen Pöbel eine Erwartung ausgeht, die die Luft erfüllt.
»Um Himmels willen«, fleht er Raza an, »versuchen wir, zu entkommen.« Aber Hyder ist ein gebrochener Mann und zum ersten Mal in seinem Leben unfähig, Feuchtigkeit aus seinen Augen herauszudrücken. »Unmöglich«, er zuckt die Achseln, »die Menschenmenge. Und hinter ihr werden Soldaten stehen.«
Die Tür knarrt; die Füße einer Frau zermalmen herumliegende leere Schalen. Auf den Pinienkernabfällen nähert sich – die vergessene Gestalt Bilquìs Hyders. Sie trägt einen Haufen formloser Gewänder mit sich, eine Auswahl der Arbeit ihrer einsamen Jahre. Burqas, geht es Omar Chajjam auf, während Hoffnung in ihm aufsteigt; Umhänge der Unsichtbarkeit von Kopf bis Fuß, Schleier. *Die Lebenden tragen Leichentücher wie die Toten.* Bilquìs Hyder sagt einfach: »Zieht die über!« Shakil greift zu, zwängt sich in seine Frauenverkleidung; Bilquìs zieht den schwarzen Stoff über den nicht widerstrebenden Kopf ihres Mannes. »Dein Sohn wurde eine Tochter«, sagt sie zu ihm, »deshalb mußt auch du nun die Gestalt wechseln. Ich wußte, daß ich sie nicht ohne Grund genäht habe.« Der Präsident ist passiv, läßt sich führen. Schwarz verschleierte Flüchtlinge mischen sich in den verdunkelten Gängen des Hauses unter fliehende Dienstboten.
Wie Raza Hyder stürzte: in der Unglaubwürdigkeit; im Chaos; in Frauenkleidern; in Schwarz.
Niemand stellt verschleierten Frauen Fragen. Sie passieren den Pöbel und den Ring aus Soldaten, Jeeps und Lastern. Schließlich spricht Raza: »So, und was nun? Wohin gehen wir jetzt?«
Und weil Omar Chajjam von dem Gefühl erfüllt ist, mitten in einen Traum hineingeschritten zu sein, hört er sich selbst erwidern: »Ich glaube, ich weiß einen Ort.«

Und Sufiya Zinobia?

Sie überfiel den leeren Palast nicht. Sie wurde in diesem Teil des Landes weder gefangen noch getötet, noch wiedergesehen. Es war, als wäre ihr Hunger gestillt worden; oder als wäre sie niemals mehr als ein Gerücht gewesen, ein Hirngespinst, die Kollektiveinbildung eines unterdrückten Volkes, ein aus seinem Zorn geborener Traum; oder vielleicht auch, als hätte sie eine Veränderung in der Weltordnung gespürt und sich zurückgezogen, um in jenem fünfzehnten Jahrhundert noch etwas länger zu warten, bis ihre Zeit kam.

V

Tag des Gerichts

Es ist fast vorbei.
Verschleiert lassen sie sich in Bussen durchrütteln, verbergen sich im Schatten von Bushaltestellen, fahren gen Süden und Westen. Immer auf den Nahverkehrsstrecken, mit den Bummelbussen, die Überlandbusse auf den Fernstraßen meiden sie. Das Potwar-Plateau hinunter, in die Flußtäler, sie blicken zur Landesgrenze hinter Q. Sie haben nur das Geld, das sie in ihren Taschen finden, also essen sie wenig und trinken soviel wie möglich: bläulich-grüne Fruchtsirups, rosafarbenen Tee, der aus großen Aluminiumkesseln geschöpft wird, Wasser, das aus gelben Seen geholt wird, in denen sich ermattete Wasserbüffel suhlen. Tagelang sprechen sie kaum und zwingen sich, ruhig zu bleiben, wenn Polizisten an Kleinstadtbahnhöfen mißtrauisch schielend die Schlangen wartender Reisender abgehen und sich mit ihren Lathis auf kurzbehoste Schenkel klopfen. Shakil und Hyder erfahren die Demütigung der Damentoiletten. Es gibt kein erbärmlicheres Land als Entkommen.
Sie werden nicht erwischt; niemand rechnet damit, einen Präsidenten auf der Flucht in Frauenkleidung in einem klapprigen Bus dritter Klasse anzutreffen. Aber es gibt schlaflose Tage und Nächte; es gibt Angst und Verzweiflung. Eine Flucht durch ein explodierendes Land. In der einschläfernden Hitze der ländlichen Gebiete unterbricht das Busradio die Seelenqualen der Sänger und berichtet von Aufständen und Schüssen. Zweimal sitzen sie in einem Bus, den Demonstranten umringen, und fragen sich, ob sie in einer anonymen

sandigen Stadt sterben werden, in den Flammen entzündeten Benzins. Doch die Busse dürfen weiterfahren, und langsam rückt die Grenze näher. Und jenseits der Grenze der Schimmer der Hoffnung: ja, vielleicht gewährt man ihnen Asyl jenseits der Grenze, im Nachbarland der Priesterkönige, frommer Männer, die einem gestürzten Führer mit einem blauen Fleck auf der Stirn sicherlich Zuflucht gewähren. Und dort sind sie vielleicht sogar weit genug von *ihr* entfernt, der ungezähmten Nemesis, der Rache des Fleisches am eigenen Fleisch. Raza Hyder, vom Schleier entmannt, den seine Frau genäht hat, klammert sich an solche optimistischen Strohhalme.

Die Grenze ist nicht zu überwachen. Betonpfeiler, die durch die Wüste marschieren. Omar Chajjam erinnert sich an die Geschichten von Leuten, die die Grenze überquerten, wo sie wollten, an den alten Zoroaster, den diese offene Grenze zum armen Mann gemacht hatte, den das Ödland aller Zusatzeinkünfte beraubt hatte. Die Erinnerung an Farah Rodrigues, zu der diese Rückbesinnung ihn führt, droht ihm den Hals abzuschnüren, vermengt sich in seiner Gurgel mit der Geschichte der Ayah Shahbanou; dann setzt der Schwindel ein. Als er sich an die Wolke erinnert, die entlang der Grenze niedersank und ihn so furchtbar erschreckte, daß er in Farahs Armen in Ohnmacht fiel, bemerkt er, daß sein altes Schwindelgefühl ihn wieder plagt, es überkommt ihn, als er in einem holpernden Bus sitzt, wo Hühner ihm in den Nacken picken und reisekranke Tagelöhner ihm im Gang auf die Zehen kotzen. Das Schwindelgefühl versetzt ihn in seine Kindheit zurück und führt ihm wieder den schlimmsten all seiner Alpträume vor, den klaffenden Schlund der Leere. Die tiefsten Schichten Omar Chajjams rühren sich noch einmal, der Schwindel wühlt sie auf, sie warnen ihn – ganz gleich, was man ihm erzählt, er müßte wissen, daß die Grenze das Ende seiner Welt bedeutet, den Rand der Dinge, und daß die eigentlichen Träume jene weit hergeholten Vorstellungen sind, man könne über diese übernatürliche Grenze in die phantastische Halluzination eines gelobten Landes gelangen. Geh zurück nach »Nishapur«, flüstern die inneren Stimmen, denn dahin warst du unterwegs, dein ganzes Leben lang, seit dem Tag, an dem du fortgingst. Seine Angst ist stärker als das Schwindelgefühl; sie verleiht ihm die Kraft, nicht in Ohnmacht zu fallen.

Das Schlimmste kommt kurz vor dem Ende. Sie steigen gerade in den letzten Bus ihrer Flucht, der sie zum Busbahnhof von Q. bringen soll, als sie den schrecklichen Witz hören. »Sieh an, wohin es mit diesem Land gekommen ist«, spottet der Busfahrer – er ist riesengroß, mit Armen wie Baumstämme und einem Gesicht wie ein Roßhaarkissen –, »jetzt zeigen sich sogar schon die Transvestiten verschleiert.« Sofort bricht die ganze Busladung von Arbeitern aus den Gasfeldern und Bauxitsteinbrüchen in ohrenbetäubende anzügliche Pfiffe, dreckiges Gelächter, Obszönitäten, Geschrei und Gesang aus; Hände strecken sich aus, um die *Hijra*-Hintern zu zwicken. »Jetzt ist es soweit«, denkt Omar Chajjam, »erledigt, in der Falle, funtoosh«, denn er ist sicher, daß man ihnen die Schleier abreißen wird, und Hyders Gesicht ist schließlich nicht unbekannt – aber in diesem Augenblick erhebt Bilquìs Hyder ihre Stimme und läßt die Fahrgäste schlagartig verstummen. »Ihr solltet euch schämen«, ruft sie mit unbezweifelbar weiblicher Stimme, »sind die Männer hier so tief gesunken, daß Damen wie Huren behandelt werden?« Verlegenes Schweigen im Bus. Schamrot befiehlt der Fahrer drei Landarbeitern, ihre Plätze in der ersten Reihe im Bus freizumachen, »um sicherzugehen, Begums, daß Sie nicht noch einmal belästigt werden; ja, das ist Ehrensache für mich, die Würde meines Autobusses ist beschmutzt worden.«

Und so gelangen Omar Chajjam und seine zwei Begleiter nach

diesen Augenblicken des Schreckens in einem stillen und reumütigen Bus kurz nach Mitternacht zum Busbahnhof am Stadtrand von Q. Omar Chajjam, der auf wehen Füßen humpelt, ohne die Unterstützung des Stocks, den er hat zurücklassen müssen, führt sie erschöpft durch unbeleuchtete Straßen zu einem großen Gebäude zwischen dem Kolonialviertel und dem Basar, wo er sich entschleiert und einen bestimmten Pfiff ausstößt und solange wiederholt, bis er eine Bewegung an einem Fenster im Obergeschoß sieht; und dann beginnt der Apparat von Mistri Yakoob Balloch seinen Abstieg, und sie werden nach »Nishapur«, ins Mutterland, heimgeholt wie Eimer, die aus einem Brunnen gezogen werden.

Als Omar Chajjams drei Mütter erkannten, wen man zu ihnen gebracht hatte, stießen sie kleine Seufzer aus, als wären sie nach vielen Jahren von irgendwelchen besonders einengenden Gewändern befreit worden, und nachdem sie sich nebeneinander behaglich auf ihre knarrende alte Schaukel gesetzt hatten, begannen sie zu lächeln. Das Lächeln war selig, unschuldig, aber seine Vervielfältigung auf den drei gleichermaßen uralten Mündern verlieh ihm etwas eindeutig, wenn auch nicht genau definierbar Bedrohliches. Es war mitten in der Nacht, aber eine der drei Damen, die Omar Chajjam in seiner Erschöpfung nur mit Mühe als Chhunni-ma identifiziert hatte, beauftragte ihn, sofort in die Küche zu gehen und Tee zu kochen, als sei er erst vor ein paar Minuten nach draußen gegangen und nun zurückgekommen. »Kein Personal mehr«, entschuldigte Chhunni-ma sich wohlerzogen bei Raza Hyder, der seine Burqa heruntergerissen hatte und in einem Zustand der Benommenheit, für den Müdigkeit nur teilweise eine Erklärung war, in einen Sessel gefallen war, »aber unsere ersten Besucher seit über fünfzig Jahren müssen zur Begrüßung eine Tasse Tee trinken.« Omar Chajjam schleppte sich fort und kam mit dem Tablett zurück, woraufhin eine zweite Mutter, die verwelkten Überbleibsel von Munnee-in-der-Mitte, ihn liebevoll zurechtwies: »Unverbesserlich, so wahr mir Gott helfe. Welche Kanne bringst du denn da, Junge? Geh zum Schrank und hol die beste heraus!« Er folgte ihrem ausgestreckten Finger zu einem großen Teakholzschrank, in dem er zu seiner großen Verwunderung das verlorengeglaubte tausendteilige Service aus den Gardner-Manufakturen des zaristischen Rußland entdeckte, jenes Wunder der Porzellanmacherkunst, das schon zur Zeit seiner Kindheit zur bloßen Legende verblichen war. Die wie aus einem Spuk zurückgekehrten Schüsseln und Teller ließen ihm das Blut ins Gesicht schießen, sie erfüllten seine verwirrten Gedanken mit einem nostalgischen Schrecken und weckten in ihm die flüchtige, aber furchterregende Vorstellung, er sei in einen nur mehr von Gespenstern bevölkerten Haushalt zurückgekehrt. Aber die blau- und rosafarbenen Tassen, Untertassen und Platten waren tatsächlich da; mit einem ungläubigen Schaudern stellte er sie auf das Tablett.

»Nun hol die Peek-Frean-Dose und bring uns etwas Gebäck!« befahl seine jüngste Mutter, Bunny, deren achtzigjährige Stimme vor Vergnügen bebte, das sie offensichtlich nicht zu erklären gedachte; Omar Chajjam murmelte etwas Verwirrtes und Unverständliches und humpelte davon, um den vertrockneten Schokoladenkuchen zu holen, der diesem *takallouf*-besessenen Alptraum von einer Teegesellschaft endgültig das Gepräge wunderlicher Unwahrscheinlichkeit verlieh. »Das ist schon besser«, sagte Chhunni zufrieden, als sie den ausgetrockneten Kuchen aufschnitt und verteilte. »Für solche Ehrengäste gehört sich das.«

Omar Chajjam bemerkte, daß seine Mütter, während er den Kuchen geholt hatte, Bilquìs Hyder mit der unerbittlichen Macht ihres höflichen Charmes genötigt hatten, ihre Burqa abzulegen. Ihr Gesicht, ohne Brauen, staubbleich, von der Müdigkeit gezeichnet, war eine Totenmaske, in der nur die hochroten Flecken auf ihren Wangenknochen anzeigten, daß sie lebendig war; das ungute Gefühl, das Omar Chajjam bereits hatte, wurde durch diesen Anblick nicht besser. Seine Teetasse klapperte auf der Untertasse, während sein Herz sich unter der wiedererwachten Angst vor der geheimnisvollen Atmosphäre des Hauses seiner Kindheit zusammenpreßte, wo lebende Menschen in die Ebenbilder ihrer Gespenster verwandelt werden konnten; dann sprach Bilquìs, und ihre Darlegung eines sehr eigenartigen Gedankens riß ihn aus seinem erschöpften Phantasieren.

»Früher gab es Riesen«, verkündete Bilquìs Hyder bedächtig und wehmütig.

Die Gesetze des *takallouf* hatten sie gezwungen, Konversation zu treiben, aber es war zu lange her, seit Bilquìs sich in Plaudereien ergangen hatte; sie wußte nicht mehr, wie es ging, und außerdem war die Anspannung und die Schwächung durch die lange Flucht zu berücksichtigen, von der Exzentrizität, die sie in den letzten Jahren entwickelt hatte, ganz zu schweigen. Während sie sprach, schlürfte sie Tee, erwiderte strahlend das dreifache Lächeln ihrer Gastgeberinnen und schien zu glauben, sie erzähle eine kleine amüsante Anekdote oder lasse sich witzig über eine subtile Modefrage aus. »Einst waren Riesen auf der Erde«, wiederholte sie mit Nachdruck. »Ja, Titanen, ganz bestimmt, es ist wahr.«

Drei Mütter knarrten und schaukelten mit einem Ausdruck faszinierter Aufmerksamkeit auf ihren lächelnden Gesichtern; Raza Hyder aber kümmerte sich um nichts, schloß die Augen und grunzte von Zeit zu Zeit. »Aber jetzt haben die Zwerge die Macht übernommen«, vertraute Bilquìs ihnen an. »Winzige Persönchen. Ameisen. Einst war er ein Riese«, sie wies mit dem Daumen auf ihren schlaftrunkenen Ehemann. »Sie werden es nicht glauben, wenn Sie ihn so sehen, aber er war einer. Die Straßen, durch die er ging, erbebten vor Angst und Respekt, sogar hier, in dieser Stadt. Aber Sie sehen, sogar ein Riese kann zum Zwerg werden, und nun ist er geschrumpft, er ist kleiner als eine Wanze. Zwerge Zwerge überall, Insekten und Ameisen – Schande über die Riesen, nicht wahr? Schande über sie, weil sie geschrumpft sind. Das ist meine Meinung.« Drei alte Damen nickten ernst, während Bilquìs ihre Klage vortrug; dann beeilten sie sich, ihr zuzustimmen. »Ganz richtig«, verkündete Chhunni liebenswürdig, und Munnee fiel ein: »Riesen muß es gegeben haben, wie wahr.« Und dann schloß Bunny Shakil: »Denn schließlich gibt es ja auch Engel, sie sind immer noch da, o ja, dessen sind wir uns ganz sicher.« Eine unnatürliche Röte überzog Bilquìs' Gesicht, als sie ihren Tee schlürfte, und zerstörte das Bild der Totenmaske; sie war offensichtlich entschlossen, Trost in dieser Schreckensszene zu finden, fest daran zu glauben, daß sie in Sicherheit sei, indem sie eine verzweifelte und voreilige Vertrautheit zwischen sich und den drei knarrenden Alten schuf ... aber Omar Chajjam bemerkte nichts mehr, denn als seine jüngste Mutter von Engeln sprach, hatte er begriffen, warum die Shakil-Schwestern sich in so merkwürdig gehobener Stimmung befanden. Seine drei Mütter veranstalteten dieses spontane, verrückte Theater, um nicht einen gewissen jungen Mann erwähnen zu müssen; im Herzen ihrer lächelnden Gastfreundschaft war ein Loch, und sie bewegten sich um seinen Rand, um diese Leere – eine Leere, wie sie fliehende Geschöpfe in zugemauerten Fenstern hinterlassen –, um diese Abwesenheit in der Gestalt des unnennbaren Babar Shakil. Ja, das war es, sie waren freudig erregt, weil sie Raza Hyder endlich in ihren Klauen hatten und keinen Grund als den einen dafür sehen konnten, daß Omar Chajjam den Kerl hergebracht hatte; deshalb waren sie bemüht, nichts zu verderben und ihre Opfer in einem Gefühl falscher Sicherheit zu wiegen; sie wollten nicht, daß die Hyders mißtrauisch wurden und versuchten fortzulaufen. Und gleichzeitig seufzten sie glücklich, weil sie überzeugt waren, daß es nun endlich geschehen würde, die Rache vor ihren Augen. Omar Chajjam Shakil schwirrte der Kopf, denn er wußte, daß die drei ihn zwingen würden, es zu tun – unbarmherzig und kaltblütig zwingen würden, Raza Hyder unter dem Dach seiner Mütter vom Leben zum Tode zu bringen.

Am nächsten Morgen erwachte er, als Bilquìs Hyder Fenster zuschlug. Omar Chajjam mühte sich aus einem Bett, das unerklärlich schweißdurchtränkt war, seine Beine waren schwächer, seine Füße schmerzten mehr als gewöhnlich, und er humpelte hinaus, um zu sehen, was los war. Er fand seine drei Mütter, die Bilquìs beobachteten, die durch das Haus stürmte und Fenster schloß, mit einem Ingrimm, als sei sie über etwas verärgert; sie zog die Läden zu und ließ Bambusrouleaus herunter. Unvermittelt fiel Omar Chajjam auf, wie groß seine Mütter waren – wie in den Himmel gestreckte Arme. Sie standen in gemeinsamer Besorgnis nebeneinander, hielten einander an den Ellbogen und machten keinen Versuch, Bilquìs zu unterbrechen, die immer noch verstört Fenster zuschlug. Omar Chajjam wollte eingreifen, denn als die Fenster sich schlossen, wurde die Luft im Haus dicker und schwerer, bis es ihm schien, er würde Mulligatawny-Suppe atmen, doch seine drei Mütter geboten ihm mit einer Handbewegung Einhalt. »Sie ist unser Gast«, flüsterte Chhunnima, »sie kann für immer bleiben, wenn sie will«, denn die alte Frau hatte erahnt, daß Bilquìs' Verhalten das einer Frau war, die sich bereits weit von dieser Welt entfernt hatte, zu weit – einer Frau, die nicht länger an Grenzen und was immer dahinter liegen mag, glaubt. Bilquìs verbarrikadierte sich ge-

gen die Außenwelt in der Hoffnung, daß die Außenwelt verschwinden würde, und das konnten die Shakil-Schwestern verstehen, ohne daß ein Wort darüber verloren wurde. »Sie hat gelitten«, stellte Munnee Shakil mit einem geheimnisvollen Lächeln fest, »aber wir heißen sie willkommen.«
Omar Chajjam fühlte, wie die Luft zu Suppe gerann, und die Keime der Klaustrophobie begannen zu wuchern. Aber auch andere Keime lagen in der Luft, und als Bilquìs in einem plötzlich aufwallenden Stupor zusammenbrach, ahnte Omar Chajjam die Bedeutung seiner eigenen morgendlichen Schwäche, die fliegende Hitze, die Gummibeine. »Malaria«, sagte er unter großer Anstrengung, und dann hüllte der Schwindel ihn ein, und er fiel neben Bilquìs Hyder nieder, bewußtlos und glühend heiß.
Im selben Augenblick erwachte Raza Hyder aus einem grausigen Traum, in dem ihm die Einzelteile des verstorbenen Sindbad Mengal erschienen waren, aber falsch zusammengesetzt, so daß der Kopf des Toten sich in der Mitte des Bauchs befand und seine Füße, mit den Sohlen nach oben, wie Eselsohren von seinem Hals abstanden. Mengal hatte sich überhaupt nicht beschwert, sondern Raza davor gewarnt, daß, so wie die Dinge liefen, der General Sahib in ein paar Tagen selber zerstückelt sein würde. Der alte Eisenfresser, noch halb im Schlaf, erhob sich von seinem Bett und schrie um Hilfe, aber die Krankheit hatte auch ihn bereits ergriffen, und er fiel aufs Bett zurück, schnappte nach Luft und zitterte, als wäre es Winter. Die Shakil-Schwestern kamen herbei und standen an seinem Bett, um ihn zittern zu sehen.
»Wie schön«, sagte Bunny Shakil frohgemut, »der General wird wohl so bald nicht abreisen.«

Das Fieber war ein Feuer, das einen frieren ließ. Es verbrannte die Schranken zwischen Bewußtsein und Schlaf, so daß Omar

Chajjam nie wußte, ob etwas wirklich geschah oder nicht. Einmal, als er in einem verdunkelten Zimmer lag, glaubte er, Bilquìs schreien zu hören; von Heimsuchungen und Strafen Gottes war die Rede, von der Krankheit, die ihre Tochter zerstört hatte und nun die Mutter in der Stadt ihrer Schande heimsuche. Er glaubte auch, Raza nach Pinienkernen rufen zu hören. Und ein anderes Mal war er überzeugt, daß die vergessene Gestalt des Lehrers Eduardo Rodrigues mit einem toten Baby in den Armen anklagend an seinem Bett gestanden hatte – aber das konnte nicht sein, das mußte das Delirium gewesen sein. Es gab Intervalle, in denen er sich bei Bewußtsein wähnte, in denen er nach seinen Müttern rief und ihnen die Namen von Arzneimitteln diktierte. Er hatte Erinnerungen an Medikamente, er erinnerte sich an Arme, die seinen Kopf hoben und ihm weiße Pillen in den Mund steckten, aber als er eine dieser Pillen versehentlich zerbiß, schmeckte sie nach Kalzium, so daß in seinem fiebernden Hirn der Verdacht keimte, seine Mütter hätten die Arzneimittel gar nicht holen lassen. Sein Fieberwahn steigerte sich soweit, daß er den unnatürlichen Gedanken nicht ausschloß, den Shakil-Schwestern könne es zupaß kommen, wenn die Malaria die schmutzige Arbeit für sie tun würde, daß sie bereit waren, ihren überlebenden Sohn zu opfern, wenn er die Hyders mit in den Tod nahm. Entweder sind sie verrückt oder ich, dachte er, und dann packte ihn das Fieber erneut und machte jegliches Denken unmöglich.
Bisweilen, so schien es ihm, hatte er das Bewußtsein wiedererlangt und durch die verschlossenen und verrammelten Fenster hindurch unzusammenhängende wütende Stimmen von der Straße her gehört, und Schüsse, Explosionen, das Splittern von Glas, und falls nicht auch das aus seinem Delirium herrührte, bedeutete es, daß in der Stadt Unruhen ausbrachen, ja, an manche Ausrufe konnte er sich deutlich erinnern, zum

Beispiel: *Das Hotel brennt*. Stimmte es oder stimmte es nicht? Durch den Morast seiner Krankheit taumelten Erinnerungen auf ihn zu, er war sich nun fast sicher, daß er das Hotel hatte brennen hören, das Krachen der einstürzenden goldenen Kuppel, das letzte erstickte Aufkreischen eines Orchesters, das unter dem zusammenstürzenden Mauerwerk begraben wurde. Es hatte einen Morgen gegeben, an dem die Aschenwolke des toten Hotels in »Nishapur« eingedrungen war, trotz Läden und Fensterscheiben hatte sie sich in sein Schlafzimmer geschlichen und alles mit dem grauen Staub des toten Hotels bedeckt und ihn in dem Gefühl bestärkt, hilflos in einem Gespensterhaus zu liegen. Aber als er eine – welche? – seiner drei Mütter nach dem brennenden Hotel fragte, antwortete sie – wer?: »Schließ jetzt die Augen und mach dir keine Sorgen. Überall Asche, was für ein Unsinn.«
Er beharrte auf seiner Überzeugung, daß die Welt draußen sich veränderte, alte Ordnungen vergingen, große Gefüge niedergerissen wurden, während andere sich an ihrer Stelle erhoben. Die Welt war ein Erdbeben, Abgründe taten sich auf, Traumtempel erhoben sich und stürzten ein, der Geist der Unvorstellbaren Berge war heruntergekommen und hatte vom flachen Land Besitz ergriffen. Aber in seinem Delirium, unter dem Einfluß der Fieberkrankheit und der fauligen Atmosphäre des Hauses schien ihm alles dem Ende zuzugehen. Er spürte, wie in seinem Innern Dinge einstürzten – Erdrutsche, Verwerfungen, das Prasseln abbröckelnden Mauerwerks in seiner Brust, berstende Zahnräder, ein falscher Ton im Summen der Maschine. »Dieser Motor«, sagte er laut in die stehengebliebene Zeit hinein, »gibt den Geist auf.«
Drei Mütter knarrten auf ihrer Schaukel an seinem Bett. Nein, wie sollten sie das Ding herbefördert haben, was sollte es hier, es war ein Gespenst, ein Trugbild, er weigerte sich, daran zu glauben, schloß die Augen, kniff sie fest zusammen, öffnete sie

eine Minute oder eine Woche später wieder, und sie waren immer noch da und saßen auf der Schaukel, also wußte er, daß die Krankheit schlimmer geworden war, die Halluzinationen dreister wurden. Die Schwestern erklärten traurig, daß das Haus nicht mehr so groß sei, wie es einmal gewesen war. »Wir verlieren immer mehr Zimmer«, klagte das Gespenst Bunnys. »Heute haben wir das Arbeitszimmer deines Großvaters verlegt. Du weißt, wo es immer war, aber wenn du jetzt durch die Tür gehst, landest du im Eßzimmer, was nicht sein kann, weil das Eßzimmer sich auf der anderen Seite des Flurs befinden sollte.« Und Chhunni-ma nickte. »Es ist so traurig, Sohn, wie das Leben mit alten Leuten umgeht, man gewöhnt sich an ein bestimmtes Schlafzimmer, und dann, eines Tages, puff, ist es weg, das Treppenhaus verschwindet, was soll man machen.« »Das Haus schrumpft«, zischelte Munnee-die-Mittlere. »Wirklich, einfach furchtbar, wie ein billiges Hemd. Wir hätten es sanforisieren lassen sollen. Bald wird das ganze Haus kleiner sein als eine Streichholzschachtel, und wir stehen auf der Straße.« Und Chhunni-ma hatte das letzte Wort. »Bei dieser Sonne, ohne Wände«, weissagte die Erscheinung seiner ältesten Mutter, »werden wir nicht überleben können. Wir werden zu Staub werden, und der Wind wird uns wegblasen.«

Dann war er wieder bewußtlos. Als er zu sich kam, war keine Schaukel da, keine Mutter, er war allein in dem Himmelbett mit den Schlangen, die sich um die Pfosten wanden, und dem paradiesbestickten Baldachin. Das Totenbett seines Großvaters. Er fühlte Bärenkräfte in sich. Zeit, aufzustehen. Er sprang aus dem Bett und war barfüßig und im Pyjama aus dem Zimmer spaziert, bevor ihm aufging, daß dies nur eine weitere Sinnestäuschung war, aber da konnte er schon nicht mehr innehalten, seine Füße, die nicht mehr schmerzten, führten ihn durch die Gänge, in denen sich Hutständer und ausgestopfte Fische in Glasbehältern und kaputte feuervergoldete Standuhren drängten, und er sah, daß das Haus keineswegs geschrumpft war, sondern sich in Wahrheit ausgedehnt hatte und so groß geworden war, daß es innerhalb seiner Mauern jeden Ort enthielt, an dem er je gewesen war. Die Summe aller seiner Möglichkeiten: er öffnete eine spinnwebenverhangene Tür und schrak vor der kleinen hellerleuchteten Gruppe weiß maskierter Gestalten zurück, die sich über einen Körper beugten. Ein Operationssaal im Mount-Hira-Krankenhaus. Die Gestalten winkten ihn freundlich herbei, sie wollten, daß er bei der Operation half, aber er hatte Angst, das Gesicht des Patienten zu sehen. Er wandte sich brüsk ab und spürte Pinienkerne unter seinen Absätzen knirschen, als die Räume des Amtssitzes des Oberbefehlshabers um ihn herum entstanden. Irgendwann fing er an zu rennen, er wollte zu seinem Bett zurückfinden, aber die Gänge führten ohne Vorwarnung immer weiter um Ecken herum, und er gelangte keuchend zu einem spiegelverzierten Zelt, in dem ein Hochzeitsbankett stattfand, er erblickte in einem Stückchen Spiegelglas das Gesicht der Braut, sie trug eine Schlinge um den Hals, und er rief laut: »Du hättest tot bleiben sollen!« und alle Gäste starrten ihn an. Sie waren alle in Lumpen gekleidet, weil es gefährlich war, gut angezogen in den Tumult auf den Straßen zu treten, und sie sangen unisono: Schande, Schande, klatschmohnrote Schande, deinen Namen kennen alle im Lande. Dann rannte er wieder, aber langsamer, er fühlte sich schwer werden, seine Kinne rutschten schweißtriefend von seinem Kiefer bis zu seinen Brustwarzen, seine Fettpolster hingen ihm bis auf die Knie, bis er sich nicht mehr rühren konnte, so sehr er es auch versuchte, er schwitzte wie ein Schwein, die Hitze, die Kälte, kein Entkommen, dachte er und fiel taumelnd nach hinten, als ein Leichentuch sich sanft auf ihn legte, weiß, triefend naß, und er merkte, daß er im Bett lag.

Er hörte eine Stimme, die er mit einiger Mühe als die Hashmat Bibis erkannte. Sie sprach aus einer Wolke zu ihm: »Einzelkind. Immer spielt sich ihr Leben in ihrem armen Kopf ab.« Aber er war kein Einzelkind geblieben.

Das Brennen, das Brennen dieses kalten Feuers. Gehirnfieber. Bilquìs Hyder an seinem Bett deutete wütend auf die Peek-Frean-Dose. »Gift«, klagte sie an, »Giftkeime im Kuchen. Aber wir hatten Hunger, wir konnten nicht nein sagen, und deshalb aßen wir.« Diese Schmach, die seinem Familiennamen angetan wurde, empörte ihn, und er fing an, die Gastfreundschaft seiner Mütter zu verteidigen, nein, nicht der Kuchen, er war vielleicht alt, aber seien Sie nicht albern, denken Sie an die Busreise, Sie wissen doch, was wir getrunken haben, grün rosa gelb, unsere Abwehrkraft war geschwächt. Bilquìs zuckte die Achseln und ging zu einem Schrank und holte jedes einzelne Stück der Gardner-Porzellankollektion heraus, eins nach dem anderen, und warf sie alle auf den Boden, wo sie zu blauem und rosafarbenem Staub wurden. Er schloß die Augen, aber die Augenlider boten auch keinen Schutz mehr, sie waren nichts anderes als Pforten zu anderen Orten, und da stand Raza Hyder in Uniform mit einem Affen auf jeder Schulter. Der Affe zur Rechten hatte das Gesicht von Maulana Dawood, und seine Hände waren vor dem Mund zusammengeschlagen; auf der linken Schulter saß Iskander Harappa und kratzte seine langurenhafte Achselhöhle. Hyder hob seine Hände zu den Ohren, Iskys Hände bedeckten, nachdem er sich gekratzt hatte, seine Augen, aber er lugte durch die Finger. »Geschichten enden, Welten enden«, sagte Isky der Affe, »und dann kommt der Tag des Gerichts.« Feuer, und die auferstandenen Toten tanzen in seinen Flammen.

Wenn das Fieber zurückging, erinnerte er sich, Dinge geträumt zu haben, von denen er nichts wissen konnte, Zukunftsvisionen, Visionen dessen, was nach dem Ende sein würde. Streitigkeiten zwischen drei Generälen. Anhaltende Unruhen. Großmächte, die ihre Meinung änderten und der Ansicht waren, daß die Armee unberechenbar geworden sei. Und zuletzt Arjumand und Haroun, die freigelassen werden, in die Macht zurückversetzt werden – die eiserne Jungfrau und ihre einzige Liebe, die das Ruder übernehmen. Der Sturz Gottes, und an seiner Stelle der Mythos des Märtyrers Iskander. Und danach Verhaftungen, Vergeltungen, Prozesse, Hinrichtungen, Blut, ein neuer Zyklus von Schamlosigkeit und Schande. Während in Mohendscho Risse in der Erde erscheinen.

Ein Traum von Rani Harappa: die sich entscheidet, in Mohendscho zu bleiben, und Arjumand eines Tages achtzehn exquisite Tücher zum Geschenk macht. Diese Tücher sorgen dafür, daß sie das Gut niemals mehr verlassen wird: Arjumand läßt ihre eigene Mutter unter Aufsicht stellen. Leute, die damit beschäftigt sind, neue Mythen zu schaffen, können sich nicht mit handgefertigter Kritik abgeben. Rani bleibt in dem Haus mit dem tief überhängenden Dach, in dem das Wasser blutrot fließt; sie neigt ihren Kopf zu Omar Chajjam Shakil hin. »Offenbar ist die Welt nicht sicher«, verkündet sie ihre Grabschrift, »solange Rani Harappa frei herumläuft.«

Geschichten enden, Welten enden; und dann kommt der Tag des Gerichts.

Seine Mutter Chhunni sagt: »Es gibt da etwas, das du wissen solltest.«

Er liegt hilflos zwischen hölzernen Schlangen, fiebernd, frierend, seine entzündeten Augen rollen in ihren Höhlen. Er schluckt gierig Luft; sie schmeckt fusselig, als wäre er durch göttliche Gerechtigkeit unter einem gigantischen Berg aus Wolle begraben worden. Er ist gestrandet, ringt nach Luft, ein Wal, an dem Vögel picken. Aber dieses Mal sind die drei wirklich da, keine Halluzination, dessen ist er sich sicher, sie sitzen auf seinem Bett und haben ein Geheimnis zu offenbaren. Ihm schwirrt der Kopf; er schließt die Augen.

Und hört zum ersten Mal in seinem Leben das letzte Familiengeheimnis, die schlimmste Geschichte aller Zeiten. Die Geschichte seines Urgroßvaters und dessen Bruders, Hafeezullah und Rumi Shakil. Jeder von ihnen heiratete eine Frau, die dem anderen nicht standesgemäß erschien, und als Hafeez in der Stadt das Gerücht verbreitete, seine Schwägerin sei ein Weibsstück, so lose wie ein ausgebeulter Pyjama, und Rumi habe sie in dem berüchtigten Amüsierviertel Heeramandi aufgegabelt, war das Zerwürfnis zwischen den beiden Brüdern besiegelt. Und dann rächte sich Rumis Frau. Sie überzeugte ihren Mann davon, daß Hafeez' scheinheilige Mißbilligung daher stamme, daß er mit ihr habe schlafen wollen – nach ihrer Verehelichung – und sie ihn abgewiesen habe. Rumi Shakil erstarrte und setzte sich sofort an seinen Schreibtisch, wo er einen verleumderischen anonymen Brief an seinen Bruder verfaßte, in dem er Hafeez' Frau bezichtigte, außereheliche Beziehungen zu einem damals berühmten Sitarspieler zu unterhalten, ein Vorwurf, der sich als tödlich erweisen sollte, weil er der Wahrheit entsprach. Hafeez Shakil hatte seiner Frau immer blind vertraut, deshalb erbleichte er, als er den Brief las, dem er sofort die Hand seines Bruders ansah. Als er seine Frau zur Rede stellte, gestand sie alles unumwunden. Sie sagte, sie hätte den Sitarspieler immer geliebt und wäre mit ihm weggelaufen, wenn ihre Eltern sie nicht mit Hafeez verheiratet hätten. Omar Chajjams Urgroßvater wurde bettlägerig, und als seine Frau mit dem kleinen Sohn in den Armen zu ihm kam, legte er seine rechte Hand auf die Brust und richtete seine letzten Worte an den Säugling.

»Dieser Motor«, sagte er traurig, »gibt den Geist auf.«
In derselben Nacht starb er.
»Du hast in deinem Fieber das gleiche gesagt«, berichtet Munnee Shakil Omar Chajjam, »als du nicht wußtest, wovon du sprachst. Das gleiche in den gleichen Worten. Jetzt weißt du, warum wir dir die Geschichte erzählt haben.«
»Du weißt jetzt alles«, fährt Chhunni-ma fort. »Du weißt, daß unsere Familie eine Familie ist, in der Brüder ihren Brüdern das Schlimmste angetan haben, und vielleicht weißt du auch, daß du um keinen Deut besser bist.«
»Du hattest auch einen Bruder«, sagt Bunny, »und sein Andenken war dir einen Dreck wert.«

Einst, bevor er in die Welt hinauszog, hatten sie ihm verboten, Scham zu empfinden; nun zwangen sie ihm diese Empfindung auf, peinigten ihn damit. »Der Vater deines Bruders war ein Erzengel«, flüsterte Chhunni Shakil an seinem Bett, »deshalb war der Junge zu gut für diese Welt. Aber du – dein Erzeuger war ein Teufel aus der Hölle.« Er sank bereits wieder in die Sümpfe des Fiebers zurück, doch diese Bemerkung traf ihn bis ins Mark, denn keine seiner Mütter hatte jemals zuvor von sich aus über Väter gesprochen. Er erkannte, daß seine Mütter ihn haßten, und zu seiner Überraschung fand er diesen Gedanken so schrecklich, daß er ihn nicht ertragen konnte.
Die Krankheit hatte ihn jetzt bis zu den Wimpern überschwemmt. Vergessen lullte ihn ein. Er kämpfte dagegen an, ein fünfundsechzigjähriger Mann, der darunter litt, daß seine Mütter ihn verabscheuten. Der Abscheu erschien ihm wie etwas Lebendiges, groß und schmierig. Sie hatten ihn seit Jahren genährt, sie hatten ihn mit Bröckchen von sich selbst gefüttert und Stücke ihres Andenkens an den toten Babar ihrem abscheulichen Schoßtier gereicht, das sie verschlang,

sie gierig aus den langen knöchernen Fingern der Schwestern schnappte.

Ihr toter Babar, dem es im Verlauf seines kurzen Lebens nie vergönnt gewesen war, seine Minderwertigkeit gegenüber dem älteren Bruder zu vergessen – dem großen Mann, dem Erfolgreichen, dem Mann, der es ihnen ermöglicht hatte, den Pfandleiher fortzuscheuchen, und der ihre Vergangenheit davor bewahrt hatte, auf den Regalen von Chalaak Sahib zu enden. Der Bruder, den er, Omar Chajjam, nie kennengelernt hatte. Mütter gebrauchen ihre Kinder als Stöcke – jeder Bruder eine Rute, mit der der andere gezüchtigt wird. Erstickt vom heißen Wind der Verehrung seiner Mütter für Omar Chajjam, floh Babar in die Berge; jetzt hatten die Mütter die Seite gewechselt, und der tote Sohn war ihre Waffe gegen den lebenden. *Du hast in die Familie des Mörders eingeheiratet. Du hast den Mächtigen die Stiefel geleckt.* Hinter seinen Augenlidern sah Omar Chajjam, wie seine Mütter die Girlande ihres Hasses um seinen Hals legten. Diesmal geschah es, wie es geschehen sollte; sein schweißgetränkter Bart rieb sich an den zerschlissenen Schnürsenkeln, den zerfetzten Lederzungen, den lachenden Mäulern der Halskette aus abgelegten Schuhen.

Das Untier hat viele Gesichter. Es kann jede beliebige Gestalt annehmen. Er spürte, wie es in seinen Bauch kroch und zu fressen begann.

General Raza Hyder erwachte eines Morgens in der Dämmerung mit einem Klirren und Splittern in den Ohren, als würden tausend Fenster zerbrechen, und er wußte, daß es das Geräusch der überstandenen Krankheit war. Er holte tief Luft und setzte sich im Bett auf. »Fieber«, – sagte er glücklich, »ich habe dich geschlagen. Der alte Eisenfresser ist noch nicht erledigt.« Der Lärm brach ab, und es kam ihm vor, als würde er auf einem See des Schweigens dahintreiben, denn zum ersten Mal seit vier langen Jahren war die Stimme Iskander Harappas verstummt. Er hörte Vögel draußen; es waren nur Krähen, aber sie klangen so süß wie Nachtigallen. »Es geht aufwärts«, dachte Raza Hyder. Dann bemerkte er, in welchem Zustand er war. Sie hatten ihn in der Senkgrube seiner Ausscheidungen verrotten lassen. Offensichtlich hatte seit Tagen niemand nach ihm gesehen. Er lag im ekelerregenden Brei der eigenen Exkremente, auf Laken, die Schweiß und Urin gelb gefärbt hatten. Schimmel hatte sich auf dem Bettzeug gebildet, und auch seinen Körper bedeckte ein grünlicher Fungus. »Also dafür halten sie mich!« rief er ins leere Zimmer. »Diese Hexen, das zahle ich ihnen heim!« Doch sein neuerwachter Optimismus ließ sich durch den gräßlichen Zustand des Krankenbetts nicht erschüttern. Er stand auf – seine Beine wackelten kaum – und warf die übelriechenden Gewänder seiner Krankheit ab; dann legte er mit einem Größtmaß an Zurückhaltung und Abscheu ein Bündel vereiterten Leinens zusammen und warf es aus einem Fenster. »Die alten Vetteln«, kicherte er, »sollen sie sich ihre dreckige Wäsche von der Straße holen, geschieht ihnen ganz recht.« Nackt ging er ins Bad und duschte. Während er den Fiebergestank mit Seife wegwusch, gaukelte ihm der Wachtraum von einer Rückkehr an die Macht durch den Kopf. »Na klar«, sagte er sich, »das schaffen wir, warum nicht? Ehe jemand sich's versieht.« Zuneigung zu der Frau, die ihn aus dem Rachen seiner Feinde gerettet hatte, erfüllte ihn und der Wunsch, zwischen ihnen wieder alles in Ordnung zu bringen. »Ich habe sie schlecht behandelt«, klagte er sich schuldbewußt an, »aber als es drauf ankam, war sie es, die den Karren aus dem Dreck gezogen hat. Die Erinnerung an Sufiya Zinobia war mittlerweile wenig mehr als ein böser Traum; er war sich nicht einmal mehr sicher, ob es sie wirklich gab, und war geneigt zu glauben, sie sei nur eine der vielen Halluzinationen, die ihn während der

Krankheit gequält hatten. Er trat aus der Dusche, wickelte sich ein Handtuch um und machte sich auf die Suche nach Kleidern. »Wenn Bilquìs noch nicht genesen ist«, gelobte er, »werde ich sie Tag und Nacht pflegen. Ich überlasse sie nicht der Barmherzigkeit dieser drei verrückten Aasgeier.«
Nirgendwo gab es Kleider. »Gott verdamm mich!« fluchte Raza gotteslästerlich. »Konnten sie mir nicht einen Shalwar und ein Hemd dalassen?«
Er öffnete die Tür seines Zimmers und rief: »Ist da jemand?« Aber es kam keine Antwort. Der See des Schweigens füllte das Haus. »Nun gut«, dachte Raza Hyder, »dann müssen sie mich so nehmen, wie sie mich finden.« Er wickelte sein Handtuch fest um die Taille und machte sich auf die Suche nach seiner Frau.
Drei leere, verdunkelte Räume, und dann ein vierter, der richtige, wie er am Gestank erkannte. »Hündinnen!« schrie er außer sich in das widerhallende Haus. »Schämt ihr euch nicht?« Dann ging er hinein.
Der Gestank war noch schlimmer als in seinem eigenen Zimmer, und Bilquìs lag unbeweglich in der Obszönität ihrer Scheiße. »Keine Sorge, Billoo«, flüsterte er ihr zu. »Raz ist hier. Ich mache dich schön sauber, und dann wirst du sehen. Diese Unmenschen. Die lasse ich mit den Augenwimpern Kot aufheben und ihn sich in die Nase stopfen.«
Bilquìs antwortete nicht, und es dauerte einige Augenblicke, bevor Raza den Grund für ihr Schweigen erschnüffelte. Dann roch er den anderen Geruch unter den fauligen Ausscheidungsdüften, und es war ihm, als hätte der Knoten eines Henkerseils seinen Nacken getroffen. Er setzte sich auf den Boden und begann mit den Fingern auf die Fliesen zu trommeln. Als er sprach, klang alles falsch, er hatte nicht ungehalten sein wollen, aber was er sagte, war: »Um Himmels willen, Billoo, was soll das nun wieder? Du spielst doch hoffentlich

nicht Theater? Was soll das, du kannst doch nicht einfach sterben!« Aber Bilquìs hatte ihre Grenze überschritten.
Als er zur eigenen Beschämung diese mürrischen Worte gesagt hatte, blickte er auf und sah sich den drei Shakil-Schwestern gegenüber, die sich parfümierte Taschentücher vor die Nase hielten. Chhunni-ma hielt in der anderen Hand außerdem eine alte Donnerbüchse, die einst ihrem Großvater Hafeezullah Shakil gehört hatte. Sie zielte damit auf Razas Brust, aber die Waffe schwankte so heftig, daß ihre Aussichten, ihn zu treffen, denkbar gering waren, und im übrigen war das gute Stück so unvorstellbar alt, daß es ihr wahrscheinlich ins Gesicht explodieren würde, wenn sie abdrückte. Razas Unglück wollte es jedoch, daß ihre Schwestern ebenfalls bewaffnet waren. In der linken Hand hielten sie Taschentücher, doch in der rechten hielt Munnee einen imponierenden Krummsäbel mit juwelenbesetztem Heft, während Bunnys Faust sich um einen Speerschaft mit einer stark verrosteten, aber unzweifelhaft scharfen Spitze schloß. Der Optimismus verließ Raza, ohne Auf Wiedersehen zu sagen.
»Sie sollten tot sein, nicht sie«, erklärte Chhunni Shakil.
Der Zorn war mit dem Optimismus verflogen. »Nur zu!« ermutigte Raza die Schwestern. »Gott wird uns alle richten.«
»Er hat gut daran getan, Sie herzubringen«, sagte Bunny nachdenklich, »unser Sohn. Er hat gut daran getan, Ihren Sturz abzuwarten. Jetzt ist es keine Schande, Sie zu töten, denn Sie sind sowieso ein toter Mann. Es ist nur die Hinrichtung eines Leichnams.«
»Außerdem«, sagte Munnee Shakil, »gibt es keinen Gott.«
Chhunni winkte mit der Donnerbüchse in Bilquìs' Richtung. »Heben Sie sie auf!« befahl sie. »So, wie sie ist. Heben Sie sie auf, und bringen Sie sie her, schnell!« Er erhob sich; das Handtuch rutschte; er griff danach, verfehlte es und stand nackt vor den alten Frauen, die den Anstand hatten, nach Luft

zu ringen … frisch geduscht und völlig unbekleidet trug General Raza Hyder die stinkende, schimmelverkrustete Leiche seiner Frau durch die Gänge von »Nishapur«, während drei Schwestern wie Aaskrähen um ihn flatterten. »Hier müssen Sie hinein!« bestimmte Chhunni, während sie ihm den Lauf der Donnerbüchse in den Rücken stieß, und er betrat den letzten aller Räume seines Lebens und erkannte den dunklen Kasten des Stummen Dieners, der vor dem Fenster hing und das Licht fast gänzlich aussperrte. Er hatte beschlossen zu schweigen, ganz gleich, was geschah, doch seine Überraschung veranlaßte ihn zu sprechen. »Was soll das?« fragte er. »Wollen Sie uns nach draußen schicken?«

»Wie bekannt der General in unserer Stadt sein muß«, sinnierte Munnee. »So viele Freunde, die begierig sind, Sie wiederzusehen, meinen Sie nicht auch? Was für einen Empfang sie Ihnen bereiten werden, wenn sie herausfinden, wer hier ist.«

Raza Hyder nackt im Stummen Diener neben Bilquìs' Leichnam. Die drei Schwestern begaben sich zu einem Paneel an der Wand: Knöpfe Schalter Hebel. »Die Maschine wurde von einem Meister seines Fachs gebaut«, erklärte Chhunni, »früher, als nichts unmöglich war. Ein gewisser Mistri Balloch; und auf unsere Bitte hin, die wir ihm durch unsere liebe verschiedene Hashmat Bibi übermitteln ließen, baute er in den Apparat ein paar zusätzliche Einrichtungen ein, die wir nun zum ersten und letzten Mal zu benutzen gedenken.«

»Laßt mich gehen!« rief Raza Hyder, der nichts verstand. »Was redet ihr noch?«

Das waren seine letzten Worte. »Wir trafen diese Vorkehrungen«, sagte Munnee Shakil, während jede der Schwestern eine Hand auf einen Hebel legte, »weil wir dachten, Angriff ist die beste Verteidigung. Aber eine andere Redewendung sagt, Rache ist süß.« Das Bild Sindbad Mengals schoß Raza durch

den Kopf, als die drei Schwestern in vollkommener Übereinstimmung den Hebel betätigten, so daß man unmöglich hätte sagen können, wer zuerst oder am festesten zog, und die uralten Auslösemechanismen Yakoob Ballochs funktionierten wie geschmiert, die Geheimpaneele öffneten sich, und die siebenundzwanzig Zentimeter langen Stilettklingen des Todes fuhren in Razas Körper und schnitten ihn in Stücke, ihre geröteten Spitzen durchdrangen unter anderem Augäpfel, Adamsapfel, Nabel, Mund und Unterleib. Seine Zunge wurde von einem horizontal hervorschießenden Messer säuberlich abgetrennt und fiel ihm in den Schoß. Er machte sonderbare klickende Geräusche; zuckte; erstarrte.
»Laßt sie da drin!« wies Chhunni ihre Schwestern an. »Wir brauchen diesen Apparat nicht mehr.«

Die Kontraktionen kamen regelmäßig, preßten seine Schläfen zusammen, als wollte etwas geboren werden. Die Zelle wimmelte von Malaria übertragenden Fiebermücken, doch aus irgendeinem Grund schienen sie die Gestalt des Vernehmungsbeamten mit dem steifen Hals, der einen weißen Helm trug und eine Reitpeitsche hielt, nicht zu stechen. »Stift und Papier liegen vor Ihnen«, sagte der Vernehmungsbeamte. »Eine Begnadigung kann erst in Erwägung gezogen werden, wenn ein volles Geständnis vorliegt.«
»Wo sind meine Mütter?« fragte Omar Chajjam mitleiderregend, mit beinahe brechender Stimme. Sie schwang sich nach oben, stürzte in die Tiefe; ihre Launen waren ihm peinlich.
»Fündundsechzig Jahre alt«, höhnte der andere, »und benimmt sich wie ein Wickelkind. Machen Sie voran, ich habe nicht den ganzen Tag Zeit. Ich werde in Kürze auf dem Polofeld erwartet.«
»Und eine Begnadigung ist wirklich möglich?« fragte Omar Chajjam. Der Vernehmungsbeamte zuckte gelangweilt die

Achseln. »Alles ist möglich«, erwiderte er, »Gott ist groß, wie Sie zweifellos wissen.«
»Was soll ich schreiben?« fragte sich Omar Chajjam, als er den Füller zur Hand nahm. »Ich kann vieles gestehen. Den Wurzeln entfliehen, Fettleibigkeit, Trunkenheit, Hypnose. Mädchen schwängern, nicht mit meiner Frau schlafen, zu viele Pinienkerne, neugieriges Spionieren als Junge: Sexuell fixiert auf ein minderjähriges, hirngeschädigtes Mädchen und daraus resultierendes Versagen, den Tod meines Bruders zu rächen. Ich kannte ihn nicht. Es ist schwer, solche Taten für Fremde zu begehen. Ich gestehe, aus Blutsverwandten Fremde gemacht zu haben.«
»Das bringt uns nicht weiter«, unterbrach ihn der Vernehmungsbeamte. »Was für ein Mann sind Sie? Nur ein Flegel zieht sich so aus der Affäre und schiebt die Schuld auf seine Mütter.«
»Ich bin ein Mann am Rande«, antwortete Omar Chajjam. »Andere waren die Protagonisten in meiner Lebensgeschichte. Hyder und Harappa, meine Hauptdarsteller. Der Einwanderer und der Eingeborene, der Fromme und der Weltliche, der Militär und der Zivilist. Und mehrere Hauptdarstellerinnen. Ich habe von den Kulissen aus zugesehen, ich wußte nicht, wie man spielt. Ich gestehe, ein sozialer Emporkömmling zu sein, mich aus allem rausgehalten zu haben, bei den Ringkämpfen anderer Leute in der Ecke gestanden zu haben. Ich gestehe, den Schlaf zu fürchten.«
»So kommen wir nicht weiter.« Der Vernehmungsbeamte klang verärgert. »An den Beweisen ist nicht zu rütteln. Ihr Stockdegen, ein Geschenk an Sie von Iskander Harappa, dem Erzfeind des Opfers. Motiv und Gelegenheit, beides da. Warum diesen Schein aufrechterhalten? Sie haben den rechten Augenblick abgewartet. Jahrelang führten Sie ein Leben der Täuschung, Sie schlichen sich in ihr Vertrauen ein, und

schließlich brachten Sie sie zum Tatort. Versprachen die Flucht über die Grenze, um sie herzulocken. Sehr wirkungsvoller Köder. Und dann sind Sie über sie hergefallen, haben immer wieder zugestochen. Das ist doch ein ganz klarer Fall. Halten Sie jetzt die Klappe und schreiben Sie!«

»Ich bin unschuldig«, begann Omar Chajjam, »ich habe den Stockdegen im Haus des Oberbefehlshabers zurückgelassen«, im selben Augenblick fühlten seine Taschen sich plötzlich sehr schwer an, und der Vernehmungsbeamte streckte die Hand aus, um das herauszuziehen, was die Taschen beschwerte. Als Omar Chajjam sah, was Talvar Ulhaq ihm da auf einer vorwurfsvollen Handfläche entgegenhielt, quietschte er im Falsett. »Meine Mütter müssen sie hineingesteckt haben«, kreischte er, doch es hatte keinen Zweck weiterzureden, denn auf der Hand seines Inquisitors lagen die schrecklichen Beweisstücke, Stücke von Raza Hyder, säuberlich abgetrennt, sein Schnurrbart, seine Augäpfel, Zähne.

»Sie sind verdammt«, sagte Talvar Ulhaq, zog seine Pistole und schoß Omar Chajjam durchs Herz. Die Zelle hatte zu brennen begonnen. Omar Chajjam sah, wie sich der Abgrund unter seinen Füßen öffnete, fühlte den Schwindel kommen, während die Welt sich auflöste. »Ich gestehe«, rief er, doch es war zu spät. Er stürzte ins schwarze Feuer und verbrannte.

Da sie sich daran gewöhnt hatten, das Haus zu ignorieren, fiel erst an jenem Abend einem von ihnen eine Veränderung auf, und er rief, daß die gewaltigen Eingangstore des Herrenhauses der Shakils zum ersten Mal seit Menschengedenken offen standen; aber dann wußten alle sofort, daß etwas Wichtiges geschehen sein mußte, so daß es kaum jemanden überraschte, als sie unter dem Stummen Diener des Mistri Balloch die Pfütze geronnenen Blutes sahen. Lange standen sie wie ge-

bannt vor den offenen Türen – trotz aller Neugier vermochte niemand das Haus zu betreten, sei es nur, um einen Blick ins Innere zu erhaschen; und dann stürzten sie alle im selben Augenblick hinein, als hätte eine ungesehene Stimme sie dazu aufgefordert: Flickschuster, Bettler, Arbeiter von den Gasfeldern, Polizisten, Milchmänner, Bankangestellte, Frauen auf Eseln, Kinder mit Blechreifen und Stöcken, Kichererbsenverkäufer, Akrobaten, Hufschmiede, Ehefrauen, Mütter, alle und jeder.
Sie fanden den traurigen Palast des hochmütigen Stolzes der Schwestern schutzlos, preisgegeben, und sie waren über sich selbst erstaunt, über ihren Haß auf das Haus, einen Haß, der aus fünfundsechzig Jahre alten, vergessenen Quellen hochstieg; auf der Jagd nach den alten Frauen demolierten sie das Haus. Sie schwärmten aus wie die Heuschrecken. Sie rissen die alten Wandteppiche von den Wänden, und die Stoffe wurden unter ihren Händen zu Staub, sie brachen Geldkassetten auf, die mit ungültigen Banknoten und Münzen gefüllt waren, sie stießen Türen auf, die krachend aus den Angeln fielen, sie warfen Betten um und plünderten den Inhalt silberner Besteckkästen, sie rissen Badewannen um ihrer vergoldeten Füße willen aus den Verankerungen und rupften auf der Suche nach verborgenen Schätzen die Füllungen aus den Sofas, sie warfen die nutzlose alte Schaukel aus dem nächstbesten Fenster. Es war, als wäre ein Zauber gebrochen worden, als wäre ein alter und aufreizender Zaubertrick endlich erklärt worden. Danach sollten sie sich mit einem halb stolzen und halb beschämten Unglauben in den Augen ansehen und fragen: Haben wir das wirklich getan? Wir sind doch ganz normale Leute …
Es wurde dunkel. Die Schwestern fanden sie nicht.
Sie fanden die Leichen im Stummen Diener, doch die Shakil-Schwestern waren verschwunden, und niemand sollte sie je

wiedersehen, weder in »Nishapur« noch sonst irgendwo auf Erden. Sie hatten ihr Haus verlassen, aber das Gelübde der Einsamkeit hielten sie – vielleicht zerfielen sie unter den Strahlen der Sonne zu Staub, oder es wuchsen ihnen Flügel und sie flogen davon in die Unvorstellbaren Berge im Westen. So furchteinflößende Frauen wie die drei Schwestern Shakil führen ihre Absichten immer aus.

Nacht. In einem Zimmer ganz oben im Haus fanden sie einen finster blickenden alten Mann in einem Himmelbett, um dessen Säulen sich hölzerne Schlangen wanden. Der Lärm hatte ihn aufgeweckt; er saß kerzengerade im Bett und flüsterte: »So, ich lebe also noch.« Er war ganz grau, aschfahl von Kopf bis Fuß und so von Krankheit verzehrt, daß niemand erkennen konnte, wer er war; und weil er wie ein von den Toten zurückgekehrter Geist erschien, schreckten sie vor ihm zurück. »Ich habe Hunger«, sagte er und sah überrascht auf, und dann betrachtete er die billigen elektrischen Taschenlampen und schwelenden Pechfackeln der Eindringlinge und wollte wissen, was sie in seinen Gemächern taten; daraufhin wandten sie sich ab und flohen und riefen den Polizeibeamten zu, daß da oben jemand sei, vielleicht lebendig, vielleicht tot, doch auf jeden Fall sei da jemand in diesem Haus des Todes, der im Bett sitze und schlaue Reden führe. Die Polizisten waren schon auf der Treppe, als sie von der Straße einen Tumult hörten; sie bliesen in ihre Pfeifen und rannten nach draußen, um dem Aufruhr nachzugehen; der alte Mann stand auf und zog den grauen Morgenmantel aus Seide an, den seine Mütter ordentlich gefaltet ans Fußende des Bettes gelegt hatten, und nahm einen tiefen Schluck aus dem Krug mit frischem Limonensaft, der gerade lange genug dagestanden hatte, daß die Eiswürfel hatten schmelzen können. Dann hörte auch er die Schreie.

Es waren seltsame Schreie. Sie stiegen schrill an und erstarben dann mit unheilkündender Abruptheit, und da wußte er, was sich dem Haus näherte, etwas, das Schreie auf den Lippen gefrieren ließ, das lebende Wesen versteinerte. Etwas, das sich dieses Mal nicht abspeisen oder hinters Licht führen ließ, ehe es ihn erreichte, dem man diesmal nicht entkommen konnte; etwas, das in die nächtlichen Straßen der Stadt eingedrungen war und sich nicht abweisen lassen würde. Etwas, das die Treppe heraufkam: er hörte sein Geheul.

Er stand neben dem Bett und erwartete sie wie ein Bräutigam in der Hochzeitsnacht, während sie heulend zu ihm emporstieg, wie eine Feuersbrunst, die der Wind vor sich hertreibt. Die Tür sprang auf. Und er in der Dunkelheit, aufrecht, blickte dem näherkommenden Glühen entgegen, und dann war sie da, auf allen vieren, nackt, mit Schlamm und Blut und Kot bedeckt, Zweige klebten an ihrem Rücken und Käfer nisteten in ihrem Haar. Sie sah ihn und erschauderte; dann erhob sie sich mit ausgestreckten Vorderpfoten auf die Hinterbeine, und er konnte gerade noch sagen: »Nun, Frau, da bist du ja endlich«, ehe ihre Augen ihn zwangen, sie anzusehen.

Er wehrte sich gegen die hypnotische Kraft dieser Augen, gegen ihre unbeirrbare Anziehung, aber es nützte nichts, sein Blick hob sich, bis er in ihr feuriges gelbes Herz starrte und sah, wie das Feuer einen Augenblick lang zögerte, flackerte –, als habe sie sich diesen winzigen Bruchteil einer Sekunde lang der wahnwitzigen Vorstellung hingegeben, sie sei tatsächlich eine Braut, die das Gemach ihres Liebsten betrat; doch die Feuersglut verschlang die Zweifel, und als er vor ihr stand, unfähig sich zu rühren, griffen ihre Hände, die Hände seiner Frau, nach ihm und schlossen sich.

Sein Körper sackte von ihr ab, ein kopfloser Betrunkener, und dann schwand das Untier in ihr noch einmal, sie stand da und blinzelte verstört, auf wackligen Füßen, als wüßte sie nicht, daß alle Geschichten zusammen enden mußten, daß das Feuer nur seine ganze Gewalt sammelte, daß am Tag des Gerichts auch die Richter gerichtet werden und daß die Gewalt des Untiers der Schande nur kurze Zeit von einer Hülle aus Fleisch und Blut umfaßt werden kann, denn sie wächst, sie mästet sich und schwillt an, bis das Gefäß zerbirst.

Und dann kommt die Explosion, eine Druckwelle, die das Haus zerschmettert, und dann wälzt sich der Feuerball, der sie verbrennt, wie das Meer dem Horizont zu, und zuletzt dann die Wolke, die aufsteigt und sich ausbreitet und über dem Nichts schwebt, das der Schauplatz geworden ist, bis ich nicht mehr sehen kann, was nicht mehr da ist; die stumme Wolke, die die Form eines riesigen grauen Mannes ohne Kopf hat, einer Traumgestalt, eines Phantoms, das einen Arm in einer Geste des Abschieds erhoben hat.

Danksagung

Das Buch wurde mit finanzieller Unterstützung des Arts Council of Great Britain geschrieben. Viel verdankt es auch der gänzlich immateriellen Hilfe vieler anderer, denen ich vielleicht am besten danke, indem ich sie nicht nenne.
Das nicht gekennzeichnete Zitat auf Seite 170/171 stammt aus *The Life Science* von P. B. und J. S. Medawar (Wildwood House, 1977). Die kursiv gedruckte Zeile auf Seite 244 ist Saul Bellows *Die Abenteuer des Augie March* entnommen. Ebenfalls zitiert habe ich aus dem *Buch des Lachens und Vergessens* von Milan Kundera, aus dem *Prozeß* von Franz Kafka, aus *Il Principe* von Niccolò Machiavelli, aus dem Koran und aus den Theaterstücken *Der Selbstmord* von Nikolai Erdman und *Dantons Tod* von Georg Büchner. Ich danke allen, die Anteil nahmen, und den vielen Journalisten und Schriftstellern in Ost und West, in deren Schuld ich stehe.
Mein Dank gilt auch Walter für seine Hilfe und schließlich und wie immer Clarissa, für alles.

Anmerkungen

Begriffe, Wörter und Namen, deren Bedeutung aus dem Kontext hervorgeht, werden an dieser Stelle nicht mehr erklärt.

12 *Sahib:* Bezeichnung für »Herr«, auch Anrede für Europäer.

13 *-ji:* Die Nachsilbe -ji ist Ausdruck respektvoller Zuneigung.

15 *Jahannum* (arabisch): Hölle.

17 *Dumbira:* eine Art Laute. – *Saranda:* nordindisches Saiteninstrument. – *Wallah:* adjektivbildende Partikel, die die Tätigkeit einer Person bezeichnet.

18 *Begum:* eigentlich Titel indischer Fürstinnen; Frau (in der Anrede). – *Zamindar:* Großgrundbesitzer. – *Kajal:* Antimonpulver zur Umrandung der Augen.

22 *Chalaak Sahib:* Schlaumeier. – *Tschador* (persisch): wörtlich Decke, über den Kopf getragener Umhang der Frauen.

28 *Shazam:* verschwinde!

33 *Zulfikar Ali Bhutto* (1928–1979): pakistanischer Staatspräsident von 1971–1973; von 1973–Juli 1977 Ministerpräsident, wurde im September 1977 verhaftet und 1978 zum Tode verurteilt.

36 *Zia ul-Haq* (geboren 1924): seit September 1978 pakistanischer Staatspräsident.

37 *Edward Fitzgerald* (eigentlich E. Purcell; 1809–1883): englischer Dichter und Übersetzer; seine epochemachende Übersetzung der *Rubaiyat* von Omar Chajjam erschien 1859. – *Omar Chajjam* (um 1045–um 1121): persischer Epigrammatiker, Dichter und Gelehrter. – *Nishapur:* Geburtsort Omar Chajjams im Nordosten des Iran.

38 *Rubaiyat:* Sammlung von Vierzeilern Omar Chajjams.

40 *Kot-Diji-Kultur:* ca. 2500–1500 v. Chr.; so genannt nach dem Fundort in der Nähe von Mohendscho Daro, überschneidet sich mit der Harappa-Kultur, der frühesten Hochkultur Indiens.

41 *Baba:* wörtlich Großvater, aber auch liebevolle Anrede für einen älteren Mann oder einen Jungen.

42 *-ma:* Die Nachsilbe -ma, an den Vornamen angehängt, bedeutet »Mutter«. – *Gãlib* (1757–1799): türkischer Dichter. – *Burton* (1821–1890): englischer Forschungsreisender, übersetzte »Tausendundeine Nacht« ins Englische. – *Alf laila wa-laila:* Tausendundeine Nacht. – *Ibn Battuta* (1304–1368/69 oder 1377): arabischer Forschungsreisender. – *Qisas:* arabische Legendensammlung (um 1000). – *Hatim Tai:* Figur aus Tausendundeiner Nacht; im übertragenen Sinn: freigebiger Mensch.

43 *Quaf:* der sufistischen Lehre nach der Berg, der die Erde umkreist und auf dem der Vogelgott Simurg lebt. – *Mantra:* Gebet, Vers, Zauberformel. – *Kalevala:* finnisches Nationalepos. – *Johann Josef Gassner* (1727–1779): katholischer Pfarrer, Wunderheiler und Teufelsaustreiber. – *Franz Anton Mesmer* (1734–1815): Begründer der Lehre vom animalischen Magnetismus.

44 *Vier-Anna-Münze:* indische Währungseinheit von geringem Wert.

50 *was geschrieben ist ...:* Zitat von Gãlib.

54 *Paria:* kastenloser Inder. – *Ghat:* Badetreppe.

55 *Maulana:* islamischer Gelehrter.

60 *Peeping Tom:* Figur aus der Sage von »Lady Godiva«. Peeping Tom erblindet, weil er heimlich die nackt durch die Stadt reitende Lady Godiva beobachtet hat.

62 *Dhau:* zwei- bis dreimastiges Segelschiff, vorwiegend für die Küstenschiffahrt in Arabien und Ostafrika benutzt.

64 *Ahuramasda:* nach der Lehre des Zarathustra (Zoroaster) der Schöpfer und Erhalter der Welt.

67 *Jamshad*: unbedeutender Mensch.

69 *Tiptap:* indische Verballhornung des englischen »tip-top«.

70 *Tonga:* leichter, zweirädriger Karren.

80 *Khichri:* Reis mit Linsen. – *Billoo:* Koseform von Bilquìs, auch liebevoller Ausdruck für junge Katze oder wildes kleines Kind.

82 *Rani von Khansi:* indische Fürstin, die 1857 einen Aufstand gegen die Briten anführte. – *Gai-Wallah:* Kuhhirt.

83 *Randolph Scott:* amerikanischer Filmschauspieler, der vor allem in Western auftrat.

84 *Dupatta:* Schal. – *Puri:* frittiertes Vollkornbrot.

88 *Amma:* Mutter.

105 *Yara:* lieber Freund. – *Jawan:* wörtlich: junger Mann; auch: Soldat. –

Huri: schönes Mädchen im Paradies des Islams. – *Dschinn:* böser Geist im islamischen Volksglauben.

106 *Takht:* ungepolsterte Holzliege oder Sitz, auch Thron.

108 *Aansu-ki-wadi:* Tal der Tränen. – *Tribal Agencies Department:* für das Stammesgebiet der Pathanen zuständige Behörde.

109 *hubshee:* indischer Ausdruck für Neger.

113 *Rumal:* Taschentuch, Schal; Schnur, mit der die Thugs ihre Opfer erdrosselten. – *Thug:* Würger, Mitglied einer geheimen Mörderbande in Nordindien.

115 *Avatara:* indische Bezeichnung für die Inkarnation eines Gottes, insbesondere Wischnus.

120 *Shalwar-kurta:* Kleidungsstück, bestehend aus einer Pluderhose (Shalwar) und einer weiten Bluse (kurta).

121 *Charles James Napier* (1782–1853): britischer General, maßgeblich beteiligt bei der Eroberung Sinds (1841–1843). – *Peccavi:* lateinisch: ich habe gesündigt, auf englisch »I have sinned«; aus dem gleichlautenden Satz »I have Sind« (Ich habe Sind) ergibt sich das Wortspiel.

130 *Chapati:* Fladenbrot.

131 *Herrscherin dem Namen nach:* Rani bedeutet »Fürstin«.

133 *Salaam alaikum:* arabische Grußformel: »Friede sei mit euch«.

135 *Paan-Wallah:* Betelverkäufer.

138 *Hakim:* Arzt.

153 *Lotah:* Wasserkanne.

160 *Halal:* entspricht dem jüdischen »koscher«.

171 *Shia:* Partei des vierten Kalifen Ali Ibn Abi Talib, Vetter und Schwiegersohn Mohammeds, die ihn und seine Nachkommen als einzig rechtmäßige Nachfolger des Propheten anerkannte; spaltete sich als religiöse Gruppe (Schiiten) innerhalb des Islams ab.

182 *na:* nicht wahr?

184 *Jibreel:* Erzengel Gabriel.

190 *Muharram:* erster Monat des islamischen Jahrs; am 10. Muharram findet ein religiöses Fest der Schiiten statt.

212 *Abba:* Vater.

223 *Nikah:* Heiratszeremonie.

226 *Dhobi:* Wäscherin. – *Khansama:* Koch.

227 *Haltet euch die Ohren:* Geste der Scham; auf diese Weise bittet man Gott um Verzeihung. – *tobah:* Tu's nie wieder!

228 *Samosa:* eine Art gefüllter salziger Pastete. – *Jalebi:* Süßigkeit in Brezelform. – *Talvar:* wörtlich: Schwert.

235 *Paisa:* 1/100 Rupie. – *General »Zottiger Hund«:* Spitzname Yahya Khans (1969–1971 pakistanischer Staatspräsident).
256 *Roohafza:* Sirup mit Wasser.
257 *Federal Security Force:* Geheimpolizei.
261 *Marmorschirme:* Islamische Grabsteine (für Männer) bestehen aus einer Art Säule, die in einem stilisierten Turban endet.
279 *Laddoo:* süßes Gebäck.
285 *phaelwan:* Ringer.
286 *Freitagsmoschee:* Moschee, die groß genug ist, um alle Gläubigen zum Freitagsgebet aufzunehmen.
287 *Zamzama:* leises Summen.
293 *Burqa (arabisch):* Umhang oder Schleier, der den Körper von Kopf bis Fuß einhüllt. – *Purdah:* Vorhang, Frauenschleier; im übertragenen Sinne die Zurückgezogenheit der moslemischen Frauen.
306 *Goondas:* eigentlich Gangster, aber auch professionelle Unruhestifter, die von verschiedenen Organisationen angeheuert werden. – *funtoosh:* erledigt, ruiniert.
307 *Chup:* Still!
311 *Bagheeragali:* Mittelgebirge in Pakistan.
312 *Chief Martial Law Administrator:* Hauptkriegsrechtsadministrator.
324 *Aus Dunkelheit ins Licht:* Paraphrase auf eine Stelle aus den Upanischaden (altindische theologisch-philosophische Texte).
335 *Pathane:* Angehöriger eines Volksstamms im nördlichen Vorderindien.
345 *fataakh:* lautmalerisch für »klatschen«.
346 *Zenana*: Frauengemächer.
352 *Raddi, Bekar, Phisaddi:* Raddi = Abfall, Bekar = arbeitslos, Phisaddi = kraftlos.
353 *Quaid-i-Azam:* Bezeichnung für Mohammed Al Jinnah (1876–1948), erster Generalgouverneur Pakistans.
355 *Fineel:* Verballhornung von »Phenyl« (Desinfektionsmittel).
358 *Shikar-Gewehr:* Jagdgewehr.
369 *Hamal:* Bursche, Hausdiener.
375 *Lathi:* langer eisenbeschlagener Knüppel der indischen Polizisten.
377 *Hijra:* Transvestit.
379 *Peek-Frean:* Markenbezeichnung für ein Gebäck.